■ 江苏高校哲学社会科学优秀创新团队"江苏文脉·泰州文学史"教学与研究团队(带头人:钱成)

■ 江苏省"十三五"重点建设学科(中国语言文学)

■ 泰州学院省、校一流建设专业(汉语言文学)

资助出版成果

岁月屐痕

——新闻作品自选集

钱 成 著

东南大学出版社
SOUTHEAST UNIVERSITY PRESS

·南京·

图书在版编目(CIP)数据

岁月屐痕:新闻作品自选集 / 钱成著. —南京:东南大学出版社,2020.12

ISBN 978-7-5641-9394-2

Ⅰ.①岁… Ⅱ.①钱… Ⅲ.新闻-作品集-中国-当代 Ⅳ.①I25

中国版本图书馆 CIP 数据核字(2020)第 264441 号

岁月屐痕:新闻作品自选集
Suiyue Jihen: Xinwen Zuopin Zixuanji

著　　者	钱　成
责任编辑	张丽萍
出版发行	东南大学出版社
出 版 人	江建中
社　　址	南京市四牌楼2号(邮编:210096)
网　　址	http://www.seupress.com
电子邮箱	press@seupress.com
印　　刷	兴化印刷有限责任公司
开　　本	700mm×1 000mm　1/16
印　　张	20.75
字　　数	389 千字
版 印 次	2020 年 12 月第 1 版　2020 年 12 月第 1 次印刷
书　　号	ISBN 978-7-5641-9394-2
定　　价	48.00 元
经　　销	全国各地新华书店
发行热线	025-83790519　83791830

(本社图书若有印装质量问题,请直接与营销部联系,电话:025-83791830)

序

柏红秀

当钱成教授托我为本书作序的时候,我颇觉意外。作为他的嫡亲师姐,我从未想到他会在新闻写作方面能够长期坚持,如今还从中精选出作品结集出版。

我与钱成有同门之情,我们先后于1994年、1996年步入扬州大学师范学院中文系,都曾接受过母校诸多名师的谆谆教诲。本科毕业以后,又都获得了扬大文学院古代文学专业硕士学位。虽然后来我继续攻读李昌集老师的古代文学专业博士,而他则负笈南下到福建师范大学文学院王汉民先生门下取得戏剧与影视学专业博士学位,尽管我们博士阶段受师不同,但在学术方向上却较为接近,均侧重于古代音乐文学,均对戏曲领域多有关注和深入,所以共同语言较多。而当我近年来将研究领域和兴趣转向新闻传播学并正拓展之际,收到了他的这本新闻自选集,在意外之余更是产生了强烈的共鸣。这种共鸣既是源自对手头这本厚重新闻作品集的深入拜读,也是源自对高校教学一线教师职业状态的真切了解。

本书中的所有作品,都是钱成在从事繁重的中文专业教学科研工作之余,因自身所承担的行政工作而"奉命成文"的。重点收录了作者2000年以来的部分新闻作品,以作品刊发的先后顺序为序,脉络清晰,体例得当。值得肯定的是,作为一个非新闻专业的高校教师,竟然在《人民日报》《光明日报》《中国青年报》《中国教育报》《新华日报》等国家、省市级新闻媒体发表了2 000余篇涵盖消息、通讯、报告文学等在内的新闻作品,主编了50多期校报,20多次获得了中国高校和江苏省高校好新闻奖,荣获了省、市教育新闻奖和人才新闻奖。他还先后被聘为《新华日报》《扬子晚报》《现代快报》以及泰州地方多家媒体的特约记者,担任了两年的《江南时报》教育版特约编辑。除了新闻报道外,钱成还应泰州市委宣传部、市文旅局所请,针对泰州广电传媒集团和泰州报业集团播出、刊登的报道,撰写了近40篇新闻评论,多篇得到了中共江苏省委宣传部和泰州市委宣传部主要领导的批示肯定。

与专业媒体人不同的是,钱成的新闻作品大多是在负责所在高校的宣传工作期间独立执笔完成的,倾注了他对工作学校的真挚情感,表现了一名普通高校教师关注校园、专注师生的新闻情怀,传递出一名知识分子开阔的视野和独特的视角,体现了新时代教育工作者牢记"立德树人"的崇高使命。其新闻作品真正聚焦校园生活、服务师生多样需求、促进培养质量提升,为所在高校乃至泰州地区高等教育的知名度、美誉度的提升作出了独特贡献。特别是他的一些篇幅较长的作品,表现手法多样,语言颇具气势,富有感染力和感召力,能摆脱一般工作通讯的俗套,创新方法手段,形成了自身鲜明的写作风格。他的一些新闻评论,充分结合当前新闻传播学的最新理论,针对地方主流媒体在融媒体时代遇到的实际问题和发展困境,提出了一些切实可行的解决措施。

当然,在肯定钱成所选新闻作品的同时,我更关注包括他在内当代大学"青椒"们的生存现状。据了解,20年来钱成在从事高校行政管理工作的同时,始终没有放弃自身在教学、科研方面的努力。同时,作为一个非科班出身的"高校新闻人",他克服困难,在理论与实践方面均进行了一些探索,日积月累取得了一些成绩。而这正可谓是当下诸多高校中青年教师主动或被动身兼多职,甚至长期超负荷工作仍不屈不挠、不断进取的现实写照。与他们一样,钱成是在没有偏废自身古代文学、戏剧与影视学等专业教科研工作的同时,在新闻学领域挑战自我,从零开始,积极探索,这样的"跨界"所取得的成果更难能可贵。

正是基于对钱成专业和工作情况的深入了解,我深晓其作品集背后所承载的他对人生的高追求和事业的长坚守。这么一细想,我便又觉得这样的收获实在意料之中。

若是关注党和国家对于新闻专业的长期引领便知,新闻专业最重要的是内容生产,而在当下新媒体炙热的发展背景下,传统媒体采编人这一角色的职业化正在受到前所未有的冲击。如何写出有深度、有长度、有温度,且受人民群众喜闻乐见的作品,已成为融媒体时代新闻事业发展的关键所在。主流媒体要坚守阵地,而高校显然是主流媒体能够守住阵地的强大基石和有力保障。受过传统文化长期浸染、在治学方面忘我精进、文笔才情兼善的钱成,始终不忘高校教师的育人职责,满怀激情地立足本职岗位而撰写出一篇又一篇新闻作品,这种行为本身在倡导学科融合的时代里就是新闻事业乃至高校教育事业的大幸事。

"积腋成裘",我想这样的一个词汇可以用来概括和形容钱成的这份硕果!相信学者努力付出后绽放出的精神之花,定能芳香自己的人生,也会点亮他人的心灵。

再次祝贺《岁月屐痕》这本非传统"媒体人"新闻作品集的出版。相信本书的出版,将为新闻实务者和新闻理论研究者提供一些非典型性参考材料;也将为高校新闻宣传工作者和新闻传播学专业师生,提供一部身边人创作可供参考的"活教材"。

2020年12月于扬州
(作者系扬州大学新闻与传播学院教授、博导)

目 录

评论篇

- 坚持内容为王　推进深度融合——《泰州新闻》创新做好全国两会报道 ········ 2
- 当好"把关人"　坚持"人民性"——从《泰州日报》本周头版民生新闻说开去 ······ 4
- 泰州新闻综合频道新闻栏目的编排不可忽视 ·· 6
- 坚持"新闻立台",打造泰州电视台自身的"王牌" ····································· 8
- "新闻工作"永无止境——从近期三条新闻说开去 ····································· 10
- 文化搭台,媒体助力,不断提升城市文化软实力——为九月泰州电视台的文化报道点赞 ·· 13
- 有感于《新闻夜班车》的"平民视角" ·· 15
- 新媒体浪潮下须提高《泰州新闻》的"故事化"——从本月两条十九大精神宣讲的报道说开去 ·· 17
- "互联网+"时代广播新媒体化的重要标志——为泰州广播电台全省率先实现广播节目可视化打 call ··· 20
- 百尺竿头,仍可再进一步——漫谈1月31日《新闻夜班车》栏目的几条新闻 ·· 23
- 大众传媒的影响力不可轻视 ·· 25
- 《创赢新时代》:喜见泰州广播电视台的"跨界" ·· 27
- 对"最美基层干部"系列报道的思考 ·· 29
- 我看"对标绍兴,采石攻玉"系列专题报道 ··· 31
- 换个角度　效果更佳——我看《新闻夜班车》的"共建共享:文明行为大家谈" ·· 33
- 电视新闻的配乐不可忽视——《小范帮你忙》"2018助学行动"系列报道观后感 ·· 35
- 《时代新发现·泰州故事》:"九个坚持"落地生根的现实体现 ······················ 37
- 民生新闻要有"扩容"和"压缩"意识——漫谈9月的三条民生新闻 ··············· 39
- 奏响一曲优秀泰州文化的自信赞歌——谈10月《泰州新闻》"梅艺节"的系列报道 ··· 41

- 既要"同中见异"又要"异中见同"——有感11月《泰州新闻》栏目五条"新风行动"的报道 …… 43
- "摇旗呐喊"有时也是"唱主角"——有感于2018年12月《新闻夜班车》的两则短讯 …… 45
- 社会新闻务必要强化"平易性"——略谈一月《新闻夜班车》的春节报道 …… 47
- 家风传千古　亲语倡清廉——略谈《亲语连廉》文化专题片 …… 49
- "班车人物"专题新闻之我见 …… 51
- 电视荧屏的"红色传承"大有可为——从4月《新闻夜班车》系列专题新闻谈起 …… 53
- 只有"接地气"才能"更真实"——我看《跟着主播看乡村》系列节目 …… 55
- 新时代主题性报道的一次生动实践——评"壮丽70年,奋斗新时代"系列报道 …… 57
- 喜看荧屏正大力传播泰州戏曲文化 …… 60
- 新闻宣传还是要"直截了当"和"挺起脊梁"——从《韩立明到基层问题现场开展调研》谈起 …… 62
- 融媒体微视频的精品佳作——《最忆是泰州》 …… 64
- 建议进一步强化《王娟访谈》节目的融媒体化 …… 66
- 牢牢把握主流媒体的绝对话语权——略谈"大兴实干之风　致力高质量发展"系列访谈 …… 68
- 融媒体时代"小新闻"要力争"拔高"和"做大"——漫谈12月27日《新闻夜班车》的一则简讯 …… 70
- 换个视角,豁然开朗——评《新春走基层:村民喜领百万劳工费》 …… 72
- 纷繁多姿的"防疫"报道令人难忘 …… 74
- "三性合一"的战"疫"新闻——评3月26日《新闻夜班车》一则消息 …… 76
- 更好地发挥电视新闻阵地的教育功能——有感于四月《直播生活》的配发字幕 …… 78
- 新闻背景决不能"一抹了之"——从5月18日的一则电视新闻谈起 …… 80
- 此时无声胜有声——略谈6月16日《泰州新闻》的一条短视频 …… 82
- 新时代泰州决胜全面小康、决战脱贫攻坚的权威记录——评7月《泰州新闻》"走向我们的小康生活"系列节目 …… 84
- 地方媒体理应立足本土办新闻——评10月《新闻夜班车》的两则新闻 …… 86
- 电视媒体在文旅融合的广阔空间大有可为——评《人气美食·遇见泰州》第四集 …… 88
- 民生新闻与环保主题完美结合的佳作 …… 90

通讯消息篇

- 守师范初心　育桃李万千——泰州学院弘扬"师范教育"办学特色侧记 …… 94
- 承立德树人之根本　汲泰州文脉之精华　扬服务社会之风帆——泰州学院向有特色高水平应用型本科高校迈进 …… 100
- 扎根泰州大地　办好地方高校——写在中共泰州学院第二次代表大会开幕之际 …… 104
- "四瞄准、四主动"　谋计献策创伟业——泰州学院打造"人才强市"育人体系 …… 112
- "百姓日用即道"——泰州学院立足内涵发展全力服务地方纪实 …… 117
- 泰州学院亮出周年成绩单——瞄准应用特色办地方本科高校 …… 123
- 扬帆万里风正起——泰州学院走有特色高水平应用型普通本科高校发展之路纪实 …… 126
- 而今迈步从头越——泰州师范高等专科学校办学成果纪实 …… 135
- 风正潮平好扬帆——记跨越发展中的泰州师范高等专科学校 …… 137
- 望海楼畔唱响凤凰传奇 …… 148
- 有灵魂　有底蕴　有特色——泰州师范高等专科学校人才培养工作纪实 …… 158
- 造大船的中国女杰——记江苏省泰州市三泰船业公司董事长咸俊宏 …… 164
- 紧跟时代步伐，服务并引领地方基础教育——泰州师范高等专科学校办学特色侧记 …… 175
- "百姓日用即道"——泰州师范高等专科学校服务社会办学特色纪实 …… 182
- 在理想的天空下放声歌唱——写在泰州师范高等专科学校正式建校之际 …… 196
- 泰州大学生缅怀先烈——调研城乡红色资源　绘制3份红色地图 …… 206
- 咬定特色不放松　服务地方不停步——江苏泰州学院立足地方办学侧记 …… 207
- 同班31名毕业生被同一企业录用——泰州学院新生一进校园就着力职业规划，实行校企合作促就业 …… 210
- 把村官培养成大学生——泰州师专提升农村干部文化素质纪实 …… 213
- 泰州师专创新拥军模式 …… 215
- 泰州师专：捷报又迎春风来 …… 216
- 293名村官将获大专文凭——"远程教育千名村官大学生培养工程"结硕果 …… 221

- 千名"村官"上大学 ·········· 226
- "家信教育"撞击大学生心灵 ·········· 229
- 泰州师范高等专科学校:"校不在大,有魂则灵" ·········· 231
- 泰州师专:撑起"教育之乡"一片蓝天 ·········· 233
- 泰州师专:结对海军"泰州舰"创新拥军模式 ·········· 237
- 江苏泰州:村官大学生培养化解农村人才危机 ·········· 240
- 泰州师专:为县级市培养定向师范生 ·········· 244
- 长风破浪会有时——泰州师专办学成果侧记 ·········· 247
- 泰州师专:服务并引领地方基础教育 ·········· 251
- 紧跟时代步伐,服务并引领地方基础教育——泰州师范高等专科学校办学特色侧记 ·········· 256
- 质量立校　人才强校——记快速发展中的泰州师专 ·········· 263
- 历史性的跨越——写在泰州师范高等专科学校正式建校之际 ·········· 272
- 在理想的天空下放声歌唱——写在泰州师范高等专科学校正式建校之际 ·········· 279
- 跨越——泰州师专实现规模、结构、质量、效益协调发展纪实 ·········· 289
- 育人为本　质量为先——泰州师范高等专科学校跨越式发展纪实 ·········· 291
- 泰州师专:撑起"教育之乡"一片蓝天 ·········· 294
- 让阳光洒满学子心间——走进泰州师专心理咨询中心 ·········· 297
- 永远感谢"阳光小屋"——泰州师专加强大学生心理健康教育侧记 ·········· 299
- 擎起教育的一片蓝天——泰州师专引领地方基础教育侧记 ·········· 302
- 架起心灵的彩虹桥——泰州师专心理健康教育服务地方纪实 ·········· 305
- 洒满阳光的小屋 ·········· 308
- 行走在教育的"田间地头"——泰州师范高等专科学校推动基础教育发展 ·········· 310
- "阳光小屋"进京传经 ·········· 312
- 感受"阳光家教" ·········· 313
- 江苏泰州师专为中小学骨干教师"充电助力"——师范院校成为中小学教改"服务站" ·········· 314
- 泰州学院四学子称暑期国外游学收获自信 ·········· 316

后记 ·········· 319

评论篇

坚持内容为王　推进深度融合
——《泰州新闻》创新做好全国两会报道

推动媒体融合发展,是巩固宣传思想文化阵地、壮大主流思想舆论的战略举措。媒体融合不只是媒体适应时代发展需要的一次变革,更是为了服务好新时期观众需求的一次创新。从这个角度讲,在解决好怎么"融"这个问题的同时,深度融合工作的重点要转移到内容建设这个核心问题上。在融合过程中,内容和渠道同样重要,任何一方面缺失,都不能产生好的传播效果。2017年全国两会期间,泰州广播电视台直通北京报道组在"坚持内容为王,推进深度融合"方面做出了一些尝试。

在网络媒体时代,同质的东西不能同时存在,至少不能大量同时存在。比如,作为地面媒体的泰州广电台,无论是抢占新闻资源,还是拥有的采编技术都不能跟中央电视台这样的国家级媒体相比。像全国两会上程序性的会议报道,观众首选的肯定是收看央视《新闻联播》,而不是我们的《泰州新闻》。因此,在这样的大背景下,要想吸引住泰州508万受众,增强受众"黏度",在做好传统媒体与新媒体深度融合的基础上,必须创建自己独特的内容。

《我市6名全国人大代表抵达北京向大会报到》是"直通北京"报道组发回的第一条全国两会报道。这条报道不是简单地报动态,而是把采访的重心放在了6名全国人大代表的议案建议上,使报道内容更具泰州特色和代表个性。

全国人大代表、泰兴市邮政局江平路支局局长何建忠一人撰写了15条建议,内容涉及加快泰州重大交通基础设施建设、解决好泰州群众大病致贫问题、完善农村土地流转风险机制以及加大黄桥革命老区帮扶力度等。每一条建议都贴近泰州实际,聚焦民生实事,反映群众呼声。全国人大代表、泰州市委常委、医药高新区党工委书记陆春云提交了6条建议,内容涉及加快创新型特色园区建设、将基因检测纳入国家医保、零售药店分级管理、药品技术转让审批、开展仿制药一致性评价等。全国人大代表、江苏安泰生物技术有限公司总经理罗进撰写了2条建议,一条是"营造更加健康的创新环境,大力支持创新型企业发展",另一条是"科学治霾,持续改善生态环境"。

代表们在这些建议中既肯定了国家和相关部门工作的成绩,也坦诚地反映了存在的各种问题,更紧密结合泰州实际和自身工作提出了很多解决问题的思路、方法和举措。

全国两会期间,蓝绍敏等代表先后走进江苏卫视"两会e事厅"和新华报业全媒体演播室,分别接受两家媒体访谈。直通北京报道组跟踪作了采访。采访过程中,记者同样坚持"坚持内容为王,推进深度融合"的原则,不是单单报道代表接受两家媒体采访的动态消息,而是采用"多段解说词＋多段同期声"的方式,向观众全景展示了两位代表在访谈中讲了什么内容,提出了什么建议,展示了什么理念。《蓝绍敏做客江苏卫视北京演播厅　畅谈创业富民》《蓝绍敏做客新华报业全媒体演播室并畅谈大走访大落实活动成效》都非常鲜明地突出了报道内容,展示了泰州特色。

当前,泰州市正在对北沿江高铁项目全力争取,全市人民对这一项目十分关注。3月6日下午,全国人大代表、上海铁路局南京铁路办事处主任、党工委书记兼上海铁路局副局长姜曦晖与我市全国人大代表一起参加小组审议会议。"直通北京"报道组抓住这个机会,采访了姜曦晖代表。姜曦晖代表通过电视镜头向泰州人民热切关注铁路建设的举动表示感谢,同时,针对部分媒体报道北沿江高铁规划方案中线路走向的错误说法给予了权威纠正,明了是非,正了视听。这条下午采访的新闻,第一时间发布到了新媒体"我的泰州"客户端上,晚上又在电视新闻节目中播出,产生了广泛的正面影响。

(2017年4月)

当好"把关人" 坚持"人民性"

——从《泰州日报》本周头版民生新闻说开去

随着社会经济的飞速发展,新媒体日新月异的变化,读者市场不断细分,发行渠道日益狭窄,版面编排特别是头版的设计,已经在一定程度上成为广大党报党刊扩大阅读群体、提升自身市场竞争力的重要手段。毋庸讳言,在当前日益激烈的媒体竞争形势下,传统纸质媒体特别是地市级党报的生存空间受到前所未有的挤压。基于此,作为报刊编排中最为重要一极的头版新闻编排的重要性,正逐渐凸显。

从近一周的《泰州日报》的头版编排可以明显看出,该报本着"从群众中来、到群众中去"的群众路线精神,着力践行"以广大市民为第一读者"的办报理念,通过大力突出"人民性",把一些原本在"民生版"刊发的"民生新闻"移至头版,努力将"高大上"的党报头版新闻舆论话语,向"接地气"不断转化。

6月1日—7日头版,《泰州日报》分别刊发了一系列具有影响力的民生新闻稿件,并及时在新闻客户端进行了推送。如6月1日的《针对失地农民保障待遇问题,多部门联合上门为群众释疑解惑》关注了征地拆迁和农民养老问题;6月2日的《高起点策划,高水平设计,高质量建设,打造水城相融底蕴深厚历史文化长廊》,回答了市民关心的凤城河景区的优化提升工作;6月3日的《"泰州企业院校行"走进宁波》传递了"校地合作"与"企业转型升级"信息;6月4日的《"再不创业,更待何时"》呼应"大众创业、万众创新"时代主题,解读创业富民政策,展示创业典型风采;6月5日的《主城区48处低洼地整治即将完工》,让广大市民在梅雨季节即将来临之际吃了"定心丸";6月6日的《加大棚户区改造力度,全面提升人居环境》,针对海陵区棚户区改造问题,坚持正面宣传,强化舆论导向,有助于引导广大群众积极理解、支持和参与棚户区改造,对许多网络媒体不负责任的宣传可谓是"当头一

当好"把关人" 坚持"人民性"
——从《泰州日报》本周头版民生新闻说开去

击";6月7日的《市区半数农贸市场年内完成升级改造》,在"副头条"的位置,大篇幅报道了与群众生活息息相关的全市农贸市场提档升级工作。

纵观一周内《泰州日报》头版的"民生新闻",或采用小通讯、消息、特写等形式,或放置于"头条""副头条"或"倒头条"位置,或配上大幅图片,或加上"引题""副题""按语"等,内容丰富、形式多样、准确及时,克服了报纸民生新闻编排的同质化、琐碎化、片面化、滞后化等问题。一方面克服了党报党刊头版清一色时政新闻、评论的"冷面孔";另一方面,关注社会热点、贴近大众生活、服务民生需求,同时及时准确地传递了地方党委政府的大政方针、工作信息,有效地消除了民间特别是一些网络媒体、微信群、QQ群所流传的"小道消息"和"负面新闻",使得党报真正成为百姓喜闻乐见的"新闻纸"、党委政府日常工作的"好帮手"。

"把关人"理论又称"守门人"理论,是现代传播学的一个极其重要的理论。该理论认为,在群体传播过程中,由于各种传播信息良莠不齐,需要一些把关人对各种信息进行把关,只有符合一定群体规范或政治利益需要的信息才能进入传播渠道。1950年代,美国学者怀特将"把关人"概念引入新闻领域,认为在新闻信息传播中最关键的把关人就是传播媒介。作为"新闻和资讯以及服务的重组者、链接人和发布平台""新闻和信息的解读分析者"" '公共新闻'的推动者",随着网络技术的进步和各种各样的新媒体的出现,"把关人"的地位正越来越高,作用也越来越突出。

2016年2月19日,习近平总书记调研《人民日报》、新华社、中央电视台三家中央媒体后,在党的新闻舆论工作座谈会上,强调新闻宣传要突出"人民性",要"为人民讲话""让人民讲话""讲人民的话"。

根据总书记的指示,身为党和政府主办的媒体,党报必须成为党和政府与群众交流沟通的新平台,成为了解群众、贴近群众、为群众排忧解难的新途径,成为发扬人民民主、接受人民监督的新渠道。

所以,就新闻舆论而言,作为"把关人"的地方党报,既要坚持党性原则,又要兼顾新闻价值和社会价值,在不违背党性原则的前提下,要坚持以满足人民需要作为新闻选择的尺度。总之,只有真正坚持以人民为中心的工作导向,地方党报才能真正提高"党的新闻舆论传播力、引导力、影响力、公信力",才能为最终增强新闻舆论话语权奠定基础,才能真正转作风、改文风,才能俯下身、沉下心,才能察实情、动真情,才能说实话、"讲人话",真正推出有思想、有温度、有品质且百姓大众关心、欢迎的新闻作品,开拓市场,赢得民心,服务大局。

(2017年5月)

泰州新闻综合频道新闻栏目的编排不可忽视

6月25日晚的《泰州新闻》和《新闻夜班车》栏目,分别播出了两条围绕"文明城市创建"的新闻。这一方面反映了泰州电视台作为党委政府的"喉舌",在地方新闻宣传中发挥了当仁不让的"主力军"和"主阵地"作用;另一方面,也不可避免地感染了地市级电视台新闻栏目同质化、琐碎化、重复化的"通病"。

作为地级市电视台,目前泰州电视台新闻综合频道每晚在18:30—22:30的四个小时内,密集播出三档均以本土新闻为主要内容的栏目,分别是《泰州新闻》《新闻夜班车》《看泰州》。这三档新闻定位于融时政新闻、经济新闻、社会新闻和市井新闻等多种新闻体裁于一体,立足本土,服务民生,权威公正,及时准确,奠定了新闻频道成为泰州地方强势频道、泰州广播电视台成为本土主流媒体的地位。

但是,由于这三档节目的内容来源均局限于泰州本土,观众也基本面向泰州,在此情况下,如何既避免"等米下锅""捡到框里都是菜"的新闻线索单一的局限性,又使广大观众不产生重复和厌倦,频道编导就必须将有限的新闻内容进行合理编排,才能达到预期的传播效果。

美国最著名的电视节目制作人弗雷德·西尔弗曼被誉为"电视节目编排方面的天才人物"。他认为"美国三大广播公司最重要的武器之一"就是节目编排。弗雷德·西尔弗曼总结自己成功的原因是"节目内容出色,节目编排恰当"。由此可见,一档成功的电视新闻栏目不仅要重视内容和编排的作用,而且要将两者放在同等重要的位置。随着市场竞争的越演越烈,"内容为王,编排制胜",节目编排正日益成为在电视台日常运作中的主导角色。对新闻频道而言,新闻节目编排与新闻内容互相影响,互相依托,共同完成电视新闻传播的整个过程。一个完美的编排,能极大地增强内容的表现力,达到事半功倍的效果;反之,一个不合理的编排,不但会使新闻内容失色,甚至会使新闻内容失真。

除了传统意义上不同栏目的编排外,同一栏目或同一频道同一类栏目编排的优化更应值得注意。随着社会经济的飞速发展,新媒体日新月异的变化,观众市场不断细分,频道日益窄播化,本土电视台同类新闻栏目的编排,已经成为扩大收视群体、提升电视媒体竞争力的重要手段。恰当的新闻栏目和内容的编排,可以集中利用频道资源,提高节目质量和收视率,达到最理想的传播效果。

如果说每晚泰州电视台新闻频道的《泰州新闻》和《新闻夜班车》分别是晚餐和夜宵,那么基本相同或类似的新闻内容就好比肉食、蔬菜和甜点等各种不同的食物,内容品质的高低等同于食物味道的好坏,编排就如同在这些准备好的食物中挑选出最优的进行合理搭配。

仍以6月25日播出的泰州新闻综合频道的新闻栏目为例。当晚的《泰州新闻》围绕近期我市中心工作"文明城市创建",播出了"聚焦文明城市创建——京泰路街道:改造下水管,改善无物管小区环境",作为一条动态新闻,通过京泰路街道办事处以改造下水管为抓手,全面改善无物管小区环境这一小事入手,管中窥豹,透露了全市上下创建文明城市的工作热潮和工作进展。但其后播出的"我市打造公民道德建设新高地",则以新闻综述的形式,报道了近年来我市美德少年评选、相关小区美德善行榜设立等活动,还先后采访了多位市民,对近年来我市公民道德建设进行了全面回顾。这样的播出顺序,给人以"头重脚轻"之感。当晚《新闻夜班车》的"深化文明创建曝光台"从反面播出了"文明创建"中的一些薄弱环节,对相关单位和市民进行了曝光与批评。但笔者认为,这样的曝光放至《新闻夜班车》栏目,播出时许多观众已离开电视机前,是否削弱了批评力度,降低了批评效果?如将正反两方面的新闻合并至《泰州新闻》栏目播出,在明确频道定位的基础上,将节目内容按照观众的收视心理和收视习惯进行科学的整合与排序,既可以有力推进"文明创建活动",增强本土新闻媒体服务党委政府中心工作的力度;又能为百姓提供一个公共话语平台,缓解转型期的社会矛盾和冲突,同时还能有效提高宝贵新闻资源的利用率,并使其与《新闻夜班车》实现栏目合理错位,进而带动整个新闻综合频道的收视率和市场份额,增强频道的市场竞争力,成为推动整个频道向强势发展的重要动力。

(2017年6月)

坚持"新闻立台",打造泰州电视台自身的"王牌"

长期以来,电视作为整个消费社会中最大众化的传播平台,其传播范围之广,传播能力之大,都是其他媒体无法比拟的。

但随着互联网时代的到来,人们获取信息的手段越来越多,大众对信息和娱乐的要求也变得越来越苛刻。尽管电视的传播范围在不断扩大,但也面临更多新旧媒体的挑战,所以,地方电视台的发展正面临着前所未有的挑战。

那么,如何应对这一严峻的挑战呢?

对于地方台而言,发展的优势正在于自身的"地方性"。笔者认为,地方台首先应"立足地方",盘活当地资源,把"地方性"资源转换为有价值的优势资源后,呈现给广大观众。因此,通过"地方性"完成差异性的转换形成自身品牌,是地方电视台与央视新闻、省级卫视新闻竞争最有效的着力点。

品牌是一个电视台的标签,品牌节目是电视台创造生产力的动力。近年来,各地方电视台纷纷加大"新闻立台",打造属于自己的"品牌",这样既可以避开央视、省级卫视等实力雄厚的电视台的竞争,又能充分适应本土观众的需求。目前,全国几乎所有的地方电视台,都在努力从建立品牌节目,到建立品牌栏目,再到建立品牌频道,这既是保证收视群的有效途径,也是地方电视台走出去战略的必经之路。

比如,江苏城市频道的《南京零距离》,本着"考虑百姓需求,反映百姓生活夙愿"的原则,表面上是灾难报道及投诉,实质是百姓生活的常态,正是这些真实的信息才保证了节目的收视率。

以泰州电视台为例,近年来,该台已经将老栏目和新节目的开发都融入了全媒体报道的理念和元素,着力打造《泰州新闻》《新闻夜班车》《直播生活》等一批品牌节目,取得了较大的社会影响。

《新闻夜班车》作为泰州电视台收视率最高的品牌栏目,始终坚持"以平民视角,说百姓新闻"的报道手法,吸引了一批忠实的收视群体。随着民生新闻理念的不断更新发展,《新闻夜班车》节目已成功地在公众和政府之间架起了一座沟通的桥梁。

《直播生活》作为经济生活频道老牌的民生新闻栏目,也是泰州唯一的方言新闻栏目,以独特的个性和宽泛的人文关怀培养了大批的忠实观众。栏目突出"百姓视角,百姓情怀,百姓故事,百姓利益",新闻娱乐最大化,让新闻不再沉重,让受众看得轻松。

但是,纵观七月份《泰州新闻》《新闻夜班车》《直播生活》等泰州电视台品牌栏目的现状可以看出,这些本土新闻栏目大多还停留在栏目品牌化建设阶段,而未能成为代表泰州电视台整体的品牌,甚至是"王牌"。所以,坚持"新闻立台",打造"尖端品牌栏目和节目带",形成泰州电视台自身独有的"王牌",仍任重道远。

因此,建议泰州电视台重新审视现有新闻资源和优势,坚持"新闻立台",大力开展新闻节目品牌化整合,摆脱同台内部不同频道之间或者同一频道之间低层次的恶性竞争。一方面要持之以恒地进行品牌频道和品牌栏目的构建,对个别品牌影响力欠佳的栏目大刀阔斧改版,推行品牌节目产业链,拉长节目的发展战线,延伸电视节目的生命力;另一方面,充分发挥本土媒体、主流媒体的优势,开发独特的本土新闻资源。如《泰州新闻》要进一步扩大新闻源、提升公信力,成为百姓大众眼中真实性、公正性和权威性新闻的源头,发挥新媒体时代主流媒体的舆论引导作用。同时,《新闻夜班车》要注重挖掘和民生息息相关的信息,强化新闻现场的一线、跟踪报道,深入社会,发现问题,为民解忧。《直播生活》可以进一步发挥全媒体演播室的功能和作用,重点发展评论和言论类新闻节目。三者都应从各自不同的全新视角进行创新,根据本地区不同的受众年龄、受众层次、受众结构等准确定位,力求让更多群众喜闻乐见、贴近生活、贴近百姓的新闻节目走入千家万户。相信只要这些已初步具有一定影响的新闻栏目,真正坚持错位发展,协同创新,形成合力,提升影响,泰州电视台就一定能在与新媒体竞争与融合的道路上,真正构建起品牌栏目、品牌节目和品牌频道,打造出属于泰州电视台自身的"王牌",使电视媒体永葆强大的生命力。

(2017年7月)

"新闻工作"永无止境

——从近期三条新闻说开去

长期从事新闻工作的"新闻人",都戏称新闻宣传工作是一项"遗憾的艺术"。无论是报纸还是电视新闻报道,由于时间等多方面的原因,往往刊出或播出后,记者和编辑都会遗憾某一条新闻由于个别细节没有处理好,或某个方面没有考虑到,而使得该条新闻未能达到最佳宣传效果。所以,"新闻工作"永无止境,必须不断创新、不断完善,才能改变或避免当前电视新闻部分节目缺乏深度、品牌节目个性不足的通病。

纵观新闻综合频道8月份的《泰州新闻》《新闻夜班车》,有些新闻还可以再精益求精。

一、会议新闻亦可丰富多彩

对于会议新闻而言,观众往往关心的并非会议本身,而是会议新闻背后所隐藏的大量的新闻信息。同时,会议新闻的镜头如果始终对准的都是会场,出镜的也只有与会领导和相关人员,这样的会议新闻再重要,观众注意力也不会太集中,新闻效果肯定会大打折扣。所以,会议新闻在强调时效性的同时,还要努力加大其新闻的深度性和丰富性。如8月26日《泰州新闻》播出的《我市5个村入选省首批特色田园乡村试点村庄》,时常1分55秒,其中1分20秒为会场和领导讲话镜头,35秒为相关5个村的视频资料。估计看过这则新闻的观众,对"特色田园乡村试点村庄"的概念、入选的5个乡村的特色及其未来发展前景等都"不甚了了"。其实,由于8月22日、24日《泰州新闻》已经两次报道过相关"特色田园乡村试点村庄"的会议新闻,此则新闻完全可以加入对入选乡村当地村镇领导、百姓大众的采访,或对相关评估专家进行专题采访,还可以通过视频对5个村的总体情况和各自的特色进行深入报道,甚至可以对浙江等外省市"田园乡村"的建设情况进行展示。这样的会议新闻既丰富多彩,又具有一定的深度与广度,做到"点面结合",既有全局性,又有针对性,最终形成一个对我市"特色田园乡村试点村庄"评选工作的综合类、总结性报道。

二、新闻引导需要与时俱进

8月24日《泰州新闻》对即将到来的中小学开学情况进行了专题报道,并重点关注了中小学生是否需要购买相关辅助电子学习设备的问题。但是,记者在采编该条新闻时,对中小学生电子学习设备采取了完全排斥的态度,接受采访的泰州学院心理教育老师和实验学校教师,也都强调了电子设备的负面作用。笔者认为,"存在的就是合理的",中小学电子学习产品目前正大量走进广大学生的日常学习生活中。我市目前也正在大力推广"电子书包"。教育专家早已指出,电子学习设备针对学生日常生活中大量"碎片化"时间的合理运用,借助网络实时传播、无缝衔接的特点,在推进"互联网+教学资源"建设方面大有可为,大有裨益。泰州市教育局大力推进的"泰微课"网络课程资源建设与运用,已经成为泰州教育在全国打响的品牌之一。所以,该条新闻的采编完全可以大胆创新,与时俱进,在指导中小学生如何合理、高效使用相关电子学习设备上下功夫,适应广大学生、家长所需,扩大新闻源,拓展覆盖面,使《泰州新闻》成为百姓大众眼中真实性、公正性和权威性的新闻源头,发挥新时期主流媒体的舆论引导作用。

三、正面宣传也要注意细节

8月25日《新闻夜班车》播出了《钟楼社区给社区大学生发放助学金》的社会新闻。该新闻是一条从正面直接报道的新闻事实,赞扬了海陵区钟楼社区寻求社会帮助,济困助学的义举。但是,在该条时长1分58秒的新闻中,从头到尾把所有受助贫困学生直接呈现在观众面前,甚至还有对贫困生面部长时间的特写镜头,却没有进行任何技术性处理。两位接受采访学生的姓名也被公开展现出来。这样的安排,可能是采访的记者没有注意到细节的处理,也可能是社区工作人员想把这条正面宣传的典型新闻做得更加具体生动。但是,对于贫困生而言,他们的隐私就这样被揭开了,必然会引起他们、家长乃至一些观众的反感。所以,新闻采访和编辑在采编正面宣传的新闻时,一定要把"好事做好",考虑到相关问题,处理好相关细节,真正起到引导社会舆论的独特作用。

"新闻工作"永无止境,期待泰州电视台的每一条新闻都不再有遗憾!

(2017年8月)

文化搭台,媒体助力,不断提升城市文化软实力
——为九月泰州电视台的文化报道点赞

正如习近平总书记所言:文化是民族凝聚力和创造力的重要源泉。众所周知,一个城市的影响力和竞争力,不仅要看它有多大的经济实力,还要看这个城市有无对市民生活产生重大影响的文化内涵和文化品牌。这种文化的内涵和精神,既是城市文化软实力的体现,更渗透在一个地区的大众传播之中。

9月,我市举办了两次具有全国性影响的重大文化活动,分别是2017中国泰州梅兰芳艺术节和第五届全国里下河文学流派研讨会。对于这两次全市乃至全国瞩目的文化活动,泰州电视台强化顶层设计,突出宣传亮点,围绕泰州特色文化做文章,彰显泰州城市亮点,进行了全方位、系列化的重点关注与报道,为这两次文化活动知名度和美誉度的提升做出了巨大贡献。

京腔悠扬,梅韵流芳,作为泰州名人文化的代表之一,梅兰芳可谓是泰州的城市代名词,努力打响梅兰芳艺术节的品牌是泰州媒体义不容辞的责任。同样,作为苏中地域文化最为显著的特征,里下河地区是泰州文化的重要发源地。今年4月,省委李强书记调研我市时,曾指出"里下河发展要算大账算长远账"。随着省委、省政府进一步加快里下河地区经济、文化建设的步伐,泰州在里下河地区乃至整个苏中地区的独特地位正进一步彰显。所以,本土媒体需对里下河地域文化的研究给予重点关注与报道。

笔者认为,一个地方的文化品位,不仅仅集中在文化领域,而是深入在生活于这个城市里所有人和物的骨髓里面。围绕地域文化的特色和亮点,集中力量举办某一个节庆活动或学术研讨,有助于进一步传承优秀城市文化,不断提升城市文化

软实力。借助于这样的文化活动,通过大众媒体的宣传和推广,更有利于优秀地域文化的传承和发展,也能够为经济建设奠定更为深厚的文化底蕴。

一个地域文化的内涵和精神,不可避免地会渗透在本地区主流化的大众传播之中。大众传媒作为一种工具、一种载体、一种物质技术手段,必须要全力服务于本地区百姓生活所需、服务于地区经济文化建设所需。对泰州地区而言,最主流的大众传播无疑就是泰州广播电视台和泰州报业旗下的媒体了。所以,本土主流大众传播在充分发挥其"三贴近"特性的同时,务必要用理性思想、宽阔眼界和人文关怀,塑造市民文化、打造城市品牌,提升城市文化软实力。

毋庸讳言,近年来,受互联网发展的影响,许多媒体的文化报道,正越来越呈现出碎片化和快餐化的趋势。各类八卦娱乐新闻,甚至是庸俗娱乐新闻,正成为部分电视台相关频道和报纸各大版面的主角,使得一些本应在文化建设和文化繁荣中大有可为的主流媒体,失去了文化报道的大气魄、大视角、大分量特点,淡化了把新闻传播作为一种传播思想、道德、理论、观念的载体传统,以八卦新闻创造出庸俗景观,以潜移默化的形式,使得我们正一步步丧失"文化自信"。

值得高兴的是,通过9月泰州电视台各频道对2017中国泰州梅兰芳艺术节和第五届全国里下河文学流派研讨会的相关报道可以看出,泰州本土的主流大众传播特别是电视媒体,作为唱响主旋律的主阵地,正站在人文精神的高度,在巩固自己"官方媒介"地位的基础上,积极拓展文化领域的报道内容,改进文化类报道的方式方法,在传承文化遗产、深化文化内涵、塑造文化品牌、彰显文化个性、强化泰州文化软实力建设方面发挥了极为重要的作用,值得我们为之点赞。

(2017年9月)

有感于《新闻夜班车》的"平民视角"

《新闻夜班车》是泰州电视台收视率最高的品牌栏目。栏目创办近10年来,始终坚持"以平民视角,说百姓新闻"的报道手法,吸引了一批忠实的收视群体。

《新闻夜班车》10月22日《扎根社区的"铁脊"民警》,讲述了一位尽管脊椎内插着钢板,但仍长期坚守岗位、服务辖区百姓的普通民警的故事。52岁的城南派出所夏春生没有惊天动地的感人事迹,只是默默无闻地奋斗在基层派出所工作一线。这样的平民新闻,让所有的观众觉得老夏是那样的可亲可敬。

10月25日,《追求高消费,大学生陷入带宽陷阱》通过记者的一线调查和泰州相关高校活生生的典型事例,把流行于高校的"校园贷"的真面目进行了淋漓尽致的揭露,对广大在校学生特别是部分爱慕虚荣的学生进行了深刻的警示教育。

10月28日,《我们的节日重阳》则通过九旬老人出书,赞美家乡赞美爱情这样的独特视角,把94岁老人吴怡寿耄耋之年对家乡的热爱和对亡妻的思念之情通过镜头得以表现。既让许多老年朋友看到了坚持学习,活到老学到老的人生乐趣,也对吴老夫妻一辈子对爱情的坚贞赞叹不已。

笔者认为,《新闻夜班车》之所以能深受社会各界好评的重要原因,就在于节目自始至终都体现出一种浓厚的平民意识。无论是"讲述老百姓自己的故事"的"班车见闻",抑或是及时反馈社会热点、难点的"班车帮你忙",都能使人强烈地感受到这一点。正是这种创作观念上的平民意识,使得《新闻夜班车》坦诚地敞开了胸襟,与观众之间筑起了心灵的桥梁,并赢得了令人瞩目的关注。

党的十九大指出,目前人民对美好生活的需要,已不仅对物质文化生活提出了更高要求,而且在民主、法治、公平、正义、安全、环境等方面的要求日益增长;我国社会生产力水平总体上显著提高,更突出矛盾是城乡、区域、收入分配等存在的不平衡不充分等问题,这已成为满足人民日益增长的美好生活需要的主要制约因素。特别是在民生领域还有不少短板,群众在就业、教育、医疗、居住、养老等方面面临不少难题,社会文明水平尚需提高。

  平民意识,是时代对于电视新闻改革的真诚呼唤。平民意识的导入,把我们的电视新闻带到了一个新的时代,新的起点。所谓平民意识,其根本就在于我们的电视新闻工作者在从事新闻报道时,要以一种平民化的价值取向和平视生活的视角来观察和思考问题,使荧屏内外的传播与接受、社会与个人获得严格意义上的心态同步、情绪共鸣。它是对传统的电视新闻中所存在的"高大全"和居高临下说教模式的离判,是对粉饰生活、脱离生活倾向的否定;显示了对新时代、对新生活、对普通观众的一种尊重,体现着一种电视新闻改革过程中崭新的审美价值。

  所以,《新闻夜班车》用拍身边人、讲身边事、感动教育"你我他"的平民视角和生活语言,既拓宽了新闻来源渠道,提高了节目收视率,又帮助老百姓解决了许多迫在眉睫的民生问题,全面提高了社会文明水平,有助于更好构筑中国精神、中国价值、中国力量,为人民提供精神指引。

(2017年10月)

新媒体浪潮下须提高《泰州新闻》的"故事化"
——从本月两条十九大精神宣讲的报道说开去

习近平总书记曾指出,随着形势发展,党的新闻舆论工作必须创新理念、内容、体裁、形式、方法、手段、业态、体制、机制,增强针对性和实效性。要适应分众化、差异化传播趋势,加快构建舆论引导新格局。要推动融合发展,主动借助新媒体传播优势。

新媒体是信息技术革命最新成果,在人类社会信息传播领域具体应用的产物。其技术特征是数字化、网络化、信息化,其传播特征是互动交互,传播者与受众的界限不再清晰;其功能是为社会提供海量的多媒体信息服务和信息共享,能实现高效快捷的海量内容的聚合和发散。

在新媒体浪潮的袭击下,报纸、电视等传统媒体受到的冲击有目共睹。新的媒介环境为受众提供了更为开放的话语空间。新媒介与传统媒介的碰撞带来了媒介的融合与变革,使得包括电视在内的传统媒介的传播平台、营销模式、内容生产都呈现出新的面貌。

由于媒介生态环境的巨大变化,传统媒体的垄断地位已经一定程度上被打破。当前众多纸媒纷纷走下坡路的境遇,客观上说明了广大受众要求掌握更大的话语空间,传统媒体如果还固守原有思维,故步自封,必将自我淘汰。所以,笔者认为,在这样的时代背景下,作为传统媒体老大的电视业和作为电视媒体王牌的时政电视新闻节目,为了更稳地立足于激烈的传媒竞争,必须要做出相应的变革,以应对日益复杂、激烈的竞争。这一点,处于同城的泰州日报社的"微泰州"已经做出了非常有益和成功的尝试,值得泰州电视台借鉴。

值得注意的是,在新媒体语境下,受众角色从被动接受信息转变为主动传播信息,受众既是信息接受者又是信息的传播者。受众主动性的提高进一步打破了传媒的垄断地位,受众从多个方面影响着新闻事件的构建。受众影响新闻事件构建的同时,更加速了其权力的转向,受众拥有了更大的话语权。所以,新媒体语境下,新的媒介环境对电视新闻特别是《泰州新闻》一类传统时政类新闻节目的发展提出了新的挑战。

为了应对媒介环境的变化,为了满足更具有主动权的受众,电视新闻报道策略必须进行根本性的改革。从近期全国以中央电视台和各地方台播出的党的十九大各级各类宣讲活动报道可以鲜明地看出,电视报道的新闻策略正在发生着根本性的变革,不再是把镜头一味对着"主席台",叙事角度和叙事方式也不再是纯粹的官方身份和官方语言,而是把镜头投向了"田间地头""街头巷尾";聚焦的不再是各级领导和宣讲团成员,而是正在生动实践着十九大精神的广大基层党员干部、普通百姓。这样的报道,用生动的基层故事,用身边的平凡人物,宣讲政策主张、传递社情民意,体现着新时代电视媒体的新变化,得到了基层群众的广泛点赞。中央电视台11月4日《新闻联播》和11月5日《朝闻天下》"泰州大走访大落实,十九大精神进村入企"两条时政新闻,可谓鲜明代表。当然,这两条新闻背后,离不开我市宣传部门和泰州电视台的努力与付出。

同样,本月泰州电视台《泰州新闻》栏目播出的《曲福田赴海陵区开展大走访活动,宣讲十九大》和《百姓名嘴说快板,生动传颂十九大》,就是报道策略改革的生动体现,把十九大精神的宣讲活动,用百姓视角来体现,用老百姓喜闻乐见的故事来传递,用百姓耳熟能详的语言来表达,既生动活泼、及时准确,又原汁原味、原原本本地传递了十九大精神,确保了十九大精神在泰州的落地生根、开花结果。所以这两条"故事化"色彩鲜明的时政新闻,除在电视新闻栏目播出时受到观众肯定外,在凤城泰州网的点击率和微信平台的关注率都较高,取得了非常好的宣传效果。

在新媒体语境下,电视新闻"故事化"叙事技巧的增强,是电视媒体与新媒体的竞争中最能吸引受众注意力、满足受众需求的必然选择。当前,伴随着新媒体的普及,受众的选择性越来越多,传统单调的电视新闻内容已无法抓住受众的眼球,电视新闻叙事只有立足于电视媒介特质,以电视媒介优势为立足点,通过突出叙事策略的故事化,打造电视直播平台,多媒介同时推送新闻内容等途径,才能使作为传统媒介的电视媒体在新媒体浪潮的白热化竞争中保持领先地位。

新媒体浪潮下须提高《泰州新闻》的"故事化"
——从本月两条十九大精神宣讲的报道说开去

此外,在新媒体语境下,由于受众的多样性需求,不同传播平台的融合化与多元化,新闻报道无论是从叙事视角、故事悬念设置等方面,都不可避免融入了新媒体的特质。因此,作为泰州电视台"拳头产品"的《泰州新闻》应主动适应时代需求,采用多种叙事视角相结合的方式,把传统的时政新闻做成能够在不同媒介上呈现的"新闻故事",才能真正融合不同社会群体的声音,为受众全景式地展现新闻事件的全貌,也才能吸引更多眼球,赢得更多点赞。

综上所论,笔者认为,《泰州新闻》作为时政类新闻,要努力打破传统媒体"告知"式的信息传播方式,俯下身、沉下心,察实情、说实话、动真情,集中精力讲好泰州故事,讲出更多百姓认可的新闻故事,推出更多有思想、有温度、有品质的作品,主动适应新时代需求,构建舆论引导新格局,加强自身传播能力建设,增强宣传话语权,打造新媒体浪潮下具有最高影响力的泰州权威媒体。

(2017年11月)

"互联网+"时代广播新媒体化的重要标志
——为泰州广播电台全省率先实现广播节目可视化打 call

2016年以来,泰州广电传媒集团以全媒体演播厅建设为统领,加强硬件设施建设。将广播子平台、电视子平台与新媒体子平台等合并形成全媒体内容汇聚分发平台,实现了从平台建设上新闻资讯的多渠道立体发布。

2017年12月,广电传媒集团又借助全媒体演播厅资源,全面整合广播、电视、新媒体资源,在全省率先实现广播节目可视化,真正全面建立起广播、电视和新媒体新闻一次采集、多种生成、多元分发的全媒体运作流程。

通过全媒体演播厅,泰州广电传媒在广播三个频率直播室多角度搭设360度可旋转式摄像头,借助视频直播平台,观众可以观看直播室全景、主持人现场并与主持人互动。表面看来,这一做法只是广播媒体利用新型信息与设备技术,吸纳现代化信息处理理念的一次升级。但不可忽视的是,广播节目可视化是广播新媒体化的重要标志。从此,通过广播新媒体化,广播媒体彻底打破了传统广播电台"只闻其声、不见其人"的神秘感和陌生感,缩短了受众的时空与心理距离,激发了媒体人与广大受众的互动欲望。随着广播节目可视化,弥补了广播的先天劣势,扩大了广播的功能,实现广播节目线上线下联动,提升了广播节目的品牌影响力。

同时,广播节目可视化会进一步激励广播媒体创新新闻采编技术、新闻信息整合处理技术、广播内容生产传播技术,实现广播、电视和其他媒体资源的融合与聚变、升级与升华,适应并引领着互联网时代的新闻传媒市场,值得为之打 call。

众所周知,随着互联网已上升为国家战略,以新媒体、自媒体、云媒体等开放的

"互联网+"时代广播新媒体化的重要标志
——为泰州广播电台全省率先实现广播节目可视化打 call

全媒体环境为标志的"互联网+"时代已经到来。"互联网+"时代新媒体的发展挤占了传统媒体市场,但也与传统媒体相融,实现了传统媒体与网络技术的捆绑,在互联网时代获得整合传播效应。尤其是在"三网合一""三屏合一"后,不同媒体从分立走向了产业融合,互补服务,推动着彼此的价值提升。在这一背景下,与纸质媒体同为传统媒体代表的广播,只有借助"互联网+"进行融合创新,实现传统媒体与网络技术的"联姻",才能避免"关门大吉",也才能获得更好的发展,取得更大的价值。

当前,广播新媒体内容的生产与传播,正经历着"转化""利用""融合"三个阶段。"转化"阶段的广播新媒体内容,主要是传统广播的新媒体再现。"利用"阶段,是指广播与新媒体的深层次结合,即广播充分地对移动互联网的新技术、信息来源进行整合,以此实现广播新媒体产品的创新升级。"融合"阶段,是指广播对新媒体技术、应用与资源的整合后,由内容转向了互联网时代新闻媒体的增值服务。

广播作为传播媒体,具有时效性强、滚动播出、收听条件简便等优势,也具有稍纵即逝、难以长期保存、内容深度不够、形式较为单一等先天性劣势。"互联网+"时代给媒体带来最明显的改变是智能化的"屏",深度化、多元化的信息,强大的"云"平台和大数据。因此,对于广播而言,只有适应时代需求,不断进行技术创新,才能以技术创新为驱动,推动自身新闻采编技术、新闻处理技术、新闻传播技术的全面创新。

所以,泰州广电传媒集团在全省率先开展"互联网+广播"的具体实践,并非简单地将传统广播媒体可视化、互动化和娱乐化,而是将广播转型升级,与新媒体的技术、应用与资源有机"融合",并在此基础上实现互联网时代"互联网+广播"媒体的增值服务。

当然,作为传统媒体之一的广播,仅仅依靠节目的可视化,还远不能实现"互联网+广播"。由于全媒体环境中的媒介是多途径的,受众需求也是多样化的,广播新媒体化过程中面临着受众向用户转变,显著特征即是注意力分散、需求面多样。面对这一状况,广播新媒体需要做到以受众需求为导向,将虚拟状态与现实生活紧密结合起来,根据用户个性化需求,结合广播资源,数字化生存,多元化传播,积极拓展广播新媒体增值服务市场。

综上所述,笔者认为,泰州广电传媒集团应对广播在新媒体行业的价值进行重新评价,在毫不动摇坚持"党的新闻舆论工作职责使命"、唱响主旋律、传播正能量的基础上,根据习近平总书记"强化互联网思维,坚持传统媒体和新兴媒体优势互补、一体发展"的要求,进一步发展"互联网＋广播",加大媒体融合从"相加"到"相融"的力度。要借助自身各类媒体平台,嫁接政府资源和社会资源,推进线下市场和线上用户的融合与互动,构建广播端、数字电视端、互联网端、移动端以及游戏、广告、旅游等于一体的互联网媒体生态系统。这一系统,一方面会使广播、电视、新媒体取得叠加传播效果,提升传播力、公信力和影响力;另一方面通过跨界融合,协同创新,抢占市场,共同增值,把泰州广电传媒打造成本地区权威性、支柱性、新型化主流媒体,服务地方党委政府需要、满足百姓大众需求,真正适应互联网时代新闻媒体的发展所需。

(2017 年 12 月)

百尺竿头，仍可再进一步
——漫谈1月31日《新闻夜班车》栏目的几条新闻

近年来，随着民众自身的话语权意识觉醒与新闻媒体的深度结合，民生新闻已逐渐成为各地方电视台吸引观众的"杀手锏"。民生新闻以其大众观点、关注社会民生、新闻媒体人与平民的即时互动、将话语权交给大众等特点深受老百姓喜爱。

作为泰州本地媒体中最受观众关注和喜爱的民生电视新闻栏目，《新闻夜班车》与《直播生活》栏目已成为本土民生新闻的代表，也是泰州广大百姓了解本地民生民情、评论大众喜闻乐见的事件乃至寻求媒体关注与帮助的主渠道之一。

但是笔者通过观看1月31日晚播出的《新闻夜班车》，发现该栏目的一些时效性、服务性和关注度较高的民生新闻，在记者采访、责编剪辑、播出次序等方面，还有着较大的发展完善空间。可谓百尺竿头，仍可再进一步。

如1月31日晚《新闻夜班车》播出的头条新闻是"中国人寿牵手广发银行推出联名卡"，第二条则是"泰州汽车客运南站火力全开保畅通保春运"。这样的编排顺序，不知出于何种考虑？2月1日是全国春运首日，也是全社会关注的热点话题。中国人寿公司与广发银行推出联名银行卡，可以说只是一个常规的金融营销手段，关心关注的观众估计是寥寥无几。这样的编排，让人不免有本末倒置之感，也削弱了头条新闻的影响力。

又如本期《新闻夜班车》中"263泰州在行动"这条新闻。记者跟随泰州相关部门执法人员来到兴化大营镇，发现一家企业正在燃烧废布等垃圾，记者也采访了烧锅炉的工人。但是，整条新闻中既未出现相关执法人员对违法企业有效执法的画面，也没有对企业负责人或执法人员进行面对面的采访，更没有说明执法部门对该企业将进行何种处罚。接受采访的工人，面对镜头甚至有点若无其事。这样的新闻播出后，让观众看后对"263泰州在行动"执法会产生蜻蜓点水、隔靴搔痒的感觉。此外，笔者认为，如果记者在该条新闻中，能再进一步采访我市相关环保和医学专家，讲明用小锅炉燃烧垃圾对环境污染的影响和对人体的危害，并将我市近期的雾霾天数与PM2.5数据在屏幕上用图表或数据进行展示说明，观众受到的教育将会深刻得多。

再如同样是关注春运的"返乡旅客日益增多，热门线路一票难求"这条新闻中，在采访泰州火车站票务主任王芳时，她提及往年有许多旅客通过网络购票后，却因种种原因最后不得不退票。但是，对于这样一个重要的新闻点，记者却没能及时抓住，没有通过采访告知广大观众如何才能有效避免出现这一问题。其实，如今绝大多数旅客都是通过网络购票，如果出现最终要退票，那绝对是令人悲催的事。所以，如果记者能在该条新闻中把这一问题讲透，会有力凸显《新闻夜班车》的民生性和服务性。此外，在该条新闻前播出的"泰州汽车客运南站火力全开保畅通保春运"新闻中，接受采访的泰州汽车客运南站值班长朱峰特别提醒广大旅客，可以通过汽车站官网或巴士管家APP购买正规营运车辆车票。如果此时屏幕上能出现汽车站官网网址或巴士管家APP二维码，那就能把小新闻做细、做精、做实、做好，做出新意，做出高度，方便百姓，赢得赞誉。

对于《新闻夜班车》这样的民生新闻栏目，地方电视台作为社会舆论的向导和服务百姓的媒介，栏目定位一定要坚持走"贴近群众，走进基础，关注民生"的路线，以大众化的角度和新闻态度去感受百姓生活的点点滴滴。这样才能缩短观众和新闻媒体之间的距离，使两者之间产生情感上的共鸣，从而提高民生新闻节目的收视率。

所以，通过对1月31日《新闻夜班车》的观看，相关媒体人"百尺竿头，仍可再进一步"，通过强化观众意识、群众意识、民生意识，可以把民生新闻做细、做实、做全、做好，更好地发挥出《新闻夜班车》栏目的新闻价值和传播效力，服务广大百姓，赢得群众点赞。

（2018年1月）

大众传媒的影响力不可轻视

二月的《直播生活》节目中,有一天在"小柏说事"的环节,编导和主持人用近两分钟的时间,不厌其烦地播放了网络上传播的江苏盐城地区春节期间一场婚礼的视频。主持人还特别说明,在2月25日举办的这场婚礼中,因所谓"喜公公"突然对新娘搂抱狂亲而造成的轩然大波,并导致"新娘自杀"。其后,主持人还图文并茂地叙说了"爬灰"习俗的由来,并上溯至北宋王安石和其儿媳的典故。

事实上,该网络事件并不完全属实,公安机关已经重罚了在网络散播谣言的背后推手。而且该事件作为在网上影响较大的"低俗""恶俗"事件,在网上引发的"风波"甚大。事后,举办婚礼的家庭委托律师在网上公开发布了《律师函》。盐城市委宣传部、市文明办还向全市发布了倡议文明举办婚礼的《倡议书》。

对该事件,笔者不予评论。但是,作为泰州地区公众影响力排名前列的官方媒体,在选择来自网络的新闻线索和新闻事件时,必须要慎之又慎,而不能抱着"捡到筐里的都是菜"观念,不加选择和取舍就进行采编。否则,不仅会降低自身的文化品位和传播影响力,还对大众舆论和传播产生反向推动力。其次,即使编辑和主持人认为该网络事件可以作为新闻素材,也应通过该事件对目前我国诸多的婚礼"恶俗事件"进行批判,在评论的基础上,可以采访或用数据说话,引导社会舆论和生活风尚向积极、健康的状态转变。而不是用一种旁观者乃至看笑话的身份与心态来表现。

"新闻宣传无小事!"新闻媒体一方面要全面反映时代变迁,记录时代的变化;另一方面正确的舆论导向又可以引领和加速社会变化和发展,舆论导向对社会治理的重要性不言而喻。所以,新闻单位一定要切记大众传媒的影响力不可轻视。《直播生活》栏目作为泰州百姓喜闻乐见的民生新闻节目,要改变民生新闻琐碎化、低俗化的现象,就必须提升自身文化品位和新闻传播力,牢记自身担负的教育和引导功能,充分发挥大众传媒文化传递、沟通、共享的强大功能,传递"正能量",振奋"精气神",倡导社会健康文化形态,传递社会主流价值意识,回应关切、凝聚人心,促进社会的和谐发展。

(2018 年 2 月)

《创赢新时代》：喜见泰州广播电视台的"跨界"

在3月的泰州电视台新闻频道《泰州新闻》节目中，"创新创业创未来，聚力共赢新时代"成了广大观众耳熟能详的主持人开场语。

3月20日，由泰州市委组织部、市委宣传部、市人社局、泰州广播电视台共同主办的大型励志创业节目《创赢新时代》开始录制，随后直至30日。先后将入围节目共分大健康、大科技、现代农业技术、新能源、大数据、文化创意等12个专场进行了播出。

需要指出的是，录制《创赢新时代》这样的大型创业节目，对泰州广播电视台而言，实在是属于"跨界经营"，其中的难度和所费人力、物力可想而知。但是，正如省人大常委会副主任、市委书记曲福田在3月20日的录制现场时所指出的："泰州要实现高质量发展，必须坚持创新创业。我们要把泰州的创新创业之火烧得更旺，让更多的泰州年轻人激发创业的热情，同时要吸引更多的年轻人来泰州创业、更多的专家来泰州安家、更多的项目来泰州落户。"

也许，有观众在观看相关专场视频后会说，节目中的许多项目和我市经济发展并没有多少直接关系，也许并不适应我市产业发展所需。还有的观众会说，目前国内这样的创业型节目已屡见不鲜，一些创业导师只是在舞台上进行泛泛的点评而已，并不一定真的就对某些年轻人带来的项目有投资欲望。有观众针对目前共享单车、共享充电等曾风靡一时的风投项目的昙花一现现象，还建议编导在节目中增加对相关投资项目进行深入的风险评估和市场调研，或者进行3~5年的产业发展跟踪，力求使相关创新创业项目得到市场检验，促进产业发展。

笔者认为，对于一档电视节目而言，能赢得广大观众的热心参与，能够吸引众多的大众点评,无论这些建议或点评是否具有一定的针对性和实效性,其实已经反映了该节目取得了较大的成功。况且,泰州广播电视台作为新闻媒体,能主动牵头组织市相关部门,克服重重困难,跳出传统"新闻业门槛",跨界服务,适应当前我市产业发展需求,呼应当下创新创业热潮,发挥自身优势,提供独特平台,助推产业发展,打造泰州"双创"工作新亮点。这样的节目,既是泰州广播电视台的"跨界经营",更是泰州广播电视台做好"本职工作"的新途径、新亮点、新成绩。

《创赢新时代》,尽管是一档由泰州广播电视台"跨界"完成的"新业务",但却赢得了全市的关注,赢得了泰州"双创"工作的新未来……

(2018年3月)

对"最美基层干部"系列报道的思考

为迎接"五一"国际劳动节,四月的泰州电视台《泰州新闻》栏目推出了"最美基层干部"系列新闻报道,分别以《张文德:水乡村官走活创业"三步棋"》《吴佳妮:绽放在三尺岗台的美丽警花》《丁雪其:小康路上奔跑的"单腿"书记》《丁昌华:社区百姓的守护神》为题,重点报道了张文德、丁雪其两位基层村官,吴佳妮、丁昌华两位一线公安干警的典型事迹,在全市引起了较大的反响,得到了广大观众的肯定与赞誉。

报道中,通过纪实的电视镜头和朴实的参访语言,把我市普通的村官、一线干警用"奉献"来绽放人生最美一面的感人事迹,呈现在广大观众眼前,令人感动。镜头前的张文德、丁雪其、吴佳妮、丁昌华,怀着对党的忠诚和对人民的挚爱,扎根基层谋发展,甩开膀子干实事,展现了广大基层干部一心为民的公仆情怀、务实进取的敬业精神和清正廉洁的崇高品格。他们用自己出色的业绩、良好的形象凝聚了民心、赢得了口碑,不愧为百姓公认的"最美基层干部"。

从《泰州新闻》"最美基层干部"系列报道的成功可以看出,电视新闻正面典型报道是新闻媒介引导社会舆论、激励人们奋进的一种强化报道。以张文德为例,作为兴化市戴南镇董北村任职二十多年的老书记,他完全可以"躺在功劳簿上睡大觉"。但是,通过镜头,我们看到他带领董北村不断调整产业结构,不断强化基层党组织建设,不断提升人民群众的幸福指数。所以,"最美基层干部"系列报道中的这些典型人物身上,体现着中华民族的优良品德,折射着新时期的精神所向,通过报道,教育、启迪了广大观众和全市党员干部,真正发挥了电视媒体的社会导向作用。

但是,毋庸讳言,长期以来,电视新闻正面典型报道常常处于一种"报道时感动,报道完冷漠"的尴尬局面。甚至有的电视新闻正面典型报道中,由于电视新闻报道的典型来自不同的行业,不同的地区,有着各自不同的故事和不同的时代背景,人物的刻画和形象的展现很难把握。但镜头前的典型人物总是"样板戏"一般,缺少"亮点",缺少人物内心真实的写照,缺少报道角度的新颖性和报道内容细节的深入挖掘,使传者与受者之间存有一层无形的隔膜,使媒体无法完全有效地发挥正面典型报道的社会影响力,值得深思。

令人欣喜的是,四月《泰州新闻》"最美基层干部"系列报道中,记者与编辑应该已经认识到,"最美基层干部"的四位典型人物,既然是基层干部,就是活生生的人,而不是高高在上的"神"。报道中,那来自基层干部工作一线的相关纪录片式的镜头,采访中基层群众朴素、朴实的话语,将典型人物置于现实环境中,自然地写人和写自然的人。这样的报道方式,是选取典型人物生活中的故事,体现时代背景下他们的个性特征和思想操守,做到了生活化、人性化的报道,既宣扬典型的优良品质,也有利于引导全社会向他们学习、效仿。特别是两位基层干警的报道,通过拍摄纷繁复杂的道路交通指挥和鸡毛蒜皮的社区管理工作,展现了两位鲜活的、有血有肉的基层典型,使典型融入群众中,更能够加强典型的教育意义和启迪意义。

"理发店里蹦出的'金点子'",这是张文德事迹报道中一个令人难忘的片段。笔者相信,这个镜头会让很多观众都留有深刻的印象,让观众觉得距离自己很近,觉得它是真实的、生活中的。在丁雪其的报道中,有这样一句话:"盈利了算你们的,亏了算我的!"通过丁雪其的努力,如今的黄桥镇祁巷村发展高效规模农业2 000多亩。"桃李不言,下自成蹊。"这样来自群众身边的典型,必然能够教化观众,收到良好的宣传效果。笔者相信,电视机前的每一名观众,大概对丁雪其这样的基层村官都会终身不忘。

总之,四月《泰州新闻》"最美基层干部"系列报道,做到了关注当下、着眼现实,选择了具有鲜明时代意义、积极向上的题材,报道了真实的优秀党员干部事迹,记录了平凡工作生活中的一线基层典型,让广大观众觉得这些基层干部距离自己很近。所以,笔者认为,这样的电视新闻典型报道,引导舆论、教化观众,宣传了典型,凝聚了民心,达到了良好的宣传效果。

(2018年4月)

我看"对标绍兴,采石攻玉"系列专题报道

为全面贯彻落实全市党委中心组学习会精神,深入推进"解放思想再出发、对标找差新跨越"大讨论活动,为建设"强富美高"新泰州、推动高质量发展走在前列凝聚思想共识、提供精神动力,自5月17日至5月24日,泰州电视台新闻频道《泰州新闻》栏目,连续播发了题为"对标绍兴,采石攻玉"的六篇系列深度报道,在全市上下引起热议,反响强烈。

笔者注意到,这六篇系列报道,没有把镜头对准绍兴的党政领导、相关部门负责人或专家学者,而是通过拍摄一线工作人员、普通民众和基层公务员、创新型科技工作者和企业负责人,以及投资客商等纪实性镜头,原汁原味绍兴方言的采访,利用生动活泼的镜头语言和精准入微的数据分析,把绍兴解放思想改革创新、产业升级动能提升、抢抓机遇对外开放、区域联动整体发展、传承文化古今交融、村美民富新农村建设等方面的成就,作全景式扫描和针对性剖析,全面深入地反映了绍兴近年来经济文化建设的思路与举措、特色与亮点。

如5月17日播出的《改革创新,打造绍兴发展样本》报道中,编创人员通过形象直观的数据与图表,向观众呈现了绍兴2017年的全市GDP总量、人均GDP、全国地级市排名、上市公司数量等最新数据。这就明确了我市的发展实际与绍兴的差距所在,同时也为我市今后发展寻找到了可观、可感、可学、可超的新目标。众所周知,目标的选择,决定着作为后来者是登高望远,还是故步自封。毕竟只有登高望远中解放思想,才能找到新目标;故步自封中"老子第一",必将永远居末流。新目标是新思想的源泉、新行动的指南、新发展的动力。只有竖标立杆,对标找差,才能找出差距,确立新目标;只有瞄准新的奋斗目标,才能使包括本次泰州广电传媒集团"对标绍兴,采石攻玉"系列报道在内的,全市新闻媒体花费大量人力、物力的

集中性新闻报道取得实效。

笔者认为,本次全市上下开展的解放思想大讨论之根本目的,是深入推进思想大解放,实现泰州发展新跨越。实现新跨越,新目标、新理念是前提,新举措、新作为是途径。对于如何采取新举措,推动泰州经济社会特别是相关产业取得实质性突破与升级,5月18日《泰州新闻》播出的《转型升级,加快新旧动能转换》提供了可借鉴的样本。通过记者的镜头和主持人的话筒,该条新闻对绍兴的黄酒、珍珠等特色产业的创新发展之路,进行了深层次的揭示。黄酒和珍珠,本是地域性特产之一,其加工产业更是传统产业的代表,在一般人眼中并没有多少科技含量和附加产值。但是,绍兴人"有所为、有所不为",通过科技创新,实现了产业升级,获得了巨大回馈。联想到泰州地区的银杏产业、里下河地区的水产养殖和蔬菜加工业,如何在新时期实现科技创新与转型升级?本条新闻大概已经提供了新的思路。

所以,笔者认为,相对于理论层面的大讨论,实践层面的新举措更应值得我们重视。目前,泰州发展的新蓝图、新愿景已经绘就,接下来是如何逐条逐项落实新形势下高质量发展的关键之举、务实之策。改革开放40年来,绍兴探索、开辟了富有特色的"绍兴之路",演绎了精彩的"绍兴突围"。对标绍兴,5月《泰州新闻》"对标绍兴,采石攻玉"系列专题报道已经告诉我们,只有瞄准新目标,赋予新理念,不断推出学习赶超的新方法、新路径和新举措,加快形成更多务实管用的新成果,泰州的改革发展新篇章才能更辉煌。

当然,对于本次思想大解放活动,泰州电视台新闻频道在相关后续报道中,还可再接再厉,力争做到"讨论引导再深入、选择范围再扩大、目标明确再清晰、举措介绍再实际",真正做到市委、市政府要求的,能够通过解放思想,对标找差,指导实践,推动工作,全面开启泰州跨越赶超新征程。

(2018年5月)

换个角度　效果更佳
——我看《新闻夜班车》的"共建共享:文明行为大家谈"

为配合全国文明城市的复检工作,六月的泰州电视台《泰州新闻》《新闻夜班车》栏目深入基层创建现场,来到街道社区的创建死角,选取人人可为、处处可为的文明行为"小切口",同时也瞄准城市文明建设中尚存的不足,直面"闯红灯""抢车位""扒绿化""垃圾乱扔"等一系列不文明行为,力图通过"文明行为大家谈",把这些文明创建的老大难问题交给广大观众评说,在此基础上,通过专家出招、社区干部引导、当事人感想、旁观人评论等,克服创建工作与我无关、遇事绕着走、作壁上观的心态和想法,而是"直面问题,化解矛盾,彻底解决",敢于做到——向不文明行为宣战,我们在行动。

非常钦佩《新闻夜班车》栏目的编辑,能够突破传统文明创建类新闻的固定思维,把这一系列节目定位于"共建共享",而不是传统的"不文明行为曝光"。这样的立意,说明了文明创建的根本目的是让全社会行动起来,充分认识到文明城市创建是推进建设现代化城市、建设美好家园的重要抓手,是为全体泰州人创造一个能够"共享"的"天更蓝、水更青、景更美、人更善、情更真",让每一位泰州人和来到此处的外地游客亲身感受到:在泰州,最美风景是文明。

换个角度,效果却截然不同。正如节目中相关专家所言,相信在全体泰州人的努力下,瞄准共建共享的共有目标,经过五百万泰州人民的努力,文明之风在泰州必将不是"一阵风",而是"四季春";绝非"雨过地皮湿""风过草抬头",而是内化于心、外化于行。

中共中央政治局委员、中宣部部长黄坤明曾指出,"衡量一个城市的文明水平,不仅要看基础设施和公共服务,更要看市民素质、文明风尚、精神状态、人文氛围。要围绕讲文明、有公德、守秩序、树新风,大力普及工作生活、社会交往、人际关系、公共场所等方面的文明礼仪规范,引导人们自觉遵守公共秩序规则,建立和谐清新人际关系,养成文明行为习惯,推动城市文明程度不断提高"。所以,笔者认为6月的《新闻夜班车》"共建共享:文明行为大家谈",就是新时代电视新闻媒体"俯下身子,倾听呼声,服务人民"的最好实践,是新闻工作者真正通过手中的摄像机,把泰州人民群众追求美好生活的意愿要求真实可信的表现与流露,表达了广大市民群众个体性的获得感、幸福感、归属感的创建目标,体现了他们对所在社区、所在城市泰州文明创建工作的高度认同。

事实证明,在新闻宣传工作实践中,有时换个角度,天地更宽,效果更佳……

(2018年6月)

电视新闻的配乐不可忽视
——《小范帮你忙》"2018助学行动"系列报道观后感

《小范帮你忙》作为一档民生服务类节目,长期以来,以"帮群众办事为己任",坚持面向基层,服务群众,扶危济困,得到了社会各界的高度肯定。

7月15日起,《小范帮你忙》推出了"2018助学行动"系列新闻节目,分别以"患病女孩的大学梦""寒门学子的喜与忧"等为主题,对我市近年考取大学的部分贫困生予以了重点关注和帮扶,使得这些手捧沉甸甸大学录取通知书的"寒门学子",通过党委政府和社会各界的援助,圆了自己梦寐以求的"大学梦",宣扬了爱心,温暖了社会。

但是,笔者在观看连续五期的"2018助学行动"新闻节目时,总看到这五期系列节目的新闻配乐,未能与新闻内容有机融合;或者说非常鲜活、打动人心的新闻画面,却没有配上相应的音乐,没能够达到"有声有色""声色并茂"的传播效果,让人颇感遗憾。

如7月24日的"寒门学子的喜与忧",历时六分多钟,除了主持人和采访对象的声音,从头到尾没出现一处配乐。如果该节目结尾处能够加上《爱的奉献》类音乐,则效果会大幅提升。7月15日反映在校贫困大学生暑期打工难的"不当小宅男",也是如此。试想如果该节目配上《超越梦想》等音乐,必将给人一种心情振奋、情绪激昂的感受。

不可否认,作为一种综合艺术,电视新闻的主体是视觉,听觉往往处于附属地位。但画面和声音是电视新闻的两大基本元素,各自发挥着独特的功能。甚至有时在电视新闻中,声音的重要性还会超过画面。

众所周知,电视新闻主要是通过画面、语言和音乐这三种要素来传递信息,由于电视新闻的性质和形式决定了画面的重要性。然而,随着技术的进步与人们欣赏水平的提高,对电视新闻节目的质量也提出了更高的要求,有些无法依靠画面传递的信息以及新闻背后复杂的情感,可以通过音乐的辅助加以表达,使得新闻内容更加丰富、完整。音乐的作用越来越重要,只有音乐与画面、语言合理配合,才能达到理想的新闻传播效果,可见音乐在电视新闻报道中的不可替代性。

此外,不同于其他媒介新闻,电视新闻的最大特点是画面与声音的组合与搭配,电视中的声音由人声、音乐和音效三元素构成。但提及电视新闻中的声音,人们脑海中往往只浮现人声,音乐和音效的作用常被忽视。实际上,电视新闻中人声、音乐和音效是紧密结合、和谐统一的,三者共同发挥着重要作用。

随着时代的发展、新媒体技术的普及、人们审美意识的普遍提高,对电视新闻节目的制作也提出了更高的要求。特别是在当前的信息爆炸时代,新媒体层出不穷,自媒体传播迅速,人们每天都会接收到来自各个渠道的大量信息,电视新闻要保持自己的主体地位不被动摇,不仅要保证新闻内容的时效性与真实性,还要在制作上更加精细和人性化,才能满足观众多元化的观看需求。

因此,笔者认为,适当的音乐元素融入新闻报道中会发生奇妙的碰撞,产生意想不到的效果。随着多媒体技术的日新月异,电视新闻中音乐元素的作用为电视新闻选配音乐,既简单又复杂。说它简单,是因为现在几乎所有电视新闻选配的音乐是现有的、现成的音乐资料,重新作曲的情况很少。说它复杂,则是因为很难掌握好音乐的选配,使之能够较好地服从、服务和体现电视新闻画面要表达的主题。

特别是对于《小范帮你忙》这类的民生服务类节目,随着时代的发展,新闻报道更加注重人性化与贴近民生,许多新闻报道不再是冷冰冰的客观报道,很多新闻内容都具有浓烈的感情色彩,从而引起观众的共鸣。而恰当的音乐则是这种情感的助推器,使得这种情感的传递更具有穿透力,对新闻内容起到了很好的衬托作用,会进一步增加新闻的深刻性,使得观众具有更加深刻的体会与反思,这有助于更好地提升新闻报道的作用与效果。

衷心期待泰州电视台相关新闻节目,在今后的实践中,进一步发挥音乐在电视新闻节目中的重要作用,使节目真正达到"有声有色""声色并茂"。

(2018年7月)

《时代新发现·泰州故事》："九个坚持"落地生根的现实体现

前不久,习近平总书记在全国宣传思想工作会议回顾了党的十八大以来宣传思想工作的历史性成就和历史性变革,系统总结了实践中所孕育的理论创新,并将其概括为"九个坚持"。

"九个坚持"深刻阐明了做好新时代宣传思想工作的目标任务、职责使命和实践要求,深刻回答了事关方向性、根本性、全局性、战略性的重大问题,具有非常强的现实针对性和指导性。

对于新闻界而言,笔者认为,"九个坚持"的核心思想正如总书记所强调的,要坚持提高新闻舆论传播力、引导力、影响力、公信力,坚持以人民为中心的创作导向,坚持营造风清气正的网络空间,坚持讲好中国故事、传播好中国声音为根本遵循,准确把握其精神实质和丰富内涵。归根结底,就是务必要坚持提高新闻舆论传播力、引导力、影响力、公信力,真正通过报纸、电视和网络等新闻媒介,把社会主义核心价值观融入社会发展各方面,转化为人们的情感认同和行为习惯,使其充分发挥对国民教育、精神文明创建、精神文化产品创作生产传播的引领作用。

笔者发现,八月泰州电视台《泰州新闻》播出的《时代新发现·泰州故事》,可称为"九个坚持"在新时代泰州落地生根的现实体现。正如该节目播出之初所言,"致敬改革开放40周年,《时代新发现·泰州故事》聚焦时代大潮中典型人物、典型场景、典型事件,展现当前时代背景下泰州大地上追寻梦想、实现价值而奋斗拼搏的精彩人生、传奇故事"。笔者把这段话定位为《时代新发现·泰州故事》的"发刊词"和"播出前言"。《时代新发现·泰州故事》正是在立足泰州改革发展实际,坚持以人民为中心的创作导向,深入基层、深入生活,精心遴选了四集能代表五百万泰州人民追寻梦想、实现价值的典型人物、典型场景、典型事件,通过电视新闻镜头,讲好泰州故事、传递泰州声音,讲述了我们身边正在发生的精彩人生、传奇故事,传播正能量、凝聚精气神。

如第一集《慢慢的城》,通过该歌曲的词作者韩世杰作为叙事线索,镜头再现了三年前几个在泰州上学的大学生爱上音乐、爱上泰州,为了自己的梦想,与泰州共同成长的青春故事。他们想把自己的第一首歌写给泰州。一首《慢慢的城》,告诉生活、成长在泰州的所有年轻人,身处泰州,怀抱梦想,不断努力,"泰州之梦"必将华美绽放在你的眼前……其他三集中,分别讲述了丁松这个连船都不会划的门外汉,毅然放弃大城市的优厚待遇,回到家乡兴化水乡竹泓。作为新时代的创新创业典型,他利用大数据,借助电商平台,引导竹泓木船抢搭"互联网"快车,使得几乎退出了历史舞台的兴化竹泓木船制造技艺重新展现出来,预计产值超过3亿元,直接解决300多个就业岗位。面对记者的采访,丁松正充满激情,憧憬着未来驾驭家乡的航船不断远航。曾于2013年入选《舌尖上的中国》第一季的靖江蟹黄汤包,是最具特色的"泰州美食"之一,国家地理标志产品。通过技术创新和不懈努力,在历时三年试吃了将近1万个包子后,孙华靖成功创业。如今他的尚香蟹黄汤包,已在全国开设了80多家分店,今年还走出了国门,登上了纽约的时代广场,成为新的"泰州骄傲"。蒋志君曾任全球第一大仿制药厂 Teva 的全球研发运行副总裁、葛兰素—史克公司 OTC 全球首席分析科学家。在来到泰州医药城,创办长泰药业后,6年的研发,6年的付出,6年的成长,长泰药业硕果初绽。该公司治疗双向情感障碍的复方药顺利通过生物等效性试验,填补了国内的空白。

岁月静好,唯奋斗不止;人生漫漫,需奋进不懈!"知者行之始,行者知之成。"笔者认为,《时代新发现·泰州故事》精选的四个典型案例,具有高度的现实性和代表性,对正奋战在建设"强富美高"新泰州征程中的全体泰州人有着非常强的针对性和指导性,体现了《泰州新闻》栏目立足实际、因地制宜、突出实效的崭新创意,是该栏目把"九个坚持"在实践中落细落小落实,在继承中创新、开拓中发展,打开崭新局面,创造新鲜经验的成功实践和现实体现。相信该栏目以"九个坚持"为根本遵循,必定能够真正实现理论创新和实践创新良性互动,推出更多诸如《时代新发现·泰州故事》这样的优秀新闻作品,挖掘报道出更多鲜活的新闻题材,通过新颖独特的新闻视角,讲好泰州故事、传播好泰州声音。

(2018年8月)

民生新闻要有"扩容"和"压缩"意识
——漫谈9月的三条民生新闻

对于地方电视台的自办新闻节目而言,民生栏目的节目质量是电视台保持生命力的基础,更是提高节目竞争力的关键。笔者认为,对于民生新闻而言,可谓是螺蛳壳里做道场。因为其题材较小,所承载的新闻性不够重大,较难引起观众的广泛注意。同时,民生新闻作为广大观众喜闻乐见的新闻素材,又是本土新闻最主要的内容来源。因此,有时不可避免地会把本来并不是很重要的新闻线索"无限放大",容纳进许多与本条新闻关系不大的信息,使得该新闻出现过度膨胀的情况。反之,有时又由于未能充分挖掘本条新闻背后隐藏的新闻线索,导致该新闻最终"蜻蜓点水,浅尝辄止",丧失了其新闻价值。

9月《新闻夜班车》播出的"班车故事·创业英雄会"选题新颖,呼应了当下"创新创业"的时代主题。但笔者注意到,在其中一条"花语浓缩的创业故事"中,时常一分多钟的新闻,记者较多地关注了"换盆"的"故事",而留给本条新闻主题的时间却"相对较短",以致整条新闻显得枝枝蔓蔓,内容不够集中,更没有全面展示一对小夫妻如何通过培育鲜花创业致富过程中的艰难与险阻,引不起荧屏前广大观众的强烈共鸣。所以,笔者认为,这条新闻迫切需要"浓缩",要去粗取精,提炼新闻主题,压缩新闻时长,凸显新闻价值。

反之,有些新闻则需要有目的地"扩容"。如9月21日《泰州新闻》播出的"'1分钱乘公交'惠及市民 我市开展2018年'公交出行宣传周'",新闻的出发点很好,可惜在采访中,只说明了市民享受"优惠"的细则,而对于"公交出行"对减轻城市交通压力,"绿色出行"的意义却没有提及一句,给观众有"意犹未尽"的感觉。9

月《新闻夜班车·班车故事》播出的《陈洁:三封家书值万金,清清白白走正道》新闻中,对该题材的开拓力度不够,出镜人数过少,把镜头完全聚焦于陈洁和其祖父,甚至片中重复的镜头出现了多次。新闻背景交代不够,没有彰显出"三封家书"所承载的巨大意义。其实,如果编辑从这条新闻出发,把前不久由泰州市纪委牵头组织的"亲语连廉·廉政家书"活动进行整体性呈现,或者以陈洁的一封家书故事为开篇,围绕"班车故事"的栏目定位和设计理念,深入挖掘做个系列新闻"一封家书",或者就在本条新闻中,对市纪委相关领导作专题采访,拓宽新闻深度和广度,估计其宣传效果会提升很多。

综上所言,笔者认为,对于普通"民生新闻"拍摄和编辑,相关记者和编导一定要在全面凸显新闻素材新闻价值的基础上,把握一个合适的度,有时要有"扩容"意识,有时则需要大刀阔斧地"压缩",力争最大限度地做好每一条新闻,不断提升新闻效果,吸引更多本地观众的关注,赢得更多观众的点赞。

(2018 年 9 月)

奏响一曲优秀泰州文化的自信赞歌
——谈10月《泰州新闻》"梅艺节"的系列报道

众所周知,广播电视新闻媒体因使命而兴,应使命而达。对广播电视新闻媒体而言,初心和使命一定程度上就是坚持社会主义先进文化的前进方向,树立高度的文化自觉和文化自信。因此,笔者认为,对于立足于泰州、服务泰州的泰州广播电视新闻媒体,讲述泰州故事,发出泰州声音,彰显泰州独特的文化魅力,对本地区优秀地域文化遗产和先进文化形态作出最生动的表达和最准确的记录,就是高度文化自觉和文化自信最生动、最现实的体现。

梅兰京韵添芳华,运河千年展神采。10月18日开始,我市隆重举办了"2018中国泰州梅兰芳艺术节暨大运河(古盐运河)文化周"。据悉,本届梅艺节历时近一个月,内容丰富、精品荟萃、好戏连台,必将促进艺术与人民、时代、市场更好结合,成为京剧艺术交流互鉴、创新发展的盛会,成为广大民众共享文化发展成果的盛会。

自10月17日开始,泰州电视台新闻综合频道《泰州新闻》栏目,围绕"梅兰芳艺术节暨大运河(古盐运河)文化周""梅兰芳华、运河神采"的宣传主题,进行了一系列形式多样、内容丰富、效果突出、群众关注的宣传报道,做到了用先进文化引领风尚、凝聚共识,弘扬主旋律,多途径、多形态、多角度展现了泰州文化建设的新成就。

这些报道主题策划面广量大,亮点纷呈,相关新闻紧紧围绕"传播优秀泰州文化,梳理高度文化自觉和文化自信"主线,坚持正确政治方向、舆论导向、价值取向,将梅兰芳文化魅力和大运河文化风采相结合,不仅表达了家乡人民对梅兰芳先生的缅怀和追思，更为继承和发扬优秀传统文化、推动江苏大运河文化带建设提供了重要机遇。

笔者注意到，与前九届"梅艺节"的相关电视新闻报道重点为相关专家、艺术家和演出剧目不同，在本届梅艺节的报道中，《泰州新闻》栏目把镜头的焦点向下，突出了观看相关戏剧表演的观众，重点报道了近年来我市普通市民对泰州"运河文化、戏剧文化、盐税文化、红色文化"等优秀地域文化的感受，做到了弘扬主旋律，讲好讲细泰州故事，特别是以梅兰芳和古运盐河为核心的泰州文化故事，从百姓角度呈现普通民众的文化自觉和文化自信。

如10月21日的报道《民间文艺群体文化惠民演出》，通过采访报道陈庄社区金凤凰艺术团如何排演梅兰芳先生代表剧目，表现了基层民间文艺群体传承发展泰州京剧文化的动人故事。这样的报道，没有高高在上的理论说教，瞄准基层群众，贴近百姓生活，让广大观众感到节目可亲、可近、可信。再如10月25日的报道《庆祝改革开放40周年暨2018年紫金文化艺术节泰州市广场演出举行》，记者没有采访相关演员，而是随记采访了一位极其普通的中年女观众，通过她的口，借助对相关文艺节目的评价和感受，道出了泰州近年来发展取得的"新时代、新风貌、新成就"。这些报道，挖掘泰州文化特色，紧扣时代脉搏，从时间深度、空间跨度、内涵厚度和传播广度等方面，兼顾舆论高度和传播角度，立足本土，亲近受众，强调平民视角、百姓情怀，展现受众对丰富的精神文化生活的向往，更好地体现了传统媒体的价值。

当然，瑕不掩瑜，不可否认，本届"2018中国泰州梅兰芳艺术节暨大运河（古盐运河）文化周"有些报道内容简单化、程式化，做成了"流水账"，没有由浅入深、由点到面，缺乏对泰州戏曲文化、运河文化等城市特质文化建设前瞻性、深层次的思考，没能见到对文化惠民全面深刻的报道、对泰州"戏曲文化和运河文化"特殊性所在的展示。特别是有些报道尽管贴上2018年的标签，但与前几年梅艺节的报道相比较，有换汤不换药之感，看起来似曾相识。期待今后在策划此类年年都会重复的新闻报道时，能够做到年年岁岁花相似，岁岁年年"亮点"不同。

（2018年10月）

既要"同中见异"又要"异中见同"

——有感11月《泰州新闻》栏目五条"新风行动"的报道

为认真落实乡村振兴和美丽中国建设的战略部署,不断满足广大群众对美好生活的新期待,我市目前正在全市深入推进"新风行动"。经过数月的建设,各地新风行动初见实效,真正呈现出了干部有新作风、乡村有新风俗、家园有新风貌的"新风吹来乡村新"的新气象。

11月泰州电视台新闻频道《泰州新闻》栏目,集中报道了我市各地"新风行动"的建设实效。但是,在如此短的时间内,密集报道相关社区和行政村的新面貌,难免出现同题、同质的新闻报道,以致在荧屏上出现相关新闻报道千篇一律的现象。

令人欣喜的是,笔者发现11月《泰州新闻》关于"新风吹来乡村新"的五篇报道,尽管报道围绕的选题是一致的,但角度却各有侧重,呈现出既"同中见异",又"异中见同",可谓是"错综有致、缤纷多姿"。

众所周知,新闻的策划创新,应具有超前的意识和鲜明的倾向。创新是策划的生命,有新意的策划才有价值。对于每一次主题宣传的策划,寻求与众不同的创意成了报道的重要一环。

对于新闻工作者而言,创新就是务必要做到求同思维和求异思维的结合。抓住事物的特点,是求异思维的优势,但是,要充分表现事物的共性,就必须使用求同思维。在"新风吹来乡村新"的系列报道中,《泰州新闻》的记者和编辑们,牢牢抓住"新风行动"的根本目的,充分运用了求同思维。尽管新闻中表现的报道对象有位于城市中心的"高档农民别墅区"——凤凰街道新胜社区,与城市居民小区毫无区别的失地农民社区——高新区刘庄社区;也有普通农村聚居地——高港区胡庄镇宗林村、泰兴市新街镇吴岱村、姜堰区华港镇李庄村,新闻报道的角度不同,镜头选取重点不同,五地新农村建设成效不同。但是,五条新闻的出发点和落脚点,无一不是充分表现了大走访大落实后我市农村人居环境的全面改善、乡风文明建设取得的新成效。

  当然,笔者最为关注的是11月这五条新闻报道所采取的不同角度。角度决定主题的传播效果,体现主题宣传的鲜活性和个性。对于创意相同、主题相近、播出时间集中的主题新闻,如何做到"同中求异""各有奥妙不同",是横亘在所有新闻工作人员面前的一大难题。基于此,就必须在重大主题的大背景下,学会"同中求异"的思考习惯,抓特点,抓新意,抓闪光点,寻找细小、生动的角度切入,以独特的新闻视角,与具体的新闻人物和事件契合,在张扬个性和特色中体现新闻主题。

  所以,《泰州新闻》在制作"新风吹来乡村新"系列报道时,没有一刀切、面面俱到、采取完全一致或雷同的手法,而是根据报道对象的地域与文化特色,因地制宜,突出特色,选取不同角度进行报道。如报道泰兴市新街镇吴岱村时,反映的是该村"土法上马",推进农村绿化;改善人居,美化农民家园;展示农具,增强怀旧氛围;再现往日,传承农业文化。在报道高新区刘庄社区时,抓住刘庄社区永兴花园农贸市场近期面貌的改变,反映这一周边数个小区唯一大型农贸市场的"彻底改头换面",表现了从"永兴菜园"到"永兴花园"的提档升级,说明了"新风行动"为民办实事、办好事的初衷和实效。在拍摄高港区胡庄镇宗林村时,更是别出心裁,创新手法,重点表现了该村——家风家训上墙,靓了"颜值"、长了"气质"的独特做法,把一个普通农村基层乡村的新风俗、新风貌展现得淋漓尽致。

  从11月《泰州新闻》的"新风吹来乡村新"系列报道可以看出,电视新闻主题角度的选取,一方面要紧扣党的路线、方针、政策及中心工作,做到"异中见同";同时,要紧扣观众的心理,紧扣新闻的价值,做到"同中见异"。换言之,就是新闻表现角度的选取,既能以同一或同类型的材料来表达不同的新闻主题,从而达到最佳的宣传效果;也要能够从纷繁复杂的不同素材中,找到其中的新闻价值"连接点"和观众的"兴趣点",做到敢于创新,实现通过对不同材料的巧妙安排和新颖构思,来体现报道的同一意图。

(2018年11月)

"摇旗呐喊"有时也是"唱主角"

——有感于2018年12月《新闻夜班车》的两则短讯

众所周知,对新闻宣传工所起作用的说明中,常见说法之一就是要围绕"中心工作"发挥"摇旗呐喊"的独特作用。殊不知,有时"摇旗呐喊"也能"唱主角"。

以2018年12月11日和24日的《新闻夜班车》栏目播出的两则短讯为例,分别报道了"梅兰芳华·e路绽放"少儿京剧大赛网络赛山东青岛和广东深圳赛场的相关情况。笔者注意到,相关参赛小选手和家长在接受采访时,反复强调了"泰州市是梅兰芳先生的家乡,我一定要去看看"的迫切愿望。

一方水土育一方人,一方人铸就一方文。作为泰州文化中的有机组成部分,泰州戏剧文化积淀深厚,名家辈出。仅以梅兰芳先生论,其祖籍泰州,生于梨园世家,成为著名京剧艺术大师,举世公认的世界文化名人之一。他一生致力于京剧改革,使京剧旦角表演艺术达到很高境界。同时,他致力于把京剧艺术推向世界,为京剧艺术走向世界作出了重要贡献。他所创造的梅派艺术,从剧目的选择、内容的创新、唱腔的改革,到服饰的设计、舞蹈的运用,都独具特色,在国内外享有最高声誉。他的艺术理论与前苏联斯坦尼斯拉夫斯基体系、德国布莱希特的戏剧理论,被并列为世界三大表演艺术体系。

所以,本次"梅兰芳华·e路绽放"网络赛的举办,作为紫金京昆艺术群会"梅兰芳华"少儿京剧大赛的前期赛事,就是力求借助"梅派之城"这一城市名片,全面凸显泰州的地域文化特色,向全国乃至全球的优秀中华民族传统文化戏曲的未来主体——"小戏迷们"推销泰州,宣传泰州,不断提升紫金京昆艺术群英会的品牌效应,努力打造京剧艺术的"梅派之城"。

通过《新闻夜班车》两则短讯的报道，笔者欣喜地看到，本来是为大赛"摇旗呐喊"的新闻报道，在活动现场，引起了选手、家长和当地为赛事服务工作人员的浓厚兴趣，他们借助泰州电视台记者的摄像机镜头和话筒，把自己对京剧、对梅大师、对泰州的喜爱之情表现得淋漓尽致。所以笔者认为，这两则短讯，没有单纯地为报道赛事而报道，而是把网络赛事背后的文化背景和宣传目的进行了全方位展现，除了"摇旗呐喊"，还在事实上起到了"唱主角"的作用。

由于本次比赛是运用新媒体网络技术举办的网络赛事，所以表面看来，好像与传统电视媒体关系不紧。事实上，随着媒体融合纵深推进，各级广电媒体都正在加快推动以融媒体技术平台和内容产品为核心的平台建设，广电领域已经诞生了一大批媒体融合的经典案例。全媒体发展已成为未来广播电视新闻发展的新格局和大趋势。通过12月《新闻夜班车》栏目播出的这两则短讯，也可以看出泰州广播电视台融媒体新闻生产、节目制作、融媒运营、台网联动的发展趋势。所以，尽管是在远离泰州的青岛、深圳等地举办的网络赛事，但通过传统媒体的镜头表现和网络媒体的实时推送，使得京剧、泰州、梅派艺术和少儿选手等众多文化因素共同组成的优质内容，通过传统与新兴的媒介传播渠道，得以广泛传播，备受关注，也从另一方面说明了电视新闻宣传的不可替代性，甚至常常能起到"唱主角"的特殊功效。

（2018年12月）

社会新闻务必要强化"平易性"

——略谈一月《新闻夜班车》的春节报道

众所周知,电视新闻作为千家万户喜闻乐见的新闻方式。在"全媒体"的当下,各种媒介的争相涌现,使得电视新闻处于十分被动的局面。

笔者认为,对于诸如《新闻夜班车》这类坚持民生新闻理念,"以平民视角,说百姓新闻",立足社会新闻报道的新闻栏目,在进行具体的社会新闻报道时,务必要"放下身段,走进群众",而不能"飘在空中,脚不踏地"。也就是说,必须要强化自身新闻选题的社会性、时代性、服务性,做到"平易近人",突出"平易性"。因此,对于《新闻夜班车》栏目而言,自身的定位已经决定了其选题的范围与题材。比如,民生新闻节目定位于"贴近百姓生活",所以该栏目的新闻记者在选题过程中,一定要努力搜集平民化的诉求。倘若栏目选题脱离民意,则极易丧失竞争力与影响力,该栏目也就成了无源之水、无本之木。

毋庸讳言,所有的媒介新闻存在意义在于向受众传递信息,成功的电视新闻一定不是专业性的知识讲座或科普问答。尽管长期以来,我们谈起电视新闻的创新,必然提及挖掘新闻的深度与典型性,但这并不代表新闻变成了距离人民生活十分遥远的事件,相反,电视新闻特别是社会新闻,其创意、选题和出镜人物、采访语言等,恰恰要在社会生活中选取。在进行此类新闻的选题和具体拍摄制作时,必须注重深入浅出,强化"平易性",让广大人民群众喜爱看,看后还想看,让他们感觉到这样的新闻节目是"拍身边人,讲身边事,甚至是讲自身事,与自己息息相关"。

笔者注意到,一月的《新闻夜班车》在面对浩如烟海的春节社会新闻题材选择时,强化突出了"本土性、民生性、喜庆性",在具体的拍摄过程中,更是做到了"全面充分反映基层群众喜气洋洋过大年"的主题。

如在1月20日播出的《挥毫泼墨写祝福,欢欢喜喜过大年》的新闻中,记者镜头除了拍摄为群众义务写对联的书法家们,更是把得到心仪已久对联的周边群众的笑脸——收入镜头,并进行了有意识的强化表现。在1月22日播出的《扎个凤凰过大年,正月里"唱凤情"》,选题新颖独特,走进群众之中,重点报道了民间艺人传承泰州传统春节民俗"唱凤凰"的情况。镜头里,老人带领老少青数代,扎"凤凰",共唱"新时代",节目以小见大,既有文化性,又突出喜庆性;既能唤起广大老泰州人的记忆,又能激发更多新泰州人的共鸣。

当然,笔者也注意到,一月《新闻夜班车》关于春节的个别新闻报道,仍是"年年老黄历",了无新意,拍摄时也"大而化之",让人观看后"味同嚼蜡",不能做到"平易近人"。

其实,电视新闻特别是社会新闻得以存在,就是因为与广大人民群众的生活密切相关,新闻的导向性即是如此。某种程度来说,新闻无处不在,新闻无所不能。新闻存在的重要意义在于为民众服务。

总而言之,对《新闻夜班车》栏目而言,做好社会新闻关键之一就在于密切联系群众,不脱离人民。从小处着手,从小处落笔,不是板起面孔教育人,而是走进群众听心声,这样的节目一是受众容易理解和接受;二是以小见大,才能让他们能够切身体会,了解国家的基本政策以及对于自己生活的影响,这样才能真正发挥新闻的引导性作用,才能紧紧把握时代赋予电视媒体的传播使命,进而提升电视新闻的社会影响力。

(2019年1月)

家风传千古 亲语倡清廉
——略谈《亲语连廉》文化专题片

家风传千古，亲语倡清廉。为深入贯彻党的十九大精神和习近平总书记关于注重家庭、注重家教、注重家风的重要讲话精神，二月下旬，泰州电视台一套连续播出了由市纪委监委、市委宣传部和泰州广播电视台联合摄制的六集家风文化专题片《亲语连廉》。与此同时，《亲语连廉》还在"学习强国"App、"我的泰州"App、"勤廉泰州"微信公众号等新媒体平台上线。传统电视媒体与众多主流新媒体对该系列专题片的集中展播，引起了全市党员干部和社会各界的强烈反响，掀起了一股"传承优秀家风，共倡廉政文化"的热潮。

这六集专题片，无论是《家传流芳》《清风劲竹》《身正为范》，还是《筚路蓝缕》《高山仰止》《古韵新声》，均以泰州历史人物、事件为依托，从家风传承中追溯廉洁文化的渊源，深入阐述了家风与民风、政风、学风、国风之间的关系，生动展现了传统优良家风在新时期的创造性转化和创新性发展。

作为该系列专题片的创意策划参与者和脚本撰写责任者之一，笔者认为《亲语连廉》系列专题片，有着以下五个方面的特点。

一是选材准。《亲语连廉》作为一部廉政文化电视专题片，却不落俗套，选材上独出机杼，立足深厚地域文化，以泰州历史人物、事件为依托，从家风传承中追溯廉洁文化的渊源，分别从家规家训、廉政勤政、教育传承、创业为民、报国情怀、城市基因六个方面阐述了家风与民风、政风、学风乃至于国风之间的关系，生动展现了传统优良家风在新时期的创造性转化和创新性发展，绘就了泰州这座城市的特有清廉气质，让广大观众再次感受到了泰州文化高度的自信。

二是形式新。长期以来,传统廉政文化教育,大多局限于平面媒体。此次市纪委、监察委委托广电台艺术中心摄制这部形式新颖、内容全面的专题教育片,并在泰州电视台和相关网络媒体上重点推出,可谓是充分借助和运用了现代传媒的力量,也全面发挥了电视媒体在廉政文化建设中的独特作用。所以,正如该片主创人员所表示的,本片将诸多枯燥的家风家训,甚至是口口相传的家风家训,用生动的电视语言呈现出来,创作团队运用影视剧等多种拍摄手法,大量情景再现,虚实结合,增强了专题片的可看性,满足了广大党员干部和人民群众的观演需求。

三是受众广。《亲语连廉》家风系列专题片摄制的初衷,就是要切实引导党员干部培育良好家风,在全社会弘扬向上、向善、向廉的良好氛围。据市纪委、监察委相关负责人透露,目前该片在各网络平台点击率已超过百万,许多单位还组织了集中观看,部分学校还将其作为市情、乡情教育素材,纳入到地方文化课程教学体系之中。这样的举措,必将有助于深入传承优秀家风家训,传播廉政文化理念;有助于弘扬优秀地域文化,不断增强"文化自信"。

四是教育深。该专题片文字优美、结构严谨、画面靓丽、配音愉悦、制作精良,深层次、多角度、全方位地展示了廉政文化,突破了地域。如开篇之作《家传流芳》,从泰兴黄桥的何氏家风到乡人吟诵的"头顶何字值千金",从泰州学派的王氏族规到一座城市的哲学表情,从梅兰芳的德艺传承到一个国家一个民族的大义气节,阐述了泰州人家风传承中德廉共生的价值观。让人观看后,不禁为泰州先贤们的家国情怀而深深折服。

五是反响好。作为我市首次集中发挥传统电视媒体和新媒体作用的创举,《亲语连廉》专题片一方面实现了让城市优秀品格深入人心,另一方面在全社会大力宣传优秀家风家规家训,传播党员干部好家风,传递风清气正正能量,社会各界反响较好。因此,笔者觉得,这部专题片的宣传目的已经完全实现,电视媒体和新媒体在廉政文化建设中的功能也得到了完美呈现。

"天下之本在国,国之本在家,家之本在身。"十八大以来,习近平总书记曾多次在不同场合强调家风。"齐家"而后"治国"。为进一步落实总书记的指示,进一步发挥《亲语连廉》专题片的独特功能,笔者建议泰州电视台今后能在适当时机重播、甚至反复播出该片,真正在全市范围内传承修身齐家家训,弘扬清明廉洁家风,涵养清正党风政风,全面营造讲家风、行家训、促廉风的良好氛围。

(2019年2月)

"班车人物"专题新闻之我见

当下,随着自媒体的出现和流行,为传统电视新闻媒体的发展带来了前所未有的挑战。

毋庸讳言,自媒体(尤其是微博、微信、抖音等)的出现,对广大公众而言,新闻信息的传播,已不再是通过固化的、长篇大论的新闻语言来对事件发生情况进行阐述。那种千篇一律地重复讲述着一个或一类新闻的模式,对观众或读者来说,只会感觉毫无特色,味同嚼蜡,乃至丧失吸引力,拉低收视率。

纵观3月泰州电视台《新闻夜班车》栏目重点打造的"班车人物"系列新闻,尽管也注意到了节目的整体策划,但从3月14日到3月28日的四篇报道中,笔者所看到的叙述手法、传播效果等,几乎完全一样,仍是固守传统电视新闻人物专题新闻一成不变的手法。

众所周知,当今自媒体、全媒体时代,若使电视新闻收视率提升,将节目做好做精,并在时代潮流中占据一席之地,就要求新闻从业者(尤其是新闻编辑记者)具备独特"嗅觉",有较强的分析能力与策划能力,可把隐形新闻资源进行挖掘促其变成有价值的显性新闻,确保策划的成功,催生有感染力、吸引力的精品力作,注重细节的挖掘,保证主题的鲜明感,加强内容整合,报道出独树一帜的新闻节目,才能更好顺应时代发展,保证新闻质量,使收视率不断提高。

针对此,笔者认为,对于"班车人物"这类播出时间集中、宣传目的雷同,且带有一定政治性的人物新闻,完全可以进一步强化策划意识、借鉴电影手法、叙述新闻故事、强化传播效果。也就是说,对于此类表现主体几乎一致的专题新闻,首先在策划时就要明确做到"同中见异、异中见同",最终效果才能够"各有巧妙不同"。所以,具备策划意识的新闻编辑人员,在材料收集时就要明确新闻主题内部的些微差别,再认真挖掘各新闻点间的联系以及其自身的独特性,从而将其制作成整体目的一致但又风格不同的新闻报道,吸引受众注意力。

同时,笔者认为,对于"班车人物"这类系列电视人物专题新闻,在具体拍摄制作时,还完全可以借鉴影视手法,增强新闻故事性,提升新闻趣味性。如3月28日播出的《徐亚福:爱心捐赠这条路,我要走一辈子》,编导完全可以在新闻开篇处,针对其本为越南人的身份,却成为一位地地道道中国人、泰兴人、"省劳模"、"中国好人"的奇特身世和经历,设置悬念,同时插入一些历史老画面和镜头,营造氛围,吸引观众,然后推出其多年坚持爱心捐赠的原因所在。而不是只靠采访这一单调不变的手法来交代剧情,推动情节。再如3月14日播出的《唐传贵:掏大粪的老党员》中,唐传贵这位部队连级干部,转业后27年从事环卫行业中最辛苦的"掏大粪"工作,十分令人钦佩。但片中,记者却未能用手中的摄像机记录除"掏粪工"辛苦的一面以外令人看过新闻后难以忘却的特殊桥段,来全面表现唐传贵和他的同事们的"平凡中的伟大"。片中几个人在居民楼前"掏大粪"时的"轻描淡写",不仅没有起到画龙点睛之功效,还一定程度上削弱了此则新闻的主题性。

其实,笔者认为,对于好莱坞诸多大片中的"平民英雄"的塑造手法,我们电视新闻的人物专题是完全可以借鉴和模仿的。广大电视新闻编辑和记者,只要在"真实性"原则的框架下,进一步强化策划意识、大胆采用电影手法、叙述新闻背后故事,就能增强新闻感染力,博取受众眼球,引起受众情感上的广泛共鸣。

综上所言,在当今融媒体时代,要使电视新闻节目更具新意,能吸引观众注意力,除了具备较高的职业素养外,还应具备一定的策划意识与策划能力。同时还要主动打破新闻和传播的壁垒,大胆借鉴影视传媒方面的成功经验,方可制作出高水平的新闻作品,增强电视新闻的市场竞争力。

(2019年3月)

电视荧屏的"红色传承"大有可为
——从4月《新闻夜班车》系列专题新闻谈起

"打过长江去,解放全中国!"70年前的春天,20余万中国人民解放军从泰州飞渡长江。军民同舟,千帆竞发,泰州的靖江成为渡江战役千里战线的东线起点。

在国民党军长江防线被摧毁的1949年4月23日,人民解放军华东军区海军在泰州白马庙宣告成立。

今年是新中国成立70周年,也是渡江战役胜利70周年。为共忆峥嵘岁月、传承红色基因、弘扬时代精神,凝聚建设"海军诞生地,渡江英雄城"的强大力量,4月泰州电视台《新闻夜班车》栏目,从4月17日开始,集中播出了"海军诞生地,渡江英雄城·那些人,那些地方"大型新闻系列寻访节目、"海军诞生地,为什么是泰州?"系列专题节目以及系列融媒体节目"歌声跨越几代人"等,通过电视镜头走访海军诞生、渡江战役等革命遗址,讲述重大战役中的革命故事,讴歌革命英雄主义豪情和军民鱼水深情。

通过《新闻夜班车》精心摄制编辑的这些凝聚着"红色基因",传承着"红色记忆"的专题新闻,一段难忘岁月,在荧屏得以重现;一种革命豪情,悄然传承七十载。通过电视镜头,五百万泰州人民重温了渡江战役那血与火的激情岁月;通过电视镜头,海军母亲城的父老乡亲见证了人民海军70年的光辉历程。

习近平总书记曾指出:"红色基因就是要传承。中华民族从站起来、富起来到强起来,经历了多少坎坷,创造了多少奇迹,要让后代牢记,我们要不忘初心,永远不可迷失了方向和道路。"只有传承好红色基因,才能不忘初心,牢记使命,才能充分把握社会主义先进文化的核心与灵魂,将中国精神转化为中国力量,不断推进新时代中国特色社会主义取得更大胜利。对泰州而言,"海军诞生地,渡江英雄城"是泰州最具城市特色的红色文化,是超越时空继承红色基因的自然载体。而文化和传播是密不可分的,文化只有在传播中才能生存、发展、创新,发挥其固有的价值。因此,加强红色文化的传播,对作为党领导下的新闻单位而言,是义不容辞的责任和神圣使命。

与当下流行的众多新媒体乃至融媒体相比,电视作为20世纪的新媒体,经过半个多世纪的发展,已经成为人们普遍接受的信息传播形式之一。其优点在于它是一种综合性的媒体和现场媒体,音像统一,场景感强,对于观众的接受能力有着良好的适应性,并且电视媒体作为一种传统媒体,一直扮演着传播文化、阐释政策、塑造民族精神、丰富文化生活众多角色,具有视听一体化、易专注、受众广、观看成本低、教育水平要求低等特点,在促进国家文化实力不断提升的过程中,具有其他媒体无法比拟的地位。以"海军诞生地,渡江英雄城·那些人,那些地方"大型新闻系列寻访节目为例,其对新闻背景和历史事件挖掘的深度和广度,都是一些新媒体无法企及的。其所达到的传播效果和教育意义,在全媒体时代也是独树一帜的。

所以,从4月泰州电视台《新闻夜班车》相关彰显"红色基因"的系列专题新闻可以看出,在全媒体时代,电视荧屏的"红色传承"仍大有可为。只要把电视媒体的传播特征和传播手段与正确的文化价值观和世界观结合起来,制作大众喜闻乐见的节目,就能充分发挥电视媒体在红色文化传播中的重要作用。当然,传统电视媒体也务必要适应时代需求,充分利用新平台、新载体,用老百姓喜闻乐见的方式,讲好革命故事,弘扬红色基因,传播红色文化,激活红色基因的特质与正能量,唱响社会主义意识形态主旋律。

衷心希望泰州电视台今后进一步利用好自身独特优势,高扬"红色"旗帜,让渡江战役和人民海军的红色基因融入泰州城市血脉,浸入广大市民心中,转化成泰州这座英雄城市发展的不竭动力,引导五百万泰州人民大力传承弘扬光荣革命传统与优秀红色基因,深入发掘"渡江战役"的精神内涵与时代价值,努力学习人民海军"不忘初心,逐梦深蓝,扬帆万里海疆"的豪情壮志,奋力打好新时代"渡江战役",努力以高质量发展的过硬成果向新中国成立70周年献礼。

(2019年4月)

只有"接地气"才能"更真实"

——我看《跟着主播看乡村》系列节目

2016年2月19日上午,习近平总书记在新华社调研时指出:"基层干部要接地气,记者调研也要接地气。"

所谓"接地气",笔者认为,就是广大新闻工作者要真正落实总书记多次强调要求的"转作风、改文风,俯下身、沉下心,察实情、说实话、动真情,努力推出有思想、有温度、有品质的作品"。

5月泰州电视台《新闻夜班车》栏目,先后推出了《大美徐周村》《小杨人家:从自然居住点到特色田园乡村》《绿意盎然银杏村》《施家桥村——"施翁"故里,水浒摇篮》《唐庄村:挖掘历史做优生态,留住记忆和乡愁》《陈家村:依托特色农业打造特色田园乡村》等一批"下基层、接地气"的专题新闻。记者和主持人们深入全市三市三区多个代表我市新农村建设成就的特色田园乡村,用手中的摄像机,记录新农村的日新月异,拍摄新农村的美丽如画,传播新农村的乡风新韵,真实、客观地表现了新时期的泰州美丽乡村。这一系列节目,从政治导向、稿件选题、作品立意、表现手法、新闻结构等方面,践行了总书记所要求的"接地气"。

众所周知,对于新闻而言,真实是关键。当今时代,以互联网为基础的新媒体不断发展和壮大,作为"人人都有麦克风"的时代,已全面步入全媒体、自媒体时代,互联网上的消息、帖子尽管更新速度很快,但这些快速更新的新闻背后,通常缺少足够的时间进行调查和核实。某种程度上使得假新闻满天飞。因此,作为主流媒体或官方媒体的新闻从业人员,就有义务和责任通过自身的新闻实践,引导社会转变为了抢头条而对新闻内容进行直接转载或是简单改写的思想,彻底告别为了博人眼球而哗众取宠的评论性内容,使得广大观众和读者将注意力回归到新闻内容的准确度上来。

对电视新闻而言,最基本的新闻立足点就是"真实"。真实性就是新闻的灵魂,也是新闻需要要素中最核心的。失去了真实的新闻,就是没有意义,也丢失了存在的必要。只有通过有深度、够透明、真实有趣且具备适应新媒体时代的创新性新闻形式,才能让电视新闻业在"人人都有麦克风"的新媒体时代生存发展。来源于一线、真实可感的电视新闻,通过鲜活的故事、生动的细节、完整的叙事,使得哪怕是一条常规的电视新闻,也会变得更为丰满,更能打动人心,有效地拉近了观众与屏幕的距离,切实落实习总书记所要求的"坚持以人民为中心的工作导向,尊重新闻传播规律,创新方法手段,切实提高党的新闻舆论传播力、引导力、影响力、公信力"。

新闻的核心和价值在于"真"。对于讲述改革开放、讲述新时期泰州地区新农村故事新闻人来说,如果不能亲临一线,不能走基层、接地气,所制作出的电视新闻作品很容易出现大而空、华而不实的现象,没有干货,缺乏真情。

非常欣喜看到《跟着主播看乡村》的主持人和记者们不辞辛苦,深入基层,俯下身子,走进田间地头,走近农民朋友,亲身感受和传播泰州新农村的新变化。同时,也衷心希望有更多的新闻工作者,在新闻采访、写作、编辑、评论等工作中,写出更多、更好体现"真实性"、提高"影响力",具有较强的故事性和可信度的"接地气"新闻作品,"讲好泰州故事,传播好泰州电视新闻的声音"。

(2019 年 5 月)

新时代主题性报道的一次生动实践

——评"壮丽70年,奋斗新时代"系列报道

所谓主题性报道,是指包括电视新闻媒体在内主流媒体新闻报道的一种重要形式,是弘扬主旋律、实现正确舆论引导的重要途径和主要抓手。

一般而言,电视新闻报道分为主题性报道和事件性报道两种。主题性报道在媒体宣传报道中处于主要地位。其不仅是电视新闻报道的一大标志,也是当下融媒体时代政经新闻的主要形式之一;不仅能够正确引导舆论,更是正面发出党和政府声音的重要媒介,是电视新闻宣传报道重要的节目样态之一。

正如习近平总书记多次强调指出的,"在新的时代条件下,党的新闻舆论工作的职责和使命是:高举旗帜、引领导向,围绕中心、服务大局,团结人民、鼓舞士气,成风化人、凝心聚力,澄清谬误、明辨是非,联接中外、沟通世界"。在当下全媒体时代,作为传统主流媒体的电视媒体要确保自身的"江湖地位",就必须充分利用自身的独特优势,牢牢占据舆论引导和新闻宣传的主导、主体地位。因此,新时代的电视新闻宣传,特别是优秀的电视新闻主题性报道,必须要加强舆论引导,成为传播正能量的关键。

主题性报道的重点是吸引大众的注意力,及时传播重要信息,并突出规模、深度。主题性报道要做出亮点比较困难。这要求广大电视新闻工作者不断丰富主题报道的制作思路,把主题报道做得更有趣味,让观众在观看新闻的过程中获得启示和教育。

在笔者看来,做好新时代电视新闻主题性报道的关键,第一是拥有恰当的宣传思路,即要突出思想性,也就是习总书记所强调的"必须把政治方向摆在第一

位,牢牢坚持党性原则,牢牢坚持马克思主义新闻观,牢牢坚持正确舆论导向,牢牢坚持正面宣传为主"。自6月17日开始,泰州电视台新闻频道《泰州新闻》栏目,在黄金时间大手笔推出了"壮丽70年,奋斗新时代"系列报道。该系列报道集新闻与宣传为一体,集中体现了庆祝建国70周年、讴歌新时代的宣传主题,充分发挥了舆论引导的作用,对当前市委、市政府全面推动高质量发展的战略思想和决策部署进行了深入阐述和透彻理解,将建国70周年的重大宣传主题和高质量发展战略思想,通过电视媒体,转化为可视性强、说服力强、新闻性强的主体性电视新闻报道,使枯燥的政策、数据、业绩等生动和立体化,充分体现了电视新闻主题性报道的贴近性和服务性,让"壮丽70年,奋斗新时代"系列报道深入人心,赢得点赞。整个系列报道多途径、多角度、全景式反映了我市沿江经济带近年来特别是党的十八大以来日新月异的高质量发展,传递出我市广大干群奋斗新时代的精气神,立意高、形式新、表现广,契合了新时代弘扬主旋律、实现正确舆论引导的宣传要求。

做好新时代电视新闻主题性报道的关键,第二是拥有实实在在的内容,即要突出内容的具体、实在,让观众看得见。主题性报道一旦没有思想性,其所报道的内容就会失去灵魂;同时,如果内容不够实在,就丧失了新闻的生命力,就得不到广大观众的认可,就无法完成习总书记要求的工作职责和使命。6月25日播出的《靖江:深耕智能制造,已有之项目推动发展高质量》,围绕靖江市汽车产业、5G产业等高品质、高尖端产业的发展,对我市重点打造的现代装备业、智能制造业的发展进行了实实在在的展现。特别是大中电机的机器人项目,通过镜头的详细描述和直接采访,让观众可观可感,甚至是热血沸腾。

做好新时代电视新闻主题性报道的关键,第三是要拥有特色新闻视角,能够以点带面、以小见大。限于电视新闻播出的形式和时间所限,主题性报道不可能面面俱到,必须通过一个个"小"报道,聚沙成塔,表现主题性报道要竭力展现的"大"主题。如6月17日播出的《高港永安洲,港口经济转型路》,就以小见大,从一个滨江小镇近年来发生、发展的经济转型升级,取得高质量发展的事实切入,反映了我市长江经济带在进入社会主义新时代所取得的翻天覆地的变化,实现了大处着眼,小处入手,可谓管中窥豹,可见一斑。

做好新时代电视新闻主题性报道的关键,第四是要拥有创新的思维。长期以来,主题性报道由于强调政治性,数据罗列、做法堆砌、领导众多、采访重复,导致缺乏鲜活性、生动性,观众不愿意看,宣传效果也不佳。所以,作为新时代的主

新时代主题性报道的一次生动实践
——评"壮丽70年,奋斗新时代"系列报道

题性报道,就必须努力实现创新。只有用时代精神来审视新闻报道、用改革精神来推动新闻创新才能开创新局面,主动完善新闻内容、呈现方式。同时,加强新闻报道的吸引力与感染力,表现出现代化、创新性的特点也至关重要。6月24日播出的《泰兴:绿色为底、项目为王,主推高质量发展》,创新报道思路,开拓报道主题,借助泰兴新浦化工将产能占全球第一的特色化工产品循环化、产业化,形成特色产业链,报道泰兴化工产业转型升级,打造净土、碧水、蓝天,形成工业发展与环境保护并行不悖的高质量发展。这样的主题性报道,让人不禁眼前一亮,效果突出。

当然,毋庸讳言,当下媒体格局、舆论生态、受众对象、传播技术正在发生深刻变化,受众在哪里,宣传报道的触角就务必要伸向哪里。"壮丽70年,奋斗新时代"主题性系列报道还存在未能完全大胆采用百姓视角、运用故事手法、丰富新闻内涵、突出传播效果等缺陷,期待今后能在同类新闻报道中精耕细作,不断升华,实现"举旗帜、引导向",真正围绕中心、服务大局,鼓舞士气,凝心聚力,实现电视新闻媒体的独特功能与价值。

(2019年6月)

喜看荧屏正大力传播泰州戏曲文化

7月14日的《泰州新闻》播出的新闻《泰州："梅""桃""柳"珠联璧合　戏曲文化成就独特城市名片》，用较长时间的篇幅，从在"桃园"上演的一出《牡丹亭·游园》入手，全景式展现了泰州独特的"梅桃柳——戏曲三家村"城市戏曲文化。整篇新闻突破了传统电视新闻简讯的体制，融专题新闻和政经新闻于一体，除采用无人机拍摄全景镜头外，该则新闻融特写、采访、深度报道等多种电视新闻手法于一体，细致入微、全面具体地向电视机前的观众介绍了泰州最具城市特色的城市文化名片——"戏曲三家村"。

文化是一个地区的灵魂和生命，也是该地区综合竞争力的重要体现。文化地理学者认为，每一个地名，实际上都是一个文化符号，标志或隐含着某种地域文化特征。泰州地区的戏曲文化，作为地域文化的突出代表，有着极为深厚的文化底蕴。今天，因戏曲家梅兰芳、孔尚任和柳敬亭而勃兴的"梅桃柳——戏曲三家村"戏曲文化，已成为泰州地域最为知名的文化名片之一。同时，特色鲜明、绵延至今的戏曲文化，也为泰州地域文化的繁荣昌盛提供了深厚的文化艺术土壤，使得泰州得以成为蜚声国内外的"戏曲之城"。

众所周知，对于新闻媒体特别是主流媒体而言，媒体功能的本质就是传播文化。以传播学观点来讲，媒体最本质的功能并非传播信息和获得个体利益，而是将人们进行社群聚合，提高人们的归属感。

习近平总书记在党的十九大报告中指出："文化是一个国家、一个民族的灵魂。文化兴国运兴，文化强民族强。没有高度的文化自信，没有文化的繁荣兴盛，就没有中华民族伟大复兴……要深入挖掘中华优秀传统文化蕴含的思想观念、人文精神、道德规范，结合时代要求继承创新，让中华文化展现出永久魅力和时代风采。"

增强文化自信,最基本的是增强百姓对优秀传统文化和地域文化的认同感和归属感,提升文化的影响力和感召力。中国戏曲是一种蕴含极为丰富的文化现象。每个地区的戏曲都具有独特的地域文化风情。

泰州地区的戏曲文化,作为地域文化的突出代表,有着极为深厚的文化底蕴,对于泰州这一被誉为"戏曲之城"的国家级历史文化名城而言,优秀的戏曲文化,特别是以纪念梅兰芳、孔尚任、柳敬亭而兴起的"梅桃柳戏曲文化三家村",与其他文化形态一起,造就了泰州文渊悠久、文脉深广、文气充沛的独特气质,是泰州地域文化最具代表性的特征之一。

当前,中华民族伟大复兴正在如火如荼地展开。笔者认为,我们民族的复兴,首先应是中华优秀传统文化的复兴,或者说,中华民族伟大复兴的根本是中华优秀传统文化的复兴。文化活动需要信息传播的支撑,需要传播媒体来实现。用现代传播方式将中华民族优秀传统文化进行充分表达,让人们深入理解传统文化的内涵,这是当代媒体的重要任务。

电视媒体具有普及性、大众性、形象性、包容性、权威性的特点,在推动文化大发展大繁荣,建设文化强国的今天,发挥这一独特优势,肩负起弘扬优秀传统文化,引领社会主义核心价值观的时代重任,这是民众的期望、社会的需要、时代的呼唤,电视人责无旁贷,义不容辞。

放眼全国,传统文化正成为当下众多电视媒体的选择,电视媒体正以其普及性、大众性、形象性、包容性、权威性的特点和优势,成为弘扬传统文化的优良媒介。通过《泰州:"梅""桃""柳"珠联璧合 戏曲文化成就独特城市名片》这则具有深厚人文底蕴、鲜明地域文化特色的专题新闻,笔者看到了电视媒体借助自身独特的语言元素、完善的表意系统和贴切的叙事方式,在非常短的时间内全貌展现了泰州城市文化代表——戏曲文化之美、之韵,感觉本则新闻可谓基层电视媒体普及优秀传统文化和弘扬、推介优秀地域文化的一次重要探索和实践,让广大观众共同享受、品味到了独特的泰州文化,感受到了文化泰州的脉搏,是广电人推进全面落实市委五届八次全会所提出的打造"五大高地",打响城市名片的一次崭新尝试,也是我市电视媒体成为弘扬传统文化优良媒介的一个成功案例。

(2019 年 7 月)

新闻宣传还是要"直截了当"和"挺起脊梁"

——从《韩立明到基层问题现场开展调研》谈起

8月21日,市委书记韩立明专程到海陵区开展问题调研,现场解决环保、城建等相关百姓关注的民生问题。但是,在观看了8月21日泰州电视台《泰州新闻》播出的《韩立明到基层问题现场开展调研》的新闻后,笔者却感觉此则新闻在采写和编辑过程中,未能把新闻视角落到实处、细处,没有充分认识此则新闻与一般时政新闻的不同,没能做到融报道领导活动的时政新闻与反映百姓诉求、满足百姓所需的民生新闻于一体,新闻主题不够鲜明直接,效果也不突出。

与之相比,8月21日央视"新闻联播"在报道习近平总书记在甘肃省古浪县黄花滩生态移民区考察的新闻时,用诸多的新闻特写,除突出总书记的相关活动外,还从平民视角刻画了"人民领袖爱人民",表现了总书记在考察时着重关注百姓生活品质提升、生存状态改善的诸多细节。整条新闻始终围绕习总书记强调指出的"共产党就是为人民服务的,就是为老百姓办事的,让老百姓生活更幸福就是共产党的事业"的主题,反复渲染、浓墨重彩地进行了呈现。此则新闻没有回避西北地区相对恶劣的自然条件,更没有兜圈子、绕弯子,而是直截了当、干脆鲜明。

与央视的报道相比,《韩立明到基层问题现场开展调研》这条新闻,未能充分交代我市当前"城建惠民"和"环保先行"的相关背景,记者的镜头主要聚焦于调研的领导身上,缺少直面王家河等地存在问题的镜头;整条新闻也仅有"流水账"式的镜头记录,而没有对相关责任单位负责人的跟踪采访,和群众关心的对相关整治工程进展的拓展式报道;通篇没有出现对相关基层百姓的直接采访,也没有韩书记与群众交谈时的画外音,使人看过后,一方面对韩书记此次调研的目的、效果不甚了了,

新闻宣传还是要"直截了当"和"挺起脊梁"
——从《韩立明到基层问题现场开展调研》谈起

另一方面,民生等方面的效果也未能达到,给人以"隔靴搔痒"之感。

对于此则新闻传播效果未达预期的原因,笔者愚见,一是没有认识到新媒体大潮下原有"政经新闻""民生新闻"等不同类型新闻体裁之间界限的模糊与消融,全媒体时代的每条新闻可能都是重大信息源,早已不再是单一面向某些观众或读者了,不能再固守传统新闻的"条条框框",要大胆创新,突出新闻传播效果。更何况,此类政经与民生融合的新闻,有助于党和政府妥善协调、解决好人民群众最关心、最直接、最现实的利益问题,能够进一步凸显新闻价值。

此外,2016年2月19日习近平总书记《在党的新闻舆论工作座谈会上的讲话》中指出,山无脊梁要塌方,人无脊梁会垮掉。党的新闻舆论工作必须挺起精神脊梁……要引导广大新闻舆论工作者做党的政策主张的传播者、时代风云的记录者、社会进步的推动者、公平正义的守望者……我说过,宣传思想战线的同志要当战士、不当绅士,不做"骑墙派"和"看风派",不能搞爱惜羽毛那一套。宣传思想战线的同志要履行好自己的神圣职责和光荣使命,以战斗的姿态、战士的担当,积极投身宣传思想领域斗争一线。

总书记的教导归根结底一句话,就是每一位新闻从业人员都要"履行好自己的神圣职责和光荣使命","当战士、不当绅士",新闻报道不能"兜圈子",新闻主题要"直截了当",新闻担当要"挺起脊梁",牢记使命,不忘初心,让每一条新闻都更具新闻和历史价值。

(2019年8月)

融媒体微视频的精品佳作
——《最忆是泰州》

8月以来,泰州广播电视台推出40集融媒体文化微视频《最忆是泰州》,力求通过这一"5G+4K"时代新颖独特融媒体微视频形式,从文化的独特视角,全景式记录和折射泰州70年的发展变迁。

10月泰州广播电视台更是同时在荧屏、网络同步推出了多集《最忆是泰州》,内容涵盖了泰州红色文化、饮食文化、名人文化、旅游文化以及乡村古镇、非物质文化遗产等诸多具有独特地域文化元素,发掘泰州发展的精神源泉,主题鲜明,形式新颖,令人观看后印象深刻,不禁为泰州深厚历史文化而吸引,为泰州70年翻天覆地的变化而赞叹。

笔者在观看中发现,作为独具匠心的融媒体微视频作品,《最忆是泰州》每集不过3~5分钟,通过一个个精心选择的主题,从独特角度,用镜头记录,反映了泰州源远流长的文明史、多姿多彩的文化魅力,更是十分注重通过镜头语言,向观众诠释泰州红色文化、乡村文化、非物质文化等的现代意义。《最忆是泰州》综合运用了画面、音乐、解说、同期声、字幕、动画、虚拟植入等多媒体元素,明显有别于传统电视文化专题片,在选题、剪辑、配乐、特效、片长等方面,完全服从网络视频平台播放的独特需要,展现方式真正从严肃、单向转变为轻松、娱乐、交流,体现了新兴数字媒体转型的流行态势。

当下,以互联网和数字传播技术为基础的新媒体,借助手机终端和其他移动设备形成最为强大的新媒体阵营,吸引了90%以上的信息读者或使用者,推动了新一轮传播革命。随着5G、AI、VR、AR等新科技越来越广泛地应用到传媒行业,传

融媒体微视频的精品佳作
——《最忆是泰州》

媒业已进入纸质媒体、电波媒体、数字媒体、移动媒体等多种媒体业态同时发展、交叉运行、互相融合、共生共荣的时代。

值得注意的是,近年来,网络直播和短视频行业发展迅猛,一日千里。因此,笔者认为,电视等传统媒体,必须充分认识到,只有不断采纳、吸收新媒体传播的技术手段,高度重视技术引领,紧抓信息化、智能化机遇,才能真正提高自身的传播能力,把全维信息的主阵地建设成为聚拢群众的新高地。在互联网舆论生态、媒体格局、传播方式发生深刻变化的今天,新媒体是时代所向,大势所趋。只有把握机遇,才能把握主动,占领传媒先机,引领新媒体时代。所以,应运而生的融媒体微视频《最忆是泰州》的诞生,可谓正逢其时,得到了电视观众和手机用户的双重认可。

当然,正如习总书记曾强调指出的,面对新时代宣传思想工作的新使命、新任务,建设新型主流媒体,构建全媒体传播体系的战略目标,首先务必确保的是坚守政治站位,强化责任担当,优化内容供给,坚定不移地传播正能量。与网络直播、快播中大量低级、庸俗视频相比,《最忆是泰州》这样的作品,通过新媒体传播正能量,坚持了正确的政治方向、舆论导向、价值取向,是传统主流媒体——泰州广电台借助移动传播,牢牢占据舆论引导、思想引导、文化传承、服务人民的传播制高点的生动实践,唱响了时代最强音,是一部全媒体融合背景下的精品佳作,必将得到更多观众的点赞。

(2019 年 9 月)

建议进一步强化《王娟访谈》节目的融媒体化

以互联网为基础的新媒体不断发展和壮大，使得传统纸质媒体逐年式微。那么，在"人人都有麦克风"的时代，媒体如何确保自己的声音传播得更广更响呢？

2019年10月，笔者在观看泰州电视台《新闻夜班车》栏目精心制作的《王娟访谈》系列的《谢靖：靖在棋中　落子无悔》《梅郎对梅郎》等节目后，产生了一些不成熟的想法。笔者认为，在当下融媒体飞速发展的大环境下，如果仍然坚持传统电视媒体访谈类节目的模式，会陷入抱残守缺的弊端。当下，媒体融合已经成为传媒行业不可逆转的趋势，信息渠道的拓宽、热点更迭的加快，都使得观众对电视访谈类节目有了更深层次的要求。

如笔者在观看京剧《梅兰芳·蓄须记》、昆剧《梅兰芳·当年梅郎》两部今年"梅艺节""大戏"之前，观看《王娟访谈》的《梅郎对梅郎》时，与其他戏曲爱好者一样，非常想通过手机和电脑客户端与受访嘉宾在线直接面对面交流或留言，实现线上线下网络互动，一方面充分展示泰州作为"戏曲之城"积淀深厚、光辉灿烂的戏曲文化，另一方面也让"梅艺节"和"梅兰芳"的城市文化品牌效应得到放大。

但非常可惜，《王娟访谈》访谈节目仍采用着平面媒体的传播形式，走的是传统电视访谈类节目的采编和播出途径，未能与时俱进，主动适应当下"融媒体"发展需求，拉近本节目与观众特别是广大网友间的距离，增加互动性，重视用户体验，注重交互性，给网友带来了耳目一新的新闻收看体验。

众所周知，起源于20世纪60年代美国的电视访谈类节目现已成为受众最为熟悉的电视节目形式之一，内容通俗易懂、形式丰富多样、观众代入感强等特点，使其在全球范围内积累了大量观众。20世纪90年代，中国掀起了电视访谈类节目的热潮，其较低的制作成本和广泛的社会影响受到了从中央至地方众多电视台的追捧,涌现出大批如《鲁豫有约》《杨澜访谈录》等颇具影响力与时代感的电视访谈类节目。但随着时代发展,特别是新闻传播手段和方式天翻地覆的变革,多平台的媒体互动手段为电视访谈节目提供了访谈对象与观众进行即时沟通的新可能。随着传播技术与新兴通信平台的拓展,访谈类节目的互动环节也逐步走向多元。进入网络时代,新闻的互动和参与变得更迅速、更直接、更普及,从最初的现场观众交流,到后期的短信互动交流,直至今天日益普及的微信、微博即时留言对话,融媒体、新媒介的运用使得访谈类节目的影响力在空间尺度上有了极大延伸。

因此,笔者建议进一步强化《王娟访谈》节目的融媒体化,强化创意策划,将电视新闻优势与先进技术应用有机结合,将线上主打产品与线下延伸互动有机结合,使这一得到观众喜爱与关注、代表泰州本土电视媒体访谈节目最高水准的节目,通过移动端真正实现主持人、嘉宾和观众的"面对面跟你唠"。

(2019年10月)

牢牢把握主流媒体的绝对话语权
——略谈"大兴实干之风 致力高质量发展"系列访谈

话语权是特定机构及个人通过披露信息或发表意见影响他人的权力。这种权力虽然不同于官员所拥有的公权,但在支配或试图支配特定对象方面有着某些共同点。对于党报党刊、电台、电视台、通讯社、政府网站等主流媒体而言,拥有官方认定的主流位置,必须也应该采用主流话语进行表达,确保自身绝对话语权,维护其新闻宣传的主阵地地位。

但是,毋庸讳言,近年来随着自媒体的兴盛,主流媒体原有的主流地位受到了挑战。有些主流媒体甚至已经或正在被边缘化。而原先不掌握话语被广为传播的现实可能性的公众,则借助于互联网和移动互联网,具备了相对自由地披露信息和发表意见并被广泛传播的现实条件;与之形成鲜明对照的是,主流媒体原有的话语权的主导地位,则受到了一定程度的颠覆。

新媒体由于时效性突出,必然在内容上无法做到翔实、具体、权威,而传统主流媒体拥有专业的新闻采编团队,对新闻事件具有深度剖析能力,这是新媒体所不具备的比较优势。那么,如何在媒介融合的新时期巩固和强化自身新闻宣传优势,发挥自身不可替代的主体地位,牢牢把握新闻舆论的绝对话语权,则是主流媒体迫在眉睫必须解决的问题。

笔者发现,泰州电视台《泰州新闻》,作为本土主流媒体的王牌新闻节目,11月连续推出了近十期"大兴实干之风 致力高质量发展"系列访谈,访谈对象包括市发改委、交通运输局、农业农村局、科技局、行政审批局、自然资源与规划局等单位主要负责人,访谈内容则是从百姓关注的相关重大话题、重大项目、重大举措等入

牢牢把握主流媒体的绝对话语权
——略谈"大兴实干之风 致力高质量发展"系列访谈

手,采用面对面的访谈形式,同时借鉴新媒体的开放性、跨时空、互动性等特点,借助这些关键部门"当家人"的口,把市委、市政府深入把脉分析得出的那些当前影响泰州高质量发展症结,下一步工作的方向和关键,"广而告之",真正做到让五百万泰州人民在新时期凝聚共识、群策群力、共谋发展。

笔者认为,主流媒体在长期的发展过程中积累的经验、建设的专业队伍以及它所掌握的信息源,都是新媒体所无法比拟的,其行政资源更是新媒体所无法取代的。泰州电视台"大兴实干之风 致力高质量发展"系列访谈这样的新闻节目,尽管仍采用传统媒体新闻采编的方式和发布途径,但事实上做到翔实、具体、权威,充分发挥了传统主流媒体专业的新闻采编能力,显示出对新闻事件的深度剖析能力,全面发挥了自身主流、权威的新闻话语权,显示出主流媒体仍是我党新闻宣传的主阵地,发挥着不可替代的作用。

当然,当下媒体在社会舆论格局中的话语权,并不取决于媒体的级别和名份,也不是与生俱来和可以一劳永逸的;而往往取决于是否能坚持及时发布真实、权威的信息。因此,作为拥有独特行政资源的主流媒体,但凡公众有对权威信息的强烈需求时,主流媒体就应努力予以满足,以此赢得公众的心理认同。我们知道,在融媒体时代,在时效和容量上,传统媒体拼不过新媒体;而在权威和深度上,新媒体短时间内也无法与传统媒体相抗衡。

内容是提升主流媒体新闻传播力的核心要素。新媒体环境下,主流媒体提升新闻传播力,仍然必须坚持内容为王。因此,对于电视等传统媒体而言,面对新媒体来势汹汹的冲击,必须有更敏锐的嗅觉,判别哪些资讯更具价值,精心选择新闻线索、精准确定报道方向、精细做好报道内容,真正在"广度""深度"和"精度"上精雕细琢,利用自身优势,发挥自身所长,营造问政氛围,形成舆论共振,激发民众对公共问题的关注热情,提升其理性思考能力,推动民主政治发展进程。

综上所述,"大兴实干之风 致力高质量发展"系列访谈,可谓是深入挖掘对全市当前重点工作、对泰州经济社会发展进程有指导借鉴意义的新闻报道,有助于把党委、政府的施政方针及时准确传递给百姓大众,引导全市上下致力实现项目支撑的高质量发展、人民满意的高质量发展、实干作风保障的高质量发展,是主流媒体牢牢把握新闻宣传绝对话语权的现实体现,值得坚持和推广。

(2019 年 11 月)

融媒体时代"小新闻"要力争"拔高"和"做大"

——漫谈 12 月 27 日《新闻夜班车》的一则简讯

2019年12月27日,泰州电视台《新闻夜班车·班车见闻》播出的一则简讯,引起了笔者的关注。该则新闻报道了前一日在姜堰区发生的一起醉驾被查案件。当下,醉驾、酒驾被公安机关查处的事例已属司空见惯之事,各类媒体上屡见不鲜。众所周知,从新闻学和传播学角度而言,"狗咬人并不是新闻,人咬狗才是新闻",因此,醉驾被查这样的"小事",并没有多少新闻价值。

但是,让笔者眼前一亮的是,据该则新闻报道,在本次醉驾被查过程中,有着独一无二的"新闻点"。这名饮酒后仍无视法律法规、执意驾车回家的驾驶员,面对交警的拦截,开口第一句就是,"不要吹了,我喝了酒。我也知道举报人是谁。我认罚"。主动认罚是好事,但知道打电话举报自己的是谁,岂不是太神了。原来,举报人就是刚刚和他一起喝酒的一位朋友。借助记者的镜头,我们得知,这位驾驶员在与朋友聚餐饮酒后,不顾朋友的劝阻,坚持驾车回家。而这位朋友知晓酒后驾车的危害,在反复规劝无效后,深知一旦该车在行驶过程中出现交通事故,所有共同饮酒人均会承担法律责任。所以,他主动报警,请求交警对该名驾驶员进行拦截、查处。最终,这位不顾朋友情面的"诤友",把驾驶人送进了拘留所。

如上所述,这则新闻,表面看起来是一则平淡无奇的社会小新闻,所以记者在采编过程中,只是作为一则社会新闻,纳入到"班车见闻",新闻时长不到一分钟,采访那位打电话报警人时,也只是蜻蜓点水,两句话了事。看到这里,笔者不禁暗道可惜,一条融媒体时代能够上"头条"的新闻就这样被记者和编辑放过了,真正是浪费了该条新闻背后的"新闻性"。首先是这条简讯没有通过"酒友报警抓酒友",来

融媒体时代"小新闻"要力争"拔高"和"做大"
——漫谈12月27日《新闻夜班车》的一则简讯

引发其独一无二的新闻价值。其次,也没有通过这则新闻,把"醉驾入刑"如今已在全社会得到充分认可的新闻价值全面呈现。如果采访的记者再深入挖掘一下,通过采访市公安部门,把我市2019年查处的酒驾、醉驾,特别是因酒驾、醉驾造成的交通事故数据详细告诉广大观众。第三,如果电视画面中能呈现举报人和酒驾人采访的画面来个鲜明对比,诉说二人对酒驾危害的不同认识,再通过其他群众采访视频,亦或网友留言参与,相信该条新闻的关注度和社会效应将大幅提升,对所有驾驶员的教育意义将会更为深刻。当然,如果能让观众或网友分别投票,"你是否支持举报好友酒驾?"那此则新闻就更具传播价值了。

当下,随着互联网覆盖范围的不断扩大,融合各类新闻客户端为新型传播媒介的网络新媒体,正全面、精准地利用互联网的传播优势,使新闻和信息能够实现快速地传播。试想一下,如果该条新闻是"今日头条""澎湃新闻"等网络媒体来报道,一定会采用网络新闻"标题党们"常用的"深夜离奇酒驾案""刚刚分手,他被好友连人带车送进拘留所""密友同饮酒,转身去报警""我市查处首例同桌酒友举报酒驾案"等标题,吸引流量,赢得关注。如果是抖音等,则会出现一些更为离奇、甚至惊悚的标题与视频剪辑,通过带有悬疑手法的后期编辑,会在网上迅速置顶,或被网友大量点击。与此则新闻形成鲜明对比的是,12月泰州市城东小学女教师上课时救助呕吐男生的新闻,经过部分新媒体和《现代快报》等传统媒体不拘一格、向"拔高"和"做大"方向的报道,被国内诸多媒体纷纷转载、推送,引起了较大的社会反响,取得了较好的宣传效果。

当然,笔者并不是肯定"标题党",而是认为,在融媒体时代的全媒体舆论场,作为传统媒体的电视新闻,务必要走出旧有新闻思维,打破定势,跳出窠臼,主动学习借鉴新媒体"制作"乃至"炒作"新闻的思路和手法,最大限度地把一些具有独特新闻价值的"小新闻",力争"拔高"和"做大",在播放给以中老年人为主的电视观众观看的同时,通过各类新媒体平台,在融媒体的新疆域中争得"一片领地"。

从这条普通的社会新闻出发,笔者认为,融媒体视阈下,广播电视等传统媒体,尽管已一定程度上实现了交融互通,促进了信息传播内容、传播速度、传播方式以及传播领域等各方面的结构优化,但是,真正推动以互联网为载体、实现舆论信息的高速传播和交融的全媒体时代,还是任重而道远的。广播电视媒体作为传统主要舆论阵地,一定要意识到,"小新闻"有时也有独特的新闻价值,也可以"拔高"和"做大",可能会取得预想不到的新闻效应。

(2019年12月)

换个视角，豁然开朗
——评《新春走基层：村民喜领百万劳工费》

1月23日《泰州新闻·新春走基层》专题新闻播出的一条"庆新春、迎新年"的新闻特写，吸引住了正忙于春节前"大扫除"的笔者。该则新闻一反常规，别具视角，没有按照传统迎新年的新春报道模式，记录、反映城乡居民忙碌和喜悦的节日面貌，而是把镜头对准了位于泰兴东乡、黄桥老区分界镇一个边远自然村的农业合作社，把镜头聚焦于正忙于领取通过承担合作社相关农业活动收入的农民。

众所周知，在春节前采写迎接新春的新闻特写，是一件颇为令人头疼的事。全国数万家电视台，每家都要采写新春报道；全国人民都在忙着过年，所忙内容几乎一致。在此情况下，如何使得自己采写、编发的新闻能够视角独特、题材新颖，贴近生活、反映民生，走进基层、服务百姓，实在是难上加难的"难题"。

对于新闻行业人员而言，都知道新闻角度是记者挖掘和表现新闻事实的角度。由于新闻价值在事实内的蕴藏是不均匀的，因而只有选择好角度，才能够迅速、顺利地入手，准确鲜明地表现事实的有新闻价值的部分。一篇新闻报道，能否有价值，是否能成为百姓爱看、想看、看完还要评论的"好作品"，角度的选取可能是排在首位的要素。

其实《新春走基层：村民喜领百万劳工费》这类新闻，平时记者采写的角度，肯定是立足于"乡村振兴"和"新农村建设"等角度，反映的无非是"科技兴农""土地流转""农民不离家就能致富"等内容。如此"立意"的新闻，全国每天大概会出现上万条，谈何新闻价值。在这条新闻中，尽管也说明了农业合作社已经与国内多家公司采取线上合作，实现了科技兴农、科技惠农。但是，这样的新闻，对于正在喜迎新春

换个视角，豁然开朗
——评《新春走基层：村民喜领百万劳工费》

的老百姓来说，并没有多少吸引人的"新闻点"，如果一味沉浸于这样的选题、立意和视角，无疑最终"泯然众人矣"。

令人惊奇，泰州电视台新闻频道的记者和编辑，主动换了一种视角，改变截选新闻事实的角度，把镜头对准正在喜滋滋领取劳务费的乡下老农民，通过他们充满乡音、乡情的话语，让人眼前一亮，拉近了观众与新闻的"审美距离"，给新闻增添了"真实性"与"亲切感"。当日，115名农民领取了百万元劳务费，平均近万元。个别人月工资3 600多元。采访中，一名叫周顺华的农民朋友，用压不住激动的心情，向记者介绍，他的六分地，套种豌豆和花菜，收入7 800元。特别其中一位妇女交代自己因照顾生病的婆婆而未能出工，导致比其他人领取费用少时，既惋惜，又自豪，给观众呈现出了一位孝顺勤劳、朴实自然的农村妇女形象，丝毫没有"摆拍"的嫌疑，也透露了新闻背后记者深入基层、深入农业和农村一线的辛劳。通过七贤村绿花菜合作社老板本色自然的采访，说明了合作社与广大农民的"包种子、包种植、包销售"，已经实实在在地给广大农民带来了"大红包"，为他们欢度新春奠定了坚实的物质基础，把新农村建设的春风吹进了每一个农民的心田。

当然，毋庸讳言，笔者觉得该则新闻还有进一步提升完善之处，如在后期制作过程中，立足更高视野，就本条新闻采访我市农业主管部门领导和相关社科领域专家，分析新闻背后的社会价值，对"乡村振兴""农民富裕"的"因地制宜"，对百姓富裕后如何"过大年"等，提出针对性的建议，并介绍我市农民近年的整体收入情况，说明在党和政府的关心努力下，脱贫攻坚战已取得决定性的胜利，农民朋友的春节必定能过得有滋有味。如能再在新闻中插入一些基层乡村热热闹闹的迎新春场景，那就更能最大限度地吸引受众，使"农民在家门口领票子迎新春"的新闻事实，发挥出对社会的更大影响。

(2020年1月)

纷繁多姿的"防疫"报道令人难忘

进入二月后,随着全国抗击新冠疫情形势的逐步严峻,各大媒体无一不聚焦于"防疫""抗疫",各类反映全国人民众志成城抗击疫情的新闻报道,铺天盖地,不一而足。

正如中央广播电视总台相关新闻报道中所言,所谓英雄,不过是平凡人在危难前选择英勇;所谓担当,不过是普通人在困难中选择坚强。在这个没有硝烟的战场,每个人都在用自己的方式战"疫"。每一张平凡的面孔,都值得致敬与铭记。二月泰州电视台《新闻夜班车》中的多条新闻,主动把镜头对准平凡百姓、对准"抗疫"前线的无数个平凡面孔,采取不同题材,杂取多重视角,给我们奉献了许多可歌可泣的"抗疫"故事,纷繁多姿,摇曳生辉。

在诸多"防疫"新闻报道中,《新闻夜班车》二月播出的几则新闻报道,颇为新颖别致,令人看过之后印象深刻。其新闻形式多样,消息、特写,甚至还有不属于传统新闻题材的电视散文,大胆创新,给正处于"严冬"、面临冠状病毒肆虐的观众,带来了精神的愉悦和心理的调节。同时,也从不同侧面报道了我市采取多种方式,群策群力"防疫"的战况和效果。更让人眼前一亮的是,《新闻夜班车》栏目立足自身栏目定位,错位发展,在琐碎、繁杂的民生新闻板块中,螺蛳壳里做道场,力争与同台乃至全国电视新闻同行们做到"同中见异",即同样的"防疫"电视新闻,却做到了独具特色;又"异中见同",即通过不同角度反映所有"抗疫"一线人员精气神十足,力求用电视镜头记录、刻画出这场前所未有人民战争中感动你我、感动天地的"抗疫"记忆。

如2月8日播出的《一对民警夫妻的元宵节》,报道的是一对身处"防疫"一线民警夫妇,因承担着"防疫"重任,无法与其他家庭一样过一个团圆美满的元宵节,但他们却毫不遗憾。他们这对夫妻独特的元宵节经历,见证了人民警察对人民的"大爱"。同时,该新闻也以他们为代表,反映、记录了全体基层一线"防疫"工作人员工作中的辛酸苦辣,记录了他们"舍小家、为大家"的无私情怀。2月10日播出的《小学生自编京剧上抖音 花样宣传共抗疫》,叙说了泰兴市鼓楼小学教育集团的小学生,宅在家中,心忧天下,利用自身艺术特长,自编自演京剧上传抖音,宣传"防疫"、鼓舞人心。尽管是小学生,却"位卑不敢忘忧国",没有在这场全民"防疫"阻击战中置身事外,令人感动。特别是2月11日播出的《农机"火线"进社区 变身"战疫"新武器》新闻特写,用略带"调侃"幽默的方式,报道了姜堰区某农机公司老板钱忠祥,跨界出手,主动充当志愿者,开着平日里用于农田病虫防治的中型自走式分杆喷雾器,到各小区喷洒消毒药水,大大减轻社区工作人员的工作压力。在紧张的"防疫"时刻,这样的新闻,生动活泼,让所有封闭在家中的观众看过后会心一笑,印象深刻,提升了新闻宣传的效果。由于《新闻夜班车》节目形式和播出时间所限,不可能拍摄制作"大容量"的人物、工作通讯,或专题新闻。因此,该栏目多播出短小精悍的新闻消息和特写。众所周知,相对通讯等题材而言,新闻特写一般截取新闻事实的横断面,即抓住富有典型意义的某个空间和时间,通过一个片断、一个场面、一个镜头,对事件或人物、景物做出形象化的报道,现场感十足,形式上生动活泼,传播上强调实效。基于此,笔者认为,《农机"火线"进社区 变身"战疫"新武器》,以及2月8日播出的《疫情防控 物业送菜上门》、2月9日播出的《居民表感激 饺子送给志愿者》等特写,视角独特、形式多样、效果突出,都必定会给观众留下深刻印象。更令笔者啧啧称奇的是,2月16日播出的"班车互动"中,编导竟然拿出了十分宝贵的节目时间,播出了《心一热 梅花就开了》电视散文,在朗诵者优美的吟诵中,泰州的初春大雪纷飞,梅花绽放,凤城河两岸美景如画,空灵毓秀。紧接着,镜头一转,那"防疫"一线,无数忙碌的身影,正给全城百姓筑起坚实的堤坝。的确,"心一热 梅花就开了",看到这样的新闻,估计所有的观众,心头的梅花都会悄然绽放。

感谢《新闻夜班车》的记者和编导,在紧张的"抗疫"时刻,给我们带来了纷繁多姿、令人难忘的"防疫"报道。

(2020年2月)

"三性合一"的战"疫"新闻

——评 3 月 26 日《新闻夜班车》一则消息

进入 2020 年 1 月以来,随着新冠病毒的肆虐,全国乃至全球各大媒体对抗击新型肺炎疫情的新闻报道铺天盖地而来。在这以亿计的众多战"疫"新闻中,3 月 26 日泰州电视台《新闻夜班车》栏目所播出的一则消息,以其融新闻性、故事性、教育性于一身的"三性合一"特性,深深地吸引了笔者。

第一是完美的"新闻性"。对于一般战"疫"新闻而言,其选材无非来源于疫情数据、专家解读、救援情况、疫情发展以及相关大众如何抗击"疫情"类、百姓关注但同时也已丧失"新闻性"的"大路货"。与众不同的是,3 月 26 日《新闻夜班车》播出的这则新闻,名为《昔日迷途少年,今日逆行战役》。以其题材的新颖独特,彰显了新时代新闻报道仍然必须首先强调新闻性这一"杀手锏"的重要性。该新闻素材来自靖江市检察院,客观记录了该院在年前侦办的一起盗窃案中一位被判缓刑青少年抗"疫"表现,反映了一位迷途知返的青少年勇于走上战"疫"一线的独特人生经历,体现出了新媒体时代"新闻性"仍需牢牢立足于"新奇特"——"人咬狗才是新闻",才能博取大众眼球,广为传播、赢得流量,引发受众的高度关注。所以,该则新闻以其取材的独特性,在众多战"疫"新闻作品中,可谓独树一帜,颇具匠心,完美地呈现了其自身的"新闻性"。

第二是较强的"故事性"。众所周知,新闻再短也需要有"新闻性",而新闻吸引力最大的依托就是"故事性",只有讲故事,报道才有可读性,才不会干巴巴,味同嚼蜡。本则新闻的主人公是位去年刚刚到靖江某造船企业打工的青少年。因交友不慎,被唆使参与盗窃,所幸数额不大,因其年龄较小和情节较轻等原因,被判处缓刑

"三性合一"的战"疫"新闻
——评 3 月 26 日《新闻夜班车》一则消息

6个月。这位湖北襄阳籍的青少年,经过司法机关的教育和矫正,深刻认识到了自身犯罪事实,下定决心悔改。春节随同父母回乡过年时,遭遇冠状病毒来袭。往年沉浸于泡网吧、打游戏的他,今年主动向居住地村委会提出,走上抗议一线,并坚守在相关岗位近两个月,用自己的实际行动体现出痛改前非、勇于承担社会重任、不辜负父母和司法机关的关爱与帮扶。这种"浪子回头金不换"的"故事性",其实是自古以来百姓大众最喜闻乐见的。这类在严峻的抗击疫情形势下饱含人情味、社会性的故事性新闻报道,对电视受众的正面情绪也必然具有一定的激活作用。

第三是浓浓的"教育性"。作为一则源于司法机关的社会新闻,其教育性是不言而喻的。但本则新闻的教育性,并不体现在检察机关对主人公的司法处罚上,而是通过对靖江市检察院检察官杨蓉、对主人公自身和其父母的采访,把司法机关对因少不更事的迷途少年的关爱;父母对儿子转变后的喜悦;少年主动申请当志愿者、挨家挨户宣传冠状病毒危害,二十四小时轮班值守卡口一线,尽管收入菲薄仍积极为抗"疫"捐款的心路历程,通过镜头一一呈现,对广大观众特别是众多一时不慎走上犯罪道路的青少年具有深刻的教育意义,也客观报道了湖北群众,虽面临疫情困境,但却处处有着人性之善、人间温情,充分发挥了官方主流媒体的教育、引导功能。与当下部分网络媒体常常对涉及未成年人犯罪新闻大肆炒作、过分引导、理解偏颇不同,真正体现了习总书记所要求的新闻宣传要突出"人民性",要"为人民讲话""让人民讲话""讲人民的话"。

当然,该则新闻也存在报道手法单一、内容深度挖掘不够,对相关情节的故事性描述其实还可进一步深入细致,全面彰显这一特殊新闻题材的新闻性、故事性和教育性。

(2020 年 3 月)

更好地发挥电视新闻阵地的教育功能

——有感于四月《直播生活》的配发字幕

随着当下大数据、云计算等新技术的广泛应用,新媒体的影响力、话语权不断提升,唱衰传统媒体的声音不绝于耳。电视新闻该往何处走?在新媒体环境下,作为融媒体中坚力量的广电系统,如何坚守电视阵地,发挥电视独特的宣传、教育功能,进一步壮大主流思想舆论阵地,巩固党的宣传思想文化阵地,是所有电视媒体人关心、关注的热点问题。

习近平总书记在党的新闻舆论工作座谈会上,提出了党的新闻舆论工作必须遵循的基本方针:团结稳定鼓劲、正面宣传为主。笔者注意到,四月的"直播生活"栏目,深入落实总书记指示精神,在每晚新播出新闻内容的同时,拓宽传统电视媒体宣传教育途径,在融媒体时代力争"守正创新"并重,创新方式,坚守阵地,继承与发展着自身独特的"教育职能"。该栏目每晚在屏幕下方精心制作、滚动播出多条文字标语,内容涉及防疫信息、法制宣传、公益广告、社会主义核心价值观教育、文明礼仪等十多个方面,内容简洁,信息准确,既形象直观,又朗朗上口,让所有电视观众在观看走进民生一线、贴近百姓生活的"直播生活"时,主动或被动接受相关法律法规、文明礼仪、公序良俗的熏陶教育,效果良好。

前不久,泰州广播电视传媒集团(台)党委书记、董事长、台长万永良曾以《筑牢党媒主阵地唱响泰州好声音》为题,撰文强调泰州台坚持把政治建设放在首位,融入业务工作,确保政治方向、舆论导向和价值取向正确。由此可见,如何在当下纷繁复杂的舆论环境和飞速发展的新媒体环境中,永葆电视主流媒体主阵地的地位,在做好新闻宣传的同时,充分发挥自身的教育功能,对新时代的地方广电媒体而

更好地发挥电视新闻阵地的教育功能
——有感于四月《直播生活》的配发字幕

言,显得尤为重要。当然,在百姓关心、关注的地方性民生新闻栏目中,滚动播出内容丰富、针对性强的宣传标语,其实并不新鲜。但是,以往相关宣传标语的播出,都只是服务特定时期、特定工作的临时性举措,并未做到整体设计、长期坚持、时代感强、教育性好。

众所周知,新闻的教育性是新闻的重要属性,新闻工作者同时也是教育者。正确认识新闻的教育性,并在具体的新闻实践中自觉地强化新闻的教育功能,从而更好地把握和遵循新闻规律,为人民服务、为社会主义服务、为地方党委和政府的工作大局服务,是地方新闻媒体特别是党媒义不容辞的神圣职责。从本次"直播生活"的配发滚动字幕,可以看出每一条都经过精心设计、撰稿、编排,相信必定能使坚持收看电视新闻的中老年观众,特别是通过电脑、手机客户端观看的"新一代"观众,都能得到"入眼、入脑、入心"的深刻教育。

所以,笔者认为"直播生活"充分利用自身节目资源,每晚滚动播出相关宣传教育标语的举措,是新时代以创新带动发展,不断探索信息化条件下做好新闻舆论工作的新途径、新方法,一定能够在持续创新中抢占新闻舆论制高点,进一步增强党媒的传播力、强化感染力、提升教育力、扩大影响力,发挥其主流思想舆论和独特教育职能。

(2020 年 4 月)

新闻背景决不能"一抹了之"
——从 5 月 18 日的一则电视新闻谈起

5月18日泰州广播电视台《泰州新闻》浓墨重彩地播出了"全国唯一江苏盐税博物馆"开馆的新闻。该则新闻历时 2 分 45 秒,通过全景展现、领导和嘉宾采访等方式,对我市新建的"江苏盐税博物馆"在"国际博物馆日"隆重开馆进行了深入报道,相关新媒体也对该新闻进行了重点推送或转发。

但是,笔者在观看此则新闻时,总感觉有隔靴搔痒、言不尽意之感。细细分析,发现该则新闻可能过多地将新闻重点落脚于当天的馆内陈设和人物采访,而没有对相关新闻背景进行全面、深入地交代,使得观众在观看时,并不能对我市为何兴建"盐税博物馆"深入了解,更不能对泰州因何成为一座因盐而生、因税而兴的历史文化古城,"天下盐税,两淮居半;两淮盐税,泰州居半"等知识有全面认识。

笔者注意到,同是对这一新闻事件的报道,当日的《泰州日报》在刊发"江苏盐税博物馆开馆"的新闻时,还同时配发了一篇全面介绍泰州在全国范围内拥有独一无二绵延两千余年积淀深厚"盐税文化"的"深度解读"。与此同时,相关新媒体更是在推送"江苏盐税博物馆开馆"消息时,图文并茂,甚至是连篇累牍地编发、推送了大量关于"泰州盐税文化"的历史知识、学术论文、文物介绍等专题报道,使得读者主动或被动地对"江苏唯一的盐税博物馆"诞生的文化背景、时代意义等有了全面深入的了解。由此可见,无论是传统媒体还是新媒体,在刊发、播出某些具有特定知识文化背景的新闻时,相关的新闻背景决不能"一抹了之"。

所谓新闻背景,其实是指新闻报道中,新闻事实之外的、对新闻事实某一部分进行解释、补充、烘托的材料。新闻背景又被称为"新闻背后的新闻",新闻背景的

新闻背景决不能"一抹了之"
——从5月18日的一则电视新闻谈起

使用可以让新闻事实更加丰满,更有说服力,更好地凸显主题。如果说新闻主题是枝干,那么新闻背景就如同枝叶。有机合理地介绍新闻背景,能对新闻事实起到补充、说明、衬托作用,并且有利于了解新闻发生发展的来龙去脉,加深对本条新闻的认识和理解,深化新闻主题,丰富新闻内容,有效增加知识性和趣味性,全面提升传播效果。

由于新闻背景是重要的衬托材料,新闻背景运用得好,可以起到烘云托月的效果。当然,在新闻报道中,新闻背景与事实是相辅相成的。没有新闻事实,背景就没有存在的理由;没有背景,新闻也往往显示不出光彩。基于此,笔者认为,随着融媒体时代的全面到来,传统的不能全面、深入挖掘和呈现新闻背景的限制因素,如"报道版面、新闻时长、表现方式"等正逐步消亡。对于"全国唯一江苏盐税博物馆"开馆这样一条具有重大新闻和文化价值的通讯,必须深入挖掘、全面呈现"新闻背后的新闻",使得报道更加完整、清晰,才能进一步深化新闻主题、凸显新闻意义,增添本则新闻的活力和厚度。而不是孤立地叙述一个新闻事实,局限于一点一面、一时一事,令人观后顿生隔靴搔痒、言不尽意之感,既不能吸引观众,也一定程度上"可惜"了一条原本可以进一步"做大、唱响"的优质新闻素材。

(2020年5月)

此时无声胜有声
——略谈6月16日《泰州新闻》的一条短视频

融媒体时代电视新闻如何"活"起来？这是一个所有新闻媒体和从业人员都十分关注的问题。媒介融合背景下电视新闻节目的变革及创新的路在何方，包括泰州广电传媒集团在内的每家媒体都在努力探索与不断创新。在融媒体时代，要想将传统的电视新闻媒体形式与新媒体平台相互融合，早日实现电视新闻转型，就必须转变思想观念，认识到新媒体在融媒体时代的重要性，从用户和平台的调性出发，对新闻进行针对性的调整、扩容与创新。

令人欣喜的是，6月16日晚《泰州新闻》栏目，相关编导大胆打破传统电视新闻节目编排体例，"破天荒"地播出了一条名为《新媒体·烟雨泰州》的短视频。该视频时长一分五十六秒，在极其宝贵的《泰州新闻》节目时间中殊为不易。视频采用新媒体最常见的短视频形式，利用无人机等现代化拍摄手段和后期特效制作手法，全景展现了春夏之交烟雨迷茫的泰州之美景，美轮美奂、引人入胜。特别是该视频没有出现任何解说词、字幕和画外音，纯用镜头语言和配乐表现，空灵毓秀、清新自然，不着一字、尽得风流，宛如传统国画中的"计白当黑"，实现了此时无声胜有声的独特效果，增添了当晚新闻节目的文化性和娱乐性，给电视机前和各传播平台的观众留下了深刻印象。乃至笔者家人对笔者表示，她对当天该栏目播出的其他政经和社会新闻几乎没有留下什么印象，但非常喜欢《新媒体·烟雨泰州》，甚至专门下载并在微信朋友圈进行了转发。

众所周知，新媒体出现后，互联网时代的新媒体对传统电视新闻造成冲击。各级各类媒体为了迎合时代特性，都在根据大众的爱好而有针对性地对新闻进行选

此时无声胜有声
——略谈6月16日《泰州新闻》的一条短视频

择,然后利用新媒体的创新传播方式进行传播,潜移默化地影响了新生代观众心中对传统电视新闻的观念。应运而生的短视频,正逐渐成为传统媒体获取、传播新闻资讯的新型表达方式。

特别值得注意的是,融媒体时代短视频已成为新媒体行业蓬勃发展的风口,其用户数量极其庞大。笔者发现,第45次《中国互联网络发展状况统计报告》显示,截至2020年3月,手机网民规模达8.97亿,网络视频(含短视频)用户规模达8.50亿,其中短视频用户规模为7.73亿,占网民整体的85.6%。而5G时代的到来进一步提高了短视频的传播速度,优化了用户体验,带来了更好的传播效果。

相对传统电视新闻的采、写、编、播中有专业的生产流程和统一的制作模式,并需要在固定的时间播放体例,以互联网技术为支撑的短视频新闻,不仅制作成本低,而且可以做到即时发布、接收、分享及反馈,传播不受时间限制,能够获得优质的用户体验。传统电视新闻基本属于单向传播,受众反馈滞后。而网络传播时代通过赋权平衡传受双方行为,从而在舆论场域中形成积极自由、客观公正的话语权机制。

由此可见,融媒体时代的短视频,地位与作用正不断凸显。全媒体时代,立体多元化的传播渠道和丰富多彩、灿烂多姿的传播内容必不可少。为此,我们必须打破常规,敢于创新,增强对新媒体技术的使用,按照新媒体的方式在电视上推广,凸显新媒体新闻高效、实时、全面、多样的特点,紧跟融媒体时代潮流,了解新媒体的特性及大众观众的内心想法,多制作、播出类似《新媒体·烟雨泰州》这样别具一格、得到了绝大多数观众肯定的短视频、微视频,实现电视新闻与短视频的深度融合,使受众在获取信息的同时也满足了娱乐需求、文化拓展,甚至是旅游推荐、城市宣传等,加强了电视媒体与受众的情感交流,全面实现融媒体时代的电视新闻转型。

(2020年6月)

新时代泰州决胜全面小康、决战脱贫攻坚的权威记录

——评7月《泰州新闻》"走向我们的小康生活"系列节目

作为泰州重大时政新闻权威发布的主要窗口,长期以来,泰州广播电视传媒集团《泰州新闻》栏目,一直以其特有的新闻性、政策性、指导性、权威性,在诸多的新闻媒体中牢牢占据主体地位。特别是该节目围绕党委政府工作热点、社会关注焦点等新闻主题,主动积极开展生动采访、深入基层挖掘先进经验,全面客观记录我市发展面貌,实现了习近平总书记对新闻媒体要"及时把人民群众创造的经验和面临的实际情况反映出来,丰富人民精神世界,增强人民精神力量"的殷切要求。

作为中宣部组织的大型主题采访报道活动,"走向我们的小康生活"自2020年6月11日在全国范围内全启动,标志着决胜全面小康、决战脱贫攻坚重大主题宣传全面展开。7月《泰州新闻》栏目记者先后奔赴泰兴、姜堰、高港等地,选取在新农村建设中取得优异成绩,带领广大基层农民实现小康的七个乡村,从不同角度,生动立体地向广大观众呈现了新时代乡村振兴战略下我市农村和农民的"幸福小康"。

与国内绝大多数媒体将此次采访聚焦"全面建成小康社会"主题,力求全景式展现围绕脱贫攻坚、经济发展、民主法治、社会民生、生态环境、文化建设、党的建设等方面的做法不同,泰州广电传媒集团《泰州新闻》栏目针对我市实际,独辟蹊径,缩小新闻视角,重点选取泰兴、姜堰、高港三地具有代表性的基层乡村,把镜头对准乡村振兴战略下取得日新月异发展的农村、农业与农民,用客观、真实、自然、亲切的新闻语言,采撷"沾泥土""冒热气""带露珠"的素材,带领广大观众透过荧屏真切感知基层百姓的获得感、幸福感、安全感。

新时代泰州决胜全面小康、决战脱贫攻坚的权威记录
——评7月《泰州新闻》"走向我们的小康生活"系列节目

如7月2日记者在拍摄姜堰区蒋垛村村民借助袖珍菇，实现致富，并带动周边群众共同富裕时，新闻中通过采访"致富带头人"，特别强调"小小袖珍菇"却实现了"高效大产业"。这条时长不到一分半钟的小通讯，淋漓尽致地表现了我市已经初步实现了习近平总书记所要求的"尊重广大农民意愿，激发广大农民积极性、主动性、创造性，激活乡村振兴内生动力，让广大农民在乡村振兴中有更多获得感、幸福感、安全感"。7月9日反映泰兴市滨江镇小马村通过种植水蜜桃致富的《邂逅桃园的甜蜜》，标题一语双关，通过特定的新闻素材，表现出主人公夫妇经过奋斗获得了满满的幸福感。7月18日播出的泰兴市新街镇"稻虾共养"新闻，时长40多秒小龙虾的特写镜头，既引得荧屏前观众垂涎欲滴，更承载着新农村广大百姓的幸福向往。7月27日播出的高港区大泗镇大马村通过种植荷花、莲花，盘活闲置土地，改善人居环境，吸引周边游客，实现百姓致富的新闻，还一改传统反映新农村建设成果电视新闻的手法，用大量的长焦镜头、空镜头，表现大马村"接天莲叶无穷碧，映日荷花别样红"的美丽风情，真可谓"此时无声胜有声"，把我市基层百姓的幸福生活通过满池的菡萏来表现，摇曳多姿，令人神往。

当然，从7月《泰州新闻》"走向我们的小康生活"系列报道可见，在此类中央发起的大型主题采访报道活动中，以及其他重大主题宣传、典型宣传、政策解读和热点引导等宣传报道活动中，新闻编辑和记者不仅要深入基层，把镜头对准一线群众，更要有宣传创新意识，千万不能照搬中央级媒体的做法，人云亦云。而应针对我市市情实际，在"规定动作"的基础上加上"自选动作"，才能形成具有泰州媒体特色的新闻报道，也才能让"走向我们的小康生活"主题报道在泰州落地生根，讲好泰州的"小康故事"和泰州百姓独特的"幸福体验"。只有这样，才能在本地区老百姓眼里产生新闻权威性，并建立起新闻公信力。基于此，笔者认为，泰州广电传媒集团《泰州新闻》栏目7月"走向我们的小康生活"系列报道，已经基本实现了通过主题性系列报道，生动诠释了我们党人民至上的价值理念、真挚厚重的人民情怀，集中展现了泰州地区特别是广大基层农村人民群众共建美好家园、共享幸福生活的生动实践，进一步拉近了媒体与农民大众之间的心理距离，让基层群众听得明白、听得进去，从而有效提高了电视新闻宣传的传播效果，贴近火热生活、走进群众心坎，创新开展以《泰州新闻》为代表的全媒体传播新途径，真正实现了新闻媒体的接地气、聚人气、鼓士气。

（2020年7月）

地方媒体理应立足本土办新闻

——评10月《新闻夜班车》的两则新闻

作为地方新闻媒体,泰州广电传媒集团一直坚持"本土化",立足泰州大地办新闻。特别是旗下的《新闻夜班车》栏目,在日常的新闻采编中,注意从泰州百姓关心的市井生活中选取新闻线索,拍摄制作融地方性、文化性、娱乐性等于一身的"市民新闻"作品,取得了较好的宣传效果。

估计对于全国所有地市级电视媒体的编辑来说,每个人都想把自己的节目做得既轻松接地气,又体现出文化性、服务性和实用性,能够牢牢抓住传统主力收视群体,不断提升收视率,同时还可以让优秀的地域文化得以传播传承,一举多得。

10月15日《新闻夜班车》栏目播出的一条通讯《泰州早茶博物馆 浓缩千年早茶文化》,从老街刚刚开馆的全国第一家早茶博物馆入手,通过记者的镜头和主持人的介绍,将泰州城市独特文化名片——早茶文化全景式展现,向观众介绍了泰州百姓"幸福之源"——灿烂的美食文化,以及背后历经千年积淀而来的盐税文化、商贾文化等。这样的新闻,地域性、文化性、大众性多种元素并存,既服从了新闻的时效性,又成为地方优秀文化传播的助推剂。

10月19日播出的一条新闻特写,则除本土性、文化性外,还具有一定的娱乐性和科技性。《聊天打招呼自带地方特色》,咋一看观众几乎摸不着头脑,可见编导的匠心独运。事实上,如今微信表情包的多样化制作已是司空见惯之事,但本条新闻重点反映的是兴化一家传播公司,立足兴化、服务兴化、宣传兴化,在兴化大闸蟹大量上市之际,将本地大闸蟹文化元素引入微信表情包,利用现代交际工具宣传兴化的"河蟹文化",将"全国河蟹养殖第一县"的美名传向五湖四海。

地方媒体理应立足本土办新闻
——评 10 月《新闻夜班车》的两则新闻

当下全媒体时代,人人都是自媒体,处处皆是信息源。现阶段的社会新闻,报道过多地关注娱乐新闻和社会阴暗面,部分媒体甚至把"戏剧性"、丑闻作为新闻报道的利器,而那些体现中华民族优秀文化或者体现独具风格、特色的地方文化的内容却被忽视,有些文化新闻记者丢掉了发现好故事的双眼,缺少书写有温度、有思想、有品质的新闻的笔触。

从上述两则新闻可见,作为泰州主流媒体,泰州广播电视台《新闻夜班车》栏目在优质新闻内容选取策略上长期坚持的本土性原则,始终立足本土办节目,服务百姓做新闻,采用亲民化的叙事风格、平民化的叙事视角,挖掘日常化、生活化、本土化的新闻素材,关注本土独特优秀传统文化,借助现代传媒手段,实现本土化、亲民化、全息化的新闻呈现,使得屏幕前的新闻作品体现了一定的温度、思想和品质,真正做到了借助镜头讲好中国故事、泰州故事,既获得了最广泛的观众和普遍性的认同,又正逐渐成为让全国更多的观众走近泰州、了解泰州的媒介和窗口,发挥了极为独特的文化传播功能。

(2020 年 10 月)

电视媒体在文旅融合的广阔空间大有可为
——评《人气美食·遇见泰州》第四集

9月24日,在国庆和中秋双节到来前夕,在中共泰州市委宣传部指导下,由上海广播电视台和泰州广播电视台联合拍摄的《人气美食·遇见泰州》第四集,在上海电视台都市频道和泰州电视台一套同步播出,在上海和泰州两地产生了强烈反响,为国庆和中秋双节期间泰州的旅游和餐饮市场提供了强大的助推力。

进入8月以来,应市委宣传部之邀,在泰州广播电视台的大力协助下,上海电视台都市频道品牌栏目《人气美食》和《星旅途》走进泰州拍摄,先后推出8集《遇见泰州》特别节目,以最接地气的方式和最为传统的手法,推介作为国家级历史文化名城泰州独特的"水城慢生活",将长期以来"长在深闺人未识"的泰州美景、美食和诸多文化遗存,通过电视镜头吆喝,全景式呈现在上海乃至全国观众的眼前,彰显了泰州积淀深厚、光辉灿烂的城市文化,提升了泰州的城市美誉度和传播影响力。

据报道,8月27日晚8点,《人气美食·遇见泰州》特别节目在上海电视台都市频道播出不到半小时,其收视率(份额)远远超过同时期上海台其他频道节目(酷云实时数据),一炮打响,卓尔不群,为上海市民了解、喜爱泰州城市文化和旅游提供了天然捷径,可谓新时代电视媒体与文化宣传、旅游推介的完美结合典范之一。

以9月24日播出的《人气美食·遇见泰州》第四集为例,庞而不杂,鲜而有味;旧中出新,别具风流。本集匠心独运,借鉴前一段时间在网络上异常火爆的电视剧《长安十二时辰》的结构,以"不时不食"为主题,按十二时辰排列,节目组带观众深入泰州城乡大地,一起体验寻找秋日里泰州的各类独具地域特色的"时令"美食。整个视频以美食和特产为表现载体,以梅兰芳先生的代表剧目为悬疑线索,结构新

电视媒体在文旅融合的广阔空间大有可为
——评《人气美食·遇见泰州》第四集

奇、线索别致,引人入胜。从早晨辰时凝聚着泰州市民烟火气息的暮春桥菜场内的白壳螺丝、大青椒和张氏春卷皮开始,最能代表泰州百姓平凡生活的一天悄然展现。五云斋的"月宫饼"承载着明月千里寄相思的团圆与数十年对传统手艺的坚守,溱湖水中的鸡头米代表着泰州百姓的辛劳和对大自然的征服,蟹黄鱼圆象征着泰州人民的朴实中正与生活的和谐美满。起自平凡,归于神奇。当剧中泰州传世名宴"梅兰宴"中的一道"断桥相会"名菜,在海陵名厨刘大厨手中诞生时,镜头后的主持人与屏幕前的观众,均已为泰州饮食和泰州风物而倾倒。正如先后在老街与溱湖接受采访的上海游客而言,来到泰州,方知美食;走进泰州,不醉不归。幸福水天堂,美名不虚传。

笔者认为,《遇见泰州》系列特别节目,是传统媒体与文旅市场的一次深度融合,以最接地气的方式和轻松诙谐的海派风格,全面展示着泰州的美食美景和文化底蕴,让泰州的"好酒"迎来新的吆喝声,使得泰州的美食成为走进大上海的新名片。

与《舌尖上的中国》《寻味顺德》等纯粹的美食专题节目不同,《人气美食·遇见泰州》借寻求美食之名,巧妙糅合多种泰州地域文化元素,涵盖吃、住、玩、游,可谓精彩纷呈、攻略齐全。历史、戏曲、民俗、商贾等泰州典型的文化元素,在荧屏上均得到了淋漓尽致的表现。所以,从《人气美食·遇见泰州》可知,作为传统媒体的电视媒体,在新时代文旅融合的广阔空间大有可为,在文化泰州建设的发展征程上任重而道远。期待看到荧屏上出现更多如《人气美食·遇见泰州》一样的优秀作品。

(2020 年 9 月)

民生新闻与环保主题完美结合的佳作

习总书记曾经提出,"随着形势发展,党的新闻舆论工作必须创新理念、内容、体裁、形式、方法、手段、业态、体制、机制,增强针对性和实效性。要适应分众化、差异化传播趋势,加快构建舆论引导新格局"。

民生新闻,是一种新闻传播模式。以其贴近性、服务性、生动性,在观众心中占有重要位置。民生新闻以敏锐的视角,观察社会的进步、时代的发展;以平实的语言,讲述生活滋味、发现朴素的真善美。

众所周知,民生新闻的选题,多来源于新闻热线,是观众需求的反映。但民生新闻又不局限于线索上关乎百姓生活中一件件具体的事儿,民生新闻还具有反映"大民生"功能。生态、环保,是关系到每位百姓切身利益的"大民生"。因此,关于环保的相关新闻,也一直是民生新闻中的"永恒主题"之一。

如何在民生新闻中讲好泰州故事,让观众为有这样的家乡而骄傲,进而提升群众的环境保护意识,是地方新闻媒体应该承担的社会责任。令人欣喜的是,8月24日泰州电视台《泰州新闻》栏目给我们带来了一条将民生新闻与环保主题完美结合的新闻佳作——《泰州推进天空地一体守护泰州蓝》。

《泰州推进天空地一体守护泰州蓝》这条融政经、社会新闻于一身的民生新闻,坚持绿色舆论生态的理念,采用记者现场走访、大范围航拍、采访环保工作人员、呈现大数据、邀请专家解读等手法,客观全面报道"天空地一体化"的战略实践和取得成效,形成了完整的"新闻故事",告知广大观众"泰州蓝"环保成绩背后的艰辛,真正在新闻实践中实现了主流媒体的价值回归和理念跨越。

当下,环境问题的全球性恶化趋势和影响越来越严重,受众环保意识不断增强,对环保信息的需求量越来越大,民生新闻中的环境报道已经不仅仅是新闻报道，其承载着更大的社会意义和价值。泰州电视台这样的地方新闻媒体主动进行环保题材新闻报道，除可以帮助政府部门制定环境保护政策，还有利于树立全民环保意识，引导全社会形成"看得见青山绿水　留得住美丽乡愁"的科学思想和环境意识。对于发挥新闻媒体影响力和避免负面效应具有重要意义。

长期以来，如何根据习总书记所要求的"俯下身子，关注民生"，有效打破《泰州新闻》栏目中播出的政经新闻、会议新闻和民生新闻之间的壁垒，在民生新闻中体现"大民生"，估计是泰州广播电视台相关记者和编辑一直思考的问题。那么，如何让"大民生"生动起来？要做到通俗易懂，归根结底，离不开鲜活的现场、故事的表达和情感的真实。电视新闻的镜头表现和现场采访，给观众身临其境的感受，也给了观众想象空间，而不是把记者的情绪用画外音的方式强加给观众。《泰州推进天空地一体守护泰州蓝》通过崭新的新闻视角、多样的表达手法、坚守的民生底线，反映出在国家治理现代化的建设当中，地方主流媒体的担当精神。

当然，笔者没能在看到泰州广播电视台利用最新的媒体融合技术手段，在相关新媒体及时推出《泰州推进天空地一体守护泰州蓝》，更未能以"泰州蓝"为"新闻点"，利用微信、微博、抖音短视频等网络平台，推出系列具有泰州特色、泰州做法、泰州经验的生态环保新闻，甚为遗憾……

（2020 年 8 月）

通讯消息篇

守师范初心 育桃李万千

——泰州学院弘扬"师范教育"办学特色侧记

国将兴,必贵师而重傅!

作为一所有着悠久办学历史的地方本科高校,泰州学院从建校之初,就围绕为苏中地区抗日和民族解放事业培养急需师资的目标而努力奋斗。岁月不居,天道酬勤!近80年来,学校坚持立德树人根本任务,筚路蓝缕,负重前行,坚守"学为人师、行为世范"初心不动摇,服务地方基础教育不断线,培养德才兼备人才不松劲,立足泰州,面向全省,走向全国,培养了数十万优秀师资,被誉为"三泰黄埔""名师摇篮"。如今,尽管学校办学层次已不断提升,但师范教育的初心和底色,却始终不渝。

一、传承师范传统,凝练师范精神,内化为学校发展的精神源泉和动力所在

"大学之道,在明明德,在亲民,在止于至善。"师范精神与师范传统是教师教育的精魂,同样也是泰州学院应用型本科高校建设的精神源泉和动力所在。

泰州学院所在的泰州,有着传承千年的师范教育传统。北宋名儒、"苏湖教法"创始人胡瑗,在此创办安定书院,广育天下英才,首创世界教育史上的"分科教学体系",并留下了"致天下之治者在人才,成天下之才者在教化……而教化之所本者在学校"的著名论断。

根深叶茂,一脉传承。胡瑗、王艮、黄葆年、韩国钧等前贤的教育理念,被1941

守师范初心　育桃李万千
——泰州学院弘扬"师范教育"办学特色侧记

年诞生于抗战烽火硝烟中的泰兴师范、1952年成立的泰州师范以及泰州电大所继承。泰兴师范首任校长、苏中地区著名教育家刘伯厚主张"学用一致"和"为民族解放、为社会进步、为人民服务",泰州师范强调艰苦创业,泰州电大倡导终身教育。数源同归,对于植根于深厚地域文化和师范传统的泰州学院而言,"培育英才、锻造名师、服务社会"的师范精神和师范品格,就是学校近80年办学历程中积淀形成的优良传统和宝贵财富,也是学校在新时期发展的伟大精神和不竭动力。

站在新时代高等教育的新起点上,面对高等教育的新形势、新使命、新挑战,根据习近平总书记"实现高等教育内涵式发展"的新要求,泰州学院结合所在地区文化遗产及自身发展历史,立足现实,面向未来,承师范传统,扬师范精神,主动适应新时期大学担当文化传承创新和"培养德智体美劳全面发展的社会主义建设者和接班人"的使命要求,凝练提升师范精神与师范文化,总结完善为"敦尚行实、明体达用"的校训、"惟精惟诚、知行合一"的校风、"尚严尚实、以身先之"的教风、"且学且思、笃志敏行"的学风等"一训三风",作为学校的人才培养与校园文化建设的思想核心,作为学校"543人才培养模式改革"、"三化育人"、阳光教育行动和服务泰州行动等各项改革发展措施的理论支撑,作为学校"有特色高水平应用型地方本科高校"建设的思想源泉和动力所在,以"凝聚人心、完善人格、开发人力、培育人才、造福人民"为己任,与时俱进,砥砺前行,实现了内涵发展、创新发展、开放发展和特色发展,充分发挥了自身在人才培养和高层次人才聚集、社会服务、科学研究、文化传承等方面的独特作用。

二、坚持立德树人,打破专业壁垒,培养勇担民族复兴重任的"筑梦人""追梦者"

一个迈向伟大复兴的民族,需要什么样的教育?一项开辟新篇章的事业,召唤什么样的人才?面对习总书记对全国高等教育提出"时代之问",作为新时代高校之一,泰州学院责无旁贷,响亮提出,要牢记时代重任,坚持立德树人,培养更多勇担民族复兴重任的"筑梦人"和"追梦者"。

正如古人所言:"师者,所以传道授业解惑也。范者,可谓立身做人之表率也。"泰州学院始终把人才培养作为办学的核心使命和本质职能,深入贯彻落实教师专业标准和教师教育课程标准,围绕"传道授业解惑"和"立身做人表率"的师范生标准,厚植教育情怀,提升职业认同,强化教师素养,不断增强师范类学生服务党和人民教育事业的情感，以立德树人铸就教育之魂。

学校上承近80年师范教育根基，立足完备的师范教育体系，营造浓郁的校园师范文化，致力于通过把师范文化的"根"留住，让师范文化"浸润"到校园每个角落，落实在学校的教育教学、日常活动、制度体系之中，以尚思尚实的校园风气、志存高远的育人理念、优秀校友的良好声誉和广大教师的榜样作用，潜移默化地涵育莘莘学子，帮助学生筑梦、追梦、圆梦，成长为勇担民族复兴重任的"筑梦人""追梦者"。

升本以来，泰州学院瞄准应用型高校建设目标，坚持教师教育不动摇，实施"做精做强师范专业，做大非师范专业"发展战略，先后建成7个师范类本科专业。经过数年的拼搏，一批师范专业和学科已脱颖而出，在省内取得了一定的地位与影响。汉语言文学、学前教育成为"省一流专业"，汉语言文学入列"省高校品牌专业"，中国语言文学、数学与应用数学入选省"十三五"重点建设学科。学校还积极推动高师教育与地方基础教育的双向互动，邀请地方教育行政部门和中小学参与，共同制定培养方案，共同参与培养过程，共同评价培养质量，切实提高师范类毕业生的综合素质和专业技能。

泰州学院创新实行"四年不断线"的师范生教学技能训练体系，通过综合设计和分段实施，促进师范生实践能力训练的"循序渐进、逐步养成"；建立了"教—研—训—赛—评"五位一体的师范生教学技能训练体系，理论与实践的循环促进，大大提高了学生的综合素质和能力。过硬的专业能力和实践能力，使师范专业的学生培养硕果累累。2016年江苏省小学数学青年教师教学基本功比赛，作为全省最高等级的赛事，39名选手代表13个地级市参加。其中两名一等奖、两名二等奖选手皆为泰州学院毕业生。英语教育专业2017届毕业生宋梦倩，现工作于连云港市海州区浦南中心小学。入职以来，她先后获得了市英语阅读指导录像课二等奖、海州区教学先进个人和江苏省"金钥匙"科技竞赛优秀青少年科技辅导员。外国语学院2018届毕业生汤洪洁，现为江苏省海门中学高中英语教师，入职当年即获得海门中学"第五届青年教师基本功大赛"特等奖。

"一枝独秀不是春，满园春色迎面来"，泰州学院还充分发挥教师教育优势，秉持师范育人理念，力推学生全面发展。坚持面向人人、重在素质，打破传统师范专业与非师范专业之间的壁垒，创造性地将师范类人才培养的经验和举措向非师范专业迁移、拓展。学校大力构建全面涵盖师范专业与非师范专业的强基体系，以师范专业要求为标准，强化所有学生职业素养培养和职业技能培训。针对师范专业

守师范初心　育桃李万千
——泰州学院弘扬"师范教育"办学特色侧记

学生,学校积极树立教师职业理念,努力提升其教育教学素质;针对非师范专业学生,鼓励、引导其在修习本专业课程之外,提高综合素质,申报教师资格,报考教师编制。同时,坚持举办富有鲜明师范特色、实施文化育人的"博雅课堂",通过主题演讲、话题讨论、文艺表演、作品展示等将具有教育意义、与学生成长成才紧密相关的元素融入其中,助力培育"知博行雅"的新时代大学生。推行"三个一"阅读计划,引导工科学生每学期每人至少推荐一本非专业优秀读物、每周至少一次阅读打卡、每学年举办读书分享会和读书推荐会各一次,提升人文情怀。"我与经典有约""书语润心""利齿剑""追梦青年说""美术嘉年华"等活动,有效推进了全体学生人文素养、科学知识和师范精神的全面发展。

学校还加强社会主义核心价值观教育,鼓励学生围绕专业开展以助困、助学、科研、创业为主的社会实践与义务奉献,服务边远地区"偏、老、小"学校、服务广大农村留守儿童、服务城市困难家庭、服务四点半放学后失管小学生,提升青年大学生社会责任,服务对象遍及全国内地31个省(自治区、直辖市),受益对象达13 000多名。其中,"V+公益课堂""红烛义教""四点半课堂""乐思英语"等活动,多次被中央电视总台、《光明日报》、《中国教育报》等媒体报道。

三、集聚服务力量,强化校地合作,为地方基础教育发展提供人才支持和智力支撑

办学80年来,泰州学院始终根据不同时代的社会和教育需求,坚持以培养优秀师资及各类专门人才、服务地方基础教育为己任,为泰州、苏中地区基础教育输送了10多万优质师资。

据不完全统计,除绝大多数教育主管部门领导外,泰州地区义务教育阶段学校中,超过一半的教师、52%的校长、六成以上的特级教师为泰州学院毕业生。其中,尤以"人民教育家""洋思模式创始人"蔡林生,全国人大代表、特级教师吉桂凤、娄文英,中国教育学会班主任专业委员会主任委员、正高级教师、特级教师陈萍,人民教育家培养对象、特级教师杨金林,以及丁正后、窦平、彭小艳、黄翠萍等众多闪耀在泰州乃至江苏基础教育战线的"明星"为代表。泰州大泗学校教师钱维胜是1995届校友,"中国好人榜"敬业奉献类奖获得者,五年三度援藏,2015年、2016年辅导的学生参加中国汉字听写大会均获赛区冠军,藏区学生亲切地称呼他"阿爸"。"最美教师"杨向明是1991届毕业生,生前为泰州实验学校骨干教师,为救落水儿

童不幸牺牲。钱维胜、杨向明等人的事迹，曾被中央级媒体专题报道。

升本以来，学校坚持以质量立校、以特色名校，不断强化教育教学改革，加强师范教育课程体系改革，强化应用型教学实践研究，着力培养基础教育和经济社会发展需要的高素质优秀师资。学校主动对接地方人才需求，把培养优质义务教育师资列为服务地方的主要举措，保证师范生培养规模不缩水、质量不打折。学校还在承办新疆地区少数民族本科学历师资岗前一年专题培训的基础上，主动跳出江苏，面向中西部、面向边远和少数民族地区招生，累计为中西部地区培养师范类毕业生逾千名，他们扎根家乡教育，迅速成长为一线教学骨干，受到了当地教育部门的高度认可。

面对新时期教师教育和基础教育的新要求，针对师范类人才培养的实际需求，学校大力提倡教师科研的实践性、应用性研究，在将研究成果直接服务于地方基础教育改革与发展的同时，积极转化为促进自身师范类人才培养质量提升的"助推器"，为师范类人才培养工作发挥了强有力的专业支撑，实现了校地、校校深度合作，协同育人。

泰州学院集聚校内教学、科研力量，积极鼓励和引导教师深入开展"接地气"的应用性研究，要求广大教师深入教改一线，把论文写进基层学校、写在中小学课堂、写到中小学教师教案和学生笔记上。学校组织中文、数学、英语、音乐、美术、学前教育、心理健康教育等六个科研服务团队，深入到遴选的泰州地区一百多所中小学、幼儿园和部分社会培训机构，开展送教下乡、进校、入园的"三面向"活动。通过开展听课、评课、上示范课，收集经典教改案例；开展协同创新，与中小学教师合作申报教研课题；利用音乐、美术、心理健康等方面的师资优势，开设专业讲座，提供专业培训。升本以来，共有21名学科与课程论教师先后与近百名中小学、幼儿园教师签订师徒结队协议；近百名教师到中小学或幼儿园开设学术讨论近千场；指导10项省级以上（含省级）教改课题研究，发表论文38篇。

学校还针对泰州地区基础教育现状，在所辖三市三区精心扶持、培植了一批典型学校和典型团队，将地方基础教育水平推向了一个新的高度。同时，这些团队的带头人和骨干成员，又被聘为相关专业的特聘教授或学业导师，利用自身丰富的教学经验，深入参与相关专业的人才培养工作。学校与兴化市、泰兴市、姜堰区、高港区等地开展全面教育战略合作，签订协议，搭建平台，积极推动地方基础教育课改、教师培训、顶岗实习、政策咨询等合作，使校地合作项目化、常态化、制度化。

守师范初心 育桃李万千
——泰州学院弘扬"师范教育"办学特色侧记

面朝大海,春暖花开!历经80年风雨历程的泰州学院,在阔步迈入本科高校行列后,初心不忘,传承千载师范传统;立德树人,孕育万千桃李芬芳。今日的泰州学院,传承师范教育办学特色,以教师教育为着力点,以人才培养为突破口,以服务地方基础教育为崇高使命,牢记"为人民办教育""办人民满意教育"的办学宗旨,聚焦培养更多勇担"塑造灵魂、塑造生命、塑造人"之重任的基础教育师资,努力"培育英才、锻造名师、服务社会",走出了一条坚守师范底色、打造自身亮色、提升办学成色的发展之路……

(原载2020年5月《光明日报》)

承立德树人之根本 汲泰州文脉之精华 扬服务社会之风帆

——泰州学院向有特色高水平应用型本科高校迈进

2013年正式建校以来,在江苏省委省政府、泰州市委市政府和省教育厅的正确领导下,泰州学院坚持立德树人、坚持深化改革、坚持服务地方,实现了内涵发展、创新发展、开放发展和特色发展,紧紧围绕合格本科高校建设目标,努力完善应用型人才培养体系,深化政产学研合作,加强高素质师资队伍建设,构建特色学科专业群,推进国际交流合作,深化创新创业教育改革,整体办学水平、人才培养质量和服务地方能力明显提升,正朝着建设有特色高水平应用型地方高校的办学目标昂首奋进。

文化底蕴深厚 办学理念鲜明

学校秉承"敦尚行实、明体达用"的校训,实施"理念为先、改革为魂、队伍为要、质量为本、民生为基"的发展战略,践行"以生为本"的服务理念,全面强化内涵建设,学校顺利通过学士学位授权评审,目前正式启动新校区二期工程建设,教学科研、人才培养、师资队伍等各方面均取得显著成果。

专业门类众多 优势专业突出

学校现有全日制在校生8 000余人,设有人文学院、数理学院、计算机科学与技术学院、教育科学学院、外国语学院、经济与管理学院、船舶与机电工程学院、

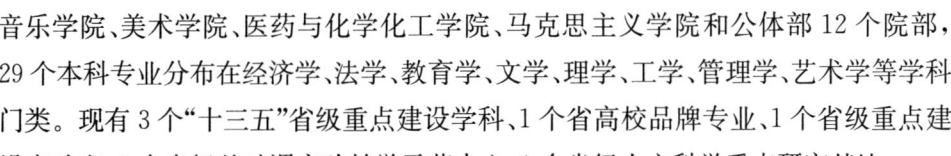

音乐学院、美术学院、医药与化学化工学院、马克思主义学院和公体部12个院部,29个本科专业分布在经济学、法学、教育学、文学、理学、工学、管理学、艺术学等学科门类。现有3个"十三五"省级重点建设学科、1个省高校品牌专业、1个省级重点建设实验室、1个省级基础课实验教学示范中心、1个省级人文科学重点研究基地。

师资力量雄厚　办学条件优良

学校现有高级职称260人,博士105人;硕(博)士生导师21人,省部级各类人才64人;成功获批国家级项目16项,省部级项目26项,获省部级科研奖励10余项,发表SCI、EI等数据库收录论文近400篇,出版专著30余部。学校建筑面积近40万平方米,济川校区书院式建筑典雅大气,融汇传统文化与现代文明。作为学校标志性建筑的图书馆,三面环水、绿树掩映,可容纳万名学生阅读学习。

就业成果喜人　奖助措施完善

学校建立"全员参与、全程指导、全面服务、全力推进"的就业指导服务体系,与省高校招生就业指导服务中心以及苏南、苏中各市人才服务中心建立了全方位的合作,与长三角300余家企业签订校企合作协议,为学生提供丰富的实习与就业机会。近5年来平均就业率达96%,毕业生和用人单位满意度达95%以上,荣获"江苏省高校毕业生就业工作先进集体"称号。学校设有国家奖学金、国家励志奖学金、校级奖学金、考研奖学金、对外交流奖学金、单项奖学金等各类奖学措施和国家助学金、伯藜助学金、企业助学金、绿色通道、特困补助、勤工助学等多项助学措施,奖助学金覆盖面近60%。

文化氛围浓厚　校园生活便利

学校坚持文化育人,校园文化氛围浓厚,有省级大学生艺术团和校园学生社团60多个。近3年,学生先后荣获全国大学生创新大赛一等奖、创业大赛一等奖、省"五星工程奖"金奖等国家级和省部级奖项50多项。校园内开放无线网络,设有体育馆、超市、咖啡厅、自主创业园、大学生活动中心等公共设施。学生宿舍实施公寓化管理,每间4人,配有空调、写字台、衣橱等,无线宽带入室,24小时热水供应。

坚持立德树人导向,培养高素质应用人才

泰州学院把牢社会主义办学方向,瞄准立德树人根本任务,紧紧围绕"培养什么样的人、如何培养人以及为谁培养人"这一根本问题,不断增强师生的"四个自信"作为校园文化建设的核心、文化育人的"压舱石",实施"阳光引领工程",全力培养德智体美劳全面发展的社会主义建设者和接班人。

"高校立身之本在于立德树人。长期以来,我校全面贯彻党的教育方针,把立德树人的成效作为检验学校一切工作的根本标准,致力于向立德树人的根本回归,以文化育人、课程育人、实践育人为抓手,不断加强和改进新形势下思想政治工作,坚持把立德树人贯穿教育教学全过程,从细入手,从实做起,务求实效。"泰州学院党委书记赵茂程教授说。

学校深入推动习近平新时代中国特色社会主义思想进教材、进课堂、进头脑,加强社会主义核心价值观教育,开展爱国主义教育和中华优秀传统文化教育,引导学生坚定"四个自信"。学校大力开展"学在泰院"主题教育系列活动,全面实施"第二课堂成绩单"等制度,着力培养基础知识扎实、人格健全、具有较强创新精神和实践能力的高级应用型人才。近五年来,500多名学生在国家级、省级和市级各项竞赛中获奖,获大学生创新创业训练计划国家级项目6项、省级项目93项;获省"创青春"大学生创业大赛奖7项、省"挑战杯"大学生课外学术科技作品竞赛奖6项。毕业生年终就业率96%以上,连续5年获省高校毕业生就业创业考核优秀单位。

立足优秀地域文化,培育自身办学特色

北宋教育家、泰州学者胡瑗曾提出"致天下之治者在人材,成天下之材者在教化,而教化之所本者在学校",精辟地阐明了实现"天下之治"关键在于人才,人才培养的根本在于学校教育;并提出要以"明体达用之学"教授学生,将培养通经致用的人才作为学校教育的根本目的。同样,明代泰州学派创始人王艮也十分重视教育的社会功能,他认为"经世之业,莫先于讲学以兴起人才者"。长期以来,泰州学院从胡瑗、王艮的"明体达用""经世兴才"教育思想出发,努力为社会培养各种急需的高素质应用型人才。

承立德树人之根本　汲泰州文脉之精华　扬服务社会之风帆
——泰州学院向有特色高水平应用型本科高校迈进

长期以来,泰州学院不断汲取泰州深厚地域文化资源,继承胡瑗"明体达用"的办学理念拓展成为"敦尚行实、明体达用"的校训;弘扬王艮"百姓日用即道"的哲学思想并发展成为自身的办学特色;高举学校前身之一泰兴乡师1941年建校之初提出的"学用结合"的育人主张,传承发展学校70余年的"红色文化"积淀,立足泰州大地,办好地方高校,服务江苏经济社会发展需求。这样的办学理念、人才思想和办学特色,既有深厚的文化底蕴,又有强烈的时代色彩,更具鲜明的地方特色。

瞄准地方发展所需,全力办好地方高校

作为地方本科高校,泰州学院努力与江苏、泰州的高质量发展同向同行、主动融入,在"强富美高"新江苏建设和打造江苏高质量发展中部支点城市、实现"大泰州"向"强泰州"跨越的历史进程中,主动谋划,积极作为,争取做出更大贡献。

近年来,学校全面深化高等教育改革,不断提升服务地方经济社会发展能力,将自身的人才、科研与教育优势与地方经济发展需求紧密结合,先后与医药高新区、海陵区、高港区、姜堰区、泰兴市等达成战略合作协议,与扬子江药业集团、苏中药业集团、林海集团等企业形成实质性校企合作。

学校"瞄准政府需求,主动接轨;瞄准地方需求,主动作为;瞄准百姓需求,主动服务;瞄准学校需求,主动发展",深入推进"服务泰州行动计划",与100余家单位签订合作协议,合作成立中国里下河文学研究中心、泰州台湾经济文化交流研究中心、泰州市青年马克思主义学院等科研机构近10家,合作申报课题40余项,开展横向课题研究30余项;开展"百名博士百家企业行"活动,组织教师进企业300多人次;立项泰州市"135"工程项目6项。

"今后,我们将继续立足应用型地方本科高校的办学定位,解放思想,深化改革,强化资源配置,加快内涵建设,提升办学效能,以新气象新担当新作为,全面推进学校事业高质量发展。"泰州学院校长徐向明教授表示。

行者方致远,奋斗路正长!站在历史、现实与未来的交汇点上,泰州学院正以瞄准顺利通过教育部本科教学水平评估为目标,以顺利通过教育部本科教学水平评估为近期目标,全面推进学校事业高质量发展,把学校建成一所人民满意、百姓点赞的有特色高水平应用型本科高校!

(原载2019年6月《新华日报》)

扎根泰州大地　办好地方高校
——写在中共泰州学院第二次代表大会开幕之际

11月29日，泰州学院第二次党代会盛大开幕。

自2013年学校第一次党代会至今，时光已悄然迈过五年。风劲帆满，踔厉奋发。五载风雨兼程，五载春华秋实。这是泰州学院从蹒跚学步到阔步前行的五年，也是在探索中发展、在改革中提升的五年。

作为泰州市唯一一所公办本科院校，泰州学院从诞生之日起，就始终高扬"在泰、姓泰、爱泰、建泰"的旗帜，坚定"扎根泰州大地，办让五百万泰州人民满意的地方本科高校"的发展战略，在省委省政府、市委市政府和省教育厅的正确领导下，学校坚持立德树人、坚持深化改革、坚持服务地方，实现了内涵发展、创新发展、开放发展和特色发展，充分发挥了地方高校在人才培养和高层次人才聚集、社会服务、科学研究、文化传承等方面的独特作用。

五年来，学校紧紧围绕合格本科高校建设目标，努力完善应用型人才培养体系，深化政产学研合作，加强高素质师资队伍建设，构建特色学科专业群，推进国际交流合作，深化创新创业教育改革，整体办学水平、人才培养质量和服务地方能力明显提升，正朝着建设有特色高水平应用型地方高校的办学目标昂首奋进。

五年磨一剑，霜刃正初现。历经五年的艰苦奋斗与不懈努力，据2018年中国校友会大学和武书连大学排名榜，泰州学院已经跃居同批升本的高校和省内同类院校前列。

培养什么人，是教育的首要问题……我们的教育必须把培养社会主义建设者和接班人作为根本任务……这是教育工作的根本任务，也是教

扎根泰州大地　办好地方高校
——写在中共泰州学院第二次代表大会开幕之际

育现代化的方向目标。

——摘自习近平总书记在全国教育大会上的讲话

的确，正如总书记所言，"培养什么样的人，是教育的首要问题。"对于一所地方高校而言，能否培养出适应地方经济社会发展所需，留得住、用得上的德智体美劳全面发展的社会主义建设者和接班人，则是泰州学院办学面临的首要问题。

"求木之长者，必固其根本。"五年来，泰州学院始终坚持立德树人，夯实发展根基，力争以高度的政治责任感，扎实办好中国特色社会主义地方本科高校，积极引导广大师生勇担时代大任。

"高校立身之本在于立德树人。长期以来，我校全面贯彻党的教育方针，把立德树人的成效作为检验学校一切工作的根本标准，致力于向立德树人的根本回归，以文化育人、课程育人、实践育人为抓手，不断加强和改进新形势下思想政治工作，坚持把立德树人贯穿教育教学全过程，从细入手，从实做起，务求实效"，泰州学院党委书记赵茂程教授如是说道。

心中有信仰，脚下有力量。通过深入落实立德树人根本任务，泰州学院牢牢构筑起人才培养的根基所在。学校还从泰州乡贤、宋代著名教育家、思想家胡瑗的"明体达用"教育思想出发，继承明代泰州学派"百姓日用即道"办学理念，形成以"敦尚行实、明体达用"校训为核心的"一训三风"。

凝心聚力万象新！五年来，泰州学院始终朝着有特色高水平应用型地方普通本科高校的办学目标，深入推进习近平新时代中国特色社会主义思想进教材、进课堂、进头脑；弘扬社会主义核心价值观，构建德智体美劳全面发展的教育体系和更高水平的人才培养体系，健全学校、政府、社会协同育人机制，形成全员育人、全过程育人、全方位育人的格局，切实推动"四个服务"，培养担当民族复兴大任的时代新人。

2018年11月2日，江苏省第二届"马克思主义·青年说"系列活动之"我读马列经典"校园沙龙专场活动在泰州学院举行。活动由中共江苏省委宣传部、省委省级机关工委、省教育厅、团省委共同主办，新华报业传媒集团承办，泰州市委宣传部、团市委和泰州学院协办。当日，泰州市青年马克思主义者学院（"青马学院"）也正式成立。

> 要在增长知识见识上下功夫，教育引导学生珍惜学习时光，心无旁骛求知问学，增长见识，丰富学识，沿着求真理、悟道理、明事理的方向前进……要在增强综合素质上下功夫，教育引导学生培养综合能力，培养创

新思维。

——摘自习近平总书记在全国教育大会上的讲话

五年来，泰州学院始终把人才培养作为办学的核心使命和本质职能，按照普通高等学校本科教学工作水平评估要求，确立了本科教育在人才培养体系中的核心地位、教育教学工作中的基础地位。坚持教育创新，深化教育改革；推进课程内容更新，推动课堂教学革命；提升专业建设水平，着力建设高水平教学体系。

学校牢固树立质量意识，力争将质量要求内化为师生的共同价值和自觉行为，教学质量稳步提升。认真贯彻《教育部关于全面提高高等教育质量的若干意见》，构建以学生为中心，课内与课外、专业实践与社会实践相结合的育人体系，推动教学模式改革，切实提高应用型创新人才培养质量。学校健全教学质量监控体系，实施了"本科教学质量与教学改革工程"，推进省级重点建设学科和省级品牌专业建设力度，先后入选教育部产学合作协同育人项目13项、省教育教学改革研究项目12项，获省教学成果奖2项。

如果说办学质量是一所大学的生命线，那么专业和学科建设就是这所大学的重要根基。泰州学院面向社会需求，按照适应区域社会经济发展需要，积极创造条件，开设机械设计制造及其自动化、船舶与海洋工程、制药工程等专业，主动适应泰州"1+3+N"产业战略，成立了船舶与机电工程学院、医药与化学化工学院。目前，学校建有数学、汉语言文学、管理科学与工程等3个省级重点建设学科，1个省高校品牌专业建设工程项目，1个省级重点建设实验室，1个省级实验教学示范中心建设点，1个全国人文社会科学普及基地，54个实践教学基地。在31个本科专业中，学校正努力做精教师教育类专业，做大应用文科类专业，做优理工类专业，做强艺术类专业，全面推进文、理、工、管、艺、教、法等多学科协调发展。

狠抓本科教学质量，增强学生综合素质，助力了学校人才培养质量和学生综合素质的稳步提升。学校开展"学在泰院"主题教育系列活动，全面实施"第二课堂成绩单"制度。32人获国家奖学金，13人获省"三好学生"，15人获省"优秀学生干部"，500多名学生在国家级、省级和市级各项竞赛中获奖。获大学生创新创业训练计划国家级项目6个、省级项目93项，其中两项大学生创新创业成果获得授权专利；获省"创青春"大学生创业大赛银奖1项、铜奖6项，省"挑战杯"大学生课外学术科技作品竞赛二等奖2项、三等奖4项。

近年来，泰州学院毕业生年终就业率在96%以上，学校2018年获评省高校毕业生就业创业考核优秀单位。已毕业两届本科生1 280人，其中567人在机关事

扎根泰州大地　办好地方高校
——写在中共泰州学院第二次代表大会开幕之际

业单位就业,占比44%。以2014级汉语言文学1、2班为例,117名毕业生中,11人考取国内研究生,2人出国读研,90人考取省内外公办学校中小学教师编制。

> 要在培养奋斗精神上下功夫,教育引导学生树立高远志向,历练敢于担当、不懈奋斗的精神,具有勇于奋斗的精神状态、乐观向上的人生态度,做到刚健有为、自强不息……要全面加强和改进学校美育,坚持以美育人、以文化人,提高学生审美和人文素养。
> ——摘自习近平总书记在全国教育大会上的讲话

仁而不智,则爱而不别也;智而不仁,则知而不为也。在"如何将立德树人落到学生培养的实处、细处"上,泰州学院始终以提智为基础、以立德为先导,坚持以美育人、以文化人,引导学生树立正确的世界观、人生观和价值观,养成独立人格、优良品质和健康心智,并结合专业实际,引导学生学好专业知识、掌握专业本领,着重培育学生的独立思考能力、文化素养、人文与科学精神、创新和创业精神,全面提高学生的审美和人文素养,引导他们志存高远、乐观向上、刚健有为、自强不息。

泰州学院坚持师德师风第一标准,把提高教师思想政治素质和职业道德水平摆在首要位置,坚持"四个统一",实行师德考核"一票否决"制。学校连续三年面向全校评选"师德模范""教学名师""优秀教师""优秀教育工作者",发掘师德典型,弘扬楷模精神,讲好师德故事,营造"仁者为师"的良好氛围。

学校牢固树立"以生为本""以德为先"的工作理念,从学生素质提升的需要出发,着眼学生全面健康协调可持续发展,充分发挥校园科技文化活动的育人作用,以阳光教育行动为指导,以"多彩生活·阳光成长"系列活动为载体,强化"以本为本",打造"阳光学工"品牌。

学校以"第二课堂"素质拓展课程建设为抓手,构建大学生综合素质训练体系;抓学风建设、常规管理、行为习惯,促进学生成长、成才;成立创新创业学院,建立大学生创业园,把创新创业教育贯穿于人才培养的全过程。

借助于"道德讲堂""校园文化艺术节""校园心理健康月"等活动和校园网、校报、"两微一端"等媒介,学校努力营造积极向上、创造创新、健康文明的校园文化氛围,培养学生健康的审美情趣、高雅的艺术修养和严谨的科学精神。学校还将近年来涌现的优秀毕业生典型,如"英雄教师"杨向明、"雪域阿爸"钱维胜、"教师妈妈"陈锦华等人的先进事迹,引入到相关校园主题教育活动中,让广大学生可观可感可学。

学校创新高校学生管理、资助和心理教育方式，实施"关爱传导工程"，开展阳光帮扶。加强心理健康教育，完善"四级"预警防控体系，建立教育教学、咨询服务、预防干预、实践活动"四位一体"工作格局，构建全过程、全方位、全面向的服务型资助与育人模式。引进"伯藜""鸿泰"等社会奖助学金，构建政府、学校、社会共同参与的资助育人体系，五年资助学生近 1.5 万人次，累计发放各类资助 2 400 余万元。学校连续六年获省资助绩效考核优秀。

> 建设政治素质过硬、业务能力精湛、育人水平高超的高素质教师队伍是大学建设的基础性工作。
>
> ——摘自习近平总书记 2018 年 5 月 2 日在北京大学师生座谈会上的重要讲话

"所谓大学者，有大师之谓也。"教师是立教之本、兴教之源。在当前百舸争流、千帆竞发的高等教育发展大潮下，教师素质是决定一所学校质量最为重要的因素，只有教师发展了，才会有学生的发展，作为地方高校的泰州学院才能"弯道超车"。

五年来，泰州学院牢固树立"人才是第一资源，人才战略是第一战略，人才优势是第一优势"的理念，努力建设高素质教师队伍。坚持实施高层次人才引进、教师能力提升、名师引领、专业带头人选拔培养、双师素质教师优化、兼职教师资源库建设等人才强校专项计划，用事业造就人才，用环境凝聚人才，用机制激励人才，用制度保障人才，一支高素质专业化教师队伍正在形成。

"功以人成，业因才广。"人才是高校发展的核心竞争力，人才优势决定高校的发展优势。在"人才强校"战略的推动下，"人才第一资源"的作用在泰州学院日益凸显。一支师德高尚、结构合理、业务精湛、充满活力的高素质教师队伍日渐成熟，成为泰州学院合格本科高校建设征程中的必要保障，不断推动学校各项事业实现新跨越、再创新辉煌！

学校积极实施"走出去、引进来"战略，推进人才集聚工程，柔性引才汇智，以更加开放的姿态、更加优惠的政策、更加优良的环境，延揽更多高水平人才来校工作。学校坚持"统筹兼顾、引培并举"，深入推进"2468 高层次人才汇聚工程"。五年来，共投入 6 100 多万元引进高层次人才 99 人，其中教授 20 人、博士研究生 79 人；晋升教授 6 人，培养博士(含在读)36 人，教师参加各类培训近千人次。先后与美国、俄罗斯、英国等多国相关大学签署合作协议，41 名教师赴海外和国内一流高校访学进修。教师获评省有突出贡献的中青年专家 4 人、"六大人才高峰"培养人选 2 人、"333 工程"中青年科技领军人才 1 人、科学技术带头人 9 人；省高校"青蓝工程"

优秀中青年学术带头人 4 人、青年骨干教师 15 人；市级各类人才 17 人。

学校明确了党管人才原则，坚持以学科和专业建设为引领、以人才发展和团队建设为抓手、以集聚高端领军人才和创新人才为重点，进一步完善引进人才配套政策，健全人才管理工作机制，做好人才服务保障工作。在职称评审、岗位聘用、绩效工资改革等领域，学校还充分发挥奖励政策的示范与引领作用，形成了尊重知识、尊重劳动、尊重人才、尊重创新的良好氛围。

栽下梧桐树，引得凤凰栖。凤凰栖息处，吉祥好运来。通过"人才强校"战略的实施，借助于高层次人才的荟聚，第一次党代会以来，泰州学院教师成功申报各类科研课题 262 项，获得科研经费 1 000 余万元；获省哲学社会科学优秀成果奖二等奖 1 项，三等奖 5 项；出版学术专著 30 余部，获授权专利近 50 项；发表科研论文 1 200 余篇，其中 SCI、EI、CSSCI 及北大核心以上期刊论文 200 余篇。

> 教育兴则国家兴，教育强则国家强。要坚持扎根中国大地办教育。办好人民满意教育、培养更多社会主义事业建设者和接班人，离不开扎根中国大地办教育的决心、信心与行动。
> ——摘自习近平总书记在全国教育大会上的讲话

"大学既是人才培养基地，又是科研创新策源地，还是文化发展引领地。发展高等教育，对于推进高质量发展，打造城市名片，提高城市文化软实力和影响力，完善城市功能，提升城市能级，保障和改善民生，都具有重要意义。"2018 年 3 月 22 日，在泰州市委、市政府主持召开的泰州学院建设发展工作协调小组第一次会议上，出席会议的市主要领导形成了这一共识。

为把泰州学院建设好，省市党委政府高度重视泰州学院的建设和发展。省领导王江、曹卫星、胡金波、曲福田和省教育厅领导葛道凯等，市领导韩立明、史立军、卢佩民、常胜梅、王学锋、奚爱国等，或来校视察调研，或听取汇报，或召开专题会议，切实解决学校发展中遇到的困难，指导协调今后的工作。

承载着各级领导和泰州人民的厚爱，作为本地区唯一一所公办本科高校，有着 77 年办学史的泰州学院，始终把泰州学派"百姓日用即道"思想作为办学的理念和特色，以服务地方、服务五百万泰州人民对高等教育的需求为历史使命，强调学校永远姓"泰"，明确要在省市党委政府和教育主管部门的领导下，切实承担起高等教育对地方的支撑引领作用，全心全意把业绩写在泰州大地上。

五年来，学校将自身的人才、科研与教育优势与地方经济发展需求紧密结合，先后与医药高新区、海陵区、高港区、姜堰区、泰兴市等达成战略合作协议,与扬子江药业集团、苏中药业集团、林海集团等企业形成实质性校企合作。

学校"瞄准政府需求,主动接轨;瞄准地方需求,主动作为;瞄准百姓需求,主动服务;瞄准学校需求,主动发展",通过100项服务项目,深入推进"服务泰州行动",取得了显著成效。

扎根地方、融入地方、服务地方,泰州学院的努力也赢得了地方党委政府的回馈与支持。2018年3月,泰州市成立了泰州学院建设发展工作协调小组,由史立军市长亲自任组长。市委市政府还响亮提出:"举全市之力建设发展好泰州学院,符合高质量发展的要求,符合提升城市影响力的要求,符合打造扬子江城市群中部崛起城市的要求,更是改善民生的要求。必须把泰州学院的发展纳入到泰州经济社会发展的总体规划中去,在更高的层面上谋划推进,不断提升学院的办学能力、科研能力、服务能力。"

谈及近期学校如何通过服务地方获得"双赢",泰州学院校长徐向明教授说,在"高质量发展走在前列"、建设"强富美高"新江苏的征程中,全省经济形态和增长动力正在发生重要变化。泰州市锚定扬子江城市群中部崛起新坐标,积极培育壮大战略性新兴产业,推动传统产业向中高端迈进。这将促进泰州学院进一步明确学校定位,主动对接社会需求,力争通过学校的不懈努力,充分发挥在泰优势,出台更多主动服务地方新举措,培养更多高素质技能型新人才,为泰州经济社会发展提供人才支撑和智力资源,为"强富美高新泰州建设"提出科学的政策建议和决策参考。

近期泰州学院还提出,将继续推进服务泰州行动计划,开展"百名博士百家企业行"活动,不断拓展校地合作的广度、深度,并及时促进已取得科研成果的转化和推广。要求每个二级学院与10家有一定规模和影响的企事业单位深度合作,新增横向课题100项、经费1 000万元,技术成果转让10~15项。在强化服务并引领地方基础教育的同时,继续坚持产教融合、协同育人理念,进一步完善应用型人才培养体系。瞄准泰州支柱产业发展要求,瞄准职业标准,把"知识、能力、素质"的培养规格落实到具体课程。以与相关企业合作办学为试点,探索校企合作培养模式,培养符合地方产业需求的创新型、复合型、应用型人才。同时,将根据地方产业发展和应用型人才培养需求,积极培育新工科等应用型特色专业。

"泰州学院的发展,凝聚着省市党委政府的关心和厚爱,凝聚着社会各界的理解和支持,凝聚着500万泰州人民的大学梦想。建设好泰州学院,服务泰州,发展泰州,促进泰州高等教育事业发展,是泰州学院责无旁贷的使命和义不容辞的责

扎根泰州大地　办好地方高校
——写在中共泰州学院第二次代表大会开幕之际

任。未来五年,我们将进一步解放思想,深化改革,强化资源配置,提升办学效能,以新气象新担当新作为,全面推进学校事业高质量发展",泰州学院党委书记赵茂程教授表示。

"纷繁世事多元应,击鼓催征稳驭舟。"新的时代已经开启,新的征程号角嘹亮,新的华章正待奏响。潮平两岸阔,风正一帆悬。蓝图正绘就,蓄势又待发。站在历史、现实与未来的交汇点上,泰州学院正以学校第二次党代会的胜利召开为新起点,不忘高等教育初心,牢记自身办学使命,勇立潮头谱写新篇。学校将继续扎根泰州大地,服务地方发展,以顺利通过教育部本科教学水平评估为近期目标,瞄准长三角和国内发展较好的地方高校,把握新机遇,迎接新挑战,力争以新气象新担当新作为,全面推进学校事业高质量发展,把学校建成为一所人民满意、百姓点赞的地方本科高校!

（原载 2018 年 11 月《泰州日报》）

"四瞄准、四主动" 谋计献策创伟业

——泰州学院打造"人才强市"育人体系

"滨长江而挹淮海,踞苏中而扼要津。拥百里江岸,夺黄金玉带;抱万顷田园,聚绿色宝库。里下河之门户,长三角之明珠……"自古以来,素有"海陵""凤城"之称的江苏泰州,以其丰腴富饶著称于世。进入新时代,在泰州市政府部门领导班子的带领下,愈加焕发出新的风采。坐落在这样一座人杰地灵城市中的泰州学院,堪称得天独厚,文脉亨通。

学校的发展离不开城市底蕴的滋养。同样,城市的崛起也离不开学校的人才支撑。在地方需求和自身发展的双重使命下,泰州学院人围绕学校如何在服务泰州的过程中,既能推动泰州产业转型发展,又能提高学校自身办学能力展开了探讨并达成共识。确立了以服务泰州经济社会发展为宗旨,坚持"开放、共享、主动"的服务理念,遵循"四瞄准、四主动"的指导方针,按照"1+"的思维方法,把服务泰州纳入学校整体工作中,增强学校发展与区域经济社会发展的适应度,为建设"强富美高"新泰州做出积极贡献。

学校成立了校地合作办公室,制定了"服务泰州行动计划"。以"一改""三进""六建"为抓手,推进人才支持、科技创新、决策咨询、文化创意、和谐社会构建等五项服务,拟定了100个服务项目,努力实现"构建对接地方经济社会发展的应用型学科专业体系和协同育人的应用型人才培养体系,打造高水平应用型师资队伍,搭建科技文化服务平台,形成有实际推广价值的科研成果,构建新型校地互动关系,促进校地共同发展"的六个目标。

"四瞄准、四主动" 谋计献策创伟业
——泰州学院打造"人才强市"育人体系

瞄准政府部门发展战略之需，主动接轨，献"人才强市"之策

"这次培训，让我们学到了系统的专业知识，现在已迫不及待地想展现我们的学习成果了。"1月19日，由泰州市教育部门、泰州学院共同举办的"2016农村幼儿教师'双基'培训"班结业典礼如期举行。120名学员争先恐后地要求演出，汇报学到的培训技能。近三年来，泰州学院承担了泰州市教育部门、商务部门、税务部门、旅游部门等多个部门的培训任务。培训总人数达6 219人，各类成人教育在籍学生近6 000人。

人才是一个地方、一个城市发展的核心竞争力。在《泰州市国民经济和社会发展第十三个五年规划纲要》中明确了泰州产业立市、创新强市、以港兴市的发展目标。然而当前泰州市却面临着经济发展中复合型、应用型、高端型人才匮乏与新兴产业人才需求量大的现实矛盾。一些政企事业单位和泰州学院加强协作，共同培养应用型人才的愿望非常强烈。

面对现实需求，泰州学院审时度势，及时优化了学科专业结构，设置了地方经济社会发展急需的应用型学科专业，提升学科专业与地方产业的契合度。学校针对泰州产业结构和国家发展战略，设置了医药与化工学院、船舶与机电学院、计算机科学学院等。目前已开设生物制药、机械制造与自动化、物联网、物流管理等泰州产业发展需要的本科专业。"十三五"期间，船舶工程类、医疗器械类等相关专业的开设也已在筹备之中。

此外，学校还实施了人才培养全程对接计划和教师专业实践计划。围绕职业需求推进课程体系改革，完善了人才培养方案。组织师范类专业教师送教下乡；推进非师范类专业教师专业实践，加强"双师双能型"教师队伍建设。强化教师继续教育和开展社会人员技能培训和学历提升等一系列举措，极大地满足了泰州"人才强市"的战略需求。

瞄准地方振兴经济之需，主动作为，献"科技兴市"之策

3月10日，泰州学院"白马镇科教服务团"成立仪式隆重举行。仪式上，白马镇领导为花丽等10位专家颁发了聘书。"白马镇科教服务团"是泰州学院深入推进"服务泰州行动计划"的重点项目之一，学校各位专家将积极参与重大决策，发挥

咨询参谋作用,主动组织课题攻关,发挥技术示范和帮扶引领的作用。

瞄准地方需求,主动作为。为此,泰州学院充分利用学校学科建设平台,聚焦了泰州市"1+3+N"产业发展中的科技问题,加强政校企合作,开展联合攻关,推动科技成果创新与转化,为泰州市经济社会发展提供科技创新服务。目前,教师职业技能实训中心平台、里下河经济文化研究基地平台、新业态服务产业影子基地平台、泰州现代装备智能制造服务平台、泰州生物医药产业服务平台和"互联网+智慧泰州"学科平台六个平台的建设已初见端倪。

为增强服务地方经济发展能力,学校成功申报了"泰州市生物催化与转化工程技术研究中心"和"泰州市电能变换与控制工程技术研究中心"。学校与扬子江药业集团联合申报的科研项目"大数据智能处理及其在医药领域的应用",获得了泰州市科技进步二等奖。如今,越来越多的科技成果实现成功转化。诸如,计算机科学与技术学院与江苏保力自动化科技有限公司联合开发了一款智能取筒机器人,产品刚上市就获得了良好的效益。

在"互联网+智慧泰州"平台建设中,学校利用大数据等领域取得的科研成果为泰州市政府部门和相关企事业单位电子政务与电子商务建设开展技术服务和技术咨询,力争为泰州智慧城市建设提供"智慧引擎"。目前,学校已与泰州川琦机电有限公司等企业合作,开展船用热交换器数值仿真平台建设;与泰州三福船厂等企业合作,开展数据资源集成平台建设等。

瞄准百姓安居乐业之需,主动服务,献"文化惠民"之策

"吹面不寒杨柳风。"2月28日,在泰州市城东街道育才社区,大家围成一圈有说有笑,一派欢乐的气氛。泰州学院音乐学院的学子们站在中间,琴声悠扬,载歌载舞,引来群众的一阵阵叫好声。这是志愿者们开展的"音乐进社区"活动。3月13日,经济与管理学院院长杨美霞一行6人来到泰兴市宣堡镇调研时,受到了当地政府部门的热情招待,他们将为宣堡第二届美食节进行旅游线路与导游词创意设计,为宣堡镇旅游发展支招……

自实施"服务泰州行动计划"以来,像以上这样的活动越来越多。国家领导人曾说过,"人民对美好生活的向往,就是我们的奋斗目标"。瞄准百姓需求,主动服务就是泰州学院的行动准则。在服务经济社会领域,学院一方面发挥智库作用,对地方各类产业发展开展专题研究,为政府部门提供高水平决策咨询成果;同时学校

还通过"百姓阳光屋"心理健康教育咨询服务中心,为社会提供广泛的心理咨询专业服务。

如今,人们的物质生活水平得到了极大地提高,对精神生活的追求也越来越高。学院围绕城市精神文明建设开展了系列活动。开展地方文化专题研究,推进文化惠民工程;促进历史文化资源与文化产业相结合,催生新的文化业态。开展以各种优秀地域文化为题材的文艺创作、文艺展演、艺术展览等活动,助力泰州文化产业发展。开展"非公企业"党建工作研究,助力"非公企业"党建文化建设。组织专家学者深入社区,定期举办系列文化讲坛、科学知识普及活动等,受到了各界的热烈欢迎。

与此同时,学院为促进地方和谐社会建设,还提供了各类公益性服务。如"留守儿童自护教育服务团"走进高港马厂社区开展"阳光志愿者"服务活动。面向"泰州舰",推进"院舰合作,共建双赢"项目,开展"泰爱海防"主题系列活动等。

瞄准学校创办特色之需,主动发展,献"开放治校"之策

"创新、协调、绿色、开放、共享"是我党确立的五大发展理念。在贯彻服务泰州行动计划的过程中,泰州学院确立了"开放、共享、主动"的服务理念。本着资源共享的原则,学校逐步向地方企事业单位、科研人员开放实验室,提供科学研究或开展合作研究的必要条件;向青少年学生和广大市民开放图书馆、体育馆等文化体育场馆,开展各类丰富多彩的文体活动,丰富了广大市民的业余文化生活,建立了校地资源共享、共同合作的良性渠道。

在提升自身开放水平的同时,学院进一步加强国际交流与合作,建构对外文化、教育交流平台,推动了泰州市的对外开放水平。针对当前对外经济合作和国际交流日渐增强的趋势,学院依托外国语学院、经济与管理学院、人文学院,培养既具有所学专业的基础知识、学科理论与基本技能,又具有扎实外语水平的复合型人才,为地方国际贸易、对外交流、企业管理、金融业务等各领域进行有针对性服务。

自2015年学院实施"服务泰州行动计划"以来,服务地方工作初见成效。与城东小学等33家学校签订协议,开展教育教学研究和学生实习等方面的合作;与扬子江药业集团等20多家企业合作共建实践实训基地,开展科技合作;28名教授、博士走进企业,开展科技服务,取得11项发明专利授权,8项实用专利授权,承担国家项目5项,省部级项目9项,市级项目54项,2项成果获江苏省社科成果奖,5

项成果获泰州市科技进步奖……

"小荷才露尖尖角,早有蜻蜓立上头。"学院从建校之初就提出了"建设有特色、高水平、应用型本科高校"的办学目标。尽管泰州学院升格为学院只有三年,尽管"服务泰州行动计划"从调研到实施也不满两年,但是泰州学院取得的成绩却是有目共睹、有口皆碑的。展望未来,泰州学院人一定会把服务于地方经济的建设与发展作为自己的使命。泰州学院一定会和泰州一道,为泰州经济社会转型创新发展做出新贡献,创造出新的辉煌!

(本文经相关人士修改后共同署名发表于 2017 年 6 月《中国教育报》)

"百姓日用即道"
——泰州学院立足内涵发展全力服务地方纪实

"百姓日用即道",是明代著名哲学家、平民教育家、"泰州学派"创始人王艮提出的民本思想命题。所谓"百姓日用即道",意思是:百姓日用生活即道,符合百姓利益即道,满足百姓需求即道。

诞生于抗日烽火硝烟中的泰州学院,建院之初就确立了"学用一致、服务百姓"的办学理念和"敦尚行实、明体达用"的校训。学校扎根泰州深厚教育文化土壤,传承并创新"百姓日用即道"教育思想,坚持办学目标与泰州区域经济社会发展要求相适应,将"为人民办教育""办人民满意的教育"作为办学宗旨和最高追求,充分发挥高校服务地方独特功能,围绕人才培养、科学研究、社会服务和文化传承,着力推进"服务泰州行动计划",服务地方经济建设,服务地方基础教育,服务文化名城建设,服务和谐社会构建,积淀形成了"百姓日用即道"的办学特色。

"高校要发挥人才和科研优势,主动开展社会服务,通过协同创新,实现优势互补,为国家和地方经济发展作贡献。这在我们泰州学院已经形成共识。"泰州学院党委书记李久生教授这样说。作为本地区仅有的公办普通本科高校,泰州学院积极履行服务地方的职能,对接区域经济发展需求,立足内涵发展,增强服务能力。为此,泰州学院专门成立了校地合作办公室,制定"服务泰州行动计划",根据"瞄准政府需求,主动接轨;瞄准地方需求,主动作为;瞄准百姓需求,主动服务;瞄准学校需求,主动发展"的指导思想,拟定了五大类100项服务项目,切实服务地方经济社会发展。

"明体达用"育人才

北宋著名教育家、泰州学者胡瑗曾提出："致天下之治者在人材,成天下之材者在教化,而教化之所本者在学校",精辟地阐明了实现"天下之治"关键在于人才,人才培养的根本在于学校教育;并提出要以"明体达用之学"教授学生,将培养通经致用的人才作为学校教育的根本目的。同样,泰州学派创始人王艮也十分重视教育的社会功能,他认为"经世之业,莫先于讲学以兴起人才者"。长期以来,泰州学院从胡瑗、王艮的"明体达用""经世兴才"教育思想出发,努力为社会培养各种急需的高素质应用型人才。

泰州学院紧密结合自身实际和社会对高素质创新人才的需要,创造性地提出了"543"人才培养模式。"五对接"指的是专业设置与产业(行业)需求对接,课程内容与职业标准对接,教学过程与生产岗位过程对接,毕业证书与职业资格证书对接,专业教育与终身学习对接;"四分类"指的是根据不同学科、不同专业,在教学与管理上,实行分类设计、分类指导、分类培养、分类评价,体现科学的专业人才培养特点;"三服务"指的是教学活动服务于经济社会发展的总体目标,服务于学校事业发展的中期目标,服务于师生个性发展的根本目标。该校各院系根据"543"人才培养模式对各专业人才培养方案、教学计划和课程教学大纲进行了全面的梳理修订,强化实践学分和实践过程要求,设置学科竞赛和创新创业实践考核环节,突出人才培养的应用型技能,职业技能培训的特点更为清晰。

学校师范类专业的人才培养方案,以国家教育部门颁布的各项标准为依据,充分发挥学校长期积淀形成的教师教育特色和优势,利用本科办学平台实现服务和引领地方基础教育的目标。教师教育课程实现模块化设计,彻底打破过去"老三门"的基本格局,体现教师教育的新理念。非师范类专业根据专业属性和特色人才培养需要,实施分层教学,突出个性培养,为学生自主学习和发展创造条件。学校鼓励设置开放性课程,鼓励学生跨专业或跨学院选修课程、参加科研训练,鼓励各专业根据自身特点进行人才培养模式综合改革试点。针对当前对外经济合作和国际交流日渐加强的趋势,学校着重强调培养既具有专业知识,又具有扎实外语水平的复合型人才。

泰州学院瞄准地方支柱产业、新兴产业和人才紧缺行业的需求,调整设置地方经济社会发展急需的应用型学科专业,优化学科专业结构,提升学科专业与地方产业的契合度。进一步深化教育教学改革,围绕社会需求推进课程体系改革,完善人

"百姓日用即道"
—— 泰州学院立足内涵发展全力服务地方纪实

才培养方案。聘请企业专家参与课程建设和培养方案论证工作;与泰州各教育部门、各企事业单位共建教学实习基地;加强校企联合,优势互补,采取订单式培养,为地方输送一批高素质应用型人才。2016年8月11日,泰州学院首先与泰州市高港区政府部门签订全面合作协议。根据协议,双方将在资源共享、产教融合、人才培养、成果转化、文教事业、基地建设等方面展开全面合作。9月,船舶与机电工程学院与高港区人力资源和社会保障部门签署协议,双方合作共建"人才服务校园工作站",为该校毕业生和用人单位提供一站式、全过程、全方面的公共人才服务。

一系列办学建设成绩,一系列改革创新成果,为学校赢得了声誉。近年来,泰州学院毕业生就业率一直保持在96%以上,同时,毕业生的满意率也高达96%以上,用人单位满意率达98%。高校,尤其是地方应用型高校是地方经济发展的智力、知识、技术、人才之源,主动服务地方经济社会发展,是贯彻党的教育方针的必然要求,是高等学校的职责使命,更是高等学校实现自身发展的必由之路。

"经世兴才"助地方

2016年,长三角城市群发展规划正式获批,江苏泰州被确定为Ⅱ型大城市。在转型提升建设"强高富美"新泰州的关键时期,地方产业转型必须依靠创新,而创新依靠人才,人才就是未来。面对这历史性的发展机遇,作为本地区仅有的公办普通本科高校,泰州学院积极履行服务地方的职能,贴紧靠实、深度融合,对接地方支柱产业、高新技术产业和服务业发展需求,立足内涵发展,增强服务能力。

建校以来,泰州学院大力实施"2468"人才强校工程,引进教授、博士近百人,为服务地方经济社会发展提供强大智力支撑。充分利用学校学科建设平台,聚焦泰州市经济和产业发展中的科技问题,加强政产学研合作,开展联合攻关,推动科技成果创新与转化,为泰州市经济社会发展提供科技创新服务。学校紧密结合泰州市装备制造业,依托船舶与机电学院建设泰州现代装备智能制造服务平台,为泰州三福造船、江苏安方电力、泰州众擎、泰州越洋等企业提供技术支持。紧密结合泰州市生物医药产业,建设泰州生物医药产业服务平台,与扬子江药业集团、江苏永健等药企开展生物制药、医用材料等产品合作开发,加速科研成果转化与产业化,促进泰州生物医药产业发展。紧密结合泰州市新业态服务业,建设新业态服务产业影子基地,以旅游管理、物流管理、电子商务、财务管理四大专业为重点,打造智慧旅游管理影子基地、现代物流管理影子基地、跨境电子商务影子基地、金融财务管理影子基地,为相关企业提供服务。紧密结合泰州市信息工业,建设"互联网＋智慧泰州"平台,培育大数据,服务泰州城市公共信息平台、智慧社保、智慧政务等重点工程项目,为泰州智慧城市建设提供"智慧引擎"。其中,与江苏保力联合成功申报了2016年度江苏省重点研究计划项目,与泰州三福造船等企业联合开展数据资源集成平台建设。

为增强服务地方经济发展能力,学校成功申报"泰州市生物催化与转化工程技术研究中心"和"泰州市电能变换与控制工程技术研究中心"。学校利用自身科研平台和人才优势,与企业开展联合攻关,走"产学一体、工学结合、校企合作"的办学道路,一批科技成果成功转化。计算机科学与技术学院与江苏保力自动化科技有限公司联合开发了一款智能取筒机器人,产品刚刚上市就为企业赢得了效益;船舶与机电工程学院的许胜博士,协同江苏安方电力科技有限公司进行新品研发,部分产品已经在钢厂、变配电站正式运行;美术学院对泰州文化创意产业与医药高新产业发展积极开展调研,提出了文化创意视域下泰州医药高新产业发展新思路,等等。

2016年8月,江苏省商务部门下发文件,泰州学院由市级服务外包人才培训基地升级成为泰州市首家,也是仅有的一家省级服务外包人才培训基地,这为积极融入江苏省服务外包产业"一带一路"发展战略,大力培养泰州市服务外包人才打下了良好基础。近期,该校服务外包人才培训基地进一步加大推进校地、校企合作力度,组织全市商务、园区、企业从事服务外包的工作人员开展服务外包专题培训;先后与联迪恒星泰州分公司、泰州青之峰网络、泰盈科技等20多家企业就基地的专业设置和人才培养进行了深入交流,获取了软件、电子商务、客户服务、医药、船舶等多个专业方向近3 000人的服务外包人才需求信息,并与泰州青之峰网络等4家企业签订了合作协议。

"三泰黄埔"传文教

作为一所立足地方发展的高校,泰州学院一直致力于服务地方文化教育事业,充分彰显文化传承与创新职能。

师范教育是泰州学院的传统优势专业,数十年来为"教育之乡"培养了数以万计的中小学优秀教师,因此被誉为"三泰黄埔""名师摇篮"。升本后,在新设专业对接地方支柱产业发展的同时,学校还继续做精做优师范教育,精确、精准、优质服务地方基础教育事业。

"百姓日用即道"
——泰州学院立足内涵发展全力服务地方纪实

2011年起,泰州学院先后与兴化、泰兴、姜堰、高港等政府部门合作,开展全面教育战略合作。学校积极组织师范类专业教师送教下乡,今年在永安洲实验学校开展大型"送教"活动,听课、评课、上示范课,签订结对协议,开设专业讲座等,产生了较大的社会反响;定期到教育实习基地交流,与基地教师共同开展教改研究,帮助全市幼儿园、农村中小学师资提升业务素质和工作能力。同时,学校依托中国语言文学、数学、外国语言文学、学前教育、小学教育等学科专业,建设教师职业技能训练中心,开展新教师岗前培训;为泰州市基础教育师资提供教师职业技能再提高培训;为报考教师资格证的非师范生、社会人员提供教师职业技能培训;面向地方党政机关、企事业单位和社会各界,积极开展经济、法律、外语、计算机等专业领域的成人在职教育,开展多种形式的非学历教育和资格认证等,为地方构建学习型社会和终身教育体系贡献力量。2016年8月,该校"基础教育数学有效教学实践研究"成果获得省教育科学研究成果奖。

在文化育人、文化惠民方面,学校充分发挥人力和智力资源优势,重视文化传承与创新,努力弘扬优秀文化正能量,促进泰州文化名城建设。

泰州学院从中华传统文化中汲取养料,结合区域和地方文化特色,根据自身办学定位和时代特点,形成"敦尚行实、明体达用""惟精惟诚、知行合一""尚实尚严、以身先之""且学且思、笃志敏行"的"一训三风",赋予"百姓日用即道""明体达用""经世兴才"等教育思想新的时代内涵,以其深刻内涵和精神价值引领校园文化建设,营造了良好的文化育人氛围。

学校充分发挥高层次人才的汇聚优势,为地方经济社会发展提供决策、心理、信息等各类高质量的咨询服务。其中,人文学院建成了里下河经济文化研究基地,为泰州市建设国家历史文化名城提供文化咨询服务;经济与管理学院建设了新业态服务产业影子基地,为企业制定发展战略规划提供咨询服务;教育科学学院的"百姓阳光屋""未成年人服务中心"为青少年学生提供学习心理咨询研究,并为社会各界人士提供广泛的心理咨询专业服务;国际交流中心为本地区有出国留学需求的人员提供各种留学信息咨询。

此外,学院还通过多种形式,积极推动区域文化传承与创新,服务文化产业发展,建设公共文化服务体系,发挥人才和平台优势,开展"双拥"工作,向社会开放部分教学资源,服务和谐社会建设。

近年来,学校先后举办或承办了江苏省文联、江苏省文艺评论家协会"深入生活 扎根人民"调研活动、"华文文学的经典化"学术研讨会暨江苏省台港暨海外华文文学研究会2015年会、第四届全国里下河文学流派研讨会；多人参加泰州市大型文化工程《泰州文献》《泰州知识》的整理、编撰工作；为"铁人杯"泰州铁人三项亚洲杯赛及泰州铁人三项文化论坛提供现场翻译和志愿服务；参加泰州首届群众文化艺术节"中国梦·泰州美"优秀节目展演，献礼泰州建市20周年；举办文化惠民演出，把"百姓大舞台"搬进社区，让村民在家门口享受文化大餐。

为促进社会主义新农村建设，共建和谐社会，学校积极挂钩帮扶兴化新垛镇李施村。该村基础设施建设落后，经济相对困难，人均收入较低。学校通过整合各类优势资源，制定详细的帮扶工作计划，细化帮扶工作方案，采取有效的帮扶措施，努力帮助农户解困脱贫。在姜堰苏陈镇东石羊村，泰州学院协助该村实施"建设美丽乡村计划"，对村庄道路、绿化、古旧建筑整修与维护、游园景点、村庄标识、河道岸景等进行整体设计和规划，帮助该村提升乡村文化品位，创建江苏省美丽乡村示范村。

泰州学院不仅"姓泰"，而且"爱泰"。《泰州学院服务泰州行动计划》已全面开始实施，从人才支持、科技创新、决策咨询、文化创意和和谐社会构建五方面，开展共计100个校地融合发展的具体服务项目。一年来，已取得了初步成效：与泰州地区33家学校签订协议，开展教育教学研究和学生实习等方面的合作；与扬子江药业集团等20多家企业合作共建实践实训基地，开展科技合作；有30名教授、博士走进企业，开展科技服务，取得了11项专利授权，承担国家级项目11项，省部级项目9项，市级项目54项，3项成果获江苏省社科成果奖，5项成果获泰州市科技进步奖，20项成果获泰州市社科成果奖。

泰州学院院长温潘亚教授表示："今后，我们将继续立足应用型地方本科高校的办学定位，加快融入泰州乃至江苏的经济社会发展，围绕产业链、创新链，设置和调整本科专业，建设服务型高校，发挥学校对地方经济社会发展的影响力。力争在服务地方的行动中发挥自身的优势，推动自身的发展，凝练并形成我校的办学特色，进一步提升人才培养质量。"

在国家"十三五"规划蓝图中，长三角一体化大战略对于成立仅仅20周年的泰州市而言是一次难得的发展机遇，更是一次重大的挑战。泰州学院作为泰州地区仅有的一所普通本科高校，与时代同行，以知识济世，正在用且学且思的追求和唯精唯诚的精神推动"服务泰州行动计划"，践行"百姓日用即道"办学理念，为推动地方经济社会发展作出更大的贡献。

（本文经相关人士修改后共同署名发表于2017年11月《中国教育报》）

泰州学院亮出周年成绩单
——瞄准应用特色办地方本科高校

一年前的今天——2013年6月6日,一场简朴的揭牌仪式,结束了我市没有公办本科高校的历史。经国家教育部批准,在原泰州师范高等专科学校基础上建立泰州学院。

在去年的首届本科招生中,泰州学院喜获开门红,5个本科专业面向江苏招收了401名本科生。一年来,该校以一连串喜人的成绩,向学生、家长及关注高教事业的各界人士交上了一份不凡的年度成绩单。

明确发展定位 瞄准应用特色

走在泰州学院校园内,不少地方可看到"有特色、高水平、应用型"九个红色大字。这是泰州学院揭牌后,历时4个多月时间进行解放思想更新观念大讨论活动,并发动全社会力量进行研讨,最后确定的办学目标。

"特色是生存与发展的需要。只有瞄准有特色高水平应用型地方本科高校的建设目标,真正打造出地方性、应用型特色,新建的泰州学院才能走出一条全新办学之路。"泰州学院党委书记李久生教授说。

学院提出了今后的10大主要任务,包括:着重优化学科专业结构,大力提升科学研究水平,全力加强师资队伍建设,逐步增强服务地方发展能力,稳步拓展国际合作办学领域,不断放大社会教育辐射效应,全面改善办学基本条件等。

去年12月,泰州学院第一次党代会响亮地提出,要努力提高人才培养质量、科技创新水平、社会服务水平和文化传承创新能力,把学校打造成小学和学前教育名师摇篮、地方经济建设人才高地、市民终身学习基地以及地方文化传承与创新研究中心。力争经过五年奋斗,到2018年,把学校建设成为一座"有特色高水平应用型本科高校"。

"对于实现这个目标,我们充满了信心,因为泰州学院70余年发展历史证明,只要有目标、有信心、去努力,我们就一定能实现理想。"泰州学院院长温潘亚教授坚定而乐观地说。

调整学科结构　服务经济民生

"为地方服务"一直是泰州学院的办学宗旨。

针对泰州地方发展战略和重大需求开展研究,泰州学院调整学科方向,培植科研创新团队,打造特色服务平台,提升服务地方的能力,选准了地方科技发展的需要作为主攻方向。

今年3月6日,泰州学院在全国高校中勇开先河,与乡镇合作办学。学校与全国闻名的不锈钢产业重镇——兴化市戴南镇政府签署战略合作协议,合作设立"泰州学院戴南学院",专门招收戴南籍考生进行订单式培养。

近期,该校还将与全国唯一的国家级医药高新区——中国医药城签订合作协议,双方共同探索建立政校企协同创新平台。

为加强对苏中里下河地区历史文化的研究,保护这一地区特有的文化遗产,泰州学院成立了"里下河地区经济文化研究中心",积极探索地方产业升级和经济文化发展之路。

在刚刚结束的全院院系调整中,学院坚持有所为有所不为,果断停办了多个传统专业,撤销相关二级学院。围绕泰州的医药、造船产业,设立了医药与化工学院、船舶与机电学院。

有付出就会有回报:2013年以来,泰州学院教师成功申报省级课题和项目20项,今年国家级项目申报也有望取得突破。学院获批为国家自然科学基金依托单位。中央财政支持建设专业项目学前教育专业和船舶工程技术专业,顺利通过教育部验收。全院有248人在今年"专转本"选拔考试中达最低录取控制分数线,通过率高达71.6%,其中109人达到第一批次(公办本科)分数线。近日,学院数学学科入选省"十二五"重点建设学科。

泰州学院亮出周年成绩单
——瞄准应用特色办地方本科高校

引进高层次人才　　培育高素质人才

在"人才强校"理念指导下,学院坚持引进与培育并举。现有专任教师415人,高级职称183人(正高职称28人);具有硕士及以上学位223人(博士22人)。现有硕士生导师8人,博士生导师2人。

目前,学院正面向海内外招聘相关学科的高层次人才,来自美国韦恩州立大学的秦理真博士和日本富山大学的于航博士等10多名教授、博士,作为第一批引进人才,即将走上泰州学院的工作岗位。

"培养什么样的人、怎样培养人"是教育的根本任务,站在综合性大学新起点的泰州学院对这个问题进行了深入研究和探讨,提出了"以培养实用、创新型人才为根本,真正造就'一专多能'的专门人才"的目标。

为实现人才培养目标,学院坚持"文化育人",实施"阳光教育行动",校园文化氛围浓厚,文化活动丰富,现拥有1个省级大学生艺术团和60多个校园学生社团。

国际交流与合作,是现代教育不可缺少的环节。自2011年起,泰州学院与加拿大北方应用理工学院合作办学。2014年,45名同学即将获得加拿大北方应用理工学院毕业证书,标志着学校国际应用型人才培养取得实质性进展。

除与兴化、泰兴和姜堰合作实施定向师范生培养计划,培养地方基础教育需要的学前和义务教育的高素质师资之外,泰州学院今年又创新培养模式,主动与地方职教系统合作,开办3+4本科学历职教专业,培养本科层次技术技能应用型专门人才(前三年在当地职业教育中心校学习,后四年进入泰州学院学习)。

这意味着,初中考生只要达到当地四星级以上中考招生录取分数线,就可先进入职校学习三年,打好职业技能基础,然后进入泰州学院进行系统的理论学习,最后获得本科文凭和学士学位。

据悉,目前,占地800多亩的泰州学院新校区一期工程已基本竣工,即将投入使用。2014年,该校将计划招生2 100人,其中本科计划招生900人,并新增商务英语和绘画两个本科专业。

(原载2014年5月《泰州日报》)

扬帆万里风正起

——泰州学院走有特色高水平应用型普通本科高校发展之路纪实

短短一年多的时间，在省委、省政府和市委、市政府的关心支持下，经过泰州高教园区全力建设，占地800多亩的一座现代化的大学校园，以令人赞叹的速度和质量惊艳崛起在世人面前。

"九九归一，一元复始，万象更新"。2014年9月19日，一个将永远载入泰州高等教育史和泰州学院发展史的日子。今天，泰州学院这座体现了"兼容整合、文脉相连、书香满园、传承创新"设计理念的新校区，注定会成为国家级历史文化名城——泰州一道崭新亮丽的风景线。

泰州学院新校区总建筑面积21万平方米，建有教学楼、实验实训楼、图书馆、行政办公楼、学术交流中心、大学生活动中心6幢主体建筑及相关配套工程。学校2013级和2014级本科生及部分专科生计4 000余人将入驻崭新的现代化校园。

新校区整体设计按照千年书院——安定书院的传统格局，从泰州古建筑及园林中汲取元素，充分彰显出"地域性、文化性、时代性"的建筑风格，整体营造出"庭院迭翠，错落有致，书香满园，臻境育才"的丰富人文意境，充分演绎出"新而中""新而泰"的现代建筑风格。

新校区的全面启用，不仅标志着泰州学院在建设有特色高水平应用型普通本科高校征程上迈出了坚实的一步，也是泰州学院揭牌一年多，特别是新一届领导班子履新一年来快速发展的缩影。

雄关漫道真如铁，而今迈步从头越。

新校区的全面启用，标志着泰州学院站在了崭新的起点，为学校新一轮的快速发展插上了腾飞之翼、理想之帆。

面对崭新的未来,泰州学院人更加豪情满怀,意气风发,渴望用激情书写学校事业发展美好的明天。

面对崭新的未来,泰州学院人将不断开拓进取,创新发展,开创建设有特色高水平应用型普通本科高校的新征程。

【规划篇】风劲帆满存远志

面对当前高等教育千帆竞发、百舸争流之势,"建设什么样的大学"和"怎样建设这样的大学",始终是我国高等学校,特别是新建本科高校发展面临的首要问题。

作为一所刚刚建校,承载着五百万泰州人民多年期盼和国家教育部、省、市政府高度关注的地方普通本科高校,既面对着社会需求不断上升的发展契机,也承受着同类高校竞争日益加剧的巨大压力。如何科学确立学校的发展战略,抢抓机遇,应对挑战,明确办学思路,增强核心竞争力,是学校面临的重大问题,对未来发展具有重要意义。

甫一建校,泰州学院迅速召开学校发展研讨会,副省长曹卫星、省教育厅厅长沈健等领导和国内相关专家应邀出席。会议紧紧围绕"建设什么样的大学"和"怎样建设这样的大学"这一主题,集思广益,不断完善学校办学顶层设计,凝练办学指导思想,明确学校发展目标与定位。

曹卫星在会上明确指出,泰州学院作为泰州市唯一一所公办普通本科高校,承担着为地方经济社会发展提供人才支撑和智力保障的重要使命。他希望学校根据李学勇省长的具体要求,把提高质量作为高等教育改革发展的核心任务,科学合理定位,彰显办学特色,创新教育模式,推动学校科学快速发展,为泰州地方经济社会发展提供强有力的人才支持和智力支撑,更好地服务江苏"两个率先"和泰州转型升级。

2013年8月,学校新一届领导班子到任后,结合党的群众路线教育实践活动,历时4个多月时间进行解放思想更新观念大讨论活动,并发动全社会力量进行研讨。在深入开展解放思想大讨论的基础上,学校领导班子在解放思想中统一认识,客观研判学校的优势特色和薄弱环节,科学分析发展面临的机遇和挑战,集中师生智慧,立足科学定位,谋求特色发展,确立了学校"一二三四五"工作思路。

"一"就是一个发展战略,即"制度为先、规划为纲、队伍为要、质量为魂、民生为基"的发展战略。"二"就是"两大发展目标：力争在五年内，即2019年通过教育部本科教学工作合格评估；用10年左右的时间，建成有特色高水平应用型普通本科高校"。"三"即"三项规划：迅速制定学校事业发展规划、学科专业建设规划、师资队伍建设规划"。"四"是指学校工作凸显"四大成效：转变办学观念、构建本科框架、建立制度体系、启动全面建设"。"五"是学校近期的五项主要目标和任务：通过2017年学士学位授予权评审和2019年教育部本科教学工作合格评估；建设泰州"1＋3＋N"产业战略（装备制造传统优势产业＋生物医药、电子信息、新能源三大新兴产业＋新兴产业集群）急需的学科专业群，设立"学科特区""专业特区"助推地方产业发展；实施"135人才汇聚工程"；构建"543"本科人才培养模式；强化保障条件建设，不断加强新校区二期工程建设和争取省、市财政支持。

"特色是生存与发展的需要。只有瞄准有特色高水平应用型普通本科高校的建设目标，真正打造出地方性、应用型特色，新建的泰州学院才能走出一条全新办学之路。为此，我们必须以提高人才培养质量为根本，以顺利通过本科教学工作合格评估为抓手，牢固确立教学工作中心地位，凝心聚力、攻坚克难，努力将我校建设成为有特色高水平应用型普通本科高校"，泰州学院党委书记李久生教授在学校第一次全体干部大会上，代表新一届领导班子，对学校今后的发展之路作出科学定位。

为建设有特色高水平应用型普通本科高校，2013年12月召开的泰州学院第一次党代会和2014年6月召开的第一次教代会响亮地提出，要努力提高人才培养质量、科技创新水平、社会服务能力和文化传承创新能力，把学校打造成小学和学前教育的名师摇篮、地方经济建设的人才高地、市民终身学习基地以及地方文化传承与创新研究中心。力争经过10年奋斗，把学校建设成为一所"有特色高水平应用型普通本科高校"。

会议明确提出了今后的十大主要任务和发展战略，包括：着重优化学科专业结构，大力提升科学研究水平，全力加强师资队伍建设，逐步增强服务地方发展能力，稳步拓展国际合作办学领域，不断放大社会教育辐射效应，全面改善基本办学条件等。

准确的定位、科学的理念、明确的战略，使泰州学院从诞生的那天起，就充分顺应历史的潮流，为泰州经济社会转型升级跨越式发展注入了强劲的活力，提供了有力的支撑，也为学校自身的成长壮大开辟了广阔的前景。

【建设篇】扬帆远航谱新篇

晴空一鹤排云上,便引诗情到碧霄。继去年成功设立并圆满实现首次本科招生之后,泰州学院在短短一年多的时间里蓬勃发展取得了可喜的成绩。

一年多来,泰州学院坚持在学科专业建设、人才培养、科学研究、社会服务和学校管理诸方面高标准、严要求,着力培养适应市场经济需要、全面发展、具有良好的科学素养和人文精神以及较强的竞争意识和能力的高素质应用型创新人才,办学规模不断扩大,办学水平迅速提升,办学质量逐步提高,在较短时间内成功步入了科学发展、特色发展、快速发展的快车道。

泰州学院成立一年多来,全面加强顶层设计,不断强化内涵建设,着力推进学科专业建设、人才队伍建设、办学条件建设和服务地方能力提升,各项工作取得显著成绩。

瞄准地方　学科专业抓特色

如果说办学质量是一所大学的生命线,那么专业和学科建设就是这所大学的重要根基。学科专业建设是高校办学水平和层次的重要标志,对带动和促进师资队伍建设、课程建设和教学科研工作起着十分重要的作用。学科专业建设搞得好,无疑是质量工程中最大的亮点。学校依据地方需求和学校办学定位,积极创造条件,开设机械设计制造及其自动化、船舶与海洋工程、制药工程等专业,主动适应泰州"1+3+N"产业战略,专门成立了船舶与机电工程学院和医药与化学化工学院。

思路决定出路。学校多次围绕专业建设开展讨论,逐渐理清思路和目标:抓好基础建设、重视规模效益、优化专业布局、加强特色打造、提升专业层次。面向社会需求,按照适应区域社会经济发展需要,特别是根据"规模、结构、质量、效益"协调发展的原则,学校制订完成了《泰州学院2014—2018年学科专业发展规划》,进一步调整和优化学科专业结构,实现优势互补和资源共享。在建设好教育学、文学、理学、艺术学等学科专业的同时,大力发展工学、管理学、医学等学科专业,构建科学合理的学科专业体系。遴选产生校级重点建设一级学科2个、校级扶持建设一级学科2个,数学学科被列为江苏省"十二五"重点建设一级学科。

2014年,学校新增本科专业2个。启动中等职业教育与本科教育"3+4"分段培养项目。中央财政重点支持建设专业项目"学前教育专业"和"船舶工程技术专业"经过两年建设,顺利通过了教育部、江苏省教育厅的验收。

质量至上　教学科研铸精品

教学是学校工作的重中之重,是加强内涵建设的核心。

一年多来,学校始终把人才培养质量放在首位,创新人才培养模式,不断深化教学改革,狠抓质量工程建设,着力提高教育教学质量和水平。

学校积极推进课程建设,完善助教制度,实行新开课、开新课试讲制度,积极构建校内"课程超市";深化课堂教学改革,树立先进的课堂观、教师观、学生观,积极推进MOOC、翻转课堂和微课程等教学模式改革;强化实践教学环节,完善实践教学质量评价体系;加强实验实训、实践教学共享平台建设,建立校企一体、产学研一体的大型实验实训中心;建立健全教学质量监控体系与运行机制,实施教学质量"一票否决制"。

一年多来,学校教学科研成果丰硕。1项成果获得江苏省高等教育教学成果奖;1门课程教学课件被遴选为省高校优秀多媒体教学课件;2项教改课题被批准为2013—2015年省高等教育教学改革立项资助研究课题;30项省大学生创新创业训练计划项目获得立项。"信息化实验教学平台"的子项目"卓越教师训练平台"和"软件系统应用平台"获省财政支持累计1 000万元,"卓越教师训练平台"规划的10个实验实训室建设项目即将完成。

根据应用型本科高校发展定位的要求,学校积极推进科研管理体制改革,加强应用研究,不断提高学校为地方经济社会发展的科技贡献率。加大高水平研究成果的奖励力度,项目申报和专利申请工作取得突破。学校成为国家自然科学基金依托单位,新增国家自然科学基金项目2项,2个项目获江苏省自然科学基金项目资助。成功申报省社科基金一般项目1项、省哲学社会科学规划课题1项、省教育科学"十二五"规划课题4项、省教育改革课题1项、省高校哲学社会科学研究基金指导项目13项、省高校自然科学研究项目4项。先后完成全国教育科学规划课题、省哲学社会科学规划课题、省教育科学"十二五"规划课题各1项,多人承担或参与了泰州市政府重大文化工程《泰州文化概论》《泰州文献》《泰州知识》的编撰工作。校企合作不断加强,多项横向课题获得企业资助。科研成果数量、质量稳中有升。

扬帆万里风正起
——泰州学院走有特色高水平应用型普通本科高校发展之路纪实

人才强校　夯实师资多举措

"百年大计,教育为本;教育大计,教师为本"。泰州学院把教师队伍建设作为内涵式发展的首要战略任务,重点加强高层次人才队伍建设,形成了一支以教授、副教授和具有博士、硕士学位教师为主体的专任教师队伍。

学校大力推进引人育才"三大工程"和"七大计划",积极推进"135工程",即外引100名博士、内培30名博士、引进培养50名教授。

在人才外引方面,2014年引进了学前教育、会计学等专业优秀硕士研究生11名,面向海内外成功招聘了19名教授、博士。

在内培方面,建立多途径人才培养体系,由重"引进"向"内培外引"并重转型,提升青年教师教科研能力和水平,构建双师型教师学历学位、实践技能和高层次科研"三位一体"的培养体系。适应高校教师国际化需求,不断选派中青年骨干教师到国内外知名大学进修、访问。

一年来,学校教师中4人被确定为省第四期"333高层次人才培养工程"培养对象,3名中青年骨干教师参加"国培计划"培训,3名教师参加境外骨干教师培训,6名青年教师考取博士研究生。

明体达用　学生培养重应用

泰州学院把人才培养作为学校的根本任务,着力提升培养规格,积极探索应用型人才培养模式,努力培养"下得去,用得上,信得过,离不开"的本科层次技术技能应用型人才。学校注重整合资源,重视跨专业人才培养,加强应用型人才培养模式改革。实施卓越教师教育、卓越工程师等教育培养计划,以提高实践能力为重点,探索与有关部门、科研院所、行业企业联合培养人才模式;探索科学基础、实践能力和人文素养融合发展的人才培养模式;注重理实一体化,实现人才培养与岗位需求、理论教学与技能训练、教学内容与工作任务、能力考核与技能鉴定的无缝对接,提高人才培养效果与经济社会发展需求之间的适应性与契合度。

人才培养质量不断提高。学生在国家级、省级各类学科竞赛中获奖100多人次。第五届"蓝桥杯"全国软件和信息技术专业人才大赛总决赛中,1名学生获优胜奖。江苏省第二届高等学校师范生教学基本功大赛中,11人获奖。

2014年"专转本"选拔考试中,参加考试学生通过率高达71.6%,109人达到第一批次(公办本科)分数线,成绩超过同类院校。师范专业毕业生编制考试捷报频传,仅教科院2011级学前教育2班49名学生中,就有27名应届毕业生顺利进编,并与用人单位签订就业协议。经管学院物流管理专业的31名毕业生,被江苏全峰集团整体录用。

2013届毕业生年终就业率95.73%,用人满意度90%以上。截至9月,2014届毕业生就业率已达91.2%。良好的办学水平赢得了社会的青睐,2014年本科共招生900人,其中文科分数线305,超出本二省控线4分;理科分数线314分,超出本二省控线2分。

面向社会　强化服务促合作

学校坚持开放办学,不断拓展服务社会的领域,提升服务社会的能力和水平,同时推动产学研合作不断深化。学校拓展和密切行业、企业的联系,找准专业与企业的利益共同点,通过与企业合作,实现资源共享、优势互补,促进了双方共同发展,达到学校、企业和学生三赢。如船舶与机电工程学院与船舶企业,经济管理学院与知名酒店、宾馆,医药与化学化工学院与泰州医药高新区,美术学院与泰州文化创意产业园等单位在教学见习、工学交替、共建实习实训基地、师资培训、技术交流、产品制作和加工、顶岗实习、学生就业等方面开展了多方面的合作,取得良好的效果。

学校加强服务平台建设,搭建"基础教育与卓越教师训练""信息与控制实验""里下河经济与文化""中国医药城制药类专业高技能人才培养"等专项研究与服务平台,为地方经济转型升级提供理论支持和智力支撑。充分发挥哲学社会科学与自然科学相结合的优势,着力推进省哲学社科普及示范基地、文化创意产业实践基地和泰州历史文化研究基地建设,积极开展高雅艺术进社区、科技应用进企业、文化研究建基地等活动,彰显高校的文化特质,为泰州国家级历史文化名城建设发挥积极作用。

【发展篇】砥砺奋进绘宏图

作为泰州唯一的公办本科高校,省市政府非常重视泰州学院的建设和发展。2013年曹卫星副省长两次亲临学校视察,要求把学校尽快建成多学科高水平的地方本科院校。省委组织部领导胡金波、陆永辉,省教育厅领导沈健、殷翔文、丁晓昌等,原市领导张雷、徐郭平,市委书记蓝绍敏、市长陆志鹏和杨峰、卢佩民、倪斌、王

扬帆万里风正起
——泰州学院走有特色高水平应用型普通本科高校发展之路纪实

学锋、奚爱国等市领导多次到校视察调研,或召开专题会议,或听取汇报,解决学校发展中遇到的困难,指导今后的工作。泰州市高教园区管委会主任严晓明等,更是为了学校新校区的建设殚精竭虑。8月28日,市委书记蓝绍敏对学校的发展做出专门批示;9月10日,市长陆志鹏听取了学校主要领导的专题汇报。

"泰州学院的发展,凝聚了省市政府的关心和厚爱,凝聚了社会各界的理解和支持,承载着500万泰州人民的大学梦想。建设好泰州学院,服务泰州,发展泰州,促进泰州高等教育事业发展,是泰州学院责无旁贷的使命和义不容辞的责任。对于实现学校的既定办学目标,我们充满了信心,因为泰州学院70余年发展历史证明,只要有目标、有信心、去努力,我们就一定能实现理想。"泰州学院院长温潘亚教授坚定而乐观地说。

长风破浪会有时,直挂云帆济沧海。今后五年,泰州学院将坚持内涵发展,坚持全面建设,以顺利通过教育部本科教学工作合格评估为首要目标,牢固树立本科教育主体地位和教学工作中心地位,全面提升学科专业、教学科研、师资队伍等建设水平,改善基本办学条件,努力提高人才培养质量、科技创新水平、社会服务能力和文化传承创新能力。

借助苏中区位优势,依靠省市鼎力支持,到2016年,泰州学院全日制在校生将达8 000人,专任教师达600人以上,其中高级职称教师270人左右(教授70人),博士(含在读)150人左右。到2018年,将建成校级重点一级学科2~3个、校级重点建设一级学科3~4个、校级扶持建设一级学科4~6个。逐步形成以教育学、文学、理学、艺术学学科为重点,管理学、工学、医学等多学科协调发展的学科结构体系。

在硬件建设方面,新校区的一期工程已近尾声,二期工程即将启动。"泰州学院新校区是2013年市区十大城建重点工程之一,也是未来建设综合性泰州大学的基础性工程。目前,一期工程基本完工,二期工程正积极推进。我们将全力以赴,确保工程建设如期完工,为全面实施科教兴市、人才强市作出贡献。"泰州医药高新区党工委副书记、高教园区管委会主任严晓明表示。近期,学校还将投入5 000万元,用于实验实训室等建设。

七十多年来,为顺应高等教育发展大潮,泰州学院人与时俱进,奋发图强,弄潮儿勇向潮头立、矢志不渝、永恒追寻;励精图治、开拓进取,书写了史诗般的发展传奇。每一次跨越,无不渗透着一代代泰院人的心血和汗水,无不体现着泰院人坚忍不拔的创业精神、求真务实的科学精神和海纳百川的宽广胸怀。

一年多来,新生的泰州学院历经了一道道关隘,一路艰辛,一路凯歌,赢得了今天的蓬勃发展。潮平两岸阔,风正一帆悬。蓝图已绘就,蓄势正待发。站在时代发展的前沿,这所年轻的高校正以党的十八大精神为引领,牢记"努力办好人民满意的教育"的嘱托,踔厉奋发,上下求索,朝着建设有特色高水平应用型普通本科高校的目标奋进!

新的起点,新的目标,新的辉煌。我们坚信,泰州学院走有特色高水平应用型普通本科高校的办学之路,必定扬己之长,乘势而上,越走越宽!

祝愿泰州学院的明天更美好!

(原载 2014 年 9 月《泰州日报》)

而今迈步从头越

——泰州师范高等专科学校办学成果纪实

泰州地处江苏中部、长江下游北岸，有着2100多年的建城史，底蕴深厚，名贤辈出，是蜚声中外的教育之乡和历史文化名城。

2010年5月，国务院正式批准实施的《长江三角洲地区区域规划》，为泰州经济新一轮腾飞注入了强大推动力。泰州认真贯彻落实胡锦涛同志对家乡工作的重要批示精神，把握发展机遇，大力实施开放创新的"双轮驱动"战略，积极发展支柱产业，着力建设"医药、生态和文化"三个名城，争创全省转型升级示范区。

泰州经济社会发展的新机遇、新思路、新举措，需要高等院校提供人才支撑和智力支持。

泰州师专有着70年的办学历史。她的前身是1941年诞生于抗日烽火硝烟中的泰兴乡村师范和1952年建立的苏北师范学校。1960年，曾在泰州师范学校基础上建立过"泰州师范专科学校"。

诞生于抗日烽火硝烟中的泰州师专，建校之初就确立了"学用一致，服务百姓"的办学理念。

办学70年来，学校从服务地方经济社会发展理念出发，坚持办学目标与泰州区域经济社会发展要求相适应，将"为人民办教育""办人民满意的教育"作为办学宗旨和最高追求，充分发挥高校服务地方独特功能，围绕人才培养、科学研究、社会服务和文化传承，着力打造"百姓大讲堂""百姓阳光屋"和"百姓大舞台"三大载体，服务地方基础教育，服务文化名城建设，服务和谐社会构建，积淀形成了"以人为本，明体达用"的办学理念和"百姓日用即道"的办学特色，为地方培养了5万多名基础教育师资及各类专门人才，涌现出一大批人民教育家培养对象、特级教师、教学名师、省市名校长和优秀管理人才，学校因此赢得了"名师摇篮""三泰黄埔"的美誉。

1988年，学校以"为基础教育培养合格师资，方向明确，成绩显著"而荣获国家教委首批表彰。2007年，通过教育部人才培养工作水平评估，并获得"优秀"等级。近几年来，先后获得省平安校园、安全文明校园、高校和谐校园、省思想政治工作先进单位、大学生暑期社会实践先进单位、高校毕业生就业工作先进集体等荣誉称号，连续十年五届获得江苏省文明单位称号。

泰州师专现有春晖、迎春、泰兴三个校区及新校区（一期在建），总占地面积669亩。2012年11月1日，占地800多亩，投资13亿元的泰州师专新校区暨泰州高教园区共享区项目一期工程正式开工建设。

长期以来，泰州师专以教育学、理学、工学、文学、艺术学为主要学科，在保持教师教育传统优势与专业特色的基础上，主动适应泰州乃至苏中苏北经济社会发展的需要，为泰州的重点产业、特色优势产业以及新兴产业服务，按照努力培养应用型人才、多学科协调发展的思路，构建了合理的学科专业群。设有35个专业，涉及8个学科门类，其中学前教育等师范类专业9个，覆盖了学前和小学教育的所有课程，船舶工程技术、机电工程等非师范类专业26个。先后建成了学前教育和船舶工程技术2个教育部、财政部重点支持建设的专业；建成了学前教育、英语教育、音乐教育3个省级特色专业；同时，学前教育专业群和财经专业群被确定为省"十二五"重点建设专业群。

学校一贯重视教学科研工作，在同类高校中业绩显著。近五年，我校参与或承担的省部级以上教学科研项目73项，其中，国家级课题4项，省部级5项，教师获省级以上教学科研奖励20项。

经过70年办学实践与十年的不懈努力，泰州师专扎实抓好内涵建设，努力推进学校发展，坚持规模、质量与结构协调发展，取得令人瞩目的办学成果，为实现办学层次的新跨越奠定了坚实基础。

目前，泰州师专正紧紧把握高等教育发展的良机，深化内涵，坚持"科学发展、特色发展"的发展战略，着力建设本地区小学和幼儿教育名师摇篮、地方经济建设人才高地、市民终身学习基地、文化传承与创新研究中心，不断提高学校核心竞争力，朝着把学校建设成为一所服务并引领地方文化教育事业发展、服务地方经济转型升级、特色鲜明的应用型地方高等院校目标奋勇前进，再创辉煌！

（原载2012年12月《求是》杂志社《红旗文稿》）

风正潮平好扬帆

——记跨越发展中的泰州师范高等专科学校

泰州,州建南唐,文昌北宋,地处江苏中部、长江北岸,有2 100多年的建城史,被誉为"祥泰之州"。泰州人文荟萃、名贤辈出,胡瑗、施耐庵、王艮、郑板桥、梅兰芳等,就是其中杰出代表。

诞生于抗日烽火硝烟中的泰州师范高等专科学校,作为本地区办学历史最为悠久的高等院校,70年来,从服务地方经济社会发展理念出发,立足地方,扎根泰州,面向社会,服务百姓,办学有道,特色鲜明,办出了"人民满意的教育"。

泰州,长三角一座具有绵长文脉的历史文化名城,一方勃发着现代生机、充满希望的热土。在这钟灵毓秀、崇文重教的诗意之地,坐落着一所有着70年办学历史的普通高校——泰州师范高等专科学校。

艰苦奋斗　铸就"名师摇篮"

悠悠长江,孕育了一方生机盎然的土地;滔滔洪流,汇聚成一曲跌宕起伏的交响。

1941年,新四军东进的烽火硝烟中,在美丽的扬子江畔,抗日民主政府创办了泰州师专的前身——泰兴乡村师范即泰兴师范。这也是我党在黄桥革命老区创办的第一所培养抗日军政干部和教师的学校。从此,苏中现代师范教育的星星之火在泰州点燃。

解放后,泰州师范高等专科学校的另一源头——苏北泰州师范学校,也在

1952年正式成立。1960年4月30日,经中共江苏省委批准,在泰州师范学校基础上建立的"泰州师范专科学校"培养过一批大专层次学生。1978年,举办扬州师范学院大专班;1994年到1999年连续举办6届"三·二分段"大专班;1997年起,自主举办五年一贯制大专。筚路蓝缕,办学不辍。2000年3月,泰州师范和泰兴师范合并组建泰州师范高等专科学校,在江苏率先实现了从中等师范向高等师范的跨越。2002年5月,泰州广播电视大学并入泰州师专。

截至目前,泰州师专已有11届全日制专科毕业生。2001—2007年,泰州师专还与南京师范大学合作举办小学教育本科班。该校还先后与南京师范大学、扬州大学、江苏大学等高校合作举办各类成人本科、硕士研究生学历教育,积累了一定的本科办学经验。

艰难困苦,玉汝于成。70年来,泰州师专全体教职员工,始终坚持并传承"凝心聚力,艰苦奋斗,执著追求,勇创一流"的泰师精神,克服种种办学困难,薪火传承,矢志不渝,面向基层,服务百姓,在艰苦的斗争、学习环境中磨炼师生意志,培养学生为人民、为民族服务的意识,努力以优秀毕业生回馈地方、奉献社会。培养了5万余名中等及大专层次合格师资和各类专门人才。原外交部副部长、新华社社长曾涛,我国高等职业技术教育老专家、原江苏省教委副主任叶春生(享受副省级待遇),江苏省洋思中学原校长、全国十大明星校长蔡林森等,就是其中的杰出代表。

桃李不言,下自成蹊。据不完全统计,学校毕业生中共有处级以上领导干部300多人,省特级教师、省市名校长、名教师等200多人,受到国家、省级表彰的数百人次。根据2011年对泰州34所小学师资队伍抽样调查,泰州师专毕业生占34所小学校级领导中的70%,占中层干部中的65%。近10年,学校还承担了泰州地区两万余名中小学、幼儿园教师学历提升和继续教育任务,被誉为服务并引领地方基础教育发展的一面旗帜,由此赢得了"名师摇篮""三泰黄埔"的美誉。

1988年,该校以"为基础教育培养合格师资,方向明确,成绩显著"荣获国家教委首批表彰。时任国家教委领导何东昌曾专门来校调研,历时一个多月。

今天的泰州师专,已经成为江苏省特别是泰州地方经济和社会发展中重要的力量。

协调发展　奠定办学基础

《国家中长期教育改革和发展规划纲要(2010—2020年)》强调指出,"只有坚持规模、质量与结构协调发展,才能打造出稳中求进的高校"。

经过70年办学实践与10年来的不懈努力,泰州师专扎实抓好内涵建设,努力推进学校发展,坚持规模、质量与结构协调发展,取得令人瞩目的办学成果,为实现办学层次的新跨越奠定了坚实基础。

办学规模稳步提升。近5年,泰州师专学生规模一直稳定在6 000人左右,新生录取率100%,毕业生就业率98%以上。目前,全日制在校生5 446人,主要来自江苏,覆盖到包括山东、甘肃、山西等在内的10个省份。

教学设施全面完善。泰州师专现有春晖、迎春、泰兴3个校区及新校区(一期在建),总占地面积669亩,校舍建筑面积17.6万平方米(另有新校区一期工程15万平方米在建);仪器设备总值4 332.2万元,生均7 954.8元;纸质图书67.1万册,生均123.3册,有电子图书68.8万册;建有千兆校园网;有附属中小学、附属幼儿园和195个校外实习实训基地。2012年11月1日,占地800多亩,投资13亿元的泰州师专新校区暨泰州高教园区共享区项目一期工程正式开工建设。

专业建设不断优化。泰州师专紧紧围绕经济社会发展需求,合理设置学科专业,取得了丰硕的建设成果。在开设的35个专业中,有全面覆盖小学和幼儿园所有课程的师范类专业9个,有服务地方支柱产业的非师范类专业26个。学前教育和船舶工程技术被确立为国家教育部、财政部重点支持建设专业,学前教育、英语教育、音乐教育3个专业为省级特色专业,以学前教育为核心的3个师范类专业和以会计专业为核心的财经类5个专业被确定为江苏省高等学校"十二五"重点建设专业群。

师资队伍持续优化。泰州师专始终把师资队伍建设作为学校基础性、关键性和战略性工作来抓,大力实施人才建设"六大工程",坚持引进、培养、使用并重的原则,不断优化教师队伍的职称、年龄、学历结构。学校现有专任教师417人,生师比为13.1∶1。专任教师中具有高级专业技术职称的155人(其中正高级职称30人),占专任教师的37.2%,其中兼职硕导5人;具有硕士以上学历学位教师219人,占专任教师总数的52.5%。

教学质量大幅提高。泰州师专狠抓"教学质量与教学改革工程"项目建设,以课程建设为基础,积极推进教学改革,加大教学投入,建立健全教学质量监控体系,确保人才培养质量稳步提高。现已建成1门国家级精品课程,1门国家教指委精品课程,3门省级精品课程;1部教材获评省级精品教材,3部教材获省级精品教材建设立项;获省级教学成果奖1项;建有"数字技术应用与艺术设计"省级示范性实训基地。

科研水平进步明显。泰州师专注重学术团队建设,不断完善科研激励机制,鼓励教师多出具有一定学术水平的科研成果。近几年来,承担省部级以上科研项目5项,获省部级教学科研奖励20项;公开出版论著、教材48部;在省级以上学术期刊发表论文2 000余篇,其中核心期刊286篇;被SCI、EI、CSSCI收录或被人大复印资料转载98篇。

10年里,泰州师范高等专科学校走过了改革探索和内涵提升阶段,迎来了新的发展与跨越。2007年,学校以优秀等级通过教育部人才培养工作水平评估。先后荣获江苏省平安校园、省安全文明校园、省高校和谐校园、省思想政治工作先进单位、省大学生暑期社会实践先进单位、省高校毕业生就业工作先进集体等荣誉称号,连续十年五届获得省文明单位称号……一份份荣誉、一块块奖牌,见证了泰州师专10年的辉煌历程。

以人为本 凸显职业能力

贯彻科学发展观,对高校而言,最关键的就是"以人为本"的教育理念。实践证明:只有坚持学生的全面、协调、可持续发展,才能实现学校的全面、协调、可持续发展,也才能最终促进教育的发展。

泰州师专始终坚持"学以致用,学用一致"的育人观念;视教学质量为学校发展的生命线,坚持以生为本,突出学生职业核心能力培养,针对不同专业学生进行职业能力训练,师范生的"三字一话"基本功训练特色鲜明,享誉省内外。

该校改革培养模式,全面提升学生技能。面对当今社会对高校毕业生较高的职业能力需求,学校着眼职业能力培养,构建"一体两翼、学做合一"的人才培养新模式。"一体"是指以专业知识和专业技能为"主体",夯实学生专业基础;"两翼"是指以综合素质和基本技能为"两翼",形成其可持续发展动力。在"一体两翼、学做合一"的人才培养模式中,学校十分重视学生文化素养的提升,以文化素养提升促进专业知识、专业技能的提高,使学生得到"成才"和"成人"的全面均衡发展。

"一体两翼、学做合一"人才培养模式的建立,有力提升了学生职业技能,学生综合素质明显提高。

2006年,泰州师专外国语学院40名志愿者为"博鳌亚洲论坛·泰州国际医药产业大会"提供了英语、韩语、日语志愿服务。2012年,该院90名志愿者为"第六届中国生物产业大会"提供了英、日、德、韩语志愿服务。他们扎实的专业素质和良好的综合素养,得到了省市政府和国内外来宾的充分肯定和高度评价。一些与会单位当场要求与他们签订就业协议。

2008年,该校美术学院佘龚凤、外国语学院陈贤明、人文学院李海燕、商学院李晶等同学,因能力突出、素质全面,一举囊括首届泰州市"十佳大学生"评比中的前三名和第五名,在泰州高校中名列前茅。

2010年12月,泰州师专电子商务专业团队代表江苏省参加全国大学生电子商务"三创"挑战赛,一举揽得2项一等奖和1项二等奖,在全国高职高专院校中名列第一。

2011年6月,首届江苏联通全省高校校花校草大赛总决赛在南京举行,历经多轮专业知识和才艺大比拼,最终该校旅游管理学院金甜甜获得亚军、音乐学院孙天浩获得季军。

2012年7月,该校人文学院茅亚平同学获全国高师院校技能大赛特等奖。

2012年8月,该校音乐学院学生王思琦参加江苏省高校音乐教育专业基本功比赛,获歌唱与钢琴伴奏第一名。

2012年8月,在2012中国机器人大赛暨RoboCup公开赛中,该校机电工程学院代表队成绩斐然:7个参赛小分队,4个一等奖、2个二等奖、1个三等奖,成为为数不多的获奖率100%的学校之一。

2012年10月,该校音乐学院学生星光合唱团,荣获江苏省社会文化活动政府最高级别奖第十届省"五星工程奖"金奖。

近5年,学生中有3 000多人次获省级以上学科竞赛、社会实践以及文体活动等奖励。特别是因写字教学成绩突出,该校还被确定为全国首家"师范写字教学实验基地"。

近3年来,该校师范类专业毕业生计算机与英语应用能力等级考试、普通话水平等级测试累计通过率分别达到91.6%、80.2%、98.9%,非师范类专业技能考核鉴定合格率也在97%以上。

2005年以来,泰州师专在保持师范类专业毕业生本地区就业率第一的同时,船舶工程技术、旅游管理、应用英语、艺术设计等新设置专业毕业生就业率达100%。

铸魂育人　打造文化泰师

要培养一流的人才,必须实现人文教育与科学教育的融合,即深入加强大学生的素质教育特别是文化素质教育。

多年来,泰州师专积极践行科学发展观,解放思想,改革创新,秉承师范教育优良传统,着眼学生可持续发展,坚持"办有灵魂的教育,育有底蕴的人才",不断深化文化育人,构建特色校园文化体系。

提炼"一训三风",体现价值追求。校训校风不仅反映一所学校的精神境界和价值追求,也是办学理念、治学态度和育人风格的集中体现。70年来,泰师人用心血和汗水铸师魂、立师德、树师表,努力传承与创新学校独特办学理念和治校精神。2000年,学校升格后,进一步明确了"立德、立功、立言"的校训,"求真、求善、求美"的校风,"学高身正、敬业树人"的教风,"笃学善思、创新致用"的学风。

"一训三风"凝聚了全体师生员工的共同智慧,是对该校办学历史和成就、办学定位和思路的一次全面总结和提炼,意在让师生牢记学校的发展历程,继承优良传统,共创美好未来。

凝聚"泰师精神",铸就师生灵魂。泰州师专在长期办学过程中,积淀形成了"凝心聚力、艰苦创业、执著追求、勇创一流"的"泰师精神"。多年来,"泰师精神"生动体现在学校成就事业、执著追求的一次次跨越发展上;充分体现在学校合并升格、百业待举的一次次奋力拼搏中;集中体现在全体泰师人创造辉煌、无私奉献的一个个的奇迹里。这一精神,为学校的办学事业凝聚了人心、铸就了灵魂、明确了方向、增强了动力。

泰州师专靠"泰师精神"铸就灵魂,用内涵建设积淀底蕴。学校坚持内涵发展,积淀了丰厚的底蕴,有力提升了学校办学水平。"天行健,君子以自强不息。"在"泰师精神"指引下,泰师人始终勇攀高峰,屡创一流。2007年,来校评估的教育部人才培养工作水平评估专家组组长、原江苏大学校长、博士生导师蔡兰教授曾给予该校如下评价:"泰州师专声誉好、风气正、气象新、底蕴厚,培养了大批师德高尚、知识丰富、能力出众的人才。"

推进阳光教育,优化人文环境。泰州师专认识到,办一所有底蕴的学校就得培养有底气的学生,要培养有底气的学生就得实施素质教育。该校大力推进"阳光教育行动","阳光教育行动"是学校文化建设的主阵地。其核心理念是"以人为本、统筹兼顾,可持续、全面、和谐发展"。其基本要务是实施阳光管理、打造阳光教师队伍、构建"阳光展翅"创业平台和培养阳光学子。新华网曾以《"阳光学子"这个称呼,让他们泪流满面》为题,刊发了该校改革单一培养目标,全面培养"阳光学子"的长篇通讯,在省内外产生了较大影响。该校2010年校"阳光学子"之一,曾受到中央领导亲切接见的教科院2008级教育系学前亲子班班长李晨晨,在学校领导的关心和师生的帮助下,在校期间通过了学前教育本科段15门所有课程,并获得了国家励志奖学金。2011年,她顺利考取教师编制。

经过长期探索与实践,今天,泰州师专"阳光教育行动"已形成了文化育人的五大体系。

一是文化素质教育课程体系。体系与基础平台课程、专业课程相互融合、相互渗透,由"文史经典与文化传承""科学精神与科学探索""艺术欣赏与审美体验""生态环境与生命关怀""文明对话与世界视野"五大板块构成,合计开设60多门课程。

二是校园文化活动体系。该校以文学社、书画社、合唱团、话剧团、舞蹈队、运动队等20多个学生社团为主体,以地方文化研究所、梅兰芳京剧艺术研究所、陶行知研究会等文化机构为依托,定期和不定期举办各类艺术节、文体比赛、展演活动,有力提升了学生的职业素质和人文修养。

三是文化类社会实践体系。该校学生走进社区、走进村镇,积极开展以校企文化、传统文化、地方文化、生态文化、红色文化等为专题的社会实践活动,收到了较好的文化育人效果,连续5年获得省大学生社会实践活动先进单位称号。

四是文化育人评估体系。学校制定了学生文化素质评估标准,形成以学生、学校、社会和家长共同参与的多元评价体系,用《文化素质成长报告书》记录学生文化素质状况,评价结果与学生推先、选优、升学、就业直接挂钩。

五是组织运行保障体系。学校从组织、师资、经费等方面提供了有力保障。成立了学校文化素质教育指导委员会和系部文化素质教育工作小组,将文化素质教育有机融入学校教学管理、学生管理和教师管理之中。学校精选校内优良的文化教育师资队伍,同时还长期聘请道德模范、人大代表、专家学者、特级教师、艺术家、作家等文化素质兼职教师100余人。学校每年提供60万元的文化素质教育专项资金,用于相关课程建设、专家讲学、专题活动和教育研究等。

通过"阳光教育行动",泰州师专将传播先进文化与弘扬民族精神相结合,将加强审美教育与提升创造美的能力相结合,将呼应时代主题和传承大学精神相结合,有效升华了文化育人内涵,推动了校园文化建设的创新发展,有力促进了良好校风、教风和学风的形成,对广大学生多彩生活、阳光成长影响深远。

服务地方　彰显办学特色

大学既要适应经济社会发展的要求,更应能支撑和引领经济社会的发展,而要实现这种适应和引领,最直接的途径就是服务社会。

70年来,泰州师专传承并创新明代著名哲学家、平民教育家、"泰州学派"创始人王艮提出的"百姓日用即道"思想,充分发挥高校服务地方的独特功能,围绕人才培养、科学研究、技术支持、社会服务和文化传承,着力打造"百姓大讲堂""百姓阳光屋"和"百姓大舞台"三大载体,服务地方基础教育,服务支柱产业需求,服务文化名城建设,服务和谐社会构建,积淀形成了"百姓日用即道"的办学特色。

打造"百姓大讲堂",服务地方教育科技。长期以来,该校从胡瑗、王艮的"明体达用""经世兴才"教育思想出发,通过精心打造"百姓大讲堂"这一独特办学模式,努力以服务百姓需求、服务地方基础教育和经济社会全面发展推动自身办学水平不断提升。

近3年来,该校先后组织了全省初中语文、小学语文和小学科学骨干教师培训班7期,培训教师1 000多人次;组织了中小学骨干教师新课程培训班10期,培训骨干3 000多人次;组织了泰州市中小学校长任职资格班、提高班、研修班5期,培训校长500多人次;组织了全省农村小学校长培训班3期,培训校长300多人次。

该校还先后派出5批专家赴新疆伊犁、西藏拉萨等地,开展中小学课程教改研究,与当地教师面对面进行交流。西藏拉萨和新疆伊犁地区中小学教师1 000多人次先后来学校培训。他们除了学习学校管理以外,还学习服务地方基础教育的经验和做法。

从2009年起,该校与泰州市委组织部利用远程教育平台联合开展"千名村官大学生培养工程",目的是打通"把大学生培养成村官,把村官培养成大学生"双培养路径,为新农村建设培养"留得住、用得上"的本土人才。学校紧密联系农村经济社会发展状况,科学合理制定培养计划,精心选择贴近农村实际的教学内容,取得了良好效果。首批273名学员全部顺利拿到农业经济管理专业毕业文凭。学校被授予"教育部'一村一名大学生计划'试点先进教学点"称号。

从2009年开始,作为"海军母亲城"泰州的地方高校,泰州师专除了与海军东海舰队"泰州舰"开展心理咨询、艺术联谊、国防教育等方面合作共建外,还在全国首家将高等教育资源主动送到军营,利用电大平台招收现役士兵入学,使他们不出军营即提升学历和技能,为部队培养合格顶用新型士兵,发挥高校独特功能,创新教育拥军模式。目前,首批33名学员已学习过半,第二批49名学员也即将正式入学。该项目的成功举办,既是地方开展拥军活动的重要方面,又是高校服务部队的重要创举;既有利于广大现役士兵的成才成长,也有利于学校国防教育、思想政治教育工作的开展,得到海军首长和省市领导高度评价。

打造"百姓阳光屋",服务和谐社会构建。中共中央《关于构建社会主义和谐社会若干重大问题的决定》明确指出,构建社会主义和谐社会要"注重促进人的心理和谐,加强人文关怀和心理疏导,引导人们正确对待自己、他人和社会,正确对待困难、挫折和荣誉。加强心理健康教育和保健,健全心理咨询网络,塑造自尊自信、理性平和、积极向上的社会心态"。

长期以来,该校始终把服务广大师生和普通百姓的学习和心理需要作为自身办学主要目标之一。学校利用教育学、心理学学科优势,成立了被师生称为"阳光小屋"的心理咨询中心。在为学校师生服务的基础上,学校进一步提升"阳光小屋"的服务功能,走进社区、农村、企事业单位,通过现场咨询、热线咨询、媒体咨询等途径开展心理健康教育、咨询、救助等工作。"阳光小屋"由此被广大百姓誉为"百姓阳光屋",成为泰州市民心理素质提升的服务平台和500万泰州人共享的"心灵驿站",先后受到中宣部和江苏省委宣传部的表彰,并多次被《光明日报》《新华日报》报道。

泰州师专充分发挥自身法律专业优势,成立法律援助站,全力助推社会稳定和谐。2009年11月,该校率先成立全省高校首家大学生法律援助讲堂,面向社会进行法律援助。援助站由10名法学老师和50名大学生组成,通过开展法律咨询和承办疑难复杂的法律援助案件,为维护社会稳定、促进经济发展作出自身贡献。援助站被《江苏法制报》等媒体誉为"法治江苏"一道亮丽的风景线。

打造"百姓大舞台",服务"文化名城"建设。在长期办学实践中,泰州师专努力打造"百姓大舞台"这一文化建设载体,以地方文化传承与研究,促进校园文化建设;以校园文化建设,丰富与推动地方文化,实现校园文化与地方文化的共同繁荣。

该校积极参与泰州《文化名城建设行动计划》的各项文化行动,充分发挥高校文化传承与创新的办学功能,为打造"形神兼备的文化名城"提供智力支撑和人才保障。

2009年,该校率先成立泰州历史文化研究所;2010年,参与组建泰州历史文化研究会;2012年,成立泰州传统文化研究会;2012年,泰州历史文化研究所先后成功申报泰州市和江苏省"社科普及示范基地"。这些平台的搭建,充分发挥了高校挖掘、整理和传承地方优秀传统文化的基本职能,打造优秀团队,培育优秀人才,推进了地方文化事业和文化产业的全面提升。

该校一直积极关注地方文化产业发展,全力为泰州文化旅游、文化创意和文化表演等产业提供智力支持。坚持文化研究与成果转化并重,以研究为中心,以宣传为抓手,以惠民为宗旨,将成果及时转化,努力打造具有鲜明特色的文化品牌。

泰州师专"百姓大舞台"的建设,为"文化进社区""文化进农村"搭建起了平台,也构筑了地方文化传承与研究的新高地,丰富了地方百姓精神文化生活,促进了全市文化事业的发展与繁荣。

跨越发展 迈向新的征程

作为长三角经济区中心城市之一,泰州地处江苏沿海和长江"T"形产业带的接合部,近年来,经济发展迅猛,人才需求倍增,泰州对全面提升地方高等教育水平的渴望日益迫切。

中央领导和江苏省委、省政府高度重视泰州高等教育的发展。2004年5月,中央主要领导在接见泰州四套班子主要负责同志时,对泰州高等教育事业寄予厚望。中央领导和江苏省委书记罗志军、省长李学勇等多次亲临泰州视察高等教育工作,关心支持泰州师专发展。泰州市委书记张雷、市长徐郭平等更是多次强调,将全力为学校发展创造更好的环境。

立足现实,有一份力量叫成长;展望未来,有一片天空是希望。面对未来,泰州师专党政领导班子高瞻远瞩,审时度势,及时制定描绘了学校未来发展的宏图。如今,省市政府的鼎力支持和切实推进,泰州500万人民的殷殷期盼和热切关注,成为鼓舞泰州师专师生员工奋发向上的巨大精神动力,也为学校快速提升办学层次、实现可持续发展注入新的强大活力。

　　风正潮平好扬帆,继往开来写华章。今天,泰师人正紧紧把握高等教育发展的良机,深化内涵,坚持"科学发展、特色发展"战略,着力建设本地区小学和幼儿教育名师摇篮、地方经济建设人才高地、市民终身学习基地、文化传承与创新研究中心,不断提高学校核心竞争力,朝着把学校建设成为一所服务并引领地方文化教育事业发展、与地方支柱产业深度融合、特色鲜明的应用型地方高等院校奋勇前进,再创辉煌!

(原载 2013 年 6 月《新华日报》)

望海楼畔唱响凤凰传奇

阳春四月,草长莺飞,春意盎然,万物复苏。

泰州学院的师生们更是心花怒放。4月18日,国家教育部函复江苏省人民政府,同意在泰州师范高等专科学校基础上建立泰州学院。

这是泰州高等教育史上的新一座里程碑。

时光回溯到11年前的那个春天——2002年3月4日,经教育部批准,泰州师范高等专科学校正式成立,在江苏率先实现了从中等师范向高等师范的跨越。

5年后的2008年4月9日,省教育厅2008年12号文件公布,泰州师范高等专科学校荣获教育部高职高专院校人才培养工作水平评估"优秀"等级,从全国同类院校中脱颖而出,进入"第一方阵"。

"回首学院十余年来的发展,犹如一次'三级跳'。这些喜人的成绩来之不易,这是对全校师生执著追求的肯定与回报。"原泰州师范高等专科学校党委书记徐金城教授说。从师专筹建到2002年正式建校之间的"第一轮发展",初步改善了教学基础设施和办学条件;从2002年到2008年之间的"第二轮发展",使外延和内涵都得到了明显提升,学院建设拉开框架,招生规模迅速扩大,管理工作趋于规范;近五年来,学院借助升本实施的"第三轮发展",实现了一次更大的跨越。

十年"专升本":填补江苏高校布局上的空白

泰州作为江苏中部地区的省辖市,组建于1996年,现有人口504万,总面积5 793平方公里。由于历史原因,泰州市高等教育发展相对滞后,目前还没有一所独立设置的本科高校。将泰州师范高等专科学校升格为本科层次的泰州学院,培养师范类与非师范类高层次应用型人才,对于提升地方基础教育教师队伍整体素质、推动泰州乃至苏中地区经济社会发展,具有重要意义。

——摘自 2012 年 12 月 30 日江苏省人民政府给教育部的函

作为泰州地区办学历史最为悠久的高等院校,泰州师专在战火中诞生、在新中国成长、在新世纪发展。

1941 年,在抗日战争的烽火硝烟中,泰兴师范前身泰兴乡村师范诞生;1952 年,伴随着社会主义建设的鼓点,苏北泰州师范成立。

地级泰州市的成立为学校的发展带来新的历史机遇。2000 年 1 月 26 日,经省政府批准,在泰州师范和泰兴师范的基础上筹建泰州师范专科学校。2002 年 3 月 4 日,经国家教育部批准,泰州师范高等专科学校正式成立。同年 5 月,泰州广播电视大学并入。学校的办学层次、办学规模和办学水平得到了迅速提升。

"数十年的发展,数十年的积淀。这对于泰州学院每一名师生员工来说,是一份足以汲取自信、承载光荣与梦想的巨额财富。"徐金城说。在多年的奋斗历程中,"立德、立功、立言"的校训与"求真、求善、求美"的校风相辅相成,进而凝练成"凝心聚力、艰苦创业、执著追求、勇创一流"的"泰师精神"。这一精神,为学校铸就了灵魂,明确了方向,增强了动力,推动学校风雨兼程,昂首前行。

然而,对于 500 万泰州人民来说,"大学梦"是心头挥之不去的情结。

大学的缺位,让泰州人民念兹在兹,也成为这座千年的历史文化名城跨越世纪的一大遗憾。

2003 年 2 月,"筹建泰州大学"的话题提到了省两会上,王向红等 10 名省人大代表、陈克勤等 11 名省政协委员联名提出建议和提案,呼吁尽快筹建泰州大学和扶持泰州高等教育发展。当年,建议和提案得到了省人大、省政协的高度重视,被列为当年的重点督办建议和提案。

省市联动,各项筹备工作随即紧锣密鼓地展开。随着泰州高等教育的快速发展,市委、市政府开始着手启动泰州大学筹建工作,并与省教育厅联合成立领导小组,筹建工作进入实质性程序。

2011 年 3 月 24 日,泰州市政府召开专题会议,明确提出泰州大学筹建工作总体分两步走:第一步以泰州师专为基础组建一所省属公办本科学院;第二步在公办本科学院的基础上筹建泰州大学。

7 月 27 日,泰州市政府召开专题会议,研究高教园区中心共享区建设,明确中心共享区作为泰州师专新校区。

2012年2月7日,泰州市政府向省政府正式提交书面请示,恳请省政府同意以泰州师专为基础,建立一所公办普通本科学院。

3月,省教育厅将泰州师专升本列入《江苏省"十二五"高校设置规划》。

5月10日,省教育厅和泰州市政府联合发文,成立泰州师专升本筹建工作领导小组。

5月,省政府同意在泰州师专基础上建立一所公办普通本科学院,省长李学勇批示:"在泰州师范高等专科学校基础上建立一所公办普通本科学院很有意义,要继续大力推动。"

11月,教育部高校设置评议专家组一行8人,来到泰州师专,开始升格本科院校的现场考察。

"世上无难事,只要肯登攀"。泰州学院人满怀理想唱出了气势磅礴的拼搏之歌,终于迎来了姹紫嫣红的春天。

2013年1月,在全国高校设置评议委员会会议上,泰州学院以高票通过评审。这一刻,泰州告别了一直没有公办本科院校的历史,泰州高教事业发展完成了一次历史性的飞跃。

"泰州拥有504万人口,经济发达,是长三角中心城市之一,政府完全有条件、百姓有强烈愿望兴办一所普通本科高校。设置泰州学院,是推动泰州经济发展转型升级的迫切需要。"泰州市委书记张雷说。

"十二五"时期是泰州全面建成更高水平小康社会并向基本实现现代化迈进的关键阶段。省委、省政府《关于推进泰州转型升级综合改革试点的意见》明确要求"在泰州实施全省转型升级综合改革试点,支持泰州先行先试,改革创新,为全省经济社会转型发展探索新路、积累经验,推动全省转型发展"。而泰州产业结构优化、经济转型升级,亟需大量高级技术应用型专门人才,今后三年需求总量为7.5万人,"十三五"期间需求总量将达16.5万人。"泰州的发展,迫切需要培养大批'下得去、用得上、信得过、离不开'的高级技术应用型专门人才,将人口资源优势就地转化为人才资源优势,为泰州转型升级提供强有力的人才支撑。"泰州市委常委、宣传部长倪斌表示。

教育部《关于"十二五"期间高等学校设置工作的意见》提出,要"按照服务转变经济发展方式、调整经济结构、区域发展战略要求设置高校"。《江苏省高等教育综合改革试点实施方案》中也明确提出,要优化高等教育区域结构,"使每个省辖市至少拥有一所普通本科高校"。因此,在泰州师专基础上设置泰州学院是调整优化江苏高等教育布局结构、促进教育均衡发展的迫切需要。

"泰州学院的正式建立,实现了泰州地区公办本科高校零的突破,优化了江苏特别是苏中地区高等教育区域布局结构,适应了国家和区域经济社会发展需要,必将对促进和引领地方高教事业的发展发挥出重要的推动作用。"省教育厅厅长沈健强调说。

三年夺"优秀":进入全国同类院校"第一方阵"

> 几天来,我们处处感受到师专人凝心聚力、勇创一流的精神,你们扎实的工作,出色的表现,给我留下了非常深刻的印象。特别是专业技能测试,学生说课深入浅出,激情飞扬;而在听课环节中临时抽查的16节课,真正是课课生动,堂堂出彩。
>
> ——摘自2007年4月教育部人才培养工作水平评估专家组副组长庄辉明教授在总结反馈会上的讲话

《国家中长期教育改革和发展规划纲要(2010—2020年)》强调指出,"只有坚持规模、质量与结构协调发展,才能打造出稳中求进的高校"。

经过70多年办学实践与10多年来的不懈努力,泰州师专扎实抓好内涵建设,努力推进学校发展,坚持规模、质量与结构协调发展,取得令人瞩目的办学成果,为实现办学层次的新跨越奠定了坚实基础。

2005年,学校面临新的挑战,将在2007年接受教育部人才培养工作水平评估。这对于刚刚升格五年的师专来说,是一场非常严峻的挑战。

面对挑战,校领导响亮地提出了"迎评创优"的口号。全校上下,众志成城,用常人难以想象的顽强拼搏、吃苦耐劳和追求卓越的精神,奋力推进学校的建设与发展。

2007年4月22日,学校迎来了以江苏大学原校长、博士生导师蔡兰教授,华东师范大学副校长、博士生导师庄辉明教授为正副组长的教育部评估专家组。

经过查阅资料、问卷调查、专业剖析、个别访谈等一系列考查后,师专人才培养工作获得专家组的一致好评。

2008年4月9日,学校荣获教育部高职高专院校人才培养工作水平评估"优秀"等级。

东风捎来的喜讯是那么精彩、那么令人振奋。因为它是泰州师专从全国同类院校中脱颖而出,进入"第一方阵"最好的见证。喜讯的背后展示了学校软硬齐上取得的累累硕果,凝聚着省市领导和各部门热情关怀和大力支持,更饱含了全校师生员工在艰苦奋斗中付出的心血和汗水。

艰难困苦,玉汝于成。在"迎评创优"之后,泰州师专全面驶入新一轮发展的快车道。

——办学规模稳步发展。近年来,学生规模一直稳定在6 000人左右,新生录取率100%,毕业生就业率98%以上。

——专业建设不断优化。学校紧紧围绕经济社会发展需求,合理设置学科专业,取得了丰硕的建设成果。在开设的35个专业中,有全面覆盖小学和幼儿园所有课程的师范类专业9个,有服务地方支柱产业的非师范类专业26个。学前教育和船舶工程技术被确立为国家教育部、财政部重点支持建设专业,学前教育、英语教育、音乐教育3个专业为省级特色专业,以学前教育为核心的3个师范类专业和以会计专业为核心的财经类5个专业被确定为江苏省高等学校"十二五"重点建设专业群。

——师资结构全面优化。学校先后出台了《引进高层次人才优惠政策细则》和《关于聘用兼职高层次人才的有关规定》,力求使人才引进与培养工作规范化、制度化。学校确定了"人才引进与培养战略",千方百计抢占人才聚集的制高点,采取"外引内培"方式,广泛引进高层次人才,加强校本培训。学校现有专任教师417人,生师比为13.1∶1。专任教师中具有高级专业技术职称的155人(其中正高级职称30人),占专任教师的37.2%,其中兼职博导1人,硕导5人;具有硕士以上学历学位教师219人,占专任教师总数的52.5%。

——教学水平大幅提升。学校狠抓"教学质量与教学改革工程"项目建设,以课程建设为基础,积极推进教学改革,加大教学投入,建立健全教学质量监控体系,确保人才培养质量稳步提高。现已建成1门国家级精品课程,1门国家教指委精品课程,3门省级精品课程;1部教材获评省级精品教材,3部教材获省级精品教材建设立项;获省级教学成果奖1项;建有"数字技术应用与艺术设计"省级示范性实训基地。

十余年时间里,学校走过了改革探索和内涵提升阶段,迎来了新的发展与跨越,先后荣获江苏省平安校园、省安全文明校园、省高校和谐校园、省思想政治工作先进单位、省大学生暑期社会实践先进单位、省高校毕业生就业工作先进集体等荣誉称号,连续十年五届获得省文明单位称号,在江苏省高校基层党组织建设考核中荣获优秀等级……一份份荣誉、一块块奖牌,见证了学院的辉煌历程。

七十三年育人路:为地方培养了数万名各类专门人才

泰州师范高等专科学校的前身是创建于1941年的泰兴师范学校,从1978年开始,先后举办扬州师范学院专科班、常州技术师范学院和扬州教育学院大专班、南京师范大学小学教育本科班;从1997年开始,举办5年一贯制大专班;从2002年开始,举办高中起点的专科教育。近年来,学校坚持师范传统和服务宗旨,全面实施素质教育,加快推进教学改革,为地方培养了5万多名基础教育师资和各类应用型人才。

——摘自《江苏省人民政府关于商请同意将泰州师范高等专科学校升格为泰州学院的函》

人才培养质量是高校立校之本,办学特色则是高校强校之翼。办学特色是高校创新能力的体现,更需要在服务社会的过程中得到彰显与发扬。

70多年来,学校从服务地方经济社会发展理念出发,充分发挥高校服务地方独特功能,围绕人才培养、科学研究、社会服务和文化传承,着力打造"百姓大讲堂""百姓阳光屋"和"百姓大舞台"三大载体,服务地方基础教育,服务文化名城建设,服务和谐社会构建,积淀形成了"以人为本,明体达用"的办学理念和"百姓日用即道"的办学特色,为地方培养了数万名基础教育师资及各类专门人才,涌现出一大批人民教育家培养对象、特级教师、教学名师、省市名校长和优秀管理人才,学校因此赢得了"名师摇篮""三泰黄埔"的美誉。

打造"百姓大讲堂",服务地方教育科技。长期以来,学校从胡瑗、王艮的"明体达用""经世兴才"教育思想出发,通过精心打造"百姓大讲堂"这一独特办学模式,努力以服务百姓需求,服务地方基础教育和经济社会全面发展推动自身办学水平不断提升。

近3年来,学校先后组织了全省初中语文、小学语文和小学科学骨干教师培训班7期,培训教师1 000多人次;组织了中小学骨干教师新课程培训班10期,培训骨干3 000多人次;组织了泰州市中小学校长任职资格班、提高班、研修班5期,培训校长500多人次;组织了全省农村小学校长培训班3期,培训校长300多人次。自2006年以来,作为江苏省高校新教师岗前职业培训基地,培训高校新教师数千人。学校还先后获批成为泰州地区出国劳务培训基地和商务人才培训基地。

学校还先后派出5批专家赴新疆伊犁、西藏拉萨等地,开展中小学课程教改研究,与当地教师面对面进行交流。西藏拉萨和新疆伊犁地区中小学教师1 000多人次先后来学校培训。他们除了学习学校管理以外,还学习服务地方基础教育的经验和做法。

从2009年起,学校与泰州市委组织部利用远程教育平台联合开展"千名村官大学生培养工程",目的是打通"把大学生培养成村官,把村官培养成大学生"双培养路径,为新农村建设培养"留得住、用得上"的本土人才。学校紧密联系农村经济社会发展状况,科学合理制定培养计划,精心选择贴近农村实际的教学内容,取得了良好效果。首批273名学员全部顺利拿到农业经济管理专业毕业文凭。第二期267名学员即将如期毕业。5月10日,第三期村干部远程教育学历班开班,342名新学员正式入学。近千名村干部参加了学历培训,有效推动了村干部的科技文化素质和发展致富能力的"双提升",为新农村建设培养了一批留得住、用得上的本土人才,加快推进了农村的转型发展。学校也因此被授予"教育部'一村一名大学生计划'试点先进教学点"称号。

从2009年开始,作为"海军母亲城"泰州的地方高校,学校除了与海军东海舰队"泰州舰"开展心理咨询、艺术联谊、国防教育等方面合作共建外,还在全国首家将高等教育资源主动送到军营,利用电大平台招收现役士兵入学,使他们不出军营即提升学历和技能,为部队培养合格顶用现役士兵,发挥高校独特功能,创新教育拥军模式。目前,首批33名学员已学习过半,第二批49名学员也已正式入学。该项目的成功举办,既是地方开展拥军活动的重要方面,又是高校服务部队的重要创举;既有利于广大现役士兵的成才成长,也有利于学校国防教育、思想政治教育工作的开展,得到海军首长和省市领导高度评价。

打造"百姓阳光屋",服务和谐社会构建。中共中央《关于构建社会主义和谐社会若干重大问题的决定》明确指出,构建社会主义和谐社会要"注重促进人的心理和谐,加强人文关怀和心理疏导,引导人们正确对待自己、他人和社会,正确对待困难、挫折和荣誉。加强心理健康教育和保健,健全心理咨询网络,塑造自尊自信、理性平和、积极向上的社会心态"。

长期以来,学校始终把服务广大师生和普通百姓的学习和心理需要作为自身办学主要目标之一。学校利用教育学、心理学学科优势,成立了被师生称为"阳光小屋"的心理咨询中心。在为学校师生服务的基础上,学校进一步提升"阳光小屋"的服务功能,走进社区、农村、企事业单位,通过现场咨询、热线咨询、媒体咨询等途径开展心理健康教育、咨询、救助等工作。"阳光小屋"由此被广大百姓誉为"百姓阳光屋",成为泰州市民心理素质提升的服务平台和500万泰州人共享的"心灵驿站",先后受到中宣部和江苏省委宣传部的表彰,并多次被《光明日报》《新华日报》报道。

学校充分发挥自身法律专业优势,成立法律援助站,全力助推社会稳定和谐。2009年11月,学校率先成立全省高校首家大学生法律援助讲堂,面向社会进行法律援助。援助站由10名法学老师和50名大学生组成,通过开展法律咨询和承办疑难复杂的法律援助案件,为维护社会稳定、促进经济发展作出自身贡献。援助站被《江苏法制报》等媒体誉为"法治江苏"一道亮丽的风景线。

打造"百姓大舞台",服务"文化名城"建设。在长期办学实践中,学校努力打造"百姓大舞台"这一文化建设载体,以地方文化传承与研究,促进校园文化建设;以校园文化建设,丰富与推动地方文化,实现校园文化与地方文化的共同繁荣。学校还积极参与泰州《文化名城建设行动计划》的各项文化行动,充分发挥高校文化传承与创新的办学功能,为打造"形神兼备的文化名城"提供智力支撑和人才保障。

2009年,学校率先成立泰州历史文化研究所;2010年,参与组建泰州历史文化研究会;2012年,成立泰州传统文化研究会;2012年,泰州历史文化研究所成功申报泰州市和江苏省"社科普及示范基地"。这些平台的搭建,充分发挥了高校挖掘、整理和传承地方优秀传统文化的基本职能,打造优秀团队,培育优秀人才,推进了地方文化事业和文化产业的全面提升。

十多亿元投入:融入新时代高等教育改革与发展的主旋律

> 根据《高等教育法》《普通高等学校设置暂行条例》《普通本科学校设置暂行规定》的有关规定以及全国高等学校设置评议委员会六届二次会议的评议结果,经研究,同意在泰州师范高等专科学校基础上建立泰州学院,学校代码为12917;同时,撤销泰州师范高等专科学校的建制。
>
> 泰州学院系本科层次的普通高校,全日制在校生规模暂定为6 000人,首批设置本科专业5个,即汉语言文学、数学与应用数学、学前教育、英语、音乐学。
>
> ——摘自2013年4月18日国家教育部给江苏省人民政府的函复

七十三年办学路,而今迈步从头越。

"请省教育厅和泰州市继续关心指导,积极支持泰州学院加快新校区建设,优化发展规划,提升内涵水平,强化办学特色,为培养高素质人才、促进区域发展做出新的、更大的贡献"。这是江苏省副省长曹卫星在教育部来函上的批复。

2012年11月1日,作为2012年泰州市区十大城建重点工程之一——泰州学院新校区开建,一期规划总建筑面积约17万平方米,总投资13亿元。项目预计于2013年年底部分主体竣工,2014年一期工程竣工。

"泰州学院新校区建设,必将推动我市高等教育工作再上新台阶,为我市经济社会可持续发展、创建全省转型升级示范区提供强大的智力支撑和人才保障"。泰州市委副书记、市长徐郭平在学校新校区开工典礼上强调说。

翻开规划图,"一轴、一心、一带、六组团"的空间布局跃然纸上。由我国著名建筑大师何镜堂院士领衔的设计团队——华南理工大学建筑设计研究院中标设计的方案,体现了"兼容整合、文脉相连、书香满园、传承创新"的设计理念,彰显了"地域性、文化性、时代性"的建筑风格。同时,泰州市政府承诺在未来5年投入1.5亿元用于学校相关建设。

新校区的建设,为刚刚获批的泰州学院描绘了一幅全新的蓝图。作为地方性普通本科院校,泰州学院将如何走出一条特色发展道路?

"不可否认,学校从专科升格为本科院校,人才培养、科学研究和社会服务的内涵与要求均发生了根本性改变。"原泰州师专校长、博士生导师温潘亚教授说,"对泰州学院而言,坚持走内涵式发展道路,就是要牢固确立人才培养的中心地位,不断深化教育教学改革,提高办学质量和水平,其中最为关键的是要在专业设置和人才培养模式改革上下功夫,培养出泰州转型升级用得上、留得住的新型合格人才。"

泰州学院将以本科专业建设为引领,科学规划学科专业布局。加强首批本科专业建设和第二批本科专业的申报筹建工作。以地方经济社会发展需求为导向,坚持全面起步、突出重点、发扬优势、分层建设、整体推进。有计划、有步骤地调整专业结构,规划学科布局,建设以教育学、管理学、工学为主要学科门类,兼顾发展文学、理学和艺术学等学科门类,人文、社会、理、工、管等多学科协调发展的学科专业体系。

"如果说,过去的70多年充满了泰州学院人的理想、期盼与跨越,那么,展望未来,年轻的泰州学院更是充满希望!更强的师资队伍还需认真造就,更好的办学条件还需努力创造,更高的奋斗目标还需不断实现,更新更美的图画还需精心描绘!"温潘亚说。今后,泰州学院将紧紧围绕学校办学的指导思想和总体目标,重点打造好质量提升、学科建设、人才强校、科技创新和文化引领五大工程。同时,主动融入泰州区域技术创新体系,促成与地方政府和行业企业共建产学研战略联盟,进一步提高高等教育的贡献度。重点是发挥学校哲学社会科学与自然科学相结合的优势，引领区域文化发展和创新，为"文化泰州"乃至"文化江苏"建设贡献力量。依托学校智力优势，主动参与地方政府的战略研究、宏观决策和重点项目的论证咨询，发挥学校思想库、智囊团的作用。

　　站在新的起点上，我们自豪地看到，有着73年光荣办学传统的泰州学院走过了不平凡的道路。73年来，矢志不渝、开拓进取的泰州学院人执着追求，为本科学院的建设打下了扎实基础。如今，实现了光荣与梦想的他们在理想的天空下放声歌唱，唱出了拼搏之歌、奋进之歌、希望之歌……这嘹亮的歌声，响遏行云，回荡在朝气蓬勃的泰州大地上；这嘹亮的歌声，必将融入江苏新时代高等教育改革与发展的主旋律，以"大江东去"的豪迈气概，高亢激昂，回响在日新月异的神州大地上……

（原载2013年6月《新华日报》）

有灵魂 有底蕴 有特色
——泰州师范高等专科学校人才培养工作纪实

对很多人而言,2008年4月9日,或许只是一个平凡的日子。但是,对泰州师范高等专科学校8 000多名师生员工来说,却具有特殊的意义。这一天,省教育厅2008年12号文件公布,泰州师专荣获教育部高职高专院校人才培养工作水平评估"优秀"等级。

"几年来,我们以迎评创优为契机,精心打造有灵魂、有底蕴、有特色的一流师专,终于取得了辉煌的成果。"消息传来,师专党委书记、校长徐金城教授思绪万千,"这是一个激动人心的喜讯,更是一份来之不易的成绩,是对全校师生执著追求的肯定与回报"。

办有灵魂的学校

1941年,在抗日战争的烽火硝烟中,泰兴师范前身泰兴乡村师范诞生;1952年,伴随着社会主义建设的鼓点,泰州师范成立;2000年,经省政府批准,泰州师范与泰兴师范合并,筹建泰州师专;2002年,经国家教育部批准,泰州师专正式建校,同年,泰州电大并入。

67年的发展,67年的积淀。这对于泰州师专每一名师生员工来说,是一份足以汲取自信、承载光荣与梦想的巨额财富。

在多年的奋斗历程中,"立德、立功、立言"的校训与"求真、求善、求美"的校风相辅相成,进而凝练成"凝心聚力、艰苦创业、执著追求、勇创一流"的"泰师精神"。

有灵魂　有底蕴　有特色
——泰州师范高等专科学校人才培养工作纪实

这一精神,为师专铸就了灵魂,明确了方向,增强了动力,推动师专风雨兼程,昂首前行。

2005年,师专又面临新的挑战,将在2007年接受教育部人才培养工作水平评估。这对于刚刚升格五年的师专来说,是一场非常严峻的挑战。

面对严峻的挑战,师专人响亮地提出了"迎评创优"的口号。他们用常人难以想象的顽强拼搏、吃苦耐劳和追求卓越的精神,奋力推进学校的建设与发展。

两年的艰苦奋斗,两年的风风雨雨。全校上下,众志成城,用效率迎评,用智慧迎评。

校园里,随处可见感人的场面,随时传来动人的故事。为了迎评,新婚燕尔的夫妇放弃了蜜月;为了迎评,家里即将高考的孩子无暇顾及;为了迎评,病重的父母床前难以尽孝;为了迎评,刚刚开刀未及痊愈就又奔赴工作岗位;为了迎评,即将毕业的研究生申请推迟论文答辩……多少夜通宵不眠,多少事历历在目,多少情催人泪下。

2007年4月22日,师专迎来了以江苏大学原校长、博士生导师蔡兰教授,华东师范大学副校长、博士生导师庄辉明教授为正副组长的教育部评估专家组。成员包括:华中师范大学教务处处长王坤庆教授,盐城师范学院院长薛家宝教授,苏州工艺美术职业技术学院院长王建良教授,苏州工业园区职业技术学院院长单强教授和徐州师范大学信息传播学院院长蔡国春教授。

"这样的专家阵容绝对是超强的,"师专副校长徐庆国充满信心地说,"这是挑战,更是机遇,体现了上级教育部门对我们的信任,对学校事业的发展必将是一次全面的促进"。

现场评估期间,面对专家的严格考核,成竹在胸的师专人沉着应对,尽显风采。专题研讨会场,随机抽取的30名学生,围绕临时指定的话题——"灵魂·底蕴",妙语连珠,才华横溢,打动了专家;素质教育汇报,节目精彩纷呈,师生同台高歌,感动了专家;专业技能测试,学生说课深入浅出,激情飞扬,感染了专家;特别是在听课环节中,临时抽查的16节课,课课生动,堂堂出彩,赢得了专家的高度评价。

在经过查阅资料、问卷调查、专业剖析、个别访谈等一系列考查后,泰州师专人才培养工作获得了专家组的一致好评。

专家组副组长庄辉明教授,在评估总结反馈会上动情地说:"几天来,我们处处感受到师专人凝心聚力、勇创一流的精神,他们扎实的工作,出色的表现,给我们留下了非常深刻的印象。"

有这种精神的引领,师专事业日新月异,生机勃勃。

最近几年,师专连续获得省文明单位称号,先后荣获省文明学校、省思想政治工作优秀单位、省大学生社会实践先进单位、省安全文明校园等系列荣誉,在全省高职高专院校中名列前茅。

育有底气的学生

今年3月11日,无锡市锡山区小桃红幼儿园园长又来到师专,一次性与实验教育系学前教育专业10多名毕业生签订就业协议。她们已经连续4年"先下手为强"了。同一天,兴化市戴南幼儿园园长则一个劲儿地责怪自己,没早点多抢几个该专业毕业生。

面对着一桩桩一件件可以量化的物质成果,师专人始终认为,还有一种收获更有价值,那就是为社会提供一流的产品——适应地方经济社会发展的高质量人才。

办一所有底蕴的学校,关键在于培养有底气的学生。

育有"底气"的学生,必须具有先进的理念和开放的视野。

为了适应新时期高等教育高职高专人才培养的新要求,师专明确了"培养高素质、高技能应用型人才"的培养目标,坚持以教学为中心,以就业为导向,以创新能力培养为主线,全面推进素质教育,努力提高教学质量和办学品位。

在教学过程中注重夯实学生知识基础,锻造学生实践能力。组织学生走出课堂,开展丰富多彩的岗位实践教学活动,提高学生的实践水平。

注意引导学生走出校园,走进生活,走向社会,在社会实践中增长知识,增强才干,提高综合素养。

师专还主动走出国门,进一步拓宽办学领域,与加拿大、韩国、日本、德国高校开展合作办学,全面吸纳国外先进的教育理念。

今年3月,第二批赴韩国留学的师专学生,在亚洲大学、大佛大学等5所高校,开始了新的学习生活。

育有"底气"的学生,必须拥有一流的师资。

近年来,师专狠抓师资队伍建设,始终坚持人才强校战略,努力打造一支"有底气"的教师队伍。

据了解,截至2007年底,师专教师中,已有教授10名、副教授100多名,"省市突贡专家"6名。"双师素质"教师比例达到了71%。青年教师中,有博士6名、硕

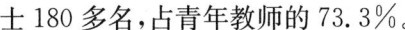
——泰州师范高等专科学校人才培养工作纪实

士180多名,占青年教师的73.3%。

师专还千方百计引进丁邦开、尤昌德、孙振祖、施永凡、倪钧为、程致中等在学术界享有较高声望的泰州籍教授来校工作。先后从美国、英国、加拿大、澳大利亚、韩国、日本等国引进30多名外籍专家长期执教。

育有"底气"的学生,必须坚持严格管理、扎实训练、狠抓质量。

继承优良传统,坚持从严治校不动摇,育人为先不松劲,实行全天候行政值班制度,严格管理,规范运行,确保教学质量。

施行"推门听课"制度,校系领导、专家教授,在预先不通知的情况下,深入课堂听课,督查指导,引导教师向45分钟要质量。

注重学生职业能力训练,建立了科学的实践教学体系和完备的职业技能鉴定考核制度。大力推行"双证书"制度,努力实现课堂教学与职业岗位零距离,着力提高学生的就业竞争力。

狠抓教学质量,通过健全教学管理规章制度,完善教学质量监控体制,强化教学管理队伍建设。

严格的管理,扎实的训练,最大的受益者还是学生。

近三年,师专毕业生计算机与英语应用能力等级考试、普通话水平测试,累计通过率分别达91.6%、80.2%、98.9%,专业技能考核鉴定合格率在90%以上。师范类98.2%的学生获得教师资格证书。毕业生平均就业率达97.3%,毕业生总体称职率达95%。

近几年来,师专学生在国家、省、市各级各类比赛中获奖达300多人次。

2004、2005年,师专学生参加全国大学生英语竞赛,有16名学生分别获一、二、三等奖;参加全国高职高专实用英语口语大赛,分别获二等奖和三等奖;2006年,参加江苏省第八届高等学校非理科专业高等数学竞赛,有17名学生获奖。

2004年10月,音乐系21名师生应邀赴韩国阴城郡、首尔访问,精彩的节目,精湛的演出,所到之处,都引起轰动。

2006年3月,外语系31名学生作为志愿者,为博鳌亚洲论坛国际医药产业大会服务,他们的专业能力和服务水平,赢得中外来宾的高度赞誉。

最近几年,在县(市)小学教师招录考试中,泰州师专毕业生表现突出,往往名列前茅。2006年,在泰州市海陵区小学数学教师招考中,数理系有5名学生进入前10名;2007年,在泰州市高港区小学外语教师招考中,共招7名,外语系有6名学生榜上有名。

泰州师专培养的大批优秀毕业生,受到社会的广泛好评。正如评估专家组组长蔡兰教授所说:"泰州师专声誉好、风气正、人气旺、气象新,培养了大批师德高尚、知识丰富、能力出众的人才。"

铸有特色的品牌

师专副校长邓友祥深有体会地说:"人才培养质量是高校立校之本,办学特色则是高校强校之翼。办学特色是高校创新能力的体现,更需要在服务社会的过程中得到彰显与发扬。"

67年来,作为泰州市唯一的师范专科院校,师专形成"紧跟时代步伐,服务并引领地方基础教育"的办学特色,在服务社会、引领地方基础教育中发挥龙头作用,培养了4万多名合格师资和各类专门人才,培训各类成人学生10万多名,撑起了地方基础教育的一片蓝天。

对泰州地区34所小学师资队伍抽样调查的结果显示,师专毕业生占教师总数的41%,占校级领导的70%,占中层干部的65%。

师专主动参与新课程改革,精心培植中小学典型。被誉为"全国素质教育一面旗帜"的洋思中学,每一步改革,都有师专专家参与推进,参与研究。该校80%的骨干教师都是师专毕业生,他们挑起大梁,誉满全国。

"洋思中学的发展离不开我的母校泰州师专。师专不仅给我们输送了优秀的毕业生,而且促进了我们办学思想、教学模式的形成。洋思中学是师专办学成果的生动体现。"洋思中学原校长蔡林森满怀深情地说。

近年来,师专利用人文教育优势,服务地方文化建设。成立了基础教育研究所、梅兰芳京剧艺术研究所和地方文化研究所,承担了大量地方文化研究课题。在一套10册的《泰州文化丛书》中,师专教师主编的就有6册。

从2004年起,师专主动服务地方经济社会发展,调整专业设置,在做精做强师范教育的同时,瞄准地方支柱产业的发展,积极拓展非师范教育。

目前,师专40个专业中,非师范专业占据21个,培养船舶工程、旅游管理、艺术设计、市场营销与策划、应用日语、应用韩语等专业人才。全校在校学生中,非师范专业的超过70%。

2006年,师专经过充分的市场调研,在全市首创船舶工程技术专业,深得造船企业和学生家长的欢迎。近百名该专业的学生虽然还没毕业,却早被各造船企业

有灵魂 有底蕴 有特色
——泰州师范高等专科学校人才培养工作纪实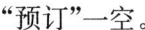

"预订"一空。

近年来,师专发挥心理学专业优势,立足校园,构建大学生心理健康的"阳光小屋";深入社区,构建城市居民心理健康的"阳光超市";走进农村,打造农民朋友心理健康的"阳光集场";开通热线,构架创建和谐社会的"阳光时空",已形成服务社会、面向大众的"百姓阳光屋"服务品牌,产生了较大的社会影响。

师专在服务社会中,形成了自身的办学特色,也推动了学校的专业建设。目前,师专已拥有教师教育类、制造类、电子信息类、财经类、艺术设计类等专业群,建有省级和国家级品牌特色专业3个、省级精品课程3门、省级精品教材2部、省级教学成果奖励项目3个,国家、省级科研与教改立项课题10多项,培养省市级学科专业带头人10名。这些,都为师专铸造新的品牌增添了几分亮色。

艰难困苦,玉汝于成。在"迎评创优"之后,泰州师专已经驶入新一轮发展的快车道。

今后,师专力争再用三年左右的时间,加强内涵建设,使教学中心地位更加巩固,人才培养目标更加明确;专业结构更加优化,专业建设机制更加完善;课程体系更加完备,人才培养模式更加多样……

"我们要践行科学发展观,坚持解放思想,推进教育改革,瞄准'创建省级示范性高职院校'新目标,全力打造有灵魂、有底蕴、有特色的一流师专。"徐金城在迎评估优秀庆祝大会上,发出新的战斗动员令。

展望未来,师专人豪情满怀。他们将继续执著追求,勇创一流,为地方经济社会发展再创新的业绩,再铸新的辉煌。

(原载 2008 年 6 月《新华日报》)

造大船的中国女杰
——记江苏省泰州市三泰船业公司董事长戚俊宏

人的一生不在乎你得到什么,而在乎你付出过什么,生命不息,创业不止。从创业到企业的生存和发展不是件容易的事,但只要心中有信念,照着信念做下去就容易到达成功的彼岸。俗话说"活到老,学到老",我虽然取得了一些成绩,但我认为还有许多需要学习的东西,我将用我六十多岁的身体,三十多岁的心脏,继续再创事业中新的辉煌,让理想在创业中闪光升华,不辱一个共产党人的光荣使命!

——摘自戚俊宏在江苏省女性企业家座谈会上的发言

第一章 序

有人说,"在这个世界上,做人难,做女人更难,做一个女强人更是难上加难。因为,作为一名天生代表柔弱的女性,没有经历一番超出常人想象的艰难困苦,永远也无法登上成功的舞台。"这句话曾被许多人说过,但真正理解它的含义的人也许并不多。戚俊宏,一个大胆涉足被视为女人禁区的造船行业,并且经历了一番超出常人想象的艰难困苦,终于成为造大船的中国女杰。从她的身上,我们理解了这句话的真谛。

戚俊宏,女,江苏泰州人,现任江苏省泰州市高港区三泰船业公司董事长兼党支部书记,一位深受广大干部职工尊敬和爱戴的优秀女企业家。从1984年戚俊宏被任命为口岸镇船厂厂长开始,她带领企业全体员工,经过多年的顽强拼搏,艰苦

造大船的中国女杰
——记江苏省泰州市三泰船业公司董事长戚俊宏

奋斗,将企业从小河汊搬到了长江边,从资不抵债、濒临倒闭的一家集体小厂发展成为拥有2 000多员工的规模企业。生产的船舶全部出口国外,2004年产值突破3.5亿元,2005年预计达7亿元。公司先后被评为泰州市十强私营企业、江苏省文明单位。20年的耕耘奋斗,戚俊宏与"三泰船业"一起打造了一个不仅在江苏、在长江中下游地区乃至国内外造船界都闻名遐迩的新品牌,也打造了自己事业与人生的新辉煌。

历史无情,历史多情。历史对每一位为社会为人民做出贡献的建设者来说,不管他的贡献大小,都将实实在在地留下一种印记,并成为一种永恒。这种永恒如同人民心中的丰碑,与日俱新。戚俊宏用自己的实际行动,赢得了人民的广泛赞誉和全公司广大干部职工的衷心爱戴,得到各级领导充分肯定。先后被表彰为"江苏省三八红旗手""全国三八红旗手""全国助西爱心大使""江苏省十佳民营女企业家"等称号,并光荣地当选为"江苏省人大代表"。

今天,走近已过六旬的戚俊宏,你会感觉到,在她的身上,始终保持着那么一股艰苦创业的干劲,涌动着那么一股不可遏止的奋斗激情,流溢着一个优秀女性企业家披坚执锐的人格魅力,闪耀着一个共产党人鞠躬尽瘁、兢兢业业、勇于创新、奋力开拓的可贵品质。在人生和创业之路上,戚俊宏正以"生命不息,奋斗不止"为志向,自加压力,不断前行。

第二章 创业艰难百战多

生在长江边,长在长江边的戚俊宏从未离开过造船,也从未离开过长江。奔腾不息的长江给了她倔强和坚毅、奋发与进取。

正是凭着这种性格和胆识,作为企业带头人,20多年来,戚俊宏以对企业、职工的深厚感情及对党和政府负责的精神,临危受命,知难而进;抓住机遇,大胆改革;勇于创新,艰苦创业。

她以非凡的胆识与才智,开拓进取,锐意改革,凭着坚韧不拔的创业毅力与人格魅力,运筹帷幄,带领2 000余名被她视为兄弟姐妹的"造船人"走上了富裕的小康道路,也为"三泰船业"创造了一片光明灿烂的发展新天地。

求发展,勇挑重担谋生存。现在三泰船业公司的干部职工至今都不能忘记1984年。三泰船业前身是坐落在南官河汊上的口岸镇船舶修造厂。从1971年到1984年,该厂仅靠修修小木船、浇几只农用水泥船艰难维持生存。后来,由于管理不善,加之时有伤亡事故发生,到1983年底,工厂拖欠外债20多万元,全厂近100名工人发不出工资,企业陷入了极度困境之中。当时,厂长换了6任,工人放假数月;逢年过节,四处借钱发工资;本来是以造船为本职工作的工人,却不得不依靠孵化家禽维持生计……1984年7月,泰兴县口岸镇船舶修造厂全面濒临倒闭。

危难之处显身手。此时,刚刚从事供销工作不到三年的戚俊宏被任命为口岸镇船厂的厂长,那年她刚26岁。可摆在她面前的却是无活可干的企业、精神不振的干部职工队伍和沉重的债务。厂里固定资产不到5万元,还外欠数万元债务、内欠工人5个月工资,船台成了山芋地,船坡上杂草丛生,厂房内满目荒芜,一片狼籍。对此,戚俊宏没有迟疑,没有灰心丧气,而是千方百计寻找出路。她把一切杂念抛至九霄云外,开始从头收拾眼前的这片烂摊子。

经过反复思考,戚俊宏决定从劳动输出、当好大企业配角开始做起,先渡眼前难关,再谋跨越发展。由于管理人员过剩,她大胆将全厂行管人员压至8人,且要求一人多职,总账会计兼业务洽谈,政工干部兼电工。作为企业负责人的她,兼任厂里唯一的供销员。为了把企业职工散了的心拢起来,她顾不上家中体弱多病的老母和两个正在读书的孩子,与企业每个干部职工通谈一遍,统一了干部职工的思想,使他们的热情燃烧起来,把他们的信心树立起来,造就了一个特别能战斗、特别能吃苦的新团队。

俗话说"人心齐,泰山移""群雁飞,靠头雁",戚俊宏深深知道,在创业的初期,只有领头人有一股拼劲,才能凝聚全体员工的动力,才能打造出一支全面适应企业发展的队伍。在企业施工现场,她总是和工人们同吃同住同劳动,三伏酷暑,晒脱了几层皮,好几次中暑昏迷,从来没喊一声累;数九寒冬,为了船坞施工,泡在刺骨的河水里,浑身发抖,大病一场,从来没叫一声苦。在她的影响下,全厂职工齐心协力,顽强拼搏。

上任后的第一个月,她走南闯北,一方面把部分职工输送到大中型船厂承包工程,以解燃眉之急;另一方面自己千方百计筹措资金恢复生产,让企业渡过难关。对待每一笔来之不易的业务,她都坚持和工人同吃同住、加班加点。原先,口岸造船厂只能生产和修理木船和60吨以下的机动船,1986年初冬,当时的江都县水泥厂一条100吨机动驳船需要修理,时间很紧,任务又重,一些职工在传统思维的支配下,不敢承接这项业务。戚俊宏动员大家:"企业要发展,就不能满足于小打小闹,今天修大船,明天才能造大船。"在她的鼓励与带领下,全厂上下团结一心,承接了这笔在三泰造船史上可谓生死攸关的业务。

造大船的中国女杰
——记江苏省泰州市三泰船业公司董事长戚俊宏

戚俊宏与大伙儿一起，冒着冰冷的冬雨，顶着凛冽的寒风，紧张地挖土挑泥，一身雨水一身汗水一身泥水，终于抢在潮水前将原先需要3天时间才能挖成的船坡，只用一天就全部建好。由于船大体重，厂里仅有的一台卷扬机功率不够，又架了几台人力机，可直到当晚11点，也没能把船拖上岸，有人开始灰心了，现场充满着要打退堂鼓的呼声。

面对怀疑与退却，戚俊宏振臂高呼，"现在正是考验我们的关键时刻，愿意坚持的同志跟我上，不愿意坚持的就回家休息"。一时间，现场鸦雀无声，所有人的目光都聚集到了他们的女厂长身上。寒夜漫长。当黎明的曙光洒到冰封的河面时，口岸造船厂建厂以来第一次承接的100吨级机动船静静地躺在船台上。

一年后，企业不仅补发了工资，清还了债务，还盈利3万元，更重要的是全厂上下对未来充满信心，干劲十足，为今后的发展打下了基础站稳了脚跟，从此全厂职工打心眼里敬佩这位年轻的女厂长。他们认定，只有戚俊宏才能带领企业不断迈上新台阶，也只有跟着戚俊宏他们才能彻底摆脱只能为别的造船厂打零工的历史。

岁月沧桑，时光流逝。1986年11月是戚俊宏和她的企业发展的转折点，第一次承接100吨级的机动船修理业务，企业找到了突破口；1987年批量生产100吨级驳船，企业开始了真正意义上的生产；1989年开始承接远洋海轮业务，实现了历史的飞跃。

求发展，跨过内河奔长江。企业要发展，必须走自己的路，不能总是依靠别人过日子。戚俊宏深深明白这个道理，头脑中一直在盘算小船厂如何保生存、求发展。

为了让企业不断发展壮大，在工厂初步站稳了脚跟之后，戚俊宏外出到处揽取业务，小船照接，大船不放，没有条件生产的船舶想方设法创造条件生产。从1986年11月第一次承接100吨级的机动船修理业务，到1987年开始批量生产100吨机动驳船，再发展到1989年企业开始承接远洋海轮的生产任务。这一历程实现了企业三年三大步的宏伟目标。

时间到了20世纪90年代，面对国际上日本、韩国以及欧洲一些国家的造船厂已经集中力量发展技术优势，基本实现了由模块化向数字化模式的转变，而我国大多数船厂尚未完全达到模块化造船，企业规模偏小、科技创新能力严重不足的情况，国内船舶制造行业部分具有远见卓识之士提出中国造船业的战略升级已势在必行。中国的造船企业必须实现管理升级以降低设计成本、提高生产效率与技术升级，加大科研投入、增强高技术附加值，这是中国造船业加速发展的根本。

在这样的背景下，作为造船企业当家人的戚俊宏对企业今后的发展开始了新的探索,并迅速付诸实施。只有中学毕业的戚俊宏在历经20多年的市场洗礼后提出,企业要发展,要在市场竞争中挺过去并发展壮大,必须要能造大船,造高科技、高附加值的产品,加大技改投入,加快造船基础设施的建成,才能具备市场竞争力的硬件。而要造高科技、高附加值的产品,就必须从内强素质着手,大量引进科技人才,充实技术力量,强化职工队伍整体素质,这是企业生存和发展的重要软件。同时,对于一个只属于地方集体性质的企业来说,要参与市场竞争,还要狠抓内部管理,以管理争效益。

为了制定切实可行的企业发展规划,戚俊宏组织有关人员进行市场调研,搜集市场信息,并到几家同行企业参观学习,针对本厂的现状分析研究,在三年跨出三大步的基础上,又开始了新的规划蓝图。

1992年,正是邓小平南巡讲话的第二年,全国新一轮发展的高潮已经掀起,戚俊宏意识到这是企业发展的重大机遇。她看准船舶制造业的发展前景,充分调研先进船厂的发展历程,主动放弃了企业原来的老基地,克服重建新厂的一切困难,将企业搬到了长江边。

在高港区龙窝口的江边上,有一大片由长江江水所携带的泥沙沉积而成的滩涂。这里由于地处偏僻,加上易受江潮侵蚀,不要说建设工厂,就连长江岸边的渔民安家时也是退避三舍。然而,早已下定决心的戚俊宏,在苦口婆心做好职工的思想工作后,以敢冒别人不敢冒险的勇气和胆略,选定这片土地作为自己和口岸造船厂"二次创业"的新起点。

深冬季节,扬子江边,芦花萧瑟,江水暗流。冬去春来,万物复苏。转眼到了1992年初春的一天,沉寂了几个世纪的高港龙窝江边的滩涂上,迎来了戚俊宏和她的新厂区建设工程队。为了实现早日搬迁的目标,她亲自带队上阵,在一公里长的长江岸线,400多亩的芦苇江滩上和全厂员工一起披星戴月,重建新厂。在国家没有投资一分钱的情况下,靠自力更生,艰苦奋斗,吹响了企业二次创业的号角。

很快,戚俊宏心中盼望已久的新厂区露出了雏形。

又很快,挂有扬子江造船公司崭新招牌的新厂区起用了。

经过六个月的努力,终于完成工厂搬迁的任务,企业从此踏上了从内河模式走上搏击长江风浪的征程。

在放弃原口岸造船厂厂区和厂名,启用新厂名和厂区的仪式上,全厂干部员工欢呼雀跃,他们知道,有了长江岸线这个平台,企业造大船、造出口船舶的愿望终于可以实现,可以造更大的船,企业也开始了全新的发展之路。

造大船的中国女杰
——记江苏省泰州市三泰船业公司董事长戚俊宏

求发展,全面改革争一流。企业的发展之魂在于不断创新,在一次次创新中裂变聚合,实现飞跃。企业要发展必须适应市场,要想适应市场,必须进行体制改革。

1996年,为适应企业不断发展的需要,戚俊宏按照现代企业制度的要求规范动作,顺利完成了体制改革,将扬子江造船公司从集体企业转为股份制企业,厂名也改为三泰船业公司。新的体制打破了铁交椅、大锅饭,不再论资排辈,而是以贡献定酬劳,极大地激发了全厂职工的创业热情,加快发展的动力越来越强,企业的生产作风有了翻天覆地的变化,开始了连年翻番的发展。

紧接着,戚俊宏把准市场脉搏,把工作的重心放到营销上,和生产厂长一道,四处联系造船业务,建立了一大批稳定的客户群体。随着市场的开拓,订单越来越多,原有的生产能力已制约了企业的跨越式发展。

戚俊宏敏锐地意识到,没有技术的创新,企业的生命力将会渐渐衰弱,最终必将被无情的市场竞争所淘汰。经过深思熟虑后,她果断把工作的重点转到技术改造提高生产能力上。生产资金紧张,就想方设法借贷,没有高层人才,就以高薪聘请,一次次的调研论证,催生了一个个技改项目。

1999年,戚俊宏多方筹集资金3 600多万元改造旧船台,从5 000吨级升级到1.5万吨级,二期技改完成后,再次将船台生产能力提升到3万吨级。一流的设备、一流的质量、一流的服务赢得了客户的赞誉。美国ABS船级社等权威机构的认证使公司的市场拓展到了东南亚、欧美等地区,当时,企业每年的订单都排至第二年甚至第三年。

进入21世纪,世界原油运输业从萧条中复苏,大型油船订单激增。与此同时,全球商船平均船龄已达23年,产品急需更新换代。戚俊宏意识到这是企业腾飞的又一个绝佳时机,便果断投入巨资进行技改:为了适应国内外造船业船舶发展的生产需要,从1999年到2001年这三年间,她先后投入5 000多万元进行技术改造,扩建1.5万吨级纵向船台一座、新建5万吨级横向船台一座,添置了60吨的鹤吊6台,100吨的龙门吊1台,使生产能力扩大了15倍,固定资产总值达到8 000多万元,使企业实现快速发展。

几乎是与此同时,2000年,戚俊宏在原厂区东侧征地100多亩,新建5万吨级横向船台一座,并添置200吨龙门起重机。投入上去了,效益出来了。当年,企业产值增长了一倍,成为口岸镇首家产值过亿元的规模企业。2001年,她又针对生产需要新添了大型数控机床、切割加工专用生产线、自动焊接等先进配套设备,技术装备达到21世纪国际生产水平。

企业的路宽了，但技术人员还是很少，懂得了现代经营理念的戚俊宏深感人才的重要。为了能够保证造船的质量，她通过各种关系和渠道，聘请上海、南京等大船厂退休的工程技术人员到厂工作，聘请一些外地工程师利用节假日到厂帮助解决技术难题。

在此基础上，她又把本厂8名业务骨干送到上海交通大学进行委培，并且从人才市场及人才信息中心引进了优秀大中专毕业生共90多名。另外，她还积极与国内有关高校、研究所挂靠，及时了解和掌握国内外造船行业的新动向、新技术和新工艺的推广应用情况。目前，在戚俊宏的企业里，全厂2 000多名职工中，具有中级以上职称的工程技术人员和业务骨干已达300多人。

身为企业的当家人，戚俊宏牢记质量是企业的生命，为了确保产品保质按期交货，多年来她一直坚持深入一线，及时了解和掌握生产进度，解决施工中出现的问题。每次船东来厂都亲自陪同检查工作。"把买棺材的钱用到安全上"，这是她在抓安全生产时经常说的一句话。她以一个女人特有的细心与周到，对公司安全生产给予了最大的关注。安全文明生产的投资要占整个工程造价的10%左右，有些项目负责人很不情愿花这笔钱。为此，她经常跑工地检查。她说："保证安全生产就是对职工的生命负责，对社会负责，这就是效益。"每当大风暴雨天气，她都要到造船工地察看，有的工地去不了，她也要打电话询问、交代。

第三章　吹尽黄沙始到金

做女人难，做女企业家更难。在计划经济时期，也许只要吃苦耐劳，富有拼搏、奉献精神，就可以取得成功，但在市场经济时代，仅有这些还远远不够。

作为一名在造船行业跌爬滚打了近30年，经历了无数次的挫折与失败，从没有轻言放弃与退缩的现代企业家，戚俊宏经常语重心长地对职工们说："创业就是要走一条你我从未走过的路，这条路是不平坦的。但走过去再回头看看你会觉得很值。另外，创业者应是永不满足的人，因为容易满足了就容易退缩了。"戚俊宏是这样说的，更是这样做的，永不满足，开拓创新，成为这位优秀企业家最突出的品格。三泰人都这样说："不管市场风云如何变幻，只要有戚俊宏在，我们就不怕。"

抓机遇，确定企业的新目标。2002年，中共江苏省委、省政府制定了开发江苏"黄金海岸"的重大战略，全面实施沿江大开发，并提出要在长江沿线建设宁镇扬大石化产业区和南通、泰州、扬州等三个船舶制造集中区的苏中发展新战略。

造大船的中国女杰
——记江苏省泰州市三泰船业公司董事长戚俊宏

一时间,泰州这个地处长江中下游、拥有99.8公里长江岸线的新兴工业与港口城市成为国内外船舶制造业关注的焦点。同时,经过十多年的发展,泰州地区的船舶工业经济总量以年均40%以上的速度增长,已成为长江沿岸重要的船舶制造基地,形成由船舶生产完工量列全国第五的江苏新世纪造船公司、新扬子造船公司、东方造船公司等大型造船企业为主体,其他小型船舶修造企业、拆船企业及全国最大的船用锚链生产基地亚星锚链等船用配件企业为辅,相互支撑、互为依托的产业群体。

作为这一黄金岸边的企业,三泰船业如何抓住这一契机,借助沿江开发和泰州造船业蓬勃发展的春风,鼓足干劲,实现企业的新辉煌,为沿江开发泰州发展作出最大的贡献成为戚俊宏和她的企业面前的一项新命题与新任务。戚俊宏知道,相对以往三泰船业发展史上任何一次坎坷与波折来说,这一次她面对的挑战更大。因为,三泰船业所取得的成功只不过是万里长征迈出的第一步,对于三泰船业这一江边造船企业而言,更为严峻的考验在于,面对周边地区其他造船企业规模与技术上的优势,如何集全厂之力实现三泰船业的全新突破与发展,才是考量戚俊宏和企业的最终一把标尺。

搞兼并,拓展企业新空间。确定了企业新一轮发展的目标与定位后,戚俊宏开始谋求更大的发展空间。

2002年,戚俊宏抓住沿江开发的机遇,又以超人的气魄、充满谋略的眼光,在高港区委、区政府的协调下,以2 050万元收购了原高港区最大的造船企业国营永安船厂,极大地拓展了企业发展空间,使企业的生产能力进一步扩大。

2003年,她大胆决策投资1.95亿元在永安新征了130多亩地,占用了600米长江岸线。新建3万吨级舾装码头2座和2.5万吨级、5万吨级纵向船台各一座以及与此相配套的大型起吊、运输等设备及分段预制施工平台。

由于硬件设施的投入,拓展了企业经营的思路和市场。2004年全公司进行了产品结构文件次的转型和调整,由驳船、工程船向高附加值出口机动船进行投产和正常生产,把企业又推向了新的台阶。同时,尝到了技改创新甜头的三泰船业投资1.95亿元进行技改投入,建造舾装码头和10万吨级的干式船坞,从而在更高层次上参与国际竞争。

在一次次自我超越中,企业的发展后备力越来越强。现在,戚俊宏正在朝着实现产销超10亿元、建设一流的私营造船企业的宏伟目标而大步迈进。在仅2004年公司就签订生效了德国6 500吨、12 000吨集装箱船共12艘,新加坡3万吨~5

万吨级大型驳船4艘等订单,生产计划已排到2008年。这给企业今后的发展带来了良好的商机。

2005年,三泰船业全公司企业总产值可望实现7亿元,利税1.1亿元;预计2006年实现总产值8亿~9亿元,利税1.5亿元;到2008年全公司计划完成总产值15亿元,利税2.4亿元。预计2008年该项目的总投入将会全部收回。

展宏图,打造企业新形象。有一份耕耘,就有一份丰厚的回报。今天,在美丽的扬子江边,从一个普通营销人员成长起来的优秀女性企业家戚俊宏正在经营着一家专业生产国内外大中型船舶的大型民营企业。

经过20多年的发展,三泰船业已经成为一个融造船、拆船为一体的专业厂家,成为高港区重点骨干民营企业。企业银行信用等级连年达到"AAA"级,销售连年超亿元,并被评为泰州市出口创汇明星企业。公司现有职工及各类工程技术人员2 000多名,分口岸、永安两个生产厂区,拥有长江岸线2 500多米,占地面积38万平方米,具有生产5万吨级以下各类机动船和10万吨级以下各类大型驳船、工程船舶的能力;产品远销德国、新加坡、日本、韩国、马来西亚、印尼等国,产品质量检测设施及认证体系齐全。企业连续多年被评为泰州市明星企业、江苏省文明单位。

第四章 谁言寸草心,报得三春晖

正如莎士比亚说过:"慈悲不是出于勉强,它像甘霖一样从天上降下尘世,它不但给幸福于受施的人,也同样给幸福于施与的人。"在戚俊宏事业蒸蒸日上的时候,她想到的不是享受,而是如何回报社会,她深情地说,"没有社会各界的支持、帮助,我和三泰船业就不可能有红火的今天。我一定尽自己的力量帮助别人,做一个对社会有贡献的人"。

企业兴旺了,戚俊宏不忘回报社会、回报家乡,近年来捐助钱物累计达77万元之多,用于资助受灾群众,发展家乡的教育事业。

她关注家乡教育事业,每年的"六一"期间,她都要去幼儿园、小学参加活动并捐赠钱物,先后捐款近30万元帮助口岸地区的小学和中学新建教学楼,高港中学成立时她捐赠了10万元;在97年长江特大洪涝灾害期间,她先后几次向受灾地区捐献了几万元;为帮助西部贫困的妇女儿童,她捐资1万元支持西部地区建水窖;在2001年全国妇联组织的"爱心献春蕾"活动中,她一次性捐助10万元,资助贫困失学儿童;当她得知口岸镇有两名贫困儿童将因贫失学时,多方联系,找到他们,主动承担了他们的学费。

为了帮助下岗职工渡过难关,戚俊宏在用工时优先考虑吸纳下岗职工,先后有500多名下岗职工到三泰船业再就业,并为所有职工购置了劳动保险,帮助他们排忧解难,为确保社会稳定尽了最大的努力。

社会学家们经过研究得出结论:"一个企业人际关系搞好了,整体力量就会增加二倍、三倍,生产、经营80%会成功。"为了加强企业的凝聚力,三泰船业特别关注企业职工生活。在改革中,戚俊宏提出"四保"原则,即对老、弱、病、残要百般呵护、关心,要让他们知道企业就是他们的家,让他们感到家的温暖。古人云:"士为知己者死。"正是由于戚俊宏的这种亲和力,三泰船业公司的干部职工和衷共济,齐心协力,共同构建起企业美好的未来。

面对来自社会各界的赞誉,戚俊宏很淡然:"我是一名共产党员,同时又是一名女性,我认为凭着党员的党性和女性爱心去做应该做的事,我的人生才有意义。"

的确,在历史的长河中,戚俊宏只是一个普普通通的女性,一个为自己所钟爱的事业付出了毕生精力的企业管理者,像沧海一粟,并没有什么惊天动地的事业,也没有流芳百世的丰功伟绩。作为一名女性来说,她无疑是平凡的,也是普通的,但却又是那么的不平凡,不普通,甚至是伟大而崇高。因为,从戚俊宏1984年走上厂长的岗位后,始终以一名企业当家人,一名共产党员的标准严格要求着自己,实践着"三个代表"重要思想,默默地无私奉献着。在三泰船业公司的干部员工,在高港父老乡亲的心目中,戚俊宏不仅是共产党员先进性的保持者,更是强有力的实践者。

第五章　后记

面对我们的采访,原本不善言谈加上车祸造成听力严重下降的戚俊宏,没有因为事业的成功而夸夸其谈。提起20多年来的创业经历,她总还是那句话:"爱拼才能赢。我作为一名女性,在造船行业工作远比在其他行业工作难度大,没有勇于拼搏、敢于奉献的精神,那我就不会有今天的成功。"

从口岸造船厂到三泰船业公司所发生的巨大变化,无不凝聚着戚俊宏辛勤工作和努力奋斗的履印和才智,更体现着一位现代女企业家的毕生追求。生活中戚俊宏总是不忘提醒身边的每一个人,成绩只有说明昨天,不能代表明天,在激烈的市场竞争中保持一份压力、一份动力、一份清醒、一份谨慎,企业才能不断发展。

戚俊宏和她的全体员工们坚信,只要在创业之路上继续充满激情地奋斗,她们的企业一定能够超越本地区其他造船企业,从而实现公司生产经营规模的再次升级,成为在国内外享有一定声誉的现代造船企业。

在戚俊宏的办公室里,摆放着一个巨大的船舵模型。工作之余,戚俊宏经常一个人摆弄着。看到这个巨大的船舵模型,我们立刻联想到,它正象征着戚俊宏作为三泰船业公司的掌舵人,在国际造船大潮中,方向明确,航向正确,斩风劈浪,勇往直前。

我们祝愿,戚俊宏和她的三泰船业公司,明天更加美好,不断创造辉煌。长风破浪会有时,直挂云帆济沧海……

(本文与相关记者共同署名发表于2007年《中国妇女报》)

紧跟时代步伐,服务并引领地方基础教育
——泰州师范高等专科学校办学特色侧记

江苏泰州师范高等专科学校办学几十年来,积淀形成了"紧跟时代步伐,服务并引领地方基础教育"的办学特色,随着办学层次的提升和新一轮基础教育课程改革的实施,学校进一步明确办学方向,调整办学定位,通过多种途径,运用多种形式,服务并引领地方基础教育课程改革,取得了丰硕的成果,产生了积极的影响。

一、推广课程改革先进理念服务并引领地方基础教育

首先进行新课程理念的推广,让在校学生和中小学教师得到精神的熏陶、智慧的启迪和理念的提升。

1. 课堂教学渗透基础教育课程改革理念

泰州师专把在课堂教学中渗透基础教育课程改革理念放在首位,重在强化学生基础教育课程改革意识。在教学目标上,着重培养学生收集和处理信息的能力、获得新知识的能力、分析和解决问题的能力、交流与合作的能力;在教师定位上,强调教师要成为学生学习和掌握知识的组织者、引导者和服务者;在教学方式上,强调教师要倡导学生主动参与,善于激发学生好奇与探究的天性,让他们在自主参与中探求知识、掌握能力。同时,学校还通过课堂教学和专题讲座等形式,由教材教法老师及校内外专家就课程结构优化、课程门类调整、教学内容更新、课程管理体制与考试评价制度改革等方面进行讲解,使学生一走上工作岗位就能成为适应新课程改革要求的合格教师。

2. 各类培训解读基础教育课程改革理念

作为江苏省基础教育课程改革培训基地和中小学校长培训基地,泰州师专对包括本地区在内的全省农村中小学校长和骨干教师进行基础教育课程改革理念解读。先后组织了全省初中语文、小学语文和小学科学骨干教师培训班3期,培训教师400多人次;组织了泰州市中小学骨干教师新课程培训班10期,培训骨干3 000多人次;组织了泰州市中小学校长任职资格班、提高班、研修班5期,培训校长500多人次;组织了全省农村小学校长培训班3期,培训校长300多人次。2004年7月,开设了小学科学骨干教师培训班,对来自泰州及盐城、淮安、南通、扬州、宿迁等地的80多名小学科学骨干教师进行了培训。

3. 深入基层宣传基础教育课程改革理念

泰州师专组织专家、教授深入中小学,广泛宣传、全面阐释新课程改革理念。数理科学系邓友祥、杨俊林等老师,通过课堂教学点评、开设专题讲座等活动,将中小学数学课程改革最新理念传递给一线教师。实验教育系李如齐老师,每年应邀到泰州四市三区中小学开设新课改讲座10多场,受到了广泛好评。人文科学系范荫荣老师,每年都到泰州地区有关中小学开设"新课程语文教学""新课程理念下的作文教学""小学语文自主探究式学习"讲座10多场,受到中小学教师热烈欢迎。

二、培养课程改革领军人物服务并引领地方基础教育

为了将新课程改革引向深入,我校从职前教育和职后跟踪指导两个方面,培养能够引领地方基础教育的领军人物。

1. 注重培养具有课程改革意识的未来领军人

近年来,毕业班学生计算机与英语应用能力等级考试、普通话水平等级测试累计通过率分别达到91.6%、80.2%、98.9%,专业技能考核鉴定合格率也在90%以上。毕业生基础较扎实,综合素质较高,适应能力较强,发展潜力较大,受到用人单位普遍欢迎。2006年,人文科学系包璇同学,信息科学系顾燕、李伟同学,实验教育系蒋钴、薛丽同学,外语系蒋晓丽、封婷同学参加南京、连云港、南通、江阴、泰兴、高港等市(区)中小学教师招聘考试,从包括不少本科生在内的众多竞聘者中脱颖而出,都获得了第一名的好成绩。实验教育系学前教育专业毕业生包揽了泰兴市幼儿教师招聘所有录用名额。外语系毕业生在历年各县市教师招考中几乎囊括了前10名。

2. 精心打造具有课程改革理念的典型领军人物

泰州师专专家、学者和中小学骨干教师结对，指导中小学骨干教师开展教学和科研活动，培养了一批中小学课程改革领军人物。闻名全国的洋思中学校长蔡林森，全国人大代表、特级教师楼文英，泰兴市襟江小学校长、特级教师杨金林，靖江市教育局副局长邵春宁等，就是他们中的杰出代表。据不完全统计，泰州师专毕业生中，有2人被评为省名校长、名教师，3人被评为省市级专家，18人被评为特级教师，8人被评为泰州市名校长、名教师。根据对泰州34所小学师资队伍抽样调查，我校毕业生占校级领导中的70%，占中层干部中的65%。

三、提升课程改革教学水平服务并引领地方基础教育

1. 创新课堂教学模式，提高学生教学能力

数理系邓友祥教授深入研究数学课程标准，长期深入中小学调查研究，"下水"示范，搜集了大量第一手鲜活的教学案例。在《数学课程与教学论》教学中，采用案例教学法，直观具体，生动形象，理论与实践紧密联系，提高了学生数学教学理论水平和实践能力。省"突贡"专家、实验教育系李如齐副教授长期蹲点洋思中学，研究、总结、推广洋思教改经验，并将洋思课堂教学模式引入师专课堂教学，在教学中采用"先学后教，当堂训练"方法，效果显著。

2. 邀请名师示范讲学，提升师生教学艺术

为了充分发挥省级新课程改革基地的优势，泰州师专每年都邀请校内外专家为在校学生和地方中小学教师作专题报告、开设观摩课。2004年至2005年，先后邀请了魏书生、孙双金、于永正、窦桂梅、杨九俊等20多名国内著名特级教师、知名校长来校讲学或开示范课。其中，魏书生作《学记》专题讲座，并开设示范课；窦桂梅作《新课改下的课堂教学深化》专题讲座，并开设观摩课；杨九俊作《新课程改革理念解读》专题讲座，并解答学员提问。开阔了师生教学视野，提升了师生教学艺术。

3. 奔赴一线"下水"实践，探索课堂教学规律

泰州师专在泰州四市三区合作共建了57家教育实习基地和12所附属中学、小学、幼儿园。为了更好地将新课程改革思想和理念付诸教学实践，让教师了解基础教育，熟悉基础教育，更好地引领地方基础教育课程改革，学校选派有关专家到中小学挂职指导新课程改革。如安排李如齐老师先后担任泰兴附小支部书记、泰州莲花学校业务副校长，范荫荣老师担任二附小校长，黄建文老师担任泰州实验学

校副校长,黄良才老师担任兴化海南文昌学校副校长,推进了这些学校的课堂教学改革。泰州师专还先后派出各学科优秀教师100多人次,到附属学校和有关中小学上"下水课",积累了鲜活的教学案例,为有效探索课堂教学基本规律引来源头活水。

四、攻克课程改革疑难问题服务并引领地方基础教育

高等师范院校应当是基础教育课程改革的思想库和领路人。我校充分发挥教学与科研的示范和辐射作用,帮助中小学教师解决新课程改革中遇到的各种疑难问题。

1. 发挥优势,独立进行课题研究

几年来,获省(部)级教改立项课题8项,校级教改立项课题26项,为解决泰州地区新课程改革中的一些疑难问题作出了积极探索。其中,徐金城教授主持的省级"十五"重点课题"师专学科教育学课程体系改革研究",重在探究新课程改革背景下基础教育学科教学的规律,邓友祥教授主持的省教育学会立项课题"基础教育数学新课程改革的理论与实践",获得2004年江苏省高等教育优秀教学成果二等奖。范荫荣副教授《小学语文课堂教学评估》课题11篇研究论文在《江苏教育》连载,一直被不少县市教育局作为小学语文教师进修补充教材。14项教改项目获2002—2005年校级教学成果奖。学校为此还编辑了教学改革与实践文集,介绍推广教学改革经验,并将教师发表教学研究论文的情况纳入其晋升高级职称的必备条件,取得了积极的效果。

2. 校校牵手,联合推进课题研究

泰州师专教师深入中小学,与一线教师进行了联合课题研究。其中,范荫荣、杨淑娟等老师与泰兴市实验小学、泰兴镇中心小学等学校合作,进行了江苏省重点立项课题"小学作文立体化教学"实验研究。天津教育出版社出版了10册实验教材《小学作文导程》,上海科技文献出版社出版了范荫荣老师的30万字实验研究专著《小学作文教学原理》。范荫荣、孙建国等老师参与了姜堰市桥头中心小学国家级课题"农村小学作文教学改革"实验研究,该课题通过了中央教科所专家组评估验收。

3. 关注热点,深入研究"洋思现象"

洋思中学是享誉全国的素质教育和基础教育改革的典型,人们把洋思中学素质教育经验称为"洋思现象",进行学习、借鉴和研究。泰州师专先后组织教师去洋

紧跟时代步伐,服务并引领地方基础教育
——泰州师范高等专科学校办学特色侧记

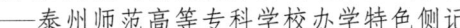

思听课和指导,就"洋思现象"展开专门研究,并借鉴洋思经验,切实解决新课程改革中的疑难问题,出版了一批研究论文和著作。刁维国老师的论文《高质量的学校教育需要高效能的学校管理》和李如齐老师的专著《洋思教学模式》,先后获得泰州市第三届、第四届哲学社会科学成果评比一等奖。《洋思教学模式》一书,还获得江苏省高校系统"树勋杯"优秀科研成果二等奖,并被列为学校校本教材。

五、培植课程改革典型团队服务并引领地方基础教育

多年来,泰州师专投入大量人力物力,研究地方基础教育,服务地方基础教育,培植了一批基础教育改革的典型学校和典型团队,有效地推进了地方基础教育水平的提高。

1. 语文教改的典型团队

泰州师专采取多种措施,充分利用学校语文学科力量较强的优势,联合校外语文教育专家,组成语文教学与改革的研究团队,积极主动地为地方基础教育服务。团队中校内由徐金城、魏桂军、范荫荣、常康、孙建国、杨淑娟等10多位专家、教授组成,校外有戈致中、洪宗礼、楼文英、杨金林等10多名特级教师加盟。在这支团队的指导下,一批骨干教师成长起来。如泰兴市襟江小学特级教师杨金林、李玉芳、黄桂林等,都是我校主持的"小学作文立体化教学"实验研究课题组成员,他们在研究中发展自己,成长为特级教师。泰州师专专家站在新课改最前沿,具体指导一些校友开展教学研究。如靖江市教育局副局长邵春宁、靖江市实验学校教科室主任王留根、靖江市靖城镇教育助理鞠炳华的成长,倾注了范荫荣、李如齐等老师的心血;姜堰市苏陈实验小学校长丁正后,在孙建国、范荫荣等老师指导下,近年来在《中国教育报》《中国教师报》《江苏教育》等报刊上发表了80多篇教育教学论文,成为姜堰市科研型校长的典型。

2. 数学教改的典型团队

2001年以来,由我校邓友祥、孙振祖、吴凤、杨俊林等13名老师担任理论指导,全市中小学30多名骨干教师参与的数学课题研究与实践团队,承担起覆盖全市57所中小学的"基础教育数学课程改革理论与实践"课题研究任务,取得了显著成效。团队指导泰州市城东小学、泰州师专附小、泰州实验学校、泰州市大浦小学、姜堰市小甸址小学、姜堰市桥头中心小学、姜堰市白米小学、泰州师专附中、泰州市二中附中等学校,开展小学数学、初中数学新课程教学改革研究。

邓友祥教授担任海陵区教育局"三名工程"高级研修班导师,先后指导了20多名中小学优秀青年教师。其中,窦平荣获泰州市"十佳教师",郑丽萍荣获海陵区"青年十佳"教师,郑晓彤获江苏省小学数学课堂教学比赛一等奖。

3. 艺术教改的典型团队

音乐和美术是泰州师专传统优势专业,为泰州地区中小学和社会输送了大批艺术人才。活跃在地方基础教育一线的音乐和美术教师90%都是我校毕业生,他们已经成为泰州以及周边地区中小学音乐和美术教育的骨干力量,有相当一部分毕业生成为当地群众文化艺术团体的专门人才。

美术系与靖江市城西小学合作,推进以美术教学为龙头的艺术教育,被确定为全国农村学校艺术课题研究实验学校、江苏省艺术教育特色学校、江苏省美术教育科研基地。该校校长何中德和美术骨干教师都是我校校友,他们在我校读书期间积累了大量的艺术教学知识和能力,在教学实践中发挥了巨大作用,推进了城西小学艺术教育,实现了"学校有特色,教学有特点,学生有特长"的办学目标。

4. 靖江市城东小学:全国写字教学实验的重要基地

泰州师专书法教学成果惠及泰州地区基础教育,引领泰州地区书法教学,为素质教育的开展作出了独特的贡献。几年来,泰州师专学生有上千人次在全国各类书法比赛中获奖,这些学生奔赴工作岗位后,成为当地中小学书法教育的骨干教师和学科带头人。其中,靖江市城东小学就是一个突出代表。该校写字指导老师龚尽冬、郑彬、陆寅、朱丙亮、朱志明都是泰州师专毕业生。在他们的带领下,该校学生有1 200多人次在省级以上书法、美术等竞赛中获奖,教师有90多篇教改论文在全国、省、市报刊发表或获奖,先后被命名为"全国写字教育先进实验学校""全国书法艺术教育特色学校",成为全国写字教学实验的重要基地。

5. 泰兴市洋思中学:全国基础教育改革的一面旗帜

洋思中学是全国基础教育改革的一面旗帜,也是全国素质教育的一面旗帜。洋思中学的发展,传承了泰州师专的教学传统,也得益于泰州师专的发现、挖掘、培植和推广。泰州师专历来强调教学的师范性和示范性,尊重学生的主体意识。洋思中学校长蔡林森是泰州师专1962届毕业生。1982年,他刚担任洋思中学校长时,就萌发了一个大胆的想法:能不能像母校一样,让中学生也成为课堂的主体?于是,泰州师专安排刘守立、范荫荣、李如齐等老师前往蹲点,参与教学改革。经过探索,形成了突出学生主体地位的"先学后教,当堂训练"的教学特色,作为新课程教学改革的典型在全国推广。作为洋思中学的领军人物,蔡林森曾两次受到时任总书记江泽民同志的亲切接见。他深有感触地说:"洋思中学的发展离不开泰州师专。泰州师专不仅给我们输送了优秀的毕业生,而且对洋思中学新课程改革作出了具体的帮助和指导。洋思中学办学思想和教学模式的形成也离不开泰州师专。可以这么说,洋思中学是泰州师专办学成果的体现。"

泰州师专在66年办学历程中积淀形成的"紧跟时代步伐,服务并引领地方基础教育"的办学特色,赢得了广泛的社会赞誉,《光明日报》、《中国教育报》、中央电视台都作了专题报道,具有一定的区域影响和较高知名度。

学校连续多年荣获江苏省德育工作先进集体、江苏省教育科研先进集体等称号,连续三届六年被评为泰州市文明单位和江苏省文明单位。这些荣誉都是对泰州师专办学特色的充分肯定,在省内外产生了积极的影响。

(本文以笔名与其他人共同署名发表于2007年4月《中国教育报》)

"百姓日用即道"

——泰州师范高等专科学校服务社会办学特色纪实

"百姓日用即道",是明代著名哲学家、平民教育家、"泰州学派"创始人王艮提出的民本思想命题。所谓"百姓日用即道",意思是:百姓日用生活即道,符合百姓利益即道,满足百姓需求即道。

泰州,地处江苏中部、长江北岸,是长三角中心城市之一,有2 100多年的建城史,秦称海阳,汉称海陵,州建南唐,文昌北宋,兼融吴楚越之韵,汇聚江淮海之风。千百年来,风调雨顺,安定祥和,被誉为祥瑞福地、祥泰之州。这里人文荟萃、名贤辈出,胡瑗、施耐庵、王艮、郑板桥、梅兰芳等,就是其中的杰出代表。

诞生于抗日烽火硝烟中的泰州师范高等专科学校,办学70年来,从服务地方经济社会发展理念出发,扎根泰州深厚教育文化土壤,传承并创新"百姓日用即道"平民教育思想,将"为人民办教育""办人民满意的教育"作为办学宗旨和最高追求,充分发挥高校服务地方独特功能,围绕人才培养、科学研究、技术支持、社会服务和文化传承,着力打造"百姓大讲堂""百姓阳光屋"和"百姓大舞台"三大载体,服务地方基础教育,服务支柱产业需求,服务文化名城建设,服务和谐社会构建,积淀形成了"百姓日用即道"的办学特色。

一、打造"百姓大讲堂":从高校课堂到社会课堂,服务地方教育科技

北宋著名教育家、泰州学者胡瑗曾提出:"致天下之治者在人材,成天下之材者

"百姓日用即道"
——泰州师范高等专科学校服务社会办学特色纪实

在教化,而教化之所本者在学校",精辟地阐明了实现"天下之治"关键在于人才,人才培养的根本在于学校教育;并提出要以"明体达用之学"教授学生,将培养通经致用的人才作为学校教育的根本目的。同样,王艮也十分重视教育的社会功能,他认为"经世之业,莫先于讲学以兴起人才者"。

长期以来,学校从胡瑗、王艮的"明体达用""经世兴才"教育思想出发,通过精心打造"百姓大讲堂"这一独特办学模式,努力以服务百姓需求,服务地方基础教育和经济社会全面发展为导向,将办学主阵地从高校课堂拓展到社会课堂,力争将学生培养成为社会急需的高素质人才,推动自身办学水平不断提升。

1. 深化教育教学改革,努力培养适应社会需求科技教育人才

改革专业设置,对接人才市场。专业建设是高校人才培养工作的基石。经过10多年的改革与发展,具有地方高校特色的专业群基本形成,办学层次和办学水平不断提升。现设有10个学院和1个系部,35个专业,主要分布在文化教育、电子信息、财经、旅游管理和机械制造五个专业大类。

学校每年进行市场调研,适应社会经济发展需求,在努力做精做强传统师范教育专业的同时,积极应对泰州地区四大支柱产业(医药、制造、新能源、电子信息)和服务业发展需求,凸显科技服务优势,打造新型品牌专业,如船舶工程技术、旅游管理、艺术设计、会计、市场营销与策划、商务英语、应用日语、应用韩语等专业。

学校专业设置注重听取一线专家意见,聘请本地区相关中小学和春兰集团、扬子江药业集团等企事业单位有关专家,市教育局、人社局、经信委、司法局等政府部门负责人,组成校专业指导委员会,每年召开专题会议,审议专业设置。学校每隔半年赴企事业单位征询意见,使专业设置、课程计划和培养方案接上"地气",适应市场需求。

学校注重相关专业产学研基地建设,与100多所中小学和中国医药城、扬子江药业集团、中海油、扬子江船业、江苏凤灵集团等企业建立校校、校企合作机制;拓宽国际合作办学领域,与加拿大、韩国、日本、德国等国相关高校开展机电、外语等专业合作办学,培养服务本地区相关行业急需的实用型人才。

由于专业设置与地方人才市场需求无缝对接,近三年来,学校在保持师范类专业毕业生本地区就业率第一的同时,船舶工程技术、旅游管理、应用英语、艺术设计等新设置专业毕业生就业率达100%。

推进课程改革,适应岗位需求。课程建设是高校人才培养的重要载体。多年来,学校根据基础教育课程改革需要,主动加快传统的师专课程设置模式改革进

程。根据地方基础教育实际,加大具有地域和师范特色校本课程开发力度,形成融师范性与地域性于一体的独特课程体系,使学生走出校门后,能迅速适应岗位需求。

在按规定开好开足基础课程和专业课程基础上,学校努力彰显"明体达用"指导思想,加大实践课程和专业选修课程的比重,使学生结合自己的专业特点和兴趣爱好,培育适应未来岗位需求的知识结构和专业技能。通过课程教学改革,全面推进素质教育,培养"厚基础、广适应、有特长"的复合型人才。通过改革课程体系,全面提升了学生综合素质,提升了职业核心竞争力。

一是在各种活动中大显身手。2006年,外国语学院40名志愿者为"博鳌亚洲论坛·泰州国际医药产业大会"提供了英语、韩语、日语志愿服务。2012年,该院90名志愿者为"第六届中国生物产业大会"提供了英语、日语、德语、韩语志愿服务。他们扎实的专业素质和良好的综合素养,得到了省市政府和国内外来宾的充分肯定和高度评价。一些与会单位当场要求与他们签订就业协议。2008年,美术学院佘龚凤、外国语学院陈贤明、人文学院李海燕、商学院李晶等同学,因能力突出、素质全面,一举囊括首届泰州市"十佳大学生"评比中的前三名和第五名,在泰州高校中名列前茅。2010年,旅游管理学院金甜甜、外国语学院赵丹参加"水天堂·夜游城"泰州市十佳形象导游大赛决赛,以宽阔的知识面及较强的专业技能,最终分别获得二、三等奖。2011年,首届江苏联通全省高校校花校草大赛总决赛在南京举行,历经多轮专业知识和才艺大比拼,最终旅游管理学院金甜甜获得亚军、音乐学院孙天浩获得季军。

二是得到了用人单位的高度青睐。许多学生未毕业就达成就业意向,并在工作实践中脱颖而出。2007年,外国语学院毕业生蒋晓丽和封婷上岗后不到两个月,就在泰州市小学英语教师技能大赛中荣获一等奖。近五年来,学前教育专业毕业生中有60多人被上海市区幼儿园聘用,10多人还走出国门,应聘到新加坡从事学前教育工作。2007年以来,学校毕业生一次性就业率达97%,三年内用人单位满意率达95%。

改革培养模式,提升学生技能。学校一方面秉承半个多世纪师范办学传统,瞄准学前教育和义务教育发展方向,贴近地方实际需要,强化专业技能训练,培养合格顶用师资;另一方面,根据办学实际,把师范办学经验积极向非师范渗透,加强学生职业技能训练,形成非师范专业特色,培养和造就各类科技类实用技能型人才,推动学校办学水平的全面提升。

"百姓日用即道"
——泰州师范高等专科学校服务社会办学特色纪实

面对当今社会对高校毕业生较高的职业能力需求,学校着眼职业能力培养,构建"一体两翼、学做合一"的人才培养新模式。"一体"是指以专业知识和专业技能为"主体",夯实学生专业基础;"两翼"是指以综合素质和基本技能为"两翼",形成其可持续发展动力。

坚持"学做合一"。学校在人才培养过程中,始终要求学生做到理论融于实践,动脑融于动手,做人融于做事,实现"所学"与"所用"的零距离。在"一体两翼、学做合一"的人才培养模式中,学校十分重视学生文化素养的提升,以文化素养提升促进专业知识、专业技能的提高,使学生得到"成才"和"成人"的全面均衡发展。

坚持专业技能训练。专业技能训练是师范教育优良传统。近几年来,学校始终强调师范生"三字一话"、教学和班主任工作技能等职业技能训练与考核。学校每年举办师范类学生教学技能考核与竞赛,并选派获奖选手参加国家和省市各级各类职业技能竞赛,成绩斐然。

坚持将师范传统融入非师范教育。学校长期积淀形成的师范生技能训练经验,成功地迁移到非师范生教育中,重视学生专业技能的培养与培训,不断强化"知识、能力、素质为一体"的人才培养观。为全面实现"学做合一",培养地方急需的科技型蓝领人才,学校还建立科学的实践教学体系和完备的职业技能鉴定考核制度。推行"双证书"制度,实现课堂教学与职业岗位零距离,提高学生的就业竞争力。与市教育局、人社局等单位联合建立多个校内专业技能培训中心和测试站,新增100多个校外实习实训基地。

"一体两翼、学做合一"人才培养模式的建立,有力提升了学生职业技能,学生综合素质明显提高。近年来,师范类专业毕业生计算机与英语应用能力等级考试、普通话水平等级测试累计通过率分别达到91.6%、80.2%、98.9%,非师范类专业技能考核鉴定合格率也在97%以上。据不完全统计,近三年来,学生在江苏省大学生职业技能大赛中,20多次获声乐、舞蹈类一、二、三等奖;在全国软件专业人才设计与开发大赛中,获得1个一等奖、1个二等奖、6个三等奖和2个优秀奖;在第二届全国大学生电子商务"创新、创意及创业"挑战赛江苏赛区选拔赛中,获得特等奖1项、一等奖2项、三等奖2项;全国书法大赛中,获得了2个一等奖、1个二等奖,学校还被确定为全国首家"师范写字教学实验基地"。今年8月,在2012中国机器人大赛暨RoboCup公开赛中,泰州师范高等专科学校机电工程学院代表队成绩斐然,7个参赛小分队,4个一等奖、2个二等奖、1个三等奖,成为为数不多的获奖率100%的学校之一。

2. 发挥师范教育优势,全力服务地方基础教育

在70年的办学历程中,泰州师专始终以服务地方基础教育为己任。我党于1941年民族危亡之际创办泰兴乡师,在艰苦的斗争环境中磨炼学生意志,培养学生为人民、为民族服务的意识,培养了原外交部副部长、新华社社长曾涛,我国高等职业技术教育老专家、原江苏省教委副主任叶春生(享受副省级待遇)等5万余名优秀师资和各类专门人才。据不完全统计,泰州师专毕业生中,有200多人被评为省特级教师,省市名校长、名教师,省市突贡专家,受到国家、省级表彰的有数百人次。毕业生中,处级以上领导干部有300多人。学校由此赢得了"名师摇篮""三泰黄埔"的美誉。1988年,学校以"为基础教育培养合格师资,方向明确,成绩显著"荣获国家教委首批表彰。

贴近教改前沿,培养优秀师资。多年来,泰州师专从职前教育和职后跟踪指导两个方面,培养能够适应并引领地方基础教育的合格优秀师资。

职前教育注入新课程改革全新理念。新一轮课程改革实施以来,作为地区教师教育教学与研究中心,学校紧贴时代脉搏,调整思路,强化学生新课程改革的理念和意识,让学生了解教育发展现状,更新教育观念,积极学习文化知识,锻炼职业技能,真正把学生培养成为未来基础教育的领军人物。近十年来,我校师范类毕业生基础较扎实,综合素质较高,适应能力较强,发展潜力较大,受到用人单位普遍欢迎。许多毕业生参加南京、连云港、南通、江阴等地和泰州各市(区)面向本专科生的中小学教师招聘考试,从包括众多国内重点师范院校毕业生在内的竞聘者中脱颖而出,连续多年在多个学科都获得了第一名的好成绩。

职后教育培植新课程改革领军人物。在做好职前教育的同时,学校强化职后跟踪指导,服务基础教育课程改革,培养了一大批在全省乃至全国颇有影响的基础教育领军人物。根据2011年对泰州34所小学师资队伍抽样调查,泰州师专毕业生占34所小学校级领导中的70%,占中层干部中的65%。这充分说明,他们已经成为地方基础教育的中坚力量。在这些领军人物成长过程中,倾注了我校专家教授的心血。他们与之结对,手把手指导,一起研究教学,共同开展科研。

深入教改一线,培植典型团队。多年来,学校坚持以地方基础教育事业的需求为导向,投入大量人力物力,成立多个校内教改研究团队,深入基础教育课程改革一线,培植了一批基础教育改革的优秀师资和典型学校,有效地推进了地方基础教育水平的提高。学校也因此被地方教育行政部门誉为中小学教学改革的"服务站"、骨干教师的"加油站"。

"百姓日用即道"
——泰州师范高等专科学校服务社会办学特色纪实

语文教改团队由温潘亚、杨淑娟、范荫荣、常康、孙建国等教授组成。在这支团队带领下,10多项省市课题研究成果显著,数百场专题讲座精彩纷呈,数百名语文教师在教改中崭露头角。例如泰兴市襟江小学李玉芳、黄桂林等老师,都是我校"小学作文立体化教学"实验研究课题组成员。通过课题研究,他们均已成长为特级教师。语文团队指导的姜堰市桥头中心小学国家级课题"农村小学作文教学改革",通过了中央教科所专家组评估验收。

数学教改团队由邓友祥、杨俊林、潘小明等教授组成。在这支团队带领下,承担了覆盖全市57所中小学的"基础教育数学课程改革理论与实践"课题研究任务,取得了显著成效。数学团队指导的泰州市城东小学的数学组教师,一年内发表教学论文30多篇,在市(区)级以上教学比赛中获一、二、三等奖10多项,促进了该校教研水平的整体提高。邓友祥教授担任海陵区教育局"三名工程"高级研修班导师,先后指导了20多名中小学优秀青年教师。其中,窦平荣获泰州市"十佳教师",郑丽萍荣获海陵区"青年十佳"教师,郑晓彤获江苏省小学数学课堂教学比赛一等奖。

心理咨询团队由李如齐、仲稳山等教授组成。在这支团队带领下,根据新课程改革培养学生健全人格的要求,指导中小学心理健康教育,提升中小学教师心理健康教育水平,提高了中小学生心理素质,产生了积极影响。《光明日报》《中国教育报》《新华日报》《群众》杂志等报刊多次作了专题报道。

学校服务基础教育改革团队深入中小学课堂一线,培养了一批中小学课程改革领军人物,打造了一批在全国有较高影响的名校。胡锦涛总书记母校泰州市大浦小学、被誉为"全国基础教育改革的一面旗帜"的泰兴洋思中学、全国书法教育示范校靖江市城东小学等学校,就是其中的杰出代表。特别是闻名全国的泰兴洋思中学,其办学模式就是由我校相关专家发现并长期培育的。该校原校长、全国中学十大明星校长蔡林森,80%的学校主要领导和骨干教师都是泰州师专毕业生。谈及泰州师专,蔡林森曾深情地说:"洋思中学的发展离不开泰州师专,泰州师专不仅给我们输送了优秀的毕业生,而且促进了我们办学思想、教学模式的形成。洋思中学是泰州师专办学成果的体现"。

搭建培训平台,服务教师教育。学校坚持"资源共享、事业共赢"的原则,与省市相关部门合作开展幼儿园、中小学教师继续教育,促进本地区师资水平不断提升。在服务地方基础教育的同时,学校还充分发挥自身服务职能,拓宽服务空间,走出泰州,面向全国,培训经济社会发展急需的各类人才。

一是学历提升培训。近五年来,学校在专科班学生中开设了本科自考、本科函授、专接本和江苏省唯一获准开办的专接特等形式,先后帮助数千学生取得了本科学历;与苏州大学、江苏大学、扬州大学、南京晓庄学院、江苏教育学院、南通大学、盐城师院等高校联办各类本科班和教育硕士班,使本地区中小学教师能够在家门口不离岗即实现学历、学位提升目标。

二是省市项目培训。近三年来,先后组织了全省初中语文、小学语文和小学科学骨干教师培训班7期,培训教师1 000多人次;组织了中小学骨干教师新课程培训班10期,培训骨干3 000多人次;组织了泰州市中小学校长任职资格班、提高班、研修班5期,培训校长500多人次;组织了全省农村小学校长培训班3期,培训校长300多人次。

三是援藏援疆培训。先后派出五批专家赴新疆伊犁、西藏拉萨等地,开展中小学课程教改研究,与当地教师面对面进行交流。近五年来,西藏拉萨和新疆伊犁地区中小学教师1 000多人次先后来学校培训。近年来,省教育厅还安排新疆伊犁师专和拉萨师专多名中层以上干部来我校挂职学习。他们除了学习学校管理以外,还学习服务地方基础教育的经验和做法。

四是村官集中培训。从2009年开始,学校与泰州市委组织部利用远程教育平台联合开展"千名村官大学生培养工程",目的是打通"把大学生培养成村官,把村官培养成大学生"双培养路径,为新农村建设培养"留得住、用得上"的本土人才。学校紧密联系农村经济社会发展状况,科学合理制定培养计划,精心选择贴近农村实际的教学内容,取得了良好效果。首批273名学员全部顺利拿到农业经济管理专业毕业文凭。学校被授予"教育部'一村一名大学生计划'试点先进教学点"称号。

五是海军函授教育。从2009年开始,学校与海军东海舰队"泰州舰"开展士兵学历提升、心理咨询、艺术联谊、国防教育等方面合作共建。江苏省教育考试院高度肯定我校这一"军地共建"项目,专门批准跨省设立"泰州舰"驻地成人高考考试考点。首批33名学员已正式注册入学。学校定期专门组织教师赴"泰州舰"进行现场教学,并根据学员要求确定课程内容和教学方式,确保广大士兵的学习效果。该项目的成功举办,既是地方开展拥军活动的重要方面,又是高校服务部队的重要创举;既有利于广大现役士兵的成才成长,也有利于学校国防教育、思想政治教育工作的开展,得到海军首长和省市领导高度评价。

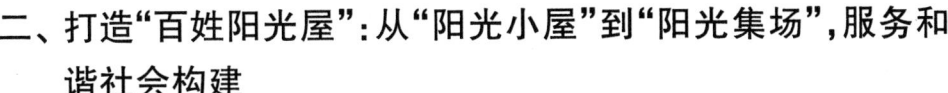

二、打造"百姓阳光屋":从"阳光小屋"到"阳光集场",服务和谐社会构建

王艮认为:"愚夫愚妇与之能行,便是道"。《中共中央关于构建社会主义和谐社会若干重大问题的决定》明确指出,构建社会主义和谐社会要"注重促进人的心理和谐,加强人文关怀和心理疏导,引导人们正确对待自己、他人和社会,正确对待困难、挫折和荣誉。加强心理健康教育和保健,健全心理咨询网络,塑造自尊自信、理性平和、积极向上的社会心态。"

长期以来,学校始终把服务广大师生和普通百姓的学习和心理需要,作为自身办学主要目标之一。学校利用教育学、心理学学科优势,成立了被师生称为"阳光小屋"的心理咨询中心。在为学校师生服务的基础上,学校进一步提升"阳光小屋"的服务功能,走近社区、农村、企事业单位,通过现场咨询、热线咨询、媒体咨询等途径开展心理健康教育、咨询、救助等工作。"阳光小屋"由此被广大市民誉为"百姓阳光屋",成为泰州市民心理素质提升的服务平台和500万泰州人共享的"心灵驿站"。

1. 构建心理服务体系,强化心理健康教育

(1) 热心心理咨询,情系"阳光小屋"。一是开展心理咨询。学校成立了大学生心理健康教育咨询中心,提供个别咨询和集体辅导服务,并采取手机短信咨询、电话咨询、E-mail咨询等方式,服务全体学生。近三年来,咨询中心共接待来访学生个别咨询3 000余人次,成为大学生成长的心灵港湾。同时,学校加强学生心理健康工作的管理,开展学生心理健康水平调查,建立大学生心理档案,开办学校心理咨询网站。每年新生入学,学校都安排专业老师对新生进行入学测试,并对相关数据进行了统计分析,取得关于学生心理健康状况的确切资料。每届学生毕业前,都对毕业生进行就业心理问卷调查,加强了毕业生就业指导的针对性。二是搭建"阳光小屋"。为更广泛地宣传心理健康知识,营造关心、关注心理健康的校园氛围,心理咨询中心定期举办系列讲座,如"大学新生入学的心理调适""大学生恋爱心理分析""努力做身心健康的未来教师""中小学心理行为特征分析""心理健康自测(SCL-90)与心理辅导""大学生择业的心理调适"等,每年听众均达千余人次,受到学生热烈欢迎。每年5月25日,学校都举办"5·25"(我爱我)大学生心理健康节大型系列活动,宣传、引导学生重视自身心理健康,培养自尊、自重、自爱、自强的

品格和健全的人格,在大学生中产生了较大影响,校心理咨询中心被同学们誉为心灵成长的"阳光小屋"。通过10年不断摸索和不懈努力,"百姓阳光屋"已成为泰州市以未成年人和大学生为重点的市民心理素质提升的服务平台。

(2) 开设"阳光集场",全力服务"三农"。在面向城市的同时,学校主动把心理咨询服务送到农村,服务对象从农村中小学师生拓展到普通村民。每到一乡镇,均引起当地轰动,被农民朋友亲切地称为心理健康服务的"阳光集场"。开展了"泰州师专'阳光集场'·俞垛行、溪桥行、里华行、永丰行"等系列活动,通过心理健康知识讲座、板报展览、现场咨询、心理测试、团体训练、心理短剧表演等多种形式普及心理健康知识,受到老百姓热烈欢迎。"阳光集场"还吸引了众多在校大学生志愿者的积极参与。自2005年开始,学校大学生暑期社会实践活动就一直以农村儿童心理健康教育为重点,设计了农村儿童心理健康问卷,进行农村儿童特别是农村留守儿童心理健康调查,开展"农村儿童心理健康教育志愿者"活动,有效地提升了农村儿童的心理健康水平。

(3) 开通"阳光热线",辐射千家万户。为进一步扩大"百姓阳光屋"影响,2006年,学校主动联合泰州市委宣传部、泰州市文明办,开通了泰州市"阳光小屋"心理咨询热线,为社会提供专业化服务,努力将其打造成为"呵护学生成长、倾听市民心声"的公益性品牌。学校经常与电台、电视台协作,合办专题节目,通过大众媒体,普及心理健康知识。学校还在"泰州网"上专门开辟了"阳光小屋"心理健康论坛(http://www.tznet.cn/ygxw/index.asp),为广大网民提供即时咨询。2010年10月,江苏省心理学会委托学校牵头开通江苏省首条心理咨询热线"96580"(谐音"就让我帮您"),为咨询者提供心理热线辅导。

学校"百姓阳光屋"立足校园,服务城市,走进农村,将服务范围延伸到全社会,充分发挥了地方高校在推动社会主义和谐社会构建中的独特作用。《新华日报》、《光明日报》、江苏卫视、中央电视台等主流媒体曾多次专题报道。2008年,学校被省文明办确定为"省未成年人服务指导中心"和"社区矫正教育研究中心"。2009年,"戒网瘾行动工作总结"获江苏省文明办未成年人心理健康教育服务工作创新案例评比一等奖。

2. 发挥法律专业优势,助推社会稳定和谐

2009年11月,学校成立全省高校首家大学生法律援助讲堂,面向社会进行法律援助。援助站由10名法学老师和50名大学生组成,通过开展法律咨询和承办疑难复杂的法律援助案件,为维护社会稳定、促进经济发展作出自身贡献。

"百姓日用即道"
——泰州师范高等专科学校服务社会办学特色纪实

走进高墙普法,挽救失足人员。学校与泰州市看守所结成共建单位,一方面定期组织学生与在押人员开展交流谈心、赠书寄语、演讲等活动;另一方面,每年都将"法制宣传周"的活动开进泰州市看守所高墙之内,开展参观监房、与干警联欢、听法律知识讲座、向服刑人员赠书寄语、心理咨询等活动,鼓励在押人员振作精神、积极改造。

成立法律讲堂,开展普法宣讲。学校法律援助站在学生中招募法律援助志愿者宣讲员,进行集中培训,组织他们面向校内外,宣传法律援助制度、法律援助工作及法律援助典型案例,扩大法律援助知晓度,让更多的弱势群体人员,懂得运用法律援助途径维护自己的合法权益,实现社会公平正义。2010年6月以来,法律援助站多次在泰州老街、高港胡庄镇等地举办法律援助宣讲活动,发放各类法律援助宣传品2 000多件,现场听众近6 000人。志愿者还经常走进海陵区明珠小区、春晖社区、莲花一号区等社区,通过与社区居民互动,开展普法系列活动。法律援助站的活动,得到了泰州市司法局等相关部门大力支持和广大百姓的热烈欢迎。《江苏法制报》《泰州日报》《泰州晚报》等媒体多次予以报道,并将泰州师专援助站誉为"法治泰州"一道亮丽的风景线。

帮扶弱势群体,提供法律援助。法律援助站成立以来,受理了三十多起援助案件,分别涉及未成年人权益保护、外地来泰的农民工工伤、交通事故损害纠纷等。三年来,接待法律咨询382次,帮扶困难群众70多人。2011年,援助站办结一起交通事故损害赔偿执行案件,受援人的女儿因车祸身亡,留下年迈的老人和年幼的孩子,但因肇事驾驶员无钱赔偿,肇事车车主拿着保险公司的赔款躲避起来,受援人等来的是一张终止执行的裁定书。接到指派后,学校教师志愿者冒着酷暑多次到当地调查取证,终于发现了被执行人的财产线索,并通过法院予以执行。拿着来之不易的赔偿款,受援人非常感激。正如执行法官所言"没有师专援助站的义务法律援助,这个案件不会有这么好的结果"。

三、打造"百姓大舞台":从文化校园到文化泰州,服务"文化名城"建设

王艮认为:"圣人之道,不过欲人皆知皆行"。在长期办学实践中,泰州师专始终坚持王艮的这一理念,努力打造"百姓大舞台"这一文化建设载体,以地方文化传承与研究,促进校园文化建设;以校园文化建设,丰富与推动地方文化,实现校园文

化与地方文化的共同繁荣。学校积极参与泰州《文化名城建设行动计划》的各项文化行动,充分发挥高校文化传承与创新的办学功能,为打造"形神兼备的文化名城"提供智力支撑和人才保障。"百姓大舞台"的建设,为"文化进社区""文化进农村"搭建起了平台,也构筑了地方文化传承与研究的新高地,丰富了地方百姓精神文化生活,促进了全市文化事业的发展与繁荣。

1. 不断深化文化育人,构建特色校园文化体系

提炼"一训三风",体现价值追求。校训校风不仅反映一所学校的精神境界和价值追求,也是办学理念、治学态度和育人风格的集中体现。早在1941年,泰州师专前身泰兴乡师首任校长刘伯厚先生就提出了"学以致用"的校训。70多年来,泰师人用心血和汗水铸师魂、立师德、树师表,努力传承与创新学校独特办学理念和治校精神。2000年学校升格师专后,进一步明确了"立德、立功、立言"的校训,"求真、求善、求美"的校风,"学高身正、敬业树人"的教风,"笃学善思、创新致用"的学风。

"立德、立功、立言"的校训,源于《左传》"太上立德,其次立功,其次立言"。旨在勉励广大师生不仅要修个人之身,养个人之德,还要身在学校,心怀天下,率先垂范,做国民的表率、社会的栋梁。校训虽只六个字,寓意深刻,语言简练、古朴、经典,高屋建瓴,统领"三风"。"求真、求善、求美"的校风,要求广大师生坚持一切从实际出发,实事求是的思想路线;勉励广大师生与人为善,构建和谐校园;勉励师生在求真和向善的基础上,努力奋斗拼搏,通过诚实劳动,展示积极向上的生命之美。"学高身正、敬业树人"的教风,勉励广大教师把"言传"与"身教"紧密结合起来,用恭敬严肃的态度对待自己的工作,认真负责,一心一意,任劳任怨,精益求精,在教书的过程中坚持育人为本。"笃学善思、创新致用"的学风,倡导广大师生端正学习态度、改进学习方法、提高学习效果,从而使工作和学习迈上新台阶。

"一训三风"凝聚了全体师生员工的共同智慧,是对学校办学历史和成就、办学定位和思路的一次全面总结和提炼,意在让师生牢记学校的发展历程,继承优良传统,共创美好未来。

凝聚"泰师精神",铸就师生灵魂。学校在长期办学过程中,积淀形成了"凝心聚力、艰苦创业、执著追求、勇创一流"的"泰师精神"。多年来,"泰师精神"生动体现在学校成就事业、执著追求的一次次跨越发展上;充分体现在学校合并升格、百业待举的一次次奋力拼搏中;集中体现在全体泰师人创造辉煌、无私奉献的一个个的奇迹里。这一精神,为学校的办学事业凝聚了人心、铸就了灵魂、明确了方向、增

强了动力。

泰州师专靠"泰师精神"铸就灵魂,用内涵建设积淀底蕴。学校坚持内涵发展,积淀了丰厚的底蕴,有力提升了学校办学水平。"天行健,君子以自强不息。"在"泰师精神"指引下,泰师人始终勇攀高峰,屡创一流。2007年,学校接受教育部人才培养工作水平评估。担任评估专家组组长的原江苏大学校长、博士生导师蔡兰教授曾给予学校如下评价:"泰州师专声誉好、风气正、气象新、底蕴厚,培养了大批师德高尚、知识丰富、能力出众的人才。"

推进阳光教育,优化人文环境。"阳光教育行动"是学校文化建设的主阵地。其核心理念是"以人为本、统筹兼顾,可持续、全面、和谐发展"。在"阳光教育行动"建设过程中,学校始终坚持立足实际,突出特色,提升校园文化品位,强化校园文化功能。

"阳光教育行动"以实施阳光管理为保障,以阳光教师队伍建设为关键,以阳光展翅工程为重点,以培养阳光学子为根本宗旨。通过"阳光教育行动",打造了一支充满"阳光"、善于教学、善于育人、善于管理、善于服务、对高校学生管理工作充满热情的"阳光教师"队伍;建立了"阳光展翅"就业创业工作体系,全面提高学生就业创业素质与能力,提升就业率和就业质量;培育了大批各类具有"光明、温暖、多彩、和谐"特质的"阳光学子"。通过"阳光教育行动",学校将传播先进文化与弘扬民族精神相结合,将加强审美教育与提升创造美的能力相结合,将呼应时代主题和传承大学精神相结合,有效升华了文化育人内涵,推动了校园文化建设的创新发展,有力促进了良好校风、教风和学风的形成,对广大学生多彩生活、阳光成长影响深远。

2. 传承创新地方文化,全力服务文化泰州建设

(1)深化文化研究,推进文化繁荣。为加快推进泰州文化名城建设步伐,根据市委、市政府建设"形神兼备的文化名城"要求,学校广泛搭建研究平台,全力参与文化泰州建设。

一是设立机构。2009年,学校率先成立泰州历史文化研究所;2010年,参与组建泰州历史文化研究会;2012年,成立泰州传统文化研究会;2012年,泰州历史文化研究所先后成功申报泰州市和江苏省"社科普及示范基地"。这些平台的搭建,充分发挥了高校挖掘、整理和传承地方优秀传统文化的基本职能,打造优秀团队,培育优秀人才,推进了地方文化事业和文化产业的全面提升。

二是文化研究。2007年,学校教师承担了江苏文艺出版社出版一套10本的《泰州文化丛书》中的6本。2009年,泰州历史文化研究所首批发布了20项研究课

题。目前,相关成果形成了100多篇论文在国内外期刊发表,10多本著作公开出版。《泰州历史文化概述》已交付出版,全书20余万字,将成为大中专学生的乡土教材。50余万字的《泰州文化概论》,编撰工作也已全面启动。两本著作对泰州文化进行全面系统总结,是对泰州历史文化内涵的一次全新挖掘,也是一次系统研究。这些研究成果,增强了泰州的城市软实力,提升了泰州的核心竞争力。

(2)倾力文化传播,形成系列品牌。学校坚持文化研究与成果转化并重,以研究为中心,以宣传为抓手,以惠民为宗旨,将成果及时转化,努力打造具有鲜明特色的文化品牌。

一是文化宣讲。学校精心打造公益性文化宣传平台,以传播先进文化、弘扬科学精神为宗旨,始终秉承以人为本、注重实效、突出地方特色和人文精神的价值定位。徐金城教授在市政协、泰州电视台"凤城河讲坛"、市委党校、人社局、交通局、人防办、财政局、中石化以及兴化"昭阳讲坛"等近40家单位进行宣讲,获得广泛赞誉,产生了极大的社会影响。尤其是为全国政协驻苏全体委员的宣讲,受到了包括省政协张连珍主席在内的委员们一致赞扬,被誉为"一张宣传泰州精美的名片"。

二是舞台演出。学校发挥音乐人才荟萃的优势,承担市委、市政府主办的各种大型文艺演出数百场,组织地方公益演出、送文化下乡演出,承担城市形象工程广场舞的编排培训指导等工作,满足了地方文化艺术事业发展的需要,赢得了广泛的社会赞誉。2012年,学校举办的"祥泰之光"大型文艺演出,被誉为"用现代艺术形式,呈现最典型的泰州文化元素,最能体现泰州文化精髓"的地方文化盛宴。此外,学校艺术团还多次到海军"泰州舰",慰问戍守祖国万里海疆的"泰州舰"官兵;多次代表泰州市政府赴德国、芬兰、韩国等国家成功开展文化艺术交流,受到了国际友人的高度赞扬。

(3)参与文化产业,提供智力支撑。学校一直积极关注地方文化产业发展,全力为泰州文化旅游、文化创意和文化表演等产业提供智力支持。

旅游业及其相关延伸产业,是目前泰州着力打造的文化主产业。作为泰州旅游人才培养的主阵地,学校通过多种渠道,研究泰州旅游热点问题,为泰州旅游等文化产业的发展提供智力支持。学校教师先后承担了《泰州导游词》《江苏导游基础》泰州部分的编写工作,主持了《泰州市第三产业人才培养及社会需求状况调研》《泰州乡村旅游可持续发展研究》等市级课题。这些课题研究,针对泰州旅游发展中的问题,提出了中肯建议,有效促进了泰州旅游文化产业的繁荣。

学校师生还经常应邀赴扬子江药业集团、春兰集团、泰州口岸船舶有限公司等

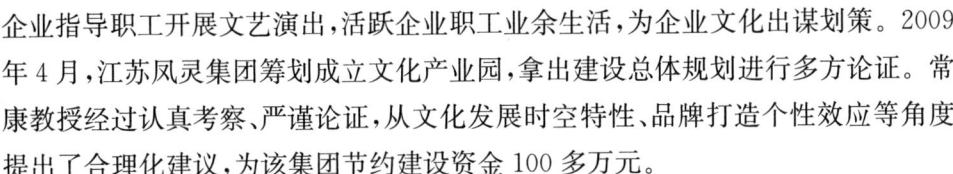

企业指导职工开展文艺演出,活跃企业职工业余生活,为企业文化出谋划策。2009年4月,江苏凤灵集团筹划成立文化产业园,拿出建设总体规划进行多方论证。常康教授经过认真考察、严谨论证,从文化发展时空特性、品牌打造个性效应等角度提出了合理化建议,为该集团节约建设资金100多万元。

2011年,学校成功申报泰州市重点课题《城市主题文化研究》。通过学校专家合力攻关,确定"祥泰水城"为泰州城市主题文化,并提出合理性主题文化建设方案,受到市委、市政府高度重视。学校部分专家提出的高港滨江公园"春江花月夜"文化创意,部分成果被高港区委、区政府采纳。

70多年来,泰州师专立足地方,扎根泰州,面向社会,服务百姓,深入挖掘整理泰州地方优秀文化遗产,传承创新泰州学派平民教育思想,办学有道,特色鲜明,真正办出了"人民满意的教育"。学校办学质量和效益稳步提升,先后荣获江苏省高校和谐校园、江苏省平安校园、江苏省安全文明校园、江苏省思想政治工作优秀单位、江苏省大学生社会实践先进单位、江苏省高校毕业生就业工作先进集体等称号,连续十年五届荣获江苏省文明单位称号,并荣获教育部人才培养工作水平评估"优秀"等级。

打造"百姓大讲堂""百姓阳光屋"和"百姓大舞台"三大载体,泰州师专全面彰显了"百姓日用即道"的办学特色。今后,这一特色将继续发扬光大,成为学校自立于社会、扎根于地方、服务于百姓的安身立命之本;作为学校提升办学层次、科学发展、和谐发展的重要思想源泉,推动学校朝着建设泰州科技师范学院的发展目标,阔步前行……

(本文经相关人士修改后共同署名发表于2012年12月《中国教育报》)

在理想的天空下放声歌唱
——写在泰州师范高等专科学校正式建校之际

> 我们付出
> 以六十多年不改的信念
> 铸就泰州大地上
> 永不凋谢的师苑之魂
> 我们前行
> 用五百万人民深情的渴盼
> 演绎老区历史上
> 激越雄浑的教育乐章
>
> ——题记

春天,是一个充溢着诗和美的季节,大地在萌动,阳气在升腾,春水在残冰下流淌……

春天,给人以新生命的欢快,给人以柔婉的美感,给人以跃跃欲试努力奋进的情感激励……

2002年的春天,对泰州师专4 000多名师生员工来说,是一个不平凡的、令人难忘的春天。3月5日,国家教育部发文批准在江苏省泰州师范学校与泰兴师范学校合并基础上正式组建泰州师范高等专科学校。3月29日,江苏省人民政府发文同意泰州师范学校与泰兴师范学校合并组建泰州师范高等专科学校。

"忽如一夜春风来,千树万树梨花开。"泰州师专正式建校的消息,如同那吹绿长江两岸的春风,将春天的问候、春天的芬芳、春天的希望播洒在500万泰州人民

在理想的天空下放声歌唱
——写在泰州师范高等专科学校正式建校之际

的心中。从此,素有"教育之乡"美誉的泰州有了第一所师范类高等院校,文教传统源远流长的泰州奏响了新的教育乐章。

两年了! 600多个日日夜夜! 泰师人以不可遏止的激情,以务实进取的精神,与时俱进,艰苦奋斗,抢抓机遇,加快发展,在理想的天空下放声歌唱……

华西村党委书记吴仁宝在谈到发展时说了三句话,一句是源自小平同志的"发展是硬道理",一句是"没有条件,不发展没道理",还有一句是"没有条件创造条件来发展是真道理"。在泰州师专筹建过程中,泰师人千方百计创造条件,抢抓机遇,加快发展,满怀激情地唱出了一首气势磅礴的拼搏之歌——

泰州师范高等专科学校是2000年1月经江苏省人民政府同意开始筹建的。筹建之初,困难重重。无论是申报师专的大背景,还是硬件、软件条件,都处于相对劣势的地位。

要想申报成功,必须奋力拼搏,爱拼才会赢!

申报泰州师专这首气势磅礴交响乐的总指挥,当推泰州市委、市政府。

1996年7月,地级泰州市组建。作为一个年轻的地级市,辖区内原有高等教育基础薄弱,泰州市委、市政府为适应全国和我省师范教育结构与布局调整的要求,为实施"科教兴市"、在苏中"快速崛起"的战略,经过广泛论证,决定筹建泰州师范高等专科学校,为加速泰州经济建设和社会事业发展提供智力支撑。

泰州市委、市政府始终把泰州师专建设与发展作为泰州市高等教育重点工程,狠抓在手,从人力、物力、财力以及有关政策、待遇上给予全方位投入与支持。市委书记陈宝田多次主持召开有关师专发展专题会议,多次带领师专的负责人去教育部、省政府向有关领导汇报师专筹建情况,多次深入学校视察筹建与申报工作并作出重要指示……

2001年8月的一天,风雨大作。刚刚到任的泰州市人民政府代市长夏鸣风尘仆仆,来到泰州师专视察学校筹建工作。夏市长在听取了徐校长的汇报后,对前来采访的泰州电视台记者说:"泰州是著名的教育之乡,基础教育优势明显,这与我市严谨、扎实的师范教育是分不开的。实施素质教育的决定性因素是建立一支高素质的师资队伍。我们一定要坚持教育适度超前发展,建设好泰州师范高等专科学校,带动正在实施的新的师资培养培训工作,开创全市基础教育和其他各项教育的新局面。"

在泰州师专筹建两年中,先后分管教育的邵军副书记、朱爱群副书记、张文国副书记、黄龙生副市长、周家新副市长等市领导都对学校申报工作倾注了大量心血,多次来校视察,认真解决学校提出的各项重大问题。市委、市政府各部门从全市一盘棋的战略高度,帮助师专办实事,办好事,凡涉及师专申报工作的,都一路绿灯……

所有这些,对泰州师专来说,无疑是莫大的鞭策和鼓舞。

奏响申报泰州师专这首气势磅礴交响乐的乐队成员,主要是泰州师专全体师生员工。

2000年3月8日,一个春寒料峭的下午,在泰州师专(筹)第一次中层干部会议上,新来的"当家人"徐金城对全体干部斩钉截铁地说,"同志们,我们要有'长风破浪会有时,直挂云帆济沧海'的雄心壮志,知难而上,迎难而进!没有条件,创造条件也要上,更何况,我们还是有一定基础的呢!"

一种创业的豪情弥漫在泰师人心头。他们兵分两路,一路分赴省内外有关高校学习"取经",争取用最新的办学理念来指导办学实践;另一路则在校内广泛开展调查研究,力求在最大范围内听取群众意见,明确办学方向。

学校先后召开了10多场有近千人参加的办学理念、办学特色、办学方向、系科设置等专题研讨会。教学骨干们来了,带来了精心绘就的学校发展蓝图;退休在家的老领导、老教师来了,为学校发展献计献策;毕业多年的校友们来了,为的是能在母校升格中出一把力、流几滴汗;学生代表来了,他们带来了自己设计的校徽、飞扬着青春与热情的校歌、折射出理性与思考的校训……

学校把申报师专工作作为压倒一切的大事,要求全校上下务必切实抓紧抓好。学校成立了申报工作领导小组,下设申报材料组、规划建设组、设备采购组、协调联络组共四个申报工作小组,明确了各自的职责,全面负责申报工作。各组以"只争朝夕"精神,发扬连续作战作风,战高温,斗酷暑,冒严寒,顶风雪,紧锣密鼓,夜以继日,对照标准,查漏补缺,按申报要求,以争创一流的精神,紧张有序、高质量地开展各项准备工作,加快了筹建泰州师专的步伐。

数字常常是枯燥的,但下面一组数字却是那么精彩、那么令人振奋。因为它是泰师从三级师范跨越到二级师范最好的见证,因为它展示了师专筹建期间软硬齐上取得的累累硕果,因为它凝聚着泰州市领导和各部门热情关怀和大力支持,因为它饱含了全校师生员工在艰苦奋斗中付出的心血和汗水。

经过两年的筹建,泰州师专已基本具备高师办学条件。

学校占地345亩,现有建筑面积8万多平方米,到2005年可扩大到18万平方米。新校区一期工程建设已经启动,1.8万平方米教学综合楼业已竣工。学校教

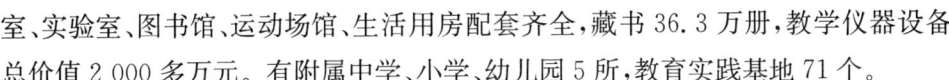
在理想的天空下放声歌唱
——写在泰州师范高等专科学校正式建校之际

室、实验室、图书馆、运动场馆、生活用房配套齐全,藏书36.3万册,教学仪器设备总价值2 000多万元。有附属中学、小学、幼儿园5所,教育实践基地71个。

学校师资力量强大,学术氛围浓厚。现有教职员工379人,专兼任教师275人,其中教授4人,副教授、高级讲师64人。先后聘请外籍教师16人。现任教师中,有特级教师4人,省、市级专家4人,省级学科带头人4人,国内访问学者10人。学校成立了泰州地方文化研究所、梅兰芳京剧艺术研究所。办有省级期刊《师范教研》《泰州师专学报》以及国家级期刊《语文之友(小学版)》,受到广大中小学师生欢迎和有关专家好评。

显然,泰师的升格,尽得了"天时、地利、人和",不论硬件也好,软件也好,办学条件都已达到大专教学要求,正式建校可谓瓜熟蒂落,水到渠成。

"世上无难事,只要肯登攀"。泰师人满怀理想唱出了气势磅礴的拼搏之歌,终于迎来了姹紫嫣红的春天……

记得著名教育家、清华大学老校长梅贻琦说过:"所谓大学者,非谓有大楼之谓也,有大师之谓也。"在泰州师专筹建过程中,泰师人清醒地认识到:在知识经济时代,实力的竞争,说到底就是人才的竞争。他们通过外引内培,信心百倍地唱出了一首群英荟萃的人才之歌——

现代高等教育有这样一个通识:要培养出高素质的学生,首先要建设一支结构合理、素质精良的高校师资队伍。人才,只有人才,才能构造出泰州师专现代化的宏伟大厦;人才,也只有人才,才能放飞泰州人民心中瑰丽的高等师范教育梦想。

泰师人深知,要建设一支适应师专教育的教师队伍,就必须大力引进和培养高水平的专业人才。只有储足了一流的人才,明日的泰州师专才会切实提高办学质量和效益,未来的泰州师专才会将自己的科研水平提升到一个新的档次,才会拥有叫得响、拿得出的学科和专业,才会在激烈的市场竞争中永远立于不败之地。

泰州师专先后出台了《引进高层次人才优惠政策细则》和《关于聘用兼职高层次人才的有关规定》,力求使人才引进与培养工作规范化、制度化。两年中,泰州师专人事处的工作人员几乎跑遍了全国有关高等院校,参加了近200场全国和省级以及高校举办的人才招聘、交流会。

学校确定了"人才引进与培养战略",千方百计抢占人才聚集的制高点,采取"外引内培"方式,广泛引进高层次人才,加强校本培训。到目前为止,学校已聘请南京大学、复旦大学、华东师大、华南师大、上海师大、南京师大等著名高校的专职教授5名、兼职教授40多名。这些高层次人才不少人担当起学校重点学科教学、科研带头人,在各自学科建设中发挥了传、帮、带作用。从西安音乐学院引进的王誉声副教授,在音乐史研究上有较深造诣,已经在学校愉快地任教两年,并主动为学校的发展进言献策。面对记者采访,王教授深情地说:"泰州是我的第二故乡,我将努力为她美好的明天再作贡献!"在英国诺丁汉大学做完博士后的许继君博士,面对泰州师专盛情邀请,毅然放弃了国内外许多单位的优厚报酬,欣然加盟泰州师专。许博士来校工作后,积极投身到教学与科研工作中,讲课生动活泼,深受领导、同事和学生的欢迎,荣获学校首届"优秀教学奖"。

在积极"外引"的同时,泰州师专更注重"内培",大力实施"158师资建设工程",以适应"十五"期间教育事业发展的需求。学校将在"十五"期间,遴选10名教授作为学科带头人,建设50名副教授以上职称的骨干教师队伍,培养80名具有硕士以上学历的青年教师队伍,每年拨款100万元专款用于引进和培养高层次人才。

泰州师专校长徐金城认为,"新的教育理念和新的教育模式需要通过教师来落实,这就需要切实抓好教师的教育思想转变和教学业务素质的提高"。按照这一要求,该校要求35岁以下的青年教师必须报考硕士研究生,鼓励35岁至45岁的中青年教师报考定向硕士研究生或博士研究生。全校所有教师均制定了个人进修计划,出现了"个个自我加压,人人奋发进取"的喜人局面。两年多来,已有30多人参加研究生入学考试,20多人被南京师范大学、南京航空航天大学、苏州大学、扬州大学、鲁迅艺术学院等校录取。目前,泰州师专专任教师中有博士1人,硕士31人,获研究生课程班结业证书者77人,另有8名教师正在北京师范大学、华东师范大学、南京师范大学等高校作国内访问学者。

人才的优势,是学校生存的根本保证,也是学校事业保持持续发展的后劲所在。通过外引内培,优化了教师结构,泰州师专师资队伍整体素质得到明显提升,有力地促进了教学、科研和各项事业的发展。广大教师的默默耕耘,无私奉献,推动泰师之船乘风破浪,直挂云帆……

江泽民总书记语重心长地说过:"奋斗就会有艰辛,艰辛孕育着新的发展。"在泰州师专筹建过程中,泰州人深知,要办好泰州师专,就要努力提高教学、科研水平,提升办学规模与办学层次。他们斗志昂扬地唱出了一首铿锵有力的奋进之歌——

蔚蓝的天空下点缀着朵朵白云,泰师人在理想的天空下放声歌唱,他们在歌唱中奋然前行,使学校的形象变了,知名度大了,办学成果显著了。

泰州师专从筹建之日起,始终把教学工作放在中心地位。学校明确了教学工

在理想的天空下放声唱
——写在泰州师范高等专科学校正式建校之际

作优先原则和教学秩序不可侵犯原则,以学科建设为龙头,以教学、科研为中心,视办学质量为生命。以质量求生存,向管理要效益,实施了一系列有关提高教学质量的规章制度,如"推门听课"制度、期中教学检查制度、教学督导一票否决制度、教考分离制度、研究课制度等,使教学工作有章可循,有"法"可依,确保学校教学秩序的稳定。

通过较长时间的准备,学校成功地召开了全校教学、科研大会,努力充实内涵,以质量为根本,大力加强教学改革和教学管理,提高课堂教学效率。学校注重学生全面发展的素质教育,在教学活动中,强调高师的师范性、示范性,培养学生的创造精神和动手能力。抓紧"主干学科强化活动",保证学生有较强的发展后劲与竞争力。抓紧多学科"课外综合发展活动",努力使学生得到专业自由发展的空间。

现代化的高等院校,教学是立校之本,科研是强校之路。泰州师专坚持走"科研兴校"之路,以科研带动教学,以科研促进发展,不断提高学校的学术水平、学术地位。先后出台了多项科研工作条例,极大地调动了全校教师的科研积极性和主动性,推动了学校办学层次、规模、效益特别是学科建设的快速、全面发展。

学校注重营造浓厚的学术氛围,弘扬地方文化,提高学术品位。作为营造学术氛围、提升文化品位的一项具体措施,泰州师专加强与国内外高校间学术交流合作,定期邀请著名教授、学者来校作学术报告和专题讲座,与美国、加拿大、澳大利亚等多国有关高等院校签定了国际学术交流及合作协议,并互派教师进修、讲学,进行教学、科研合作。同时,学校努力追求大学精神,探索面向未来的教学理念与教学方法,为把每一名在校生培养成"精品"提供了坚实基础。学校加强与施教区中小学和教育部门的合作,努力把学校建设成为泰州市义务教育阶段师资培养和培训中心、基础教育研究中心和信息网络教育中心。

"宝剑锋从砥砺出,梅花香自苦寒来"。由于狠抓了教学和科研,泰州师专教师教学科研成果显著。两年多来,教师公开出版论著160多部,在省级以上刊物公开发表论文、作品1 300多篇,在各类教科研比赛、高层次科研活动中屡屡获得大奖。2001年6月,在泰州市首届计算机大奖赛中,泰州师专教师包揽了个人比赛的前三名。艺术系音乐教师金燕,经过不懈努力,先后荣获2001年"全国十佳歌手"称号和2002年全国青年歌手电视大奖赛江苏赛区二等奖。

今天的泰州师专已成为泰州地区人文社科研究的重要基地,今天的泰州师专已在面向基础教育的新课程研究领域形成自身特色。这一切,为学校培养"厚基础,广适应,有特长,能创新"的新型素质教育师资奠定了坚实基础。

泰州市委书记陈宝田在接到泰州师专学生参加全省本科对口单招名列第一的《喜报》后，非常高兴，欣然批示："向全体师生员工表示祝贺，希望你们再接再厉"。在泰州师专筹建过程中，泰师人坚持"以生为本"，始终把培养合格人才作为学校工作的首要目标，充满深情地唱出了一首春风化雨的育人之歌——

教师，一头挑着民族的希望和未来，一头挑着千百万家庭的幸福和前途。为了培养出基础教育阶段新型师资和社会急需的各类人才，泰师人呕心沥血，满腔热忱，充满深情地唱出了一首春风化雨的育人之歌……

"十年树木，百年树人"。泰州师专以江总书记"三个代表"重要思想为指导，积极探索新形势下高等师范专科学校思想政治工作的新内容、新途径、新方法。一方面，注意继承和发扬中师德育的优良传统，充分利用学校所在地域的人文资源进行政治思想工作。学校通过校园文化建设、公民道德素质培养、青年志愿者服务、"大学生三下乡"、"爱心接力"等活动塑造学生完美的人格、高尚的情操、完善的道德。另一方面，把学生思想品德建设作为校园精神文明建设最重要的内容，力求做到抓细抓实抓全。他们坚持用高尚的道德来影响学生，用文明礼节来规范学生，用"求美"的旗帜来引导学生，让学生以美养德，真正提高学生感受美、鉴赏美、创造美的能力。

为了认真贯彻落实党中央和江总书记关于加强和改进思想政治工作的意见，学校颁布了《泰州师专学校学生日常行为规范》《泰州师专学生安全教育与管理办法》《泰州师专校园秩序管理规定》等规章制度，组织全体学生学习《公民道德建设实施纲要》，开展以学校理论武装工程、师德建设工程、校园文化工程、形象塑造工程为主要内容的专项学习教育活动，大力提升学生的文明素养和道德水准，促进学生德、智、体的全面、自由、和谐发展，孕育校园文化中与时俱进的人文精神。

泰州师专坚持以高校"两课"和各类思想品德专题教育为主渠道，以学校党校、团校、三学小组（学党章、学马列、学邓小平理论）为理论教育的主体，帮助所有学生树立正确的世界观、积极的人生观、健康的道德观，培养出始终站在时代前列、实事求是、兼容并蓄、服务现实、艰苦奋斗、求真务实的新时期大学生。

走进泰州师专校园，三个校区环境优美，书声琅琅，师生员工精神面貌与日俱新。2001年，泰州师专被评为"江苏省文明单位"。

在理想的天空下放声歌唱
——写在泰州师范高等专科学校正式建校之际

泰州师专采取立体化的校园文化建设体系,力求构建现代高等师范教育全面育人体系。学校先后组织了"海陵风"文学社、"三余"书法社、英语协会、计算机协会、学生京剧协会等学生社团20多个,举办了"科技文化艺术周""青年志愿者服务周""校大学生辩论赛、演讲赛"等活动,力求使学生校园文化生活、精神文明活动有新的举措、新的内容,得到全新的效果,培育出真正符合素质教育要求的"人类灵魂的工程师"。新一代大学生们课余生活红红火火,形成了泰师校园内一道亮丽的风景线。

"桃李不言,下自成蹊"。由于坚持了"以生为本",泰州师专学生素质有了明显提高。该校大学生代表队在泰州市辩论赛中夺冠,在全省比赛中也取得好成绩。2001年,泰州师专学生参加本科对口单招考试,平均分全省第一,高分人数第一,录取人数第一,普师生百分之百进线,受到了省教育厅和泰州市领导的高度赞扬。泰州市委书记陈宝田在接到泰州师专学生参加全省本科对口单招名列第一的《喜报》后,非常高兴,欣然批示:"向全体师生员工表示祝贺,希望你们再接再厉"。陈书记的鼓励,更加坚定了泰师人把培养合格人才作为学校工作首要目标的信心。

在综合素质及职业能力方面,泰州师专毕业生为施教区众多用人单位所看好。许多较有影响的初中、小学、幼儿园,都争相招聘泰州师专毕业生。在这一背景下,泰州师专招生形势呈现出喜人景象。前不久,泰州师专举行了五年制音乐、美术、幼师专业加试,吸引了来自泰州四市两区的400多名考生,大大超过了预定的人数。学校现有在校生近4 000人。今秋将按系科面向全省招收大专和本科各类新生1 300多人,在校生总数将超过5 000人。学校设立了100多个勤工助学岗位,力求让贫困学生顺利完成学业;学校在优秀学生中发展党员,让品学兼优的学生脱颖而出。此外,三年级学生还可通过考试赴欧美有关大学学习,取得第二文凭。在泰州师专,每个学生都能健康而愉快地成长,学校为学生成才搭建了大显身手的舞台。

当我们面对着一桩桩一件件可以量化的物质成果时,我们没有忘记,还有一种收获是更重要、更具有根本意义的,那就是为社会提供一流的产品——更多适应社会需求的高质量人才。在这里,我们要说,当未来的泰州师专送走一批又一批一流产品时,所有曾经付出过的泰师人必将露出欣慰的微笑……

俄国著名作家列夫·托尔斯泰说过:"希望是指路明灯。没有希望,就没有坚定的方向,而没有方向,就没有成功的未来。"泰州师专正式建校后,泰师人对学校的未来充满憧憬,充满理想,充满希望,意气风发地唱出了一首绚丽多姿的希望之歌——

2002年1月,在山水甲天下的桂林,全国高等院校设置评审委员会三届五次会议上，泰州师专以 43 票赞成、1 票弃权、零票反对的好成绩获得通过。

也正是从那一天起，泰师人清醒地认识到，泰州师范高等专科学校的建立，只是学校跨入高等教育门槛的第一步，决不能满足，不能固步自封、驻足不前。泰师人在审视自己，他们在环顾四周，现实使他们明白：发展，只有发展，新兴的泰州师专才能生存，心中绚丽多姿的理想才能在不久的将来成为现实！

每个泰州师专人在为看到的一切而思考，为思考的一切而探索。强烈的责任意识、创新意识和现代意识使他们难以平静，他们正在做前人所梦寐以求的事，并努力把每一件事踏踏实实地做好。

学校将从实际出发，进一步稳定学前教师教育，培养好示范幼儿园骨干教师；优化小学教师教育，确保小学教师培养的主体地位；拓展初中教师教育，培养合格、顶用的初中教师；强化继续教育，承担各类师资和专业人才培训任务；扩大非师范教育，培养社会急需的各类人才。

经过认真调研论证，学校明确按"面对现实，注重特色，适度超前，兼顾长远"要求抓好系科设置，近期设置人文科学系、数理科学系、信息科学系、外语系、艺术系、教育系以及预科教育部、继续教育部和远程教育部共 6 系 3 部 18 个专业。系科建设根据国家新专业目录要求，遵循高等教育发展规律，创建特色高师专业，充分体现科学性、前瞻性、地方性、整体性原则，强调综合化、复合型。随着泰州广播电视大学的并入，泰州师专积极拓宽办学领域，成为清华大学、浙江大学、东南大学、北京师范大学等高校远程网络教育的泰州站，进一步增强了学校办学活力。

为了适应全国基础教育课程改革的需要，泰州师专将主动更新传统的师专课程设计模式，努力形成自身教学特色。学校各系部在按规定开好开足基础课和专业课的基础上，加大专业选修课的比重，让学生结合自己的专业特点和兴趣爱好，在主动选择和愉快学习中形成各自不同的知识结构和专业技能。在课程的教学实施过程中，做到理论教学与实践教学相结合，引导学生在自主性学习、研究性学习和实际锻炼中培养创新精神和实践能力。

在专业建设中，泰州师专将始终以课程建设为中心，推动教学改革，重点课程建设由专业课程向公共课程群建设发展。在课程体系的构建上，注意文理交叉、学科渗透，加大教育技能类、文化艺术类、科学技术类课程的比例，形成"人无我有、人有我优"的课程特色，将全校所有课程分为必修公共课程、专业必修课程、活动课程、师范专业方向课程、任意选修课程、活动课程五大类，探索人才培养的新模式，为学生素质的全面发展与提高提供可能。

在理想的天空下放声歌唱
——写在泰州师范高等专科学校正式建校之际

在以师范教育为立校之本的同时,泰州师专将不断加大专业结构调整的步伐,根据地方经济和社会发展的需要,发挥传统优势专业,积极寻找新的专业生长点,力求做到全面服务地方、服务社会。在这一方针的指导下,泰州师专从今秋招生开始,将有针对性地扩大专业设计内涵,培养文史地、数理、生化、音美、外语和计算机信息技术兼容的基础教育新型师资和地方经济文化建设的紧缺人才,并争取将学校建成苏中地区英语教学国际交流中心。

泰州师专将着力抓好管理体制创新,强化学校内部体制改革和干部人事制度改革。加大招商引资力度,全面推行后勤服务社会化,在产学研结合上走出新路,多出成果。充分利用现有教育资源,加大投入力度,改善办学条件。加强新校区建设,合理划分各校区功能,降低办学成本,提高办学效益。努力建成一所师范教育与非师范教育并举,职前教育与职后教育衔接,文理兼容、创新开放、富有特色的新型师专,为本科层次的泰州学院乃至泰州大学建设奠定坚实基础。

清晨,天空还是一片浅蓝。

转眼间,天边出现了一道霞光。

一轮火红的太阳带着神圣的使命,肩负着崇高的理想,血气方刚地喷薄而出……

体育馆门前"腾飞"的铜塑在朝阳下更显得光彩熠熠,令人激情飞扬。

刚看完学生出操的徐金城校长,目睹着这一奇妙宏伟的日出和"腾飞"雕塑,感到热血在沸腾,新的希望在萌生!他在思考学校的发展,学校的走向……

如果说,过去的两年充满了泰师人的理想、期盼与跨越,那么,展望未来,年轻的泰州师专更是充满希望!更强的师资队伍还需认真造就,更好的办学条件还需努力创造,更高的奋斗目标还需不断实现,更新更美的图画还需精心描绘!

追溯1941年诞生于抗日战争烽火硝烟中的泰兴师范和1952年创建于共和国建国之初的泰州师范的历史,我们自豪地看到,有着六十多年光荣办学传统的泰师人走过了不平凡的道路。六十多年来,泰师人执着追求,为泰州师专的正式建校打下扎实基础;两年来,实现了光荣与梦想的泰师人又在理想的天空下放声歌唱,唱出了拼搏之歌、人才之歌、奋进之歌、育人之歌、希望之歌……这嘹亮的歌声,响遏行云,回荡在朝气蓬勃的泰州大地上;这嘹亮的歌声,必将融入新时代高等教育改革与发展的主旋律,以"大江东去"的豪迈气概,高亢激昂,回响在日新月异的神州大地上……

(本文与其他相关人士共同署名发表于2002年6月《泰州日报》)

泰州大学生缅怀先烈

——调研城乡红色资源 绘制3份红色地图

4月4日,泰州学院音乐学院师生代表30余人和校党委宣传部、校团委的老师一起,前往泰兴市宣堡镇联新村,为封余刚、吴正宏等14名烈士清明祭扫。纪念碑前,师生们全体肃立,向革命先烈敬献自己手折的白花,通过清理墓地、敬献花篮、革命故事宣讲、重温誓词等环节缅怀先烈。

"清明期间,我们在学生中发起寻访、祭扫非主城区革命烈士墓的活动,引导大学生牢记每一位革命英雄,自觉传承红色基因。"泰州学院团委书记卜慧芬说。本次清明祭扫活动从3月27日开始,500余名学生自发地通过团组织、实践团队、个人自主三个层面寻访、祭扫泰州和家乡非主城区的革命烈士墓。

"不忘初心,让烈士之志薪火相传;坚定信念,沿复兴之路阔步前进",是该校学生蔡晨轩在祭扫张鹏云烈士陵墓后的感慨。3月30日,他和6名同学一起回到常州市新北区西夏墅镇水塔口村西河巷祭扫张鹏云烈士。去年暑假,他担任"常州非主城区红色资源调研"暑期社会实践团队的队长,寻访到了张鹏云烈士陵墓和他的家属,与烈士家属一直保持着联系。他和小伙伴们约定——要让更多的英雄被人们铭记!

泰州学院党委宣传部部长吕林告诉记者,该校自2015年组建"非主城区红色资源调研"团队以来,先后寻访泰州、淮安、常州等地区,祭扫革命遗址遗迹60多处,寻访抗战老兵73名,绘制红色地图3份,整理编辑革命故事4万余字。

(本文经相关记者修改后共同署名发表于2019年4月《新华日报》)

咬定特色不放松　服务地方不停步

——江苏泰州学院立足地方办学侧记

江苏泰州，国家级历史文化名城，扬州八怪之首郑板桥、《水浒传》作者施耐庵和京剧大师梅兰芳的故乡，被誉为"汉唐古郡、淮海名区"。

泰州学院，泰州市唯一一所公办本科院校。2013 年，经国家教育部批准，泰州学院在原泰州师范高等专科学校基础上建立。学校的升格，是使命也是重担，百业待兴，万事待举。

作为一所刚升本的地方性普通本科院校，底子薄、起步晚。泰州学院院长温潘亚教授坦言，建校之初，学校面临着许多棘手的问题：作为高等教育大众化的产物，随着办学层次的提高，如何避免千校一面、模式趋同？泰州学院的前身为泰州师范高等专科学校，在专业设置、课程安排、教学组织上已形成传统和特色，非师范专业应如何明确办学方向？学校的文科办学已有较强实力，而作为地方性高校，理工科特别是地方经济发展急需的机械、医药等应用型专业，应如何加快发展步伐……

经过思索，校党委书记李久生教授提出：特色是生存与发展的需要。只有瞄准有特色高水平应用型地方本科高校的建设目标，真正打造出地方性、应用型特色，新建的泰州学院才能走出一条全新办学之路。这样的理念得到了学校师生的认同，大家一致认为：应用高校是新目标，特色办学是生命线，与其他老牌本科院校相比，学校没有整体优势，但并不意味着没有特色与局部优势。基于此，泰州学院立足地方，强化应用，服务社会，开始了特色办学的探索。

传承七十余年传统,彰显地域办学特色

办学 70 多年来,作为一所地方高校,泰州学院从服务地方经济社会发展理念出发,扎根泰州深厚教育文化土壤,传承并创新明代泰州学派创始人王艮"百姓日用即道"平民教育思想,坚持办学目标与泰州区域经济社会发展要求相适应,将"为人民办教育""办人民满意的教育"作为办学宗旨和最高追求,充分发挥高校服务地方独特功能。

2013 年 6 月,学校正式揭牌以来,围绕建设有特色高水平应用型本科高校的目标,实施错位发展战略,立足地方求发展,打造特色不动摇。学校第一次党代会响亮地提出,要努力提高人才培养质量、科技创新水平、社会服务水平和文化传承创新能力,把学校打造成小学和学前教育名师摇篮、地方经济建设人才高地、市民终身学习基地以及地方文化传承与创新研究中心。

面向地方支柱产业,打造特色服务平台

针对泰州地方发展战略和重大需求开展研究,调整学科方向,培植科研创新团队,打造特色服务平台,提升服务地方的能力,是泰州学院依据地方科技发展的需要和自身的条件选准的主攻方向。

今年 3 月 6 日,泰州学院在全国高校中勇开先河,与乡镇合作办学。学校与全国闻名的不锈钢产业重镇——兴化市戴南镇政府签署战略合作协议,合作设立"泰州学院戴南学院",专门招收戴南籍考生进行订单式培养。

近期,该校还将与中国唯一的国家级医药高新区泰州中国医药城签订合作协议,双方共同探索建立政校企协同创新平台,实行高层次人才"双聘制",即发挥中国医药城医药高层次人才优势,鼓励和支持高层次人才到学校担任兼职教师,真正实现人才资源的共享共赢。

为加强对苏中里下河地区历史文化的研究,有助于保护这一地区特有的文化遗产,泰州学院还成立了"里下河地区经济文化研究中心",通过深度研究里下河地区经济文化的历史和现实,积极探索地方产业升级和经济文化发展之路。

在刚刚结束的全校院系调整中,泰州学院审时度势,坚持有所为有所不为,果断地停办了多个传统专业,撤销相关二级学院。围绕泰州的医药、造船产业,设立

了医药与化工学院、船舶与机电学院。目前,学校正面向海内外招聘相关学科的高层次人才,来自美国韦恩州立大学(Wayne State University)的秦理真博士和日本富山大学(Toyama University)的于航博士等十多名教授、博士,作为第一批引进人才,即将走上工作岗位。

培育高素质应用人才,争取最大发展空间

泰州学院新一任领导到任后,清醒地认识到,地方高校应以培养生产和社会活动一线的实用型人才为重点任务。一年来,泰州学院以服务百姓需求,服务地方基础教育和经济社会全面发展为导向,围绕全新发展目标,争取最大发展空间。

学院继先后与兴化市、泰兴市和姜堰区合作开办定向师范生培养计划,培养地方基础教育需要的高素质学前和义务教育师资后,为了适应泰州地方医药、电子等支柱性产业对高素质应用人才的需求,今年又创新培养模式,主动与地方职教系统合作,开办3+4本科学历职教专业,培养本科层次技术技能应用型专门人才(前三年在当地职业教育中心校学习,后四年进入泰州学院学习)。考生只要达到当地四星级以上中考招生录取分数线,就可以先进入职校学习三年,打好职业技能基础,然后进入大学,进行系统的理论学习,最后获得本科文凭和学士学位。

只有坚持特色,强调应用,全面服务地方经济发展,以贡献求支持,才能赢得最佳的发展环境,获得最大的发展空间。在泰州学院新一轮发展规划中,这一句被作为总纲之一,写进学校的发展指导思想。

(原载 2014 年 6 月《中国教育报》)

同班 31 名毕业生被同一企业录用

——泰州学院新生一进校园就着力职业规划，
实行校企合作促就业

每年的高校毕业时期，也是毕业生求职的高峰期，今年被称为史上最难就业季。面对如此艰难的就业环境，日前，泰州学院经管学院物流管理专业的 31 名毕业生，被整体输送到了全峰集团，开始了由学生转变为职工的生活。

校企合作，同学变同事

日前，泰州学院经管学院物流管理专业的 31 名毕业生，由全峰集团派车，全员接到企业，正式开启他们的员工生涯。

李潇霄是此次 31 名集体就业学生的代表之一，她说，临近毕业，不少身边的学生都在忙着联系工作单位，而自己班上的同学却没有这份焦虑。

"毕业之前，我们就已经知道学院给我们联系好了工作单位。"李潇霄说，之前，我们还到企业进行过实地考察，感觉全峰集团的用工待遇和发展前景比较符合自己的要求，所以，大家决定一起去上班。从同学变为同事的感觉很好。也很感谢学校给大家提供了这样一次机会。

据了解，今年 6 月份，学院与全峰快递集团签订了校企合作协议，确定全峰集团为学院物流管理专业顶岗实习基地，学院的毕业生可优先到企业进行顶岗实习和就业。截至目前，该院已经与二十余家企业达成了校企合作协议。

经管学院党总支副书记蒋凤锁说，学院为了更好地推动毕业生就业，每年会组

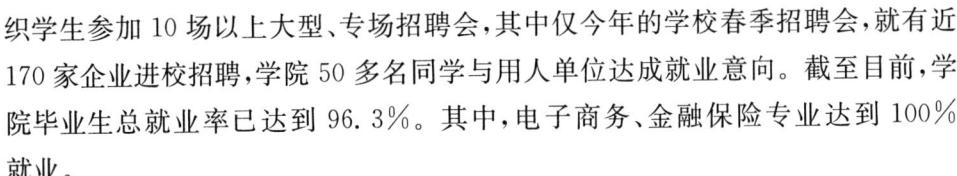
织学生参加 10 场以上大型、专场招聘会,其中仅今年的学校春季招聘会,就有近 170 家企业进校招聘,学院 50 多名同学与用人单位达成就业意向。截至目前,学院毕业生总就业率已达到 96.3％。其中,电子商务、金融保险专业达到 100％就业。

职业规划,"定制"促就业

该院 11 级物流管理专业毕业生孙文,工作一年来,已经在一家大型物流公司担任江苏省分公司人力资源部主管。谈到自己的变化,孙文说,影响最大的莫过于刚进校时的就业引导体系。

孙文说,9 月新生入校后,学院就组织开展了新生学业指导课程。老师们进行专业介绍,学生自己填写个人发展规划,让我们得以尽快了解自己所学专业的课程体系、师资队伍、技能要求等方面的知识,为今后个人的发展明确目标与方向。

"真正让我对就业体系产生了解的是学期中段,学校开设的就业指导课程和创业指导讲座。"孙文说,就业课程设定相应学分,学生必须修满规定学分方可毕业。创业指导讲座纳入学生综合素质讲座系列,规定学生 5 次综合素质讲座中必须至少听 1 次创业指导讲座,达到要求方可毕业。

参加过就业指导课程和创业指导讲座后,自己也知道了如何参加面试、自己今后的就职方向、目前的就业前景等,还有创业方面的知识,对于今后自己创业也有很大的帮助。

蒋凤锁说,对于学生创业、就业,学院有着一整套完整的课程体系。按照各年级学生特点,选听相应讲座:一年级偏重"成才经验交流""职业生涯规划"等内容,二年级偏重"职业生涯规划""创业经验分享""创业能力培养""职场核心能力培养"等内容,三年级偏重"实习经验交流""就业形势分析""创业项目培育""求职技巧"等内容。

创业"孵化园" 孵出一批创业典型

除了积极帮助学生就业外,经管学院还着力在学生创业上下工夫,引导学生通过自主创业,展现人生价值。

该院 09 级物流管理专业学生汪先瑞,在校期间就积极参加勤工俭学及创业活动。2010 年其创业项目入驻学校"阳光展翅"创业园,年营业额超过 5 万。2011 年创办了"学志家教",年营业额达 60 万以上,年利润超 10 万。

蒋凤锁说,学院每年都会组织系级创业大赛,鼓励各年级学生组建创业团队、谋划创业项目,邀请创业导师担任评委对参赛项目进行评审和点评。通过创业大赛形式,在学生中形成创业意识,普及创业知识,锻炼创业能力。对比赛中涌现出来的好的项目和团队,学院进行跟踪扶持,从人员、时间、场地等方面提供支持,继续打磨学生创业方案。在此基础上,学院积极推荐优秀创业团队参加"三创大赛""富民创业大赛"等国家、省、市各级创业竞赛,通过竞赛进一步提高指导教师和参赛学生的创业意识和创业能力。

(原载 2014 年 7 月《泰州晚报》)

把村官培养成大学生

——泰州师专提升农村干部文化素质纪实

近年来,大学生村官正成为基层发展的生力军,其带来的新思路、新知识为农村发展注入了新活力。

但是,大学生村官在整个基层干部群体中的占比非常小。如何提高基层干部的文化素质,让基层干部更有文化?对此,泰州高等师范专科学校走出了一条特色路。

培养用得上的基层干部

"对于占比巨大的基层干部,我们应充分利用高校资源,把基层干部培养成有文化的大学生,全面提升村干部的科技文化素质和发展致富能力,培养留得住、用得上的本土人才。"泰州市委常委、组织部部长陆新如是说。

这一号召正与泰州师专立足本土教育、服务地方经济的办学初衷不谋而合。2008年起,泰州市委组织部与泰州师专启动"千名村官大学生培养工程",联合举办泰州市村干部农业经济管理远程教育大专班,打通了"把村官培养成大学生"的培养路径。

为更好地完成使命,泰州师专采用集中授课、分散自学、课外实践相结合的形式进行教学。2010年,首批村干部"农业经济管理"远程教育学历班293名学员顺利毕业,目前,第二批次的267名学员正准备论文答辩。

"村官大学生们在毕业后,将所学的知识与丰富的基层经验相结合,摆脱了传统村官'泥腿子'的定式思维,必将会给农村工作带来全面改观。"泰州市委组织部副部长程秋喜言语中带着期待。

让村官更有文化

"干什么就学什么,缺什么就补什么!"每次开班典礼上,泰州师专党委书记徐金城都会这样强调对"村官大学生"的培养要求。

根据基层实际和学员的具体需求,泰州师专设立了农业经济管理专业,精选农业经济、农村管理、法律法规等课程对学员进行教授辅导。为确保学习效果,学员们还建立了班委会和临时党支部,把学习实况与地方党委的年终考评相挂钩。泰州师专校领导张曙光说:"把村官放到学校来培养,目的就是让村官更有文化。"

学成归村显成效

"我校的培训着眼于给方法、引路子,通过贴近实际的理论知识和教学案例,让学员增强创业致富能力,形成一人带一群、一群带一片的农村共致富的效应。"该校校长温潘亚自豪地说。

河失镇河头社区干部陈红兵与人合伙办了30多亩螃蟹养殖、100多亩大棚蔬菜种植和两万只蛋鸡养殖,还聘用村民一同参与。"我们的养殖业能红火起来,离不开在泰州师专的培训学习,是那段日子的所教所学为我们今天的致富提供了科学指导。"老陈说,他还在泰州师专教师的指导下,借助网络平台为自己的农特产品找到了更广的销售渠道。

学成的"村官大学生们"不仅在发展经济、致富百姓方面颇有作为,还在化解矛盾方面推出了新举措。

白马镇金马社区党总支书记李泽颇有感触:"在泰州师专学习的《行政管理》一书中有一句话,'管理人,就先尊重人',这让我领悟到,必须俯下身子倾听百姓心声,才能得到百姓信赖。"李泽要求党总支所有成员保证24小时与群众无障碍沟通,365天无条件接受村民质询。李泽介绍说,正是因为在泰州师专的学习,才让我们有了科学化的社区管理办法,2010年以来,社区矛盾纠纷调处率达100%,上访人数为零。

"充分利用教育资源优势,提升基层干部文化素质,促进农村发展的路我们走对了!我们将继续走下去,为农村发展贡献更大的力量。"采访结束时,温潘亚如是说。

(原载2009年5月《光明日报》)

泰州师专创新拥军模式

近日,来自江苏泰州师范高等专科学校的5名教师,驱车数千公里,来到浙江舟山海军东海舰队"泰州舰"驻地,为该校33名成教学员面授英语等课程。作为泰州历史最悠久的高校,近年来,泰州师专将教育资源主动送到军营,利用电大平台招收现役士兵入学,为部队培养合格顶用新型士兵,创新教育拥军模式。

江苏泰州是人民海军诞生地,被誉为"海军诞生地,水兵母亲城"。从2009年开始,泰州师专与"泰州舰"开展士兵学历提升、心理咨询、艺术联谊、国防教育等方面合作共建。今年,双方又积极组织实施针对"泰州舰"广大士兵的远程教育项目。泰州师专高度重视这一军地合作共建项目。随着培训方案的出台,由于培训合作地域跨越两省,困难也随之而来。江苏省教育考试院在建议泰州市政府授予"泰州舰"官兵"泰州市荣誉市民"称号的基础上,专门批准跨省设立"泰州舰"驻地成人高考考试考点。学校与部队磋商研究,紧锣密鼓完成了专业设置、报名、考前辅导、监考、阅卷、录取等一系列工作,首批录取法律事务专业33名学员。

"泰州舰"领导在这一项目实施过程中,感受到士兵们渴求知识的强烈愿望。他们深知机会来之不易,成立学习自助小组,由军官指导士兵学习,开展助学活动,提高学习效果。学校领导在开学典礼上说:"士兵学历提升培训考试一律免费,我们绝不向部队收一分钱费用。我校将定期专门组织教师赴'泰州舰'进行现场教学,并根据学员要求确定课程内容和教学方式,确保广大士兵学到真本领。"

据了解,该项目的成功举办,既是地方开展拥军活动的重要内容,又是高校服务部队的崭新创举;既有利于广大现役士兵的成长成才,也有利于学校国防教育、思想政治教育工作的开展。针对泰州师专与'泰州舰'的军地共建,海军东海舰队首长说:"希望以士兵学历提升培训为主要内容的高校特色拥军项目,长期坚持下去。"

(原载2008年10月《中国教育报》)

泰州师专：捷报又迎春风来

春风荡漾，春潮澎湃。

伴随着2008年春天轻快的脚步，泰州师专捷报频传，先后获得"省文明单位""省文明学校"和"省思想政治工作优秀单位"等一系列荣誉称号。3月12日，学校又收到省教育厅2008年号文件，在2007年教育部高职高专院校人才培养工作水平评估中，在评估标准和优秀名额趋紧的形势下，泰州师专被评为最高等次"优秀"。

"对于我校全体师生来说，这是一个激动人心的喜讯，也是大家盼望已久的消息。两年的迎评创优，我们师专人凝心聚力，执著追求，围绕着打造有灵魂、有底蕴、有特色的一流师专的目标而不断努力。"泰州师专党委书记、校长徐金城教授说。

机遇垂青有准备的人

"迎评创优虽然困难重重，但有着深厚办学底蕴、先进办学理念和丰硕办学成果的我们应该有足够的底气与信心。"2006年初，在泰州师专迎评创优动员大会上，与徐金城有相同想法的人绝对不在少数。

1941年，在抗日战争的烽火之中，泰州师专的前身泰兴乡师诞生。在近70年的办学历程中，师专坚持"服务并引领地方基础教育的理念"，为地方经济、社会和义务教育培养了4万多名合格师资及各类专门人才。

根据对泰州34所小学师资队伍抽样调查，师专毕业生占教师总数的37.6%，中高级职称人数占该职称总数的50.0%，校级领导占该职级总数的60.0%，中层干部则占该职级总数的62.8%。

江苏教育科学院副院长杨九俊研究员曾作如此评价:"泰州师专是一所办学历史悠久、教学水平较高的地方名校,长期坚持服务并引领地方基础教育,为泰州乃至全省教育都作出了贡献。"

"面对外部的种种不利因素,我们师专人牢固树立必胜的信心,坚持以质量求生存,以特色求发展,在党建和思想政治工作、校内机构和人事分配制度、教学科研管理及后勤社会化等方面,全面实施改革,整体推进学校事业发展,评建结合,重在建设,确保了迎评创优的最后胜利。"回忆迎评所走过的艰辛岁月,师专副校长徐庆国感慨万千。

师范传统薪火相传

2003年暑假中的一天,徐金城收到了一封学生家长的来信。信中恳切地说:"我是泰兴师范上世纪70年代的毕业生,现在我的女儿高考又报考了母校的英语教育专业。但不知道母校升格为大专后,中师那种严格学生管理、狠抓教学质量和注重学生职业能力培养的传统还在不在了?"

面对家长和社会上的种种疑惑与期待,师专秉承半个多世纪的师范办学传统,提出将中师严格管理的制度延伸到高师阶段,将对师范专业学生的管理要求推广到非师范专业,坚持从严治校不动摇,育人为先不松劲。

师专重视学生职业技能教育,注重专业技能训练,推行"双证书"制度,师范专业只有获取教师资格,才能按期毕业,非师范专业的学生也同样要拿到与本专业相关的资格证书才能毕业。

近5年来,师专毕业班学生职业技能考核或鉴定累计通过率平均超过90%;计算机与英语应用能力等级考试累计通过率分别达到91.6%、80.2%;师范专业的规范汉字书写能力考核通过率、普通话测试通过率和教师资格证书获得率均达98%以上。通过学校开办的开放教育、本科函授等途径,有60%以上的学生在毕业前获得了本科学历。

"迎评创优,给我校带来了许多深刻地变化,最主要的还是教学理念和教学质量得到了提升。"师专教务处处长张曙光说。

评估标准包含办学指导思想、师资队伍建设、教学条件与利用、教学建设与改革、教学管理、教学效果6项指标。"教学是其中的核心,也是学校发展的生命线。"

张曙光介绍，迎评开始后，学校制订了详细的实施方案，努力实施"创新人才培养工程、优质资源建设工程、教学质量保障工程"，主动寻找差距，促使全体师生自觉投入到迎评创优工作中。

如今的师专校园，每天分管校领导以及各部门负责人带班，分为五个工作小组，巡视各校区的教学情况，重点检查教师到岗、学生到课情况，系部教学值班制度执行情况，及时处理教学中的意外事件。

"感觉身上的担子重了，但思路清晰了，目标明确了。"人文系青年教师陆燕说。迎评后，学校教学管理更加严格，对教师的监管更多，教学规范化要求更高。"几乎是每天一小查，每周一大查，每月、每学期还有全校范围的集中检查。"

"这样的教学，最大的受益者是我们学生。"外语系教育专业04级的戴薇同学说。

学校实行"推门听课"制度，负责教育督查的领导或专家，会在上课教师毫不知情的情况下，上课铃响前进去听课。"促使了老师每节课都必须认真备课、用心上课。"

"泰州师专声誉好、风气正、人气旺、气象新，培养了大批师德高尚、知识丰富、能力出众的人才。"在师专现场评估期间，国家教育部专家组组长、江苏大学原校长蔡兰教授如此评价。

关键是一流的师资

"两年的迎评创优，学校各项工作得到显著提升，其中较显著的变化则体现在师资队伍建设上。"师专副校长邓友祥说。师资是学校发展的关键，在人才强校理念的指引下，通过迎评创优，师专的师资队伍结构得到优化，师资队伍素质得到提升。

据了解，截至2007年底，师专共有教师379名，高级职称占31.6%，中级职称占38.6%，其中教授9人、副教授97人。青年教师中，"双师"型教师比例为71%，博士、硕士（含在读）占73.3%。

2007年秋学期，在教育部专家组结束现场评估后，师专迅速启动"青年教师培养工程"，要求所有40周岁以下青年教师必须过教学、科研、师德三关。

徐金城在动员报告中指出，"青年教师培养工程"是师专坚持"质量立校、人才强校、科研兴校"战略的重心所在。

近年来,继邓友祥、李如齐等一批在省内外有着较大影响的专家教授之后,师专一批年轻的教师开始活跃在相关的学术领域。数理系博士沈荣鑫,先后在美国、匈牙利等国际权威刊物发表论文多篇,2007年有2篇论文被世界最著名的科技文献检索系统SCI收录。人文系博士曹翔、教育系博士胡林成等也纷纷在自己的研究领域崭露头角。

学校还根据胡锦涛总书记的指示,引进西安交通大学教授、博导尤昌德,上海财经大学教授、博导丁邦开以及程致中、孙振祖、倪均为、叶林生等在学术界有较高声望的泰州籍专家、教授来校工作,他们在担任教学科研任务的同时,还当起了青年教师的导师,与青年教师结队帮扶。

喜见孔雀东南飞

3月11日,无锡市锡山区小桃红幼儿园的园长连续四年来到师专,要求一次性与实验教育系学前教育专业的十多名毕业生签订就业协议。同一天,兴化市戴南幼儿园的园长则一个劲儿地埋怨该系系主任李如齐,没帮他多留几个毕业生。

"近年来,我系学前教育等专业的很多毕业生没等到正式毕业就被上海、厦门、苏南等地的学校上门预订了,以致我们的毕业生就业分布上呈现出一种'孔雀东南飞'的现象。"李如齐高兴地说。

多年来,师专始终育人为本,质量为先,培养出的毕业生深受用人单位青睐。近3年中,在泰州各县(市、区)招录考试中,大多数学科前10名中有七成是师专的毕业生。

"办一所有特色的学校,还要在不断彰显特色中拓宽办学领域。"

"师范类就业岗位逐步趋向饱和,地方经济发展又迫切需要大量技能型应用人才,就业市场需求迫使我们不断进行专业调整。"张曙光说。

目前,师专现有31个专业中,非师范专业占据21个,在读学生中,非师范生超过70%。

"船舶工程技术专业被列为非师范专业中的'一号工程'。"数理系主任杨梭林提起自己的"拳头产品"来,滔滔不绝。

2006年开始,该校通过充分的市场调研,在全市首创船舶工程技术专业,深得造船企业和学生家长的欢迎。"目前,近百名该专业的学生虽然还没毕业,却早被省内外各大型造船企业'预订'一空。2007年,我们计划招生50个,最终不得不增加到 65 个。"

去年 9 月开始,师专派出调查组,深入全省 13 个地级市开展 2007 届毕业生质量跟踪调查。"调查结果显示,96.6% 的用人单位对我校毕业生表示满意,总体评价优秀率达 75%。"

新的目标在召唤

又是一年春来早。

1 月 21 日,室外是冰天雪地,室内却是春意盎然。在师专"人才培养模式与专业建设规划"研讨会上,徐金城代表校党政班子提出,要在迎评创优的起点上,努力创建省级示范性高职院校。

"力争到 2010 年,形成教师教育类、制造类、电子信息类、财经类、艺术设计类等专业群,建成省级及其以上实践教学基地 1 个,省级及其以上品牌特色专业 3 个、精品课程 5 门、教学成果奖励项目 5 个,培养省市级学科专业带头人 8~10 名。"听着校领导的报告,与会人员心中暗暗对未来进行着全新的勾勒与描绘……

"迎评创优的成功,只是一个新的起点。面对过去取得的成绩我们不会沾沾自喜。"徐金城说,获得"优秀"等次,为学校参加省级和国家级示范性高职院校申报评比拿到了"准入证","创示"将是学校下一个争创的目标。

"力争用迎评给我们带来的宝贵经验与启示,使我们的办学理念全面深化,教学与管理水平不断提升,真正将学校建设成全国同类院校中特色鲜明、实力较强、技能教学型的一流师专……"

"作为一所已有多年本科办学历史的高校,我们将借助此次获得'优秀'的东风,不断提高自身的综合实力和核心竞争力,实现由二级师范向一级师范的跨越,以良好的状态融入即将成立的本科层次的泰州大学,为地方经济文化建设再立新功"。展望未来,徐金城满怀信心与希望。

(原载 2008 年 3 月《泰州日报》)

293名村官将获大专文凭
——"远程教育千名村官大学生培养工程"结硕果

5月3日,泰州师专的教师专程赶到泰兴市河失镇,将由中央广播电视大学颁发的"希望的田野"奖学金,送给该镇西黄村党总支书记黄建庆。

一位农村基层党总支书记,怎么会获得在校大学生才享有的奖学金呢?

与黄建庆一样,自2009年以来,293名来自全市各基层乡镇的村干部参加了市委组织部与泰州师专利用电大平台联合举办的"千名村官大学生"培养工程。与大众熟知的刚刚从学校毕业"大学生村官"不同,这些学员,都是长期工作在基层村组一线的在岗村官。

"尽管村官也许严格意义上并不算官,但他们却承担着万千村民的期待。他们的能力直接关系到村民的福祉"。市委组织部程秋喜副部长说,"加大村官培训力度,提高他们服务群众的能力,是新农村建设的迫切需要。正如市委市政府所强调的,富民强市的重点在农村,农村发展的关键,在农村基层干部"。

为给广袤农村培养留得住、用得上的领头人,同时,也为进一步提升电大远程教育平台的服务功能,我市实施"千名村官大学生"培养工程。经个人报名、组织推荐,由泰州师专负责招收农村"两委会"成员入学。计划用3～5年,使千名在职村官拥有大专文凭。

目前,经过两年半的学习,首批村官大学生即将获得由中央电大颁发的大专文凭。

"我们始终本着'干什么、学什么,缺什么、补什么'的原则,重点抓好村干部政治理论、科技知识、政策法规、文化素质四个方面的提升,力争让这项工程,如同吹绿田野的春风,吹皱新农村建设这潭春水。"市电大校长张曙光对记者强调。

据了解,为达到培养目的,市电大针对该班实际,力求做到突出"农"字定课程,精心选择了农村干部最迫切需要的农业经济、法律法规、社交礼仪等课程。突出"活"字定学时,采取集中学习与分开自学结合,理论学习与工作实践结合,远程教育与基地观摩结合。突出"实"字定管理,建立班委会和临时党支部,把学习实效与地方党委对村干部的年终考评结合,确保他们学到新知识,服务新农村建设。

市委组织部党员干部远程教育中心主任曹戎健说,实践证明,在"村官大学生"培养工作中,市电大通过转变办学理念,创新教学方式,真正提升了村官大学生的综合素质,使他们"出水洗去两腿泥"。

"天下第一难"不再难了——市直班学员、高港区白马镇金马居委会党总支书记李泽说,《行政管理》《农村政策法规》等课程,拓宽了自己和居委会其他成员化解拆迁矛盾的视野,提升了依法治村的能力,使金马居委会顺利解决了被戏称为"天下第一难"的拆迁问题。

由于地处城郊接合部,近年来拆迁总量任务较重。为解决征地难拆迁难,李泽在班级课堂模拟试训过程中,在老师和同学们的启发下,结合自身工作经验,构想出依法解决拆迁矛盾的三条适应本地的途径:沟通渠道、保障措施、质询制度,在此基础上,以化解征地拆迁矛盾为突破口,让群众有途径诉求,有诉求必回应,有矛盾就化解。

为此,他设立实体与电子信箱,建立了 QQ 群和个人博客,规定自己和居委会班子成员,24 小时与群众无障碍沟通,365 天无条件接受村民质询。2009 年以来,金马居委会矛盾调处率达 100%,上访人数为零。

面对所在集体是由原一个居委会与两个村合并而成、常住人口近 6 000、多块土地已上市拍卖、人均土地资源紧缺、发展空间较小的现状,李泽根据《现代农业发展的形势与途径》等课程知识,集中集体财力,实现土地流转。

2009 年,金马通过利用区域内海纪馆等旅游资源,积极发展旅游和特色观光农业,壮大集体经济,农民人均年收入达 9 000 元。

2010 年,金马通过筹措资金,在白马镇第一家兴建村级居民小区,力争通过建住房、移旧俗、强保障、奔小康,切实提升城郊结合地区的新农村建设。

这些做法,切实解决失地农民的身份和保障问题,确保他们老有所养、病有所医、学有所上,为城郊接合部的基层村组工作提供了新思路。

2010 年,该居委会获"省级法治示范社区"、市"党风廉政示范村"等称号。

农村共富效应真正在形成——泰兴班学员、该市河失镇河头居委会副主任陈

293名村官将获大专文凭
——"远程教育千名村官大学生培养工程"结硕果

红斌对记者表示,通过所学的《植物学》《养殖基础》等课程,他与同镇的同学黄建庆等人搞起了30多亩的螃蟹养殖、100多亩大棚蔬菜种植和2万只蛋鸡养殖。

在学了《信息技术应用》和《市场营销》课程后,他们又迅速成立了银花养殖合作社,把蛋鸡养殖规模化、集体化,确保合作社成员每户年收入15万元以上。2009年初,在金融危机袭来时,大伙儿还在培训班老师的指导下,利用刚刚学会的电脑知识,建立网站,为自己的特种农产品借助网络平台找到了销售渠道。

为突出培训班的农村、农业与农民"三农背景",教师们在授课时十分注重加强农村实用致富技能的培训,力求以丰富、系统、新颖的教学内容满足村干部多方面、多层次的学习需求,增强教学的针对性与实用性。

通过学习,靖江西来镇郁家村总支委员陈红带领群众种植大棚蔬菜和食用菌,亩创效益近万元,是传统种粮的10多倍。

"我们培训着眼于给方法、引路子,力求通过贴近实际、贴近生活的理论知识和教学案例,推广高效现代农业项目,让学员增强自身创业致富能力,并形成一人带一群、一群带一片的农村共富效应",师专培训处副处长蒋成忠向记者介绍。

集体经济发展有了新思路——市直班学员、高港区滨江社区党总支书记张竹山高兴地说,"通过所学的农业经济管理知识和现代企业经营理念,我们领导班子经过广泛征求意见,民主决策,明确了滨江社区集体经济结构调整思路,确立利用自身区位与资源优势,发展奶牛养殖、蘑菇培植、家具加工和现代物流的战略"。

目前,高港区滨江社区已从过去的区帮扶贫困村,成长为远近闻名的小康村。村里兴办了多个集体企业,还投资了汽车修理、港口物流等第三产业,预计2011年底,村集体经济收入将破百万。村里还建立了卫生服务站、惠民超市、社会事业工作站,百姓生活得到了明显改善,和谐社会构建的步伐大幅加快。

此外,张竹山还利用所学现代财务管理知识,引导村民提高民主理财能力,真正实现村民自治,既消除了工作中群众的一些误解,基层干部的威望也得到了前所未有地提升。

与张竹山一样,靖江孤山镇圆山居委会党支部副书记周金飚,2009年下半年,在《市场营销》课程主讲教师、师专财经系主任李善山教授的直接指导下,改变了原有的营销策略,通过网络营销和现代物流,2009年第四季度到2010年第一季度,村集体所创办企业利润同比提高近40%。

从"招商引资"到"招商选资"——2009年,根据组织安排,兴化市张郭镇赵万村党委书记,时年46岁的戴伯明,参加了"村官大学生"培训。刚开学时,戴伯明并不愿意来上课,一来是自己年龄已大,毕业后不久就要退到二线;二来是张郭离泰州路程较远,自己放不下全村的一大摊事物。令人惊讶的是,学了两门课程后,戴伯明一课不拉地坚持到了现在。如今,一见到记者,他遏制不住激动地说:"感谢组织上给我们提供给了这么好的一个学习机会,不参加学习,我们赵万村还要再摸索好几年。"

原来,赵万村由原来的五个村合并而成,总人口接近七千,规模在泰州地区名列前茅,兴化全市只有该村与戴南镇董北村成立村级党委。全村现有民营企业168家,村集体年纯收入近400万元,连续5年名列"泰州十强村"。

近年来,随着全村工业经济规模的发展,土地、人力等资源供给逐步紧张起来,原有"上项目,铺摊子""高投入,低产出"的发展模式越来越不适应赵万村的发展了。

2009年,戴伯明和其他两名一起参加学习的村领导,根据《农村经济管理》《农村环境保护》等课程所学知识,将《市场调查与商情预测》课程理念,首次应用到农村集体经济发展模式改革中,创造性地提出从"招商引资"到"招商选资",明确今后在赵万村招商活动中,用地规模低于20亩,投资额度每亩少于250万元的项目一票否决,真正实现工业发展的规模与效益相结合。

近两年来,赵万村的电热电器、厨具机械等产业优势不断增强。其中,江苏芳强机电有限公司等企业年产值突破2亿元。村集体经济也有了大幅增长,两年来投入新农村建设资金超过七百万元。村民通过进厂打工、从事三产服务等,人均纯收入达138 100元。

服务村集体是我的新追求——姜堰班学员、姜堰市白米镇马沟村村委会副主任丁亚军原在内蒙鄂尔多斯等地经商,家里还办有弹簧厂,年收入近百万元。从没想到过自己会又回到农村,当上了天下最小的官——村官。

2009年,上级组织推荐尚是后备干部的丁亚军参加"村官大学生"培训。短短两年半时间,一开始并不很愿意来学习的丁亚军,系统学习了村级事务管理、农村基层民主政权建设、现行民政政策、村级组织服务群众工作、土地流转政策、农村土地管理、计划生育政策、司法调解程序及运用等方面的知识。

2010年12月,迅速成长起来的丁亚军被推选为村委会副主任。在做好村组管理工作的同时,他还利用所学企业经营和人力资源管理知识,压缩了全村企业的经营与管理成本,大幅提升企业效益,获得了群众的一致肯定。

"下半年,我一定参加电大的本科学习,使自己适应新农村建设的迫切需求。今后,我不再小富即安了,尽管干的只是一名小小的村官,但我努力把这项工作做好。

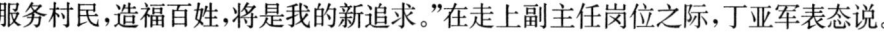

服务村民,造福百姓,将是我的新追求。"在走上副主任岗位之际,丁亚军表态说。

与丁亚军一样,该班首批学员中许多人都在参加学习后,自身知识与能力得到了显著提升,被上级组织和群众推选到新的岗位。

"着力培养基层农村的当家人,将会盘活整个新农村建设这盘棋。接下来,要把这项既体现组织部门对基层干部关心,又充分发挥高校服务地方建设功能的工程做好、做实,真正打通了村官大学生与大学生村官双培养途径",市委组织部李国华部长在谈到"千名村官大学生"培养工程时说。

据了解,本月中旬,一村一名村官大学生第二期将开班,来自全市的267名村干部将走进大学校园。

下半年,市委组织部还将联合电大,对全市社区干部开展轮训工作,努力造就一大批德才兼备、有知识、善经营、懂管理的基层干部。

(原载2010年9月《泰州日报》)

千名"村官"上大学

"千名村官大学生"培养工程是全市村干部能力素质提升工程的一部分,目的是打通"把大学生培养成村官,把村官培养成大学生"的双培养路径,为新农村建设培养留得住、用得上的本土人才。我市计划用5年左右时间,在全市范围内将1 000名村干部培养成大学生。

4月3日,泰州师专的教师专程赶到泰兴市河失镇,将中央广播电视大学颁发的"希望的田野"奖学金,送给该镇西黄村党总支书记黄建庆。

一位农村基层党总支书记,怎么会获得在校大学生才享有的奖学金呢?

2009年4月,黄建庆参加了市委组织部与泰州师专利用远程教育平台联合举办的"千名村官大学生培养工程"。首期学历班共有293名来自全市各乡镇的村干部参加,学制两年半。今年10月,他们将拿到由中央广播电视大学颁发的国家承认、教育部电子注册的高等教育专科学历毕业证书。第二批267名新学员即将走进校门。

首期学历班的专业定为农业经济管理。市电大校长张曙光介绍,我们本着"干什么、学什么;缺什么、补什么"的原则,重点抓好村干部政治理论、管理知识、政策法规、创新能力四个方面的提升。

"天下第一难"不再难了

"《行政管理》《农村政策法规》等课程,拓宽了我们化解拆迁矛盾的视野,提升了依法治村的能力,顺利解决了被称为'天下第一难'的拆迁问题。"市直班学员、高港区白马镇金马社区党总支书记李泽说。

金马社区地处城郊接合部，近年来拆迁量较大。为解决征地难拆迁难问题，李泽在班级课堂模拟试训过程中，结合自身工作经验，构想出三条适应途径：沟通渠道、保障措施、质询制度。在此基础上，以化解征地拆迁矛盾为突破口，让群众有途径诉求，有诉求必回应，有矛盾就化解。

李泽要求党总支所有成员要保证24小时与群众无障碍沟通，365天无条件接受村民质询。2009年以来，金马社区矛盾调处率达100%，上访人数为零。

面对人均土地资源紧缺，发展空间较小的现状，李泽运用所学《现代农业发展的形势与途径》等课程知识，集中集体财力，实施土地流转，实现高效开发。

2009年，金马社区通过利用区域内海纪馆等旅游资源，积极发展旅游和特色观光农业，壮大集体经济，村民人均年收入近万元。

2010年，李泽带领党总支一班人，积极筹措资金，在白马镇首次兴建村级居民小区，通过建住房、移旧俗、强保障，探索城郊接合地区的新农村建设模式。"感谢组织的关心和培养，让我们这些'泥腿子'圆了大学梦，而且真正学到了实用的本领。"李泽说。

共富效应正在形成

在培训班学了《植物学》《养殖基础》等课程后，泰兴班学员、河失镇河头社区陈红斌与同镇的同学黄建庆等人搞起了30多亩的螃蟹养殖、100多亩大棚蔬菜种植和2万只蛋鸡养殖。

在学习《信息技术应用》和《市场营销》课程后，他们又果断成立了银花养殖合作社，把蛋鸡养殖规模化、集体化，确保合作社成员每户年收入15万元以上。2009年上半年，在金融危机袭来时，他们在培训班老师的指导下，利用刚刚学会的电脑知识，建立网站，借助网络平台为自己的特种农产品找到了销售渠道。"我们培训着眼于给方法、引路子，力求通过贴近实际、贴近生活的理论知识和教学案例，推广高效现代农业项目，让学员增强自身创业致富能力，并形成一人带一群、一群带一片的农村共富效应。"泰州师专党委副书记、副校长徐庆国介绍。

集体经济发展有了新思路

市直班学员、高港区滨江社区党总支书记张竹山告诉记者，他们运用培训班上所学的农业经济管理知识和现代企业经营理念，明确了滨江社区集体经济结构调整思路，确立利用自身区位与资源优势，发展奶牛养殖、蘑菇培植、家具加工和现代物流的战略。

目前，滨江社区已从过去的区帮扶贫困村，成长为远近闻名的小康村。村里兴办了多个集体企业，还投资了汽车修理、港口物流等第三产业，预计2011年底，村集体经济收入将突破百万。村里还建立了卫生服务站、惠民超市、社会事业工作站，百姓生活得到了明显改善，和谐社会构建的步伐大幅加快。

张竹山还利用所学现代财务管理知识，引导村民提高民主理财能力，真正实现村民自治，消除了群众的误解，基层干部的威望也得到了前所未有的提升。

从"招商引资"到"招商选资"

2009年，根据组织安排，兴化市张郭镇赵万村党委书记、时年46岁的戴伯明，参加了"村官大学生"培训。刚开学时，戴伯明并不太愿意来上课。令人惊讶的是，学了两门课程后，戴伯明一课不落地坚持到了现在。

赵万村由五村合并而成，又是镇区所在地，有民营企业168家。近年来，随着村工业经济规模的发展，土地、人力等资源供给逐步紧张起来，原有"上项目，铺摊子""高投入，低产出"的发展模式越来越不适应赵万村的发展了。

2009年，戴伯明和其他两名一起参加学习的村干部，根据《农村经济管理》《农村环境保护》等课程所学知识，将《市场调查与商情预测》课程理念首次应用到农村集体经济发展模式改革中，创造性地提出变"招商引资"为"招商选资"，明确今后赵万村招商，用地规模低于20亩、投资额度每亩少于250万元的项目一票否决。

近两年来，赵万村的电热电器、厨具机械等产业优势不断增强，村集体经济也有了大幅增长，连续5年名列"泰州十强村"。

（原载2010年10月《泰州日报》）

"家信教育"撞击大学生心灵

"爸,你的胃不好,少吃些冷的东西吧;妈,上晚班,你一个人要把菜热了再吃。早晨凉,骑车要穿外套……爸、妈,我过得很好,我希望你们和我一样过得好,我会带着你们的爱,带着你们的鼓励和信心好好学习的。请相信你们的女儿,我能行。"

这是一封家书,写信者有个好听的名字叫徐娟,今年秋学期从南京来到泰州师专求学。这是她给家人写的第一封信。她告诉记者,以前有那么多对家人的感激,却爱在心头口难开。如今,通过写信的方式表达出来,真的很开心。

时下,电话、手机短信、电子邮件已成为人们的主要联系方式,写信似乎已被人淡忘。然而,10月中旬起,泰州师专在全校学生特别是新生中发起"写一封家书,算一笔账"亲情活动。

亲爱的同学们:从你迈进大学校门的那一刻起,你写过家书问候过操劳的双亲吗?当你经历了一天丰富的生活在舒适的宿舍里整理一天心绪的时候,想过家中的父母可能还在因为牵挂你而辗转难眠吗?

家书所载之亲情、友情、爱情、乡情,咫尺天涯,血浓于水,见字如面,非其他现代通讯器物手段所能替代。你的一封家书,将给你的父母带来多大的喜悦与感慨,而家书中你的真情浓意又会给他们多大的宽慰?别犹豫了,把那些深深埋藏于心底的言语,都融入进去,带着遥远的儿女的祝福,快快来到父母身旁……

据了解,"家信教育"的发起源于一份"亲情问卷"。问卷针对1 500多名新生,涵盖了"在校每日伙食消费、零花钱金额""是否拥有电子数码产品""到校后和家里联系过几次?联系的方式?""你最想对父母说的话是?"等问题。很多同学一边做一边眼圈泛红,陷入思乡、念家、感恩、愧疚、明责的复杂情感漩涡中,隐藏在同学心中沉睡已久的感恩之情倾泻而出……

值得思考的是——"到校后和家里联系过几次？联系的方式？"一栏中，联系3次以上的占79%，首选电话为联系方式的占99%，但约七成是因为零花钱短缺，要求父母充钱到银行卡或汇款。他们中很多是外地人，虽然打一次电话要好几元钱，但却不愿花0.8元钱寄封信。一位同学甚至表示，除了要钱，和父母没什么话好说，写信根本没有内容。"缺乏爱心的人决不会成长为真正的人才"。该校有关负责人直言，一个孩子从呱呱坠地直到成长为大学生，父母为此付出了多少汗水和努力？他们不图子女的回报，只知无私地奉献和牺牲。泰州师专教育学子，第一是知道"感恩"。所谓"知恩图报"，其实是教会学生如何做人。一个大学生如果连"感恩"之心也没有，还何谈什么良知与道德？写一封家书感谢父母，这仅仅是大学生们应该做的第一步。感谢父母的养育之恩，更要感谢党和人民、感谢老师的培育之恩……

"家信教育"使大学生们的心灵受到强烈撞击，其影响已超出了泰州师专本校。连日来，泰州不少大、中、小学师生都在反思讨论，不少学校准备开展类似的感恩活动。有老师也说，"亲情问卷"的结果具有一定的代表性，说明加强学生思想工作是多么必要。

泰州籍青少年研究专家、中国青少年研究中心晨阳指出，"家信教育"是学校开展德育教育的一个有益实践。写信的过程，其实正是大学生一次自我认识、自我教育的过程。正如一位母亲在给儿子的回信中所说："收到你的来信，我们真的无比激动，把你的信反反复复地看了多遍。儿子你真的长大了，懂事了。"

（本文经相关记者修改后共同署名发表于2005年4月《新华日报》）

泰州师范高等专科学校:"校不在大,有魂则灵"

2010年12月,全国大学生电子商务"三创"挑战赛在全国高职高专院校中,代表江苏省参赛的泰州师专电子商务专业团队,一举揽得2项一等奖和1项二等奖,在全国高职高专院校中名列第一……一所只有7 000名在校生的专科类学校为何能有如此优秀的表现?

"校不在大,有魂则灵",泰州师范高等专科学校党委书记徐金城的回答极为简练。

以办"有灵魂的学校"为目标

"凝心聚力、艰苦创业、执着追求、勇创一流"是泰州师专人一直以来秉承的"泰师精神",铸师魂、强师能、树师表,撑起泰州地方基础教育的一片蓝天。

近年来,该校更是将"立德、立功、立言"作为校训,形成"求真、求善、求美"的校风,以人才培养为根本,以教学为中心,以就业为导向,大力提高教学质量和学生品质。

2010年暑假,泰州师专暑期实践小分队,走进淮安盱眙县明祖陵镇希望小学校开展爱心支教活动,为百名留守儿童提供学习和心理辅导。这已是该校第三年组队赴盱眙开展社会实践活动。"我一定会尽心教育这些孩子,因为我代表的不仅仅是个人,还代表着泰州师专,代表着'泰师精神'"09级英语教育专业张小燕同学说。

近年来,泰州师专先后荣获江苏省文明学校、江苏省思想政治工作优秀单位、江苏省大学生社会实践先进单位等系列荣誉称号,在江苏高职高专院校中名列前茅。

以培养"阳光学子"为宗旨

泰州师专对教育学家周宏宇的"阳光教育论"进行了拓展和创新,开展了"阳光教育行动",其宗旨在于培养"阳光学子",促进学生积极、健康的发展,促进学生成人、成长、成才,适应社会需要。为了达到这种目的,学生入学后,学校即对每个学生进行能力测评,包括职业规划测评和心理测评,依据测评结果对不同学生拟定不同培养方案。

同时,学校也提供场地,提供条件让学生模拟创业,使学生在上学阶段就得到了磨砺创业能力的机会。这也只是泰州师专培养学生创业能力的一个方面,除此之外,泰州师专还开设了专业的创业课程,组织创业竞赛等。多种举措并举,目前已有上百人次,五十个项目进驻该校创业园,近三年成功创业的毕业生就有五十多人。

以服务社会为己任

2009年,泰州市组织部与泰州师专联合举办泰州市首届村干部农业经济管理远程教育大专班,通过再教育,提高村干部的现代知识水平和管理能力,使其能更好地带动基层发展。

泰州市高港区滨江社区党总支书记张竹山告诉记者,通过运用培训班上所学的农业经济管理知识和现代理念,发展奶牛养殖、家具加工和现代物流等,滨江社区从过去的区帮扶贫困村,成长为远近闻名的小康村。据了解,村官培训带来的有益影响在许多地区都得到了体现,成为泰州师专服务地方经济社会发展的成功典型。

(原载2011年5月《光明日报》)

泰州师专:撑起"教育之乡"一片蓝天

"作为全国基础教育改革一面旗帜的泰兴洋思中学,其70%以上的教师为我校毕业生,校级领导和中层主要干部几乎全是我校毕业生。"面对前来评估学校人才培养工作水平的教育部专家组的专家们,泰州师专校长徐金城颇感自豪。

建校以来,泰州师专实施"三步走"发展战略,顺利实现从中师向高校的跨越,精心为基础教育服务,撑起"教育之乡"的一片蓝天。

坚持准确的办学定位

2002年,师专正式成立后,办学定位的明确成了发展的首要问题。经过反复研讨、论证,该校明确了办学指导思想、发展定位与发展规划。

根据国家相关要求,学校把"立足泰州,面向全省,服务地方,把学校办成规模适度、特色鲜明、专业设置合理的技能教学型的师范高等专科学校"确定为总体发展目标。

根据这一目标,学校坚持以师范教育为主体,构建"三结合"的立体办学模式。同时,兼顾地方经济社会发展所急需的人才培养要求,培养服务于地方的各类专门人才。目前,学校开设了40个专业(含方向),其中,师范专业19个,非师范专业21个。

经过六年的探索与发展,师专走出了一条内涵式发展道路,全面实现了以师范教育为主体,融师范教育与非师范教育、普通教育与成人教育、职前培养与职后培训、直面教育与远程教育为一体。

打造一流的师资队伍

"打造有灵魂有底蕴有特色的一流师专,教师队伍建设至关重要。"校长徐金城表示。

近年来,泰州师专先后组织实施"高层次人才引进工程""高学历教师队伍建设工程""优秀青年骨干教师培养工程""优秀中青年专家培养工程""优秀学术带头人培养工程""双师素质教师队伍建设工程"六项人才工程,构建起一支年龄、学历、职称和学科专业结构合理的师资队伍。

目前,学校共有专兼职教师448人,专任教师中,教授、副教授86名。青年教师中,博士、硕士研究生140名(含在读),研究生所占比例达到73.3%。现任教师中,还有特级教师5人,省、市级专家6人,省级学科带头人4人。

学校还积极落实胡锦涛总书记接见泰州市领导时的讲话精神,千方百计引进了丁邦开、尤昌德、程致中等在学术界具有声望的专家、教授来校工作。

为营造科研氛围,提高科研水平,学校还成立了学术委员会和产学研结合工作领导小组,出台了《科研工作年度考核实施条例》《科研奖励条例》《关于加强产学研结合工作的意见》等制度。

几年来,学校承担国家级课题1项,省级科研项目10项,市级科研课题5项,校级科研课题40项,校级教学改革立项课题26项。教师获省级科学技术进步奖1项,省级高等教育优秀教学成果奖1项,校级优秀教学成果奖14项;公开出版论著、教材40多部,在省级以上刊物发表论文或经验文章500多篇。

一切以教学为中心

"一切必须以教学为中心,坚持教学投入的优先地位不动摇。"徐金城在多个场合反复强调。

2004年以来,学校每年学费收入用于教学经费的比例均在30%以上,教学经费投入近2 000万元。截至2006年6月,学校的教学仪器设备(单件800元以上)总值为2 436万元,生均设备值达0.416万元。

目前,全校设有语音教室8个,专用多媒体教室36个,拥有教学用计算机619台,基本满足了专业教学和多媒体教学的需要。此外,学校图书馆总面积近12 000

平方米,藏书41万多册,电子图书资源库拥有近9千片教学用光盘影像资料,以及清华同方中国期刊全文数据库(CNKI)、《超星数字图书馆》等网络电子资源。

以校园网络为载体的学校及各单位网站信息系统资源丰富,有效提升了教学、管理的质量和效率。到目前为止,全校已建立了比较完整的校内实训体系,各专业都具备了必需的实验实训条件。

推进产学研一体化建设

"作为一所师范类高校,我们必须充分发挥自身的独特作用,服务并引领地方基础教育。"在泰州师专的广大教师心中,始终坚持这样的理念。

几年来,师专努力推进产学研一体化建设,促进了与施教区内中小学、幼儿园在产学研结合水平上的共同提高。

该校各系部根据自身的专业特点,开展了与合作共建单位之间的产学研一体化建设,在理论和实践课程的教学、人员互兼互聘、行业计划培训、项目推介、科研课题协作等方面广泛地开展合作共建。目前,该校在市内外共建立校外实训基地103个,其中师范专业57个,非师范专业46个。

师专还运用灵活的办学机制,专门建立了资产和法人属于学校的"泰州师专附属实验中学""泰州师专泰兴附属小学""泰州师专附属幼儿园"。同时,还在校外建立了9所附属学校。

这12所学校既是该校师范类专业的教育实习基地,又是专业教师的教科研基地。有关专业的教师带着课题到附中、附小和附幼儿园上课,开展调查研究,在"下水课"中积累鲜活的教学案例,同时又结合相关研究成果,充实和改革专业教学过程,充分发挥"实验工厂"的作用。

培养市场欢迎的应用人才

又一届毕业生即将毕业,美术系负责人杨卫平开始犯愁。倒不是担心学生找不到工作,而是愁众多用人单位向他索要毕业生,他无法一一满足。

"操作性课程占主要地位,更好地培养了我们的技能,一些用人单位也许看中的就是这一点吧。"来自徐州的女孩程实认为。

在泰州师专的课堂上,少了那种教师讲授学生记录的授课场景。更多的是师生之间的对话、沟通和思想碰撞。

"我们着重培养学生收集和处理信息的能力、获得新知识的能力、分析和解决问题的能力、交流与合作的能力。"该校教务处处长张曙光说,目标是让学生适应人才市场激烈的竞争需要,一走上工作岗位就能成为适应新课程改革要求的合格教师。

为加强学生职业能力和专业技能培养,学校建立了与理论教学体系相辅相成的实践教育体系,并形成了与专业培养目标相匹配的职业技能考核鉴定制度。

近年来,师专师范专业毕业生规范汉字书写能力考核通过率、普通话测试通过率和教师资格证书获得率均达98%以上。不少学生,在校期间不仅获得了教师资格证,还获得各类职业技能证书。2005届、2006届毕业生中,学生英语应用能力考试平均通过率为80.2%,计算机应用能力考试平均通过率为91.6%。

（原载2007年5月《泰州日报》）

泰州师专：结对海军"泰州舰"创新拥军模式

11月初，来自江苏泰州师范高等专科学校的5名教师，驱车数千公里，来到浙江舟山海军东海舰队"泰州舰"驻地，为该校33名成教学员面授英语等课程。

按照相关规定，省属高校招收成教学员，一般只面向本省，更别说招收现役士兵。然而，作为"海军母亲城"泰州最悠久的高校，泰州师专近年来主动开展军地互动、军校共建，在传统文化拥军、科技拥军、人才拥军基础上，拓宽拥军途径。

该校在全国首家将教育资源主动送到军营，利用电大平台招收现役士兵入学，使他们不出军营即提升学历和技能，为部队培养合格顶用新型士兵，发挥高校独特功能，创新教育拥军模式。

地方高校结对海军舰艇

江苏泰州，人民海军诞生地，被誉为"海军诞生地，水兵母亲城"。

"泰州舰"是我国一艘新型的现代化战舰，以海军诞生地泰州命名，是我国海军目前水面舰艇中吨位最大、自动化程度最高、综合作战能力最强的水面舰艇。

近年来，泰州师专不断完善与"泰州舰"之间的双拥工作机制，实现优势互补、建设互动、成果共享，努力促进校舰双方共同发展。

从2009年开始，泰州师专与"泰州舰"士兵开展学历提升、心理咨询、艺术联谊、国防教育等方面合作共建。

"泰州舰"充分发挥部队思想政治工作的优势，指导和帮助泰州师专对师生开展国防教育、道德教育等活动。

泰州师专发挥高校教育资源优势，帮助部队官兵学习相关专业知识，开展相关培训活动，为部队培养军地两用人才。

心理咨询小组登上"泰州舰"

2009年，泰州市民政部门决定拓宽双拥工作内涵，增加文化拥军、教育拥军、知识拥军项目。委派泰州师专面向社会提供心理咨询服务的"百姓阳光屋"咨询小组赴"泰州舰"，为广大官兵们服务。

小组成员在辅导过程中，了解到很多士兵对退役以后的生活有着美好的规划，但苦于长期戍守海疆、远离陆地，无法学到民用技术，退役后生活将受到一定限制。

成员们看在眼里，记在心头。经过商量，他们有了一个大胆的想法，何不利用学校成人教育的优势，为"泰州舰"的士兵们服务呢？

返校后，他们郑重地把这一思路汇报给校领导，得到校领导的赞许。

一台轰动军营的演出

2011年8月1日，建军节那天，泰州师专校领导随泰州市党政代表团慰问"泰州舰"，一同前往的还有从音乐学院精心挑选的20多名师生文艺骨干。

那天，风和日丽，天高海蓝，在海军舟山基地码头上，临时搭建的舞台，一台泰州市与"泰州舰"联袂举办的文艺演出空前上演。来自师专的师生们载歌载舞，饱蘸浓浓的爱军拥军情意；官兵们拿出自己的军旅节目，表达出拳拳报国之心。台上情意浓浓，台下掌声雷鸣。

泰州师专党委书记徐金城和"泰州舰"政委胡成玉在交流过程中，提出要进一步提升交流合作的实效。

徐书记当即拍板，回去之后积极组织实施针对"泰州舰"广大士兵的远程教育项目。一个军地共建合作培训的项目就这样浮出水面。

没有先例的成教项目

泰州师专高度重视这一军地合作共建项目。随着培训方案的出台，困难也就随之而来。培训合作地域跨越两省，这在成教历史上没有先例。

泰州师专自觉该项目困难很大，却引起了江苏省教育考试院领导的重视和高度赞许。

考试院认为泰州师专与"泰州舰"合作共建项目,不仅仅是解决了"泰州舰"士兵学历提升培训免去他们后顾之忧的问题,而且是军地共建的一个创新举措。

他们提出了一个变通方案,请泰州市政府授予"泰州舰"官兵"泰州市荣誉市民"称号,这样士兵作为泰州子弟兵,参加第二故乡高校的学习,进行学历提升就理所当然,与现行政策并不背离。

山穷水复,豁然开朗。泰州师专加快了项目的进度。考试院专门批准跨省设立"泰州舰"驻地成人高考考试考点后,学校与部队磋商研究,紧锣密鼓完成了专业设置、报名、考前辅导、监考、阅卷、录取等一系列工作,首批录取法律事务专业33名学员。

这一特色项目要长期坚持

2012年3月底,双方合作共建的法律事务成教大专班函授开班典礼暨第一次面授活动在"泰州舰"隆重举行。蓝天碧海,绿岛白沙,万里海防,泰州人民、师专全体师生与"泰州舰"官兵心相连,情相通。

"泰州舰"领导在这一项目实施过程中,感受到士兵们渴求知识的强烈愿望,深知机会来之不易。他们还成立学习自助小组,由军官指导士兵学习,开展助学活动,提升学习效果。

"士兵学历提升培训考试一律免费,我们绝不向部队收一分钱费用。我校将定期专门组织教师赴"泰州舰"进行现场教学,并根据学员要求确定课程内容和教学方式,确保广大士兵学到真本领。"泰州师专校长温潘亚在开学典礼上说。

该项目的成功举办,既是地方开展拥军活动的重要方面,又是高校服务部队的崭新创举;既有利于广大现役士兵的成才成长,也有利于学校国防教育、思想政治教育工作的开展。

针对泰州师专与"泰州舰"的军校共建,海军东海舰队首长提出:希望以士兵学历提升培训为主要内容的高校特色拥军项目,长期坚持下去。

(原载 2013 年 10 月《新华日报》)

江苏泰州：村官大学生培养化解农村人才危机

金秋十月，位于江苏省泰兴市宣堡镇10万多株、绵延上千米的银杏自然森林内，层林尽染，金果累累。全国各地慕名而来的游客们流连忘返。

然而，银杏公园所在的毛群村党总支书记毛智彬，没有去自家开办的农家乐接待客人，而是把自己关在办公室里，结合银杏公园的经营情况和二期两万亩的建设规划，上网收集资料，埋头撰写自己大学毕业论文《浅谈自然资源开发与新兴农村旅游产业发展之关系》。

作为泰州市村干部农业经济管理远程教育大专班的一名学员，近三年来，毛智彬充分利用自己所学知识，成功地从一个整日忙于解决邻里纠纷的调解员，转型为全村百姓发展新型农业致富的带头人，自己也成为一家小型林业绿化公司的"毛总"。

解决农村的本土人才危机

地处苏中的泰州，是长三角16个中心城市之一。2009年4月，为解决大学生村官在基层工作时容易出现的"外来和尚难念经""孔雀总想东南飞"等问题，打通"把大学生培养成村官，把村官培养成大学生"的双向培养路径，为新农村建设培养留得住、用得上的本土人才。该市提出，用5年左右时间，在全市范围内将1 000名村干部培养成大学生，从根本上解决困扰基层农村的本土高层次人才危机。

2008年，泰州市委组织部与泰州师专利用远程教育平台，联合举办泰州市村干部农业经济管理远程教育大专班，并命名为"千名村官大学生培养工程"。

学员全部为来自全市各基层乡镇的村干部,学制两年半。在通过各门考试和论文答辩后,他们将拿到由中央广播电视大学颁发国家承认的、教育部电子注册的高等教育专科学历毕业证书。

相关学费由市(区)及乡镇(街道)财政补贴大部分,个人承担小部分。2009年10月,首批293名学员顺利毕业。目前,第二批267名学员正在准备论文答辩。

找到服务三农的有效抓手

据泰州市委常委、市委组织部长陆新介绍,泰州目前正在努力争创全省转型升级示范区,全力建设产城一体的医药名城、形神兼备的文化名城、富有魅力的生态名城。

建设新兴产业名城,农业是基础。作为全国闻名的农业大市和水产基地。泰州市组织部门充分利用本地区高校独特资源,力求为农村和农业培养一批合格优秀的带头人。"千名村官大学生"培养工程,就是该市实施村干部能力素质提升工程的一部分。

"培养出一批优秀的基层农村村干部,必将带动农村工作的全面改观。相信他们毕业后,在工作中,肯定会将自己的所学理论知识与丰富的基层工作经验相结合,摆脱传统村官泥腿子的定势思维。可以不夸张地说,把优秀村官培养成合格大学毕业生,将成为组织部门服务三农的有效抓手。"言语中,陆新和"千名村官大学生"培养工程领导协调小组组长、市委组织部副部长程秋喜对"村官大学生"的未来充满信心。

根据需求确保学到真本领

根据基层实际和学员需求,学历班的专业定为农业经济管理。在首批学员班开班典礼上,泰州师专校党委书记徐金城曾强调:学历班一定本着"干什么、学什么;缺什么、补什么"的原则,重点抓好村干部政治理论、管理知识、政策法规、创新能力四个方面的提升。

学历班围绕"农"字定课程,精心选择了农村干部最迫切需要的农业经济、农村管理、法律法规、社交礼仪等课程;突出"活"字定模式,采取集中学习与分散自学结合,理论学习与工作实践结合,远程教育与基地观摩结合;强调"实"字定管理,建立班委会和临时党支部,把学习实效与地方党委对村干部的年终考评结合,确保他们学到新知识,服务新农村建设。

学历班还改革了传统的考试模式,灵活采用组织人事部门提供的学员平时工作考核与课程考试得分相结合的方法,工作实绩占总成绩的20%～40%。学习表现考核纳入村干部年度工作考核,实行述学、评学、考学相结合,确保学习效果。

基层村官得到了全面提升

实践证明,学员们在参加学习后,自身知识与能力得到了显著提升,建设新农村的思路更加开阔了,在发展经济、致富百姓、化解矛盾方面有了更多的举措。

2011年,首批学员高港区白马镇金马社区党总支书记李泽和泰兴市河失镇西黄村党总支书记黄建庆,先后获得了由中央广播电视大学颁发的"希望的田野"奖学金。

"《行政管理》《农村政策法规》等课程,拓宽了我们化解基层矛盾的视野,提升了依法治村的能力。"首批学员李泽要求所在党总支所有成员,保证24小时与群众无障碍沟通,365天无条件接受村民质询。2010年以来,金马社区矛盾调处率达100%,上访人数为零。

2012年上半年,第二批学员靖江市斜桥镇富民村党总支书记钱旺林、姜堰市白米镇新华村党总支书记黄于志、海陵区苏陈镇北庄村村委会主任宋怀贵、高港区白马镇陈家村副书记陈林、兴化市张郭镇同济村村委会主任徐海云等,都在村民直评村官活动中获得了一致肯定,群众满意率达97%以上。

农村共富效应正在形成

在学了《植物学》《养殖基础》等课程后,泰兴班学员、河失镇河头社区陈红兵与同镇的同学黄建庆等人搞起了30多亩的螃蟹养殖、100多亩大棚蔬菜种植和2万只蛋鸡养殖。2012年上半年,面对市场危机,他们在泰州师专教师的指导下,利用所学电脑知识,建立网站,借助网络平台为自己的特种农产品找到了销售渠道。

在培训班学习后,靖江市西来镇郁家村党总支委员陈红带领群众,种植大棚蔬菜和食用菌,亩创效益近万元,是传统种粮的10多倍。

市直班学员、高港区引江社区党总支书记张竹山告诉记者,他运用所学现代企业经营理念,利用自身区位与资源优势,发展奶牛养殖、蘑菇培植、家具加工和现代物流的战略。2011年村集体经济收入突破了百万元。村里还建立了卫生服务站、惠民超市、社会事业工作站,百姓生活得到了明显改善。

2009年以来,兴化市张郭镇赵万村党委书记戴伯明和其他两名一起参加学习的村干部,将《市场调查与商情预测》等课程知识应用到农村集体经济发展模式改革中,选准电热电器、厨具机械等产业大力发展。2011年,村集体投入新农村建设资金超过700万元,村民人均纯收入达14 100元。

"利用高校教育资源服务地方经济发展,是高校自身发展的需要,更是一种社会责任与使命的体现。我们培训着眼于给方法、引路子,力求通过贴近实际、贴近生活的理论知识和教学案例,推广高效现代农业项目,让学员增强自身创业致富能力,并形成一人带一群、一群带一片的农村共富效应。"泰州师专校长温潘亚向记者介绍。

(原载2012年5月《光明日报》)

泰州师专：为县级市培养定向师范生

"姐，今年我也考上了！"孙文佳拿到泰州师范高等专科学校的录取通知书，第一个想要分享的人，就是她的堂姐，泰州师范高等专科学校2011级学生孙文雨。

这对姐妹相差一岁，来自于兴化农村，从小就特别要好，个性也很相像。2011年，孙文雨作为一名定向培养师范生考入泰州师专读书，以后她就不断在妹妹面前念学校的好，所以一听说泰州师专今年继续招收定向师范生，孙文佳毫不犹豫地就报了名。

"近年来，泰州的教师队伍在继续壮大，但是教育资源不平衡，农村小学缺教师，而且教师年龄偏大"，泰州师专副校长王美林说，"我们2011年和兴化市政府合作，2012年在此基础上又和泰兴市政府合作，目的就是吸引优质生源报考师范专业，鼓励和引导优秀人才充实农村中小学教师队伍，推动泰州基础教育持续健康均衡发展"。

"师范的学习丰富多彩"

孙文佳进校后的第一堂课，就是全班一起参观姐姐孙文雨以及她的同学的作品展。

一张张漂亮的钢笔字，一幅幅生动的素描，一篇篇优美的文章，让同学们大为惊叹。"我要拍下来发到微博上。""一年后的我，能写得这么好吗？""这儿的学习生活真精彩。"

"我早就听姐姐说过这里的生活了，在学好文化课的同时，还要学习很多技能，可以参加各种各样的校园活动，生活非常充实，所以我也选择来这里读书。"孙文佳对未来充满了期待。

"农村学校往往要求教师是全才,学校缺什么老师,你就要教什么课,"该校副校长邓友祥谈到,"因此,农村更需要的是'全科型'教师,知识面要广,要能够胜任各门学科的教学,包括语文、数学、英语、科学、音乐、图画、体育等都要能教"。

针对这一实际需求,泰州师专制定了与之相适应的人才培养方案和教学计划,优化必修课、选修课、课外活动和社会实践"四大块"的培养模式,开阔学生知识面,确保学生知识结构具有一定的广度和深度。同时,突出老牌师范严谨规范、能力突出的培养特色,加强教师基本素质和教学能力训练。在切实加强师范生"三字一话"(毛笔字、钢笔字、粉笔字、普通话)基本技能培养的基础上,通过坚持开展"每日必练""周末技能学校""教学基本功过关"等训练考核活动,规范学生的普通话、三笔字、弹唱、儿童舞蹈、简笔画、体操口令、创编小游戏等教师必备的教学基本功。

"我要去老师的母校学习"

"我初中老师也是这个学校毕业的,他给了我很多的建议。"2012级定向生费晓雯是个安静但很有主见的女生,她选择泰州师专入读,受到了她的老师的影响。

晓雯很喜欢她的老师。老师曾经在泰州师专读了三年,然后通过自考拿到了本科文凭。她多才多艺,课余还教孩子们唱歌,她也经常和同学们聊起她以前的学习生活。她对晓雯说,你的个性很适合做教师,而且学校离家也比较近,对于你这样的孩子来说,未来不在于飞多远,而是看适合不适合。

晓雯说:"我现在已经在老师的母校学习了,我会珍惜机会,学好文化课的同时,锻炼自己的能力。我要向我的老师学习,努力成为一名合格的人民教师。"

泰州师专校党委书记徐金城介绍,建校70来,师专全体师生员工弘扬"凝心聚力、艰苦创业、执著追求、勇创一流"的"泰师精神",高举师范大旗,铸师魂,强师能,树师表,用忠诚和爱,撑起了泰州地方基础教育的一片蓝天。据不完全统计,迄今师专已经培养了5万余名基础教师师资和各类专门人才,毕业生中有200多人被评为省特级教师、省市名校长、名教师、有突出贡献专家,受到国家、省级表彰的数百人次,处级以上领导干部300多人。学校由此赢得了"名师摇篮""三泰黄埔"的美誉。

"毕业后回我的家乡任教"

来自兴化市陈堡初级中学的刘蓉蓉,今年中考成绩为696分,按照这一成绩,可以轻松就读省重点高中,考上本科院校也不会是什么难事,但是她选择了定向师范生。刘爸爸说,教师是个光荣的职业,女儿毕业后就能回到老家当公办教师,很不错。

"老师一开学,就问了我们一个问题,什么是师范,"同样来自陈堡初中的唐静雯说话声音响亮,"那时候起,'学高为师,身正为范'就深深地扎在了我的心底。"唐静雯说,她从小就喜欢站上讲台的感觉,喜欢教师这个职业。将来毕业了,她要回到农村去教书,因为她们那里的孩子大多还是比较羞涩的,将来她要回去教他们"说话",让他们也都能大胆、流利、完整地进行表达。

为加强对师范生的教师职业道德养成教育,培养学生"为人师表"的师德风范,泰州师专特别注重职业素养教育和学生日常行为规范管理,积极开设各种活动型课程,例如主题团日、讲座、兴趣小组、学生社团、社会调查等,帮助师范生认识教育、了解教育、热爱教育,培养良好的个人品德、健康的生活习惯、优良的团队精神和求真务实、敬业奉献的职业素养。

"人格培养、增强教师职业信念是师范教育的灵魂。"泰州师专校长温潘亚说,"我们正在为升格本科院校努力,今后我们将继续坚持自身师范特色,以点带面增强学校凝聚力,进一步提高人才培养质量,进一步提升综合办学水平,进一步强化服务基础教育功能,积极承担社会赋予我们的责任,实现时代赋予我们的神圣使命。"

(原载 2012 年 9 月《中国教育报》)

长风破浪会有时

——泰州师专办学成果侧记

12月9日,第三届中国(泰州)国际医药博览会圆满落幕。会议期间,来自泰州师专外国语学院的102名大学生志愿者以扎实的外语功底和过硬的综合素质,展现了我市大学生的优良品质和精神风貌。这已是该校学生第3次为我市大型国际会议提供志愿服务。

诞生于抗日烽火硝烟中的泰州师专,是泰州地区办学历史最为悠久的一所高等院校。70年来,该校一直从服务地方经济社会发展理念出发,立足地方,扎根泰州,面向社会,服务百姓,办学有道,特色鲜明,努力办"人民满意的教育"。

提升办学层次实现跨越发展

经过70年办学实践与近10年来的不懈努力,泰州师专扎实抓好内涵建设,努力推进学校发展,坚持规模、质量与结构协调发展,取得令人瞩目的办学成果,为实现办学层次的新跨越奠定了坚实基础。

近年来,泰州师专的教学设施已全面完善。现有校区占地面积772亩,另有附属中小学、附属幼儿园和195个校外实习实训基地。2012年11月1日,占地800多亩的新校区项目一期工程正式开工建设。

该校现有35个专业,其中省级特色专业3个。学前教育和船舶工程技术被确立为国家教育部、财政部重点支持建设专业,以学前教育为核心的3个师范类专业和以会计专业为核心的财经类5个专业被确定为江苏省高等学校"十二五"重点建设专业群。

学校现有专任教师411人,具有高级专业技术职称的175人,占专任教师总数的42.6%。其中正高级职称30人,兼职硕导5人;具有硕士以上学历学位教师214人。建成1门国家级精品课程,1门国家教指委精品课程,3门省级精品课程;1部教材获评省级精品教材,3部教材获省级精品教材建设立项;获省级教学成果奖1项;建有"数字技术应用与艺术设计"省级示范性实训基地。

近几年来,该校承担省部级以上科研项目6项,获省部级教学科研奖励20项;公开出版论著、教材48部;在省级以上学术期刊发表论文2 000余篇,其中核心期刊302篇,被SCI、EI、CSSCI收录或被人大复印资料转载99篇。

10月25日,中共江苏省委下发《关于推进泰州转型升级综合改革试点的意见》(21号文),明确提出"加快推进泰州师范高等专科学校升本工作"。市委书记张雷、市长徐郭平等市领导更是多次强调,全力为师专发展创造更好的环境。

"各方的鼎力支持和切实推进,以及泰州500万人民的殷殷期盼,已经成为鼓舞师生员工奋发向上的巨大精神动力,也为学校快速提升办学层次、实现可持续发展注入新的强大活力。"泰州师专党委书记徐金城教授说。

彰显办学特色全面服务地方

办学70年来,该校传承并创新着"泰州学派"创始人王艮提出的"百姓日用即道"思想。

近年来,围绕人才培养、科学研究、技术支持、社会服务和文化传承,该校着力打造"百姓大讲堂""百姓阳光屋"和"百姓大舞台"三大载体,服务地方基础教育,服务支柱产业需求,服务文化名城建设,服务和谐社会构建,彰显着"百姓日用即道"的办学特色。

2004年,泰州师专成立了被师生们称为"阳光小屋"的心理咨询中心。如今,"阳光小屋"已成为泰州市民心理素质提升的服务平台和500万泰州人共享的"心灵驿站",被誉为"百姓阳光屋",先后受到中宣部和江苏省委宣传部的表彰。

从2009年起,该校与市委组织部利用远程教育平台联合开展"千名村官大学生培养工程"。首批273名学员全部顺利拿到农业经济管理专业毕业文凭。学校被授予"教育部'一村一名大学生计划'试点先进教学点"称号。

从2009年开始,泰州师专发挥高校独特功能,创新教育拥军模式,与海军东海

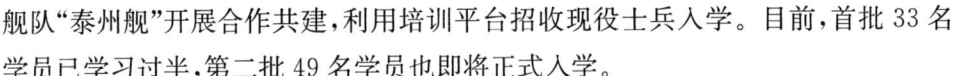

舰队"泰州舰"开展合作共建,利用培训平台招收现役士兵入学。目前,首批33名学员已学习过半,第二批49名学员也即将正式入学。

2009年11月,该校又利用自身法律专业优势,率先成立全省高校首家大学生法律援助讲堂,面向社会进行法律援助。援助站被《江苏法制报》等媒体誉为"法治江苏"一道亮丽的风景线。

与此同时,在长期办学实践中,泰州师专努力参与打造泰州"百姓大舞台"等文化建设载体,实现了校园文化与地方文化的共同繁荣,服务着泰州"文化名城"建设。

此外,自2009年以来,该校先后成立泰州历史文化研究所、参与组建泰州历史文化研究会、成立泰州传统文化研究会、成功申报泰州市和江苏省"社科普及示范基地"。这些平台的搭建,打造优秀团队,培育优秀人才,有力推进了地方文化事业和文化产业的全面提升。

狠抓办学质量致力人才培养

一直以来,泰州师专始终坚持"学以致用,学用一致"的育人观念,改革培养模式,全面提升学生技能。学校构建了"一体两翼、学做合一"的人才培养新模式。"一体"是指以专业知识和专业技能为"主体",夯实学生专业基础;"两翼"是指以综合素质和基本技能为"两翼",形成其可持续发展动力。

"一体两翼、学做合一"人才培养模式的建立,有力提升了学生职业技能,学生综合素质明显提高。

2006年,该校40名志愿者为"博鳌亚洲论坛·泰州国际医药产业大会"提供了英、韩、日语志愿服务。2012年,90名志愿者为"第六届中国生物产业大会"提供了英、日、德、韩语志愿服务。他们的服务,得到国内外来宾的充分肯定。

2012年7月,该校人文学院茅亚平同学获全国高师院校技能大赛特等奖。8月,该校音乐学院学生王思琦参加江苏省高校音乐教育专业基本功比赛,获歌唱与钢琴伴奏第一名。

在2012中国机器人大赛暨RoboCup公开赛中,该校机电工程学院代表队成绩斐然:7个参赛小分队,4个一等奖、2个二等奖、1个三等奖,成为为数不多的获奖率100%的学校之一。

10月,该校音乐学院学生星光合唱团,荣获省社会文化活动政府最高级别奖第十届省"五星工程奖"金奖。据悉,近5年,学生中有3 000多人次获省级以上学科竞赛、社会实践以及文体活动等奖励。

近3年来,该校师范类专业毕业生计算机与英语应用能力等级考试、普通话水平等级测试累计通过率分别达到91.6%、80.2%、98.9%,非师范类专业技能考核鉴定合格率也在97%以上。近5年来,毕业生就业率达97%,用人单位满意率达95%。

长风破浪会有时,直挂云帆济沧海。目前,泰州师专正紧紧把握高等教育发展的良机,坚持"科学发展、特色发展"战略,着力建设本地区小学和幼儿教育名师摇篮、地方经济建设人才高地、市民终身学习基地、文化传承与创新研究中心,不断提高学校核心竞争力,全面推动我市高等教育工作迈上一个新的台阶,为泰州经济社会可持续发展、创建全省转型升级示范区提供强大的智力支撑和人才保障。

(本文与相关记者共同署名发表于2012年10月《泰州日报》)

泰州师专：服务并引领地方基础教育

随着教育部高职高专院校人才培养工作水平评估专家组的到来，年轻的泰州师专将迎来一场具有特殊意义的考试。

7年前，省政府批准泰州师范学校和泰兴师范学校合并筹建泰州师范专科学校。5年前，国家教育部批准正式成立泰州师范高等专科学校。伴随办学层次的提升，新一轮基础教育课程改革的不断深入，泰州师专在服务并引领地方基础教育的特色办学道路上阔步前进。

走出一批领军人物

泰州师专前身——泰兴乡村师范诞生于1941年抗日战争的烽火硝烟之中。办学初期，学校在艰苦的斗争环境中磨炼学生意志，培养学生为人民、为民族服务的意识，造就了一大批军政干部和教育人才。

前不久，高等教育专家叶春生回到了阔别60年的母校。得知学校近年来在地方基础教育中发挥着人才培养、智力支持的龙头作用，叶老感慨说："泰州师专紧跟时代步伐，服务并引领地方基础教育的办学理念一脉相承。"

服务并引领地方基础教育，需要打造具有科学教育理念的领军人物。姜堰市实验小学副校长楼文英是其中的典型之一。由于教学成果突出，1976届校友楼文英成为特级教师、全国劳动模范、全国人大代表。"直到现在，泰师的许多老师还在指导我的教学科研，我永远是泰州师专的一分子。"楼文英说。

泰兴市洋思中学是全国基础教育改革与素质教育的一面旗帜，其领军人物蔡林森是师专1962届毕业生。1982年，蔡林森刚担任校长时就萌发了一个大胆的想法：能不能像母校的课堂教学一样，让中学生也成为课堂的主体？

应蔡林森之邀，刘守立等老师前往蹲点，参与教学改革。经过探索，洋思中学形成了突出学生主体地位的"先学后教，当堂训练"教学模式。目前，该校的教改经验已作为新课程教学改革的典型在全国推广。

"泰州师专不仅给我们输送了优秀毕业生，而且对新课程改革作出了具体的帮助和指导。可以这么说，洋思中学的成功是泰州师专办学成果的一个生动体现。"蔡林森对母校的感激之情溢于言表。

泰州师专校长徐金城教授表示，对走出校门的毕业生跟踪指导和培养，可以让他们走得更高更远。

泰兴市襟江小学校长杨金林，在范荫荣副教授帮助下主持的7项课题获得省部级科研成果一、二等奖。姜堰市苏陈实验小学校长丁正后，在孙建国副教授指导下近年来在《中国教育报》等报刊上发表了80多篇教育教学论文，成为姜堰市科研型校长的典型。

据不完全统计，近年来，师专毕业生中，已有2人被评为省名校长、名教师，3人被评为省市级专家，18人被评为特级教师，8人被评为泰州市名校长、名教师。根据对泰州四市三区34所小学师资队伍抽样调查，师专毕业生占校级领导中的70%，占中层干部中的65%。

"下水才能摸到大鱼"

在泰州师专的教学词汇中，"下水课"频频出现。

该校副校长徐庆国解释说，所谓"下水课"，就是师专定期组织老师去中小学上课，既带去先进的教学理念，又收获了实际经验，往往回来后就会形成较为丰富的教研成果。此举被戏称为"下水摸到了大鱼"。

副校长邓友祥教授显然是一个"摸到大鱼的人"。他长期深入中小学课堂，并"下水"示范，促成了省教育学会"基础教育数学新课程改革的理论与实践"课题立项，并获得2004年江苏省高等教育优秀教学成果二等奖。

更重要的是，大量鲜活的教学案例让邓友祥的"数学课程与教学论"课程变得直观生动起来，让学生学得轻松愉快。

师专的专家、教授直接进入中小学课堂，指导一线教师开展教改，为泰州地区新课程改革带来崭新气象。

范荫荣等老师与泰兴市实验小学、泰兴镇中心小学等学校合作,开展省重点立项课题"小学作文立体化教学"研究,形成了10册实验教材《小学作文导程》(天津教育出版社出版)和30万字专著《小学作文教学原理》(上海科技文献出版社出版)。李如齐等老师参与姜堰市桥头中心小学国家级课题"农村小学作文教学改革"实验研究,顺利通过中央教科所专家组评估验收。

王春进等老师深入姜堰市里华中心小学,为该校老师开设多媒体应用技术培训讲座,推动了该校课堂教学多媒体技术的应用。还参与指导了里华中心小学国家级课题"新教育技术"子课题研究,目前已顺利结题。

近年来,泰州师专共获得省(部)级教改立项课题8项,校级教改立项课题26项。其中,徐金城教授主持的"师专学科教育学课程体系改革研究",被列为省"十五"重点课题,受到省内外教育专家高度评价。

部分专家还到中小学挂职指导新课程改革。李如齐先后担任泰师附小党支部书记、泰州莲花学校业务副校长,范荫荣曾担任二附小校长,黄建文、黄良才等人也分别担任过泰州实验学校、兴化海南文昌学校副校长职务。

目前,泰州师专在全市建立了12所各具特色的附属中小学及幼儿园和54所教育实习基地。

"不仅要走出去,还要请进来。"作为省级新课程改革基地,泰州师专的讲台上频频出现在全国教育界有影响的重量级人物。魏书生、孙双金、于永正、窦桂梅、杨九俊,20多名国内著名特级教师、知名校长先后来校讲学或开示范课。

艺术教育"大篷车"开进乡村

除了关注语文、数学、外语等主干课程的改革外,泰州师专还着力在传统优势专业音乐和美术教育上"大做文章",主动将艺术教育"大篷车"开进乡村。

近年来,泰州地区众多乡镇都活跃着师专艺术教育"大篷车",音乐系师生为农民演出,送去欢歌笑语。不仅如此,师专还多次派出张丽、顾克、陈建华等音乐教育专家到农村小学指导音乐教学改革。

泰兴市溪桥镇是世界知名的"小提琴之乡",当地居民几乎家家有人加工小提琴。现在,制琴人后代成了"小提琴手"。在师专音乐系师生的帮助下,溪桥中心小学积极推进音乐课程教学改革,全面提高学生素质。该校学生的小提琴合奏节目,近年来多次在省市比赛中获奖。

师专美术系还与靖江市城西小学合作,推进以美术教学为龙头的艺术教育改革。该校学生的美术作品屡屡获奖,远近闻名。学校先后被确定为全国农村学校艺术课题研究实验学校、江苏省艺术教育特色学校、江苏省美术教育科研基地。

姜堰市东桥小学在师专美术系师生指导下,积极发掘发扬地方民间美术,形成了独具特色的美术教学风格。

培养学生"一专多能"

"我今天上了一堂语文示范课,真的很有意思。"实验教育系心理咨询专业学生王寒茹打电话告诉家人。

王寒茹学的是心理咨询专业,这个专业的学生同时被要求掌握语文教育的知识。"学校培养的是一专多能的人才,我们要求每个学生都能胜任班主任工作,并能主教一门课程。"教务处处长张曙光说。

"厚基础、广适应、有特长、能创新"是泰州师专对新型师资人才的基本要求。对于学生的基本功训练,从传统的钢笔字、毛笔字、粉笔字及普通话这"三字一话",到现在的计算机、外语,这些师范生必备的教学基本功,学校都紧抓不放。

正在实习的小学教育专业学生马静深感基本功训练的重要性,"我第一次上课时很紧张,下课后觉得自己的表现很糟糕。可是后来有个学生告诉我,她觉得我的字很漂亮,给了我很大的鼓舞"。

更多毕业生享受到了扎实的基本功训练带来的好处。靖江市城东小学教师龚尽冬、郑彬、陆寅、朱丙亮、朱志明等人,把"端端正正写字,堂堂正正做人"作为教育学生的座右铭,形成了以写字教学为依托,不断深化课改,全面实施素质教育的特色教育。近年来,该小学有1 200多人次在省级以上书法、美术等竞赛中获奖,学校先后被命名为"全国写字教育先进实验学校""全国书法艺术教育特色学校"。

近年来,师专毕业班学生计算机与英语应用能力等级考试、普通话水平等级测试累计通过率分别达到91.6%、80.2%、98.9%,专业技能考核鉴定合格率也在90%以上。

为加强学生岗位技术应用能力的培养,师专推行了"双证书"制度。学生除完成教学计划规定的所有课程外,还必须参加省教育厅统一组织的教师资格考试,只有获取教师资格,才能按期毕业,非师范专业的学生也同样要拿到与本专业相关的资格证书才能毕业。

就业竞争显身手

去年5月,师专实验教育系学前教育专业毕业生曹燕和几名同学一起参加了泰兴市教育局组织的幼儿教师招聘考试,曹燕和她的同学从100多名竞聘者中脱颖而出,包揽了仅有的两个录用名额。

"泰州师专毕业生基础较扎实,综合素质高,适应能力强,有很大的发展潜力。"泰兴市教育局一位参加教师招聘工作的负责人说。

在就业压力不断加大、高校毕业生期望值不断降低的情况下,泰州师专的多数毕业生却表现出难得的自信。

去年,该校人文科学系包璇同学,信息科学系顾燕、李伟同学,实验教育系成蒋钻、薛丽同学,外语系蒋晓丽、封婷同学参加南京、连云港、南通、江阴、泰兴、高港等市(区)中小学教师招聘考试,击败了包括一些本科师范院校毕业生在内的众多对手,分别取得了第一名的好成绩。

外语系毕业生在历年各市(区)教师招考中几乎囊括了前10名。2006年毕业的蒋晓丽和封婷上岗后不久,就分别在省、市英语教师技能大赛中荣获一等奖。

据介绍,自2002年以来,师专毕业生就业率连年保持在95%以上,一些新增设的非师范专业毕业生就业率达到100%。2004年以来,毕业生平均就业率达97.3%,总体称职率99.2%。

"人才培养,重在提高毕业生就业竞争力;打造一流师专,重在弘扬办学特色。"泰州师专校长徐金城充满信心地说,"在服务并引领地方基础教育方面,我们会做得更好"。

(本文经相关人士修改后共同署名发表于2007年4月《泰州日报》)

紧跟时代步伐，服务并引领地方基础教育

——泰州师范高等专科学校办学特色侧记

江苏泰州师范高等专科学校办学几十年来，积淀形成了"紧跟时代步伐，服务并引领地方基础教育"的办学特色，随着办学层次的提升和新一轮基础教育课程改革的实施，学校进一步明确办学方向，调整办学定位，通过多种途径，运用多种形式，服务并引领地方基础教育课程改革，取得了丰硕的成果，产生了积极的影响。

一、推广课程改革先进理念服务并引领地方基础教育

首先进行新课程理念的推广，让在校学生和中小学教师得到精神的熏陶、智慧的启迪和理念的提升。

1. 课堂教学渗透基础教育课程改革理念

泰州师专把在课堂教学中渗透基础教育课程改革理念放在首位，重在强化学生基础教育课程改革意识。在教学目标上，着重培养学生收集和处理信息的能力、获得新知识的能力、分析和解决问题的能力、交流与合作的能力；在教师定位上，强调教师要成为学生学习和掌握知识的组织者、引导者和服务者；在教学方式上，强调教师要倡导学生主动参与，善于激发学生好奇与探究的天性，让他们在自主参与中探求知识、掌握能力。同时，学校还通过课堂教学和专题讲座等形式，由教材教法老师及校内外专家就课程结构优化、课程门类调整、教学内容更新、课程管理体制与考试评价制度改革等方面进行讲解，使学生一走上工作岗位就能成为适应新课程改革要求的合格教师。

紧跟时代步伐,服务并引领地方基础教育
——泰州师范高等专科学校办学特色侧记

2. 各类培训解读基础教育课程改革理念

作为江苏省基础教育课程改革培训基地和中小学校长培训基地,泰州师专对包括本地区在内的全省农村中小学校长和骨干教师进行基础教育课程改革理念解读。先后组织了全省初中语文、小学语文和小学科学骨干教师培训班3期,培训教师400多人次;组织了泰州市中小学骨干教师新课程培训班10期,培训骨干3 000多人次;组织了泰州市中小学校长任职资格班、提高班、研修班5期,培训校长500多人次;组织了全省农村小学校长培训班3期,培训校长300多人次。2004年7月,开设了小学科学骨干教师培训班,对来自泰州及盐城、淮安、南通、扬州、宿迁等地的80多名小学科学骨干教师进行了培训。

3. 深入基层宣传基础教育课程改革理念

泰州师专组织专家、教授深入中小学,广泛宣传、全面阐释新课程改革理念。数理科学系邓友祥、杨俊林等老师,通过课堂教学点评、开设专题讲座等活动,将中小学数学课程改革最新理念传递给一线教师。实验教育系李如齐老师,每年应邀到泰州四市三区中小学开设新课改讲座10多场,受到了广泛好评。人文科学系范荫荣老师,每年都到泰州地区有关中小学开设"新课程语文教学""新课程理念下的作文教学""小学语文自主探究式学习"讲座10多场,受到中小学教师热烈欢迎。

二、培养课程改革领军人物服务并引领地方基础教育

为了将新课程改革引向深入,我校从职前教育和职后跟踪指导两个方面,培养能够引领地方基础教育的领军人物。

1. 注重培养具有课程改革意识的未来领军人

近年来,毕业班学生计算机与英语应用能力等级考试、普通话水平等级测试累计通过率分别达到91.6%、80.2%、98.9%,专业技能考核鉴定合格率也在90%以上。毕业生基础较扎实,综合素质较高,适应能力较强,发展潜力较大,受到用人单位普遍欢迎。2006年,人文科学系包璇同学,信息科学系顾燕、李伟同学,实验教育系蒋钻、薛丽同学,外语系蒋晓丽、封婷同学参加南京、连云港、南通、江阴、泰兴、高港等市(区)中小学教师招聘考试,从包括不少本科生在内的众多竞聘者中脱颖而出,都获得了第一名的好成绩。实验教育系学前教育专业毕业生包揽了泰兴市幼儿教师招聘所有录用名额。外语系毕业生在历年各县市教师招考中几乎囊括了前10名。

2. 精心打造具有课程改革理念的典型领军人物

泰州师专专家、学者和中小学骨干教师结对,指导中小学骨干教师开展教学和科研活动,培养了一批中小学课程改革领军人物。闻名全国的洋思中学校长蔡林森,全国人大代表、特级教师楼文英,泰兴市襟江小学校长、特级教师杨金林,靖江市教育局副局长邵春宁等,就是他们中的杰出代表。据不完全统计,泰州师专毕业生中,有2人被评为省名校长、名教师,3人被评为省市级专家,18人被评为特级教师,8人被评为泰州市名校长、名教师。根据对泰州34所小学师资队伍抽样调查,我校毕业生占校级领导中的70%,占中层干部中的65%。

三、提升课程改革教学水平服务并引领地方基础教育

1. 创新课堂教学模式,提高学生教学能力

数理系邓友祥教授深入研究数学课程标准,长期深入中小学调查研究,"下水"示范,搜集了大量第一手鲜活的教学案例。在《数学课程与教学论》教学中,采用案例教学法,直观具体,生动形象,理论与实践紧密联系,提高了学生数学教学理论水平和实践能力。省"突贡"专家、实验教育系李如齐副教授长期蹲点洋思中学,研究、总结、推广洋思教改经验,并将洋思课堂教学模式引入师专课堂教学,在教学中采用"先学后教,当堂训练"方法,效果显著。

2. 邀请名师示范讲学,提升师生教学艺术

为了充分发挥省级新课程改革基地的优势,泰州师专每年都邀请校内外专家为在校学生和地方中小学教师作专题报告、开设观摩课。2004年至2005年,先后邀请了魏书生、孙双金、于永正、窦桂梅、杨九俊等20多名国内著名特级教师、知名校长来校讲学或开示范课。其中,魏书生作《学记》专题讲座,并开示示范课;窦桂梅作《新课改下的课堂教学深化》专题讲座,并开设观摩课;杨九俊作《新课程改革理念解读》专题讲座,并解答学员提问。这些讲座开阔了师生教学视野,提升了师生教学艺术。

3. 奔赴一线"下水"实践,探索课堂教学规律

泰州师专在泰州四市三区合作共建了57家教育实习基地和12所附属中学、小学、幼儿园。为了更好地将新课程改革思想和理念付诸教学实践,让教师了解基础教育,熟悉基础教育,更好地引领地方基础教育课程改革,学校选派有关专家到中小学挂职指导新课程改革。如安排李如齐老师先后担任泰兴附小支部书记、泰

州莲花学校业务副校长,范荫荣老师担任二附小校长,黄建文老师担任泰州实验学校副校长,黄良才老师担任兴化海南文昌学校副校长,推进了这些学校的课堂教学改革。泰州师专还先后派出各学科优秀教师100多人次,到附属学校和有关中小学上"下水课",积累了鲜活的教学案例,为有效探索课堂教学基本规律引来源头活水。

四、攻克课程改革疑难问题服务并引领地方基础教育

高等师范院校应当是基础教育课程改革的思想库和领路人。我校充分发挥教学与科研的示范和辐射作用,帮助中小学教师解决新课程改革中遇到的各种疑难问题。

1. 发挥优势,独立进行课题研究

几年来,获省(部)级教改立项课题8项,校级教改立项课题26项,为解决泰州地区新课程改革中的一些疑难问题作出了积极探索。其中,徐金城教授主持的省级"十五"重点课题"师专学科教育学课程体系改革研究",重在探究新课程改革背景下基础教育学科教学的规律,邓友祥教授主持的省教育学会立项课题"基础教育数学新课程改革的理论与实践",获得2004年江苏省高等教育优秀教学成果二等奖。范荫荣副教授"小学语文课堂教学评估"课题11篇研究论文在《江苏教育》连载,一直被不少县市教育局作为小学语文教师进修补充教材。14项教改项目获2002—2005年校级教学成果奖。学校为此还编辑了教学改革与实践文集,介绍推广教学改革经验,并将教师发表教学研究论文的情况纳入其晋升高级职称的必备条件,取得了积极的效果。

2. 校校牵手,联合推进课题研究

泰州师专教师深入中小学,与一线教师进行了联合课题研究。其中,范荫荣、杨淑娟等老师与泰兴市实验小学、泰兴镇中心小学等学校合作,进行了江苏省重点立项课题"小学作文立体化教学"实验研究。天津教育出版社出版了10册实验教材《小学作文导程》,上海科技文献出版社出版了范荫荣老师的30万字实验研究专著《小学作文教学原理》。范荫荣、孙建国等老师参与了姜堰市桥头中心小学国家级课题"农村小学作文教学改革"实验研究,该课题通过了中央教科所专家组评估验收。

3. 关注热点,深入研究"洋思现象"

洋思中学是享誉全国的素质教育和基础教育改革的典型,人们把洋思中学素质教育经验称为"洋思现象",进行学习、借鉴和研究。泰州师专先后组织教师去洋思听课和指导,就"洋思现象"展开专门研究,并借鉴洋思经验,切实解决新课程改

革中的疑难问题，出版了一批研究论文和著作。刁维国老师的论文《高质量的学校教育需要高效能的学校管理》和李如齐老师的专著《洋思教学模式》，先后获得泰州市第三届、第四届哲学社会科学成果评比一等奖。《洋思教学模式》一书，还获得江苏省高校系统"树勋杯"优秀科研成果二等奖，并被列为学校校本教材。

五、培植课程改革典型团队服务并引领地方基础教育

多年来，泰州师专投入大量人力物力，研究地方基础教育，服务地方基础教育，培植了一批基础教育改革的典型学校和典型团队，有效地推进了地方基础教育水平的提高。

1. 语文教改的典型团队

泰州师专采取多种措施，充分利用学校语文学科力量较强的优势，联合校外语文教育专家，组成语文教学与改革的研究团队，积极主动地为地方基础教育服务。团队中校内由徐金城、魏桂军、范荫荣、常康、孙建国、杨淑娟等10多位专家、教授组成，校外有戈致中、洪宗礼、楼文英、杨金林等10多名特级教师加盟。在这支团队的指导下，一批骨干教师成长起来。如泰兴市襟江小学特级教师杨金林、李玉芳、黄桂林等，都是我校主持的"小学作文立体化教学"实验研究课题组成员，他们在研究中发展自己，成长为特级教师。泰州师专专家站在新课改最前沿，具体指导一些校友开展教学研究。如靖江市教育局副局长邵春宁、靖江市实验学校教科室主任王留根、靖江市靖城镇教育助理鞠炳华的成长，倾注了范荫荣、李如齐等老师的心血；姜堰市苏陈实验小学校长丁正后，在孙建国、范荫荣等老师指导下，近年来在《中国教育报》《中国教师报》《江苏教育》等报刊上发表了80多篇教育教学论文，成为姜堰市科研型校长的典型。

2. 数学教改的典型团队

2001年以来，由我校邓友祥、孙振祖、吴凤、杨俊林等13名老师担任理论指导，全市中小学30多名骨干教师参与的数学课题研究与实践团队，承担起覆盖全市57所中小学的"基础教育数学课程改革理论与实践"课题研究任务，取得了显著成效。团队指导泰州市城东小学、泰州师专附小、泰州实验学校、泰州市大浦小学、姜堰市小甸址小学、姜堰市桥头中心小学、姜堰市白米小学、泰州师专附中、泰州市二中附中等学校，开展小学数学、初中数学新课程教学改革研究。

邓友祥教授担任海陵区教育局"三名工程"高级研修班导师，先后指导了20多

名中小学优秀青年教师。其中，窦平荣获泰州市"十佳教师"，郑丽萍荣获海陵区"青年十佳"教师，郑晓彤获江苏省小学数学课堂教学比赛一等奖。

3. 艺术教改的典型团队

音乐和美术是泰州师专传统优势专业，为泰州地区中小学和社会输送了大批艺术人才。活跃在地方基础教育一线的音乐和美术教师90%都是我校毕业生，他们已经成为泰州以及周边地区中小学音乐和美术教育的骨干力量，有相当一部分毕业生成为当地群众文化艺术团体的专门人才。

美术系与靖江市城西小学合作，推进以美术教学为龙头的艺术教育，被确定为全国农村学校艺术课题研究实验学校、江苏省艺术教育特色学校、江苏省美术教育科研基地。该校校长何中德和美术骨干教师都是我校校友，他们在我校读书期间积累了大量的艺术教学知识和能力，在教学实践中发挥了巨大作用，推进了城西小学艺术教育，实现了"学校有特色，教学有特点，学生有特长"的办学目标。

4. 靖江市城东小学：全国写字教学实验的重要基地

泰州师专书法教学成果惠及泰州地区基础教育，引领泰州地区书法教学，为素质教育的开展作出了独特的贡献。几年来，泰州师专学生有上千人次在全国各类书法比赛中获奖，这些学生奔赴工作岗位后，成为当地中小学书法教育的骨干教师和学科带头人。其中，靖江市城东小学就是一个突出代表。该校写字指导老师龚尽冬、郑彬、陆寅、朱丙亮、朱志明都是泰州师专毕业生。在他们的带领下，该校学生有1 200多人次在省级以上书法、美术等竞赛中获奖，教师有90多篇教改论文在全国、省、市报刊发表或获奖，先后被命名为"全国写字教育先进实验学校""全国书法艺术教育特色学校"，成为全国写字教学实验的重要基地。

5. 泰兴市洋思中学：全国基础教育改革的一面旗帜

洋思中学是全国基础教育改革的一面旗帜，也是全国素质教育的一面旗帜。洋思中学的发展，传承了泰州师专的教学传统，也得益于泰州师专的发现、挖掘、培植和推广。泰州师专历来强调教学的师范性和示范性，尊重学生的主体意识。洋思中学校长蔡林森是泰州师专1962届毕业生。1982年，他刚担任洋思中学校长时，就萌发了一个大胆的想法：能不能像母校一样，让中学生也成为课堂的主体？于是，泰州师专安排刘守立、范荫荣、李如齐等老师前往蹲点，参与教学改革。经过探索，形成了突出学生主体地位的"先学后教，当堂训练"的教学特色，作为新课程教学改革的典型在全国推广。作为洋思中学的领军人物，蔡林森曾两次受到时任总书记江泽民同志的亲切接见。他深有感触地说："洋思中学的发展离不开泰州师专。泰州师专不仅给我们输送了优秀的毕业生,而且对洋思中学新课程改革作出了具体的帮助和指导。洋思中学办学思想和教学模式的形成也离不开泰州师专。可以这么说,洋思中学是泰州师专办学成果的体现。"

泰州师专在66年办学历程中积淀形成的"紧跟时代步伐,服务并引领地方基础教育"的办学特色,赢得了广泛的社会赞誉,《光明日报》、《中国教育报》、中央电视台都作了专题报道,具有一定的区域影响和较高知名度。

学校连续多年荣获江苏省德育工作先进集体、江苏省教育科研先进集体等称号,连续三届六年被评为泰州市文明单位和江苏省文明单位。这些荣誉都是对泰州师专办学特色的充分肯定,在省内外产生了积极的影响。

(本文与其他人共同署名发表于2007年4月《中国教育报》)

质量立校　人才强校
——记快速发展中的泰州师专

泰州,古称海陵,亦称凤凰城。先民祈盼"国泰民安,龙凤呈祥",故名"泰州"。古之海陵与金陵南京、广陵扬州、兰陵常州齐名华夏,饮誉神州。这里曾经江海交会、气势磅礴。唐代诗人王维为之惊叹,"浮于淮泗,浩然天波,海潮喷于乾坤,江城入于泱漭"。

这是一片神奇的土地。2 100多年岁月流转、沧海桑田。作为一座历久弥新的文化名城,泰州人杰地灵、名贤辈出,传统文化与现代文明在这里交相辉映。唐代书法评论家张怀瓘、宋代教育家胡瑗、元末明初文学家施耐庵、明代哲学家王艮、清代艺术家郑板桥、文学理论家刘熙载、评话宗师柳敬亭以及现代京剧艺术大师梅兰芳等均是泰州历代文化名人中的杰出代表。此外,宋代名相吕夷简、晏殊、范仲淹、抗金名将岳飞、《桃花扇》作者孔尚任、《镜花缘》作者李汝珍、《海国图志》作者魏源、民族英雄林则徐、书画大师齐白石等,均在此或主政或兴业,在泰州历史上写下了璀璨的篇章。泰州又是中国人民海军诞生地,享有海军母亲城的盛誉……

1996年8月,泰州发展的历史篇章掀开新的一页,经国务院批准,组建地级泰州市。下辖靖江、泰兴、姜堰、兴化四市和海陵、高港两区。总面积5 793平方公里,人口503万。纵横交错的立体交通网络,打开了新泰州大步走向世界的快速通道。江阴长江大桥,京沪、宁通、宁靖盐高速公路,新长、宁启铁路,条条蛟龙在这里风云际会。

今日泰州,作为长江三角洲16座中心城市之一,又一次迎来实现跨越式发展的大机遇。

这是一片创造奇迹的神奇的土地。在这片神奇的土地上,泰州师范高等专科学校在短短的不到五年的时间内,坚持质量立校、人才强校、发展兴校,实现规模、结构、质量、效益协调发展,走跨越式发展道路,谱写了一曲令人回肠荡气的高等教育新乐章……

——2002年3月4日,有着60多年中师光荣办学历史的两所师范,经过两年卓有成效的筹建工作,终于盼来了国家教育部发文批准泰州师范高等专科学校正式建校。从此,素有"教育之乡"美誉的泰州有了第一所师范类高等院校,文教传统源远流长的泰州奏响了新的教育乐章,实现了几代人的光荣与梦想!

——2002年5月,随着泰州广播电视大学的并入,泰州师专积极拓宽办学领域,大力发展开放教育和远程教育,成为清华大学、浙江大学、东南大学、北京师范大学等高校远程网络教育的泰州站,进一步增强了学校办学活力。

一体多翼,展翅翱翔。泰州师专已经发展成为一所新型的、多层次的、现代化的大学,犹如一只金凤凰在古城海陵腾飞。当前,全校上下正确定新目标,合力谋发展,共同致力于构建学校可持续发展的美好远景,呈现出积极进取的精神状态。1999年到2003年,学校连续4年被省委、省政府评为"江苏省文明单位"……

质量立校,构建学生培养平台

——强化教学中心地位,深化教学改革,努力提高教学质量,为学生提供一流的教学效果。2004年5月21日上午,天气极度闷热。然而,在泰州师专春晖校区一间并不太大的阶梯教室内却人头攒动。分属不同系部的200多名学生将来自美国蒙歌马利大学的著名学者章雪藻教授围得水泄不通,争先恐后向她提出自己的问题。讲座结束后,章教授一边擦拭满脸的汗水,一边感慨地说,"这哪里是师专的学生?就我个人感觉,他们的科研热情与理论功底已赶上甚至超过了一些本科师范院校的学生了"。

其实,将泰州师专的学生与国内一些本科师范院校的学生相提并论并不是章雪藻教授的首创,学校注重"以生为本"的育人理念和按照"知识—能力—素质"协调发展的人才培养结构模式受到了来校的教育部、省、市领导和专家的高度赞誉。学校坚持以特色求生存,以质量求发展,以市场为导向,全面实施素质教育,不断推进教育创新,努力培养全面适应地方经济和社会发展需要的新型人才。

为适应高师素质教育和社会对复合型教师的需要,学校重点推进了以修订培养计划为核心的一系列教学管理改革。强化、细化各系部教学基本任务,加强对各系部日常教学管理、监督工作的力度,以强化教学检查和加强教学评估为重点,狠抓教学质量的提高。2003年,为加强教学管理的科学性和民主性,成立了首届学术委员会和教学委员会,建立了教学督导室,强化质量监控体系,明确了学校和系部的主要负责人是教学质量第一责任人的指导思想,促进了教科研氛围的形成,有效地转变了学风,优化了校风。

——瞄准人才市场需要,大力加强专业改革和学科建设,努力培养基础教育新型师资和地方经济文化建设的紧缺人才。为了适应全国基础教育课程改革的需要,学校主动更新传统的师专课程设置模式,努力形成自身教学特色。各系部在按规定开好开足基础课和专业课的基础上,加大实践课程和专业选修课的比重,让学生结合自己的专业特点和兴趣爱好,在主动选择和愉快学习中形成各自不同的知识结构和专业技能。在课程的教学实施过程中,做到理论教学与实践教学相结合,引导学生在自主性学习、研究性学习和实际锻炼中培养创新精神和实践能力。加强师范类学生教学应用能力培养,制定并实施《师范生十项基本能力要求及达标检测方案》,在传统的"三字一话"、英语、计算机等方面能力要求的基础上,增加了课堂教学、班级管理、教育科研和心理健康指导能力训练要求,主动适应市场需求,使毕业生能迅速走上教学一线,尽快成为所在学校的教学骨干。

学校根据地方经济和社会发展的需要,发挥传统优势专业,积极寻找新的专业生长点,适时增设环境科学、计算机网络工程与管理、信息与多媒体技术、商务英语、心理咨询和经济、法律、初等教育等专业。为了适应人才市场的需要,学校还有针对性地调整和充实有关专业的内涵,培养史地、生化、音美、外语和计算机信息技术兼容的基础教育新型师资和地方经济文化建设的紧缺人才。

——加大科研投入和奖励力度,调动教师的科研积极性和主动性,提升学校的教学整体水平,促进教育教学质量的提高。学校努力营造浓厚的学术氛围,弘扬地方文化,提高学术品位。现办有省级刊物《师范教研》、国家级刊物《语文之友(小学版)》,并正在积极筹办《泰州师专学报》。学校还成立了"教育科学研究所"和"基础教育研究所",与已成立的"泰州地方文化研究所""梅兰芳京剧艺术研究所"一起,形成"四个研究所"的科研学术机构格局,做到以科研促进教师学术水平的提高,进而促进教育教学质量的提高。

——切实加强党建和思想政治工作,以校风、教风、学风建设为核心,狠抓精神文明建设,努力提高学生的思想道德素质。学校注重学生的党建和思想政治教育工作,通过扎实推进邓小平理论和"三个代表"重要思想"三进"工作,积极创建文明校园、最安全校园。通过公民道德素质教育、青年志愿者服务、"大学生三下乡"、"爱心接力"、"阳光工程"等活动,全面塑造了学生完美的人格、高尚的情操、完善的道德。据初步统计,全校已通过党校学习和正在学习的在校生有1 500多人,占全校学生总人数的25%。到目前为止,全校申请入党的学生达2 012人,已发展优秀大学生52人加入党组织,400多名被列为入党积极分子,140多名同学被列入发展对象,在学生中形成了一种积极向上、奋发有为的良好的政治舆论氛围。实验教育系一名同学,刚入学时思想比较偏激,思考问题也比较片面,经过领导和老师的教育后变得积极主动起来,还递交了入党申请书,参加了系分党校的学习。通过"三个代表"重要思想和党的基本知识的学习,他的思想素质发生了较大的变化,政治理论水平也有了明显的提高,参加了江苏省大学生学习"三个代表"重要思想论文比赛,获得优秀论文奖。信息科学系有两名同学,毕业时主动向校党委申请加入2004年西部计划志愿服务者队伍,经学校考查及体检等程序,已经获得省有关方面批准,在全校产生了积极的影响。

——加强校园文化建设,提高学生感受美、鉴赏美、创造美的能力,塑造学生完美的人格、高尚的情操、完善的道德。学校加强校园文化建设,通过组织"海陵风"文学社、大学生通讯社、英语协会、计算机协会、星光艺术团、学生京剧协会等20多个学生社团,举办"科技文化艺术周"、"青年志愿者服务周"、"校大学生辩论赛"、"大学生校园文化艺术节"、班级(个人)美术作品展、班级(个人)专场音乐会等一系列活动,使校园文化生活、精神文明活动有新的举措、新的内容,得到全新的效果,培育出真正符合素质教育要求的"人类灵魂的工程师"。新一代大学生们课余生活红红火火,形成了校园内一道亮丽的风景线。

——关心每一名学生,爱护每一名学生,为学生排忧解难,使学生在这里健康成长,争取让每一名学生成材。学校牢牢把握高校教育的三个重要环节,即招生、教学管理、就业。全方位育人的背后是全方位的关爱。学校通过关注贫困生、心理和就业咨询服务等帮扶活动,为他们人生的发展提供了广阔的舞台。为关注贫困学生群体,建立完整助学体系,学校开辟了"绿色通道",提出"决不让一个贫困生因家庭经济困难而辍学"。建校以来,已有4 600多名学生获得了本校颁发的各类奖学金,2003年有10名学生获得省政府奖学金。仅2003年,全校参加勤工俭学学生有132人,受资助学生470人,全年各种形式的解困助学资金投入100多万元。高校毕业生就业率是衡量学校办学水平的关键标准。关心学生的出路,搞好就业安置,是学校鼎力为学生做的又一件实事。学校大力加强实习基地建设,确定各类实践基地近100家。并专门设立了就业指导中心,建立了学生就业安置网,确保毕业生顺利就业,解除了家长的后顾之忧。据统计,2000年以来,学校往届毕业生就业率均达100%,家长满意率95%以上。

——以就业为导向,以能力为本位,泰州师专培养的学生因为职业能力强、综合素质高而深受用人单位的欢迎。如今,泰州师专的毕业生,已成为许多有影响的初中、小学、幼儿园争相招聘的"热馍馍",并成为用人单位的骨干力量。许多用人单位都慕名来到学校,他们由衷地赞扬"泰州师专的学生素质全面,专业基础扎实,动手能力强,适应快,很好用"。如艺术系01级艺术设计专业教学实习获实习单位好评,其中98%的同学被热情邀请留用或签约。又如闻名全国的洋思中学,从校长蔡林森到六个分校的校长,都是泰州师专的历届毕业生。在苏中、苏北地区的许多师范生人才市场上,多次出现泰州师专大专毕业生胜过有关本科师范院校毕业生的情况。2002年在姜堰市的师范毕业生岗前考核中,又是泰州师专的毕业生在近百名来自全国各师范院校毕业生中勇拔头筹。许多泰州师专的毕业生已成长为泰州及周边地区的名教师、名记者、名作家,多人走上了教育、行政、新闻等党政机关、企事业单位的领导岗位。

人才强校,打造一流师资队伍

百年大计,教育为本;教育大计,教师为本;学校发展,人才为本。正如清华大学原校长梅贻琦所说的那样,"大学者,非谓有大楼之谓也,有大师之谓也"。

学校牢固树立"教师是学校建设第一主体,人才是学校发展第一资源"的师资建设理念,外引内培相结合,通过待遇留人、感情留人、事业留人、环境留人等多种途径,为广大教师提供了一个干事业、出成果的发展平台。他们认为,作为一所新兴的高校,师资队伍建设,不能仅仅着眼于自身的新老交替和数量增减,更应站在新平台上,对师资队伍建设提出更高的要求,全力打造一支高水平教师队伍和管理队伍。为此,学校坚定不移地将师资建设作为各项工作的重中之重来抓,实施"158师资建设工程",即在五年内,遴选10名教授作为学科带头人,建设50名副教授以上职称的骨干教师队伍,培养80名具有硕士以上学历的青年教师后备队伍。学校每年拨300万元专款用于高层次人才引进工作,并有相应的制度保障。

学校还根据建设重点学科、品牌专业、特色专业的要求,加大力度选拔培养各专业学科教学带头人。他们结合江苏省高校"青蓝工程"跨世纪学术带头人和省"333工程"、市"311工程"培养对象的选拔培养工作,明确培养目标,制订培养计划,落实培养措施,提供专项经费。此外,学校还积极创造条件,为学科带头人的成长提供良好的学术环境,逐步提高他们的知名度和影响力。同时,对学科带头人在教学科研、工作实绩、指导青年教师、跟踪学术前沿等方面向他们提出更高、更具体的要求,增强他们自身完善和提高的内在动力和压力。在未来教学中坚青年教师的培养方面,学校开展了新老教师结队的"青蓝工程",并要求35岁以下的青年教师一定要攻读硕士、博士研究生,其他教师或者参加岗位培训、国内外访学活动,或者参加高校学历进修班。几年来,全体教师均制订了个人进修提高的计划,出现了"个个自我加压,人人奋发进取"的喜人局面,青年教师报考研究生蔚然成风,各类在读硕士和博士研究生达100多人。此外,学校还选送了一批有潜力的教师赴北京师范大学、南京师范大学等有关高校做访问学者或助教,扩大了他们的视野,引进了先进、成熟的教育教学及管理经验。经过几年的不懈努力,全校教师经过多形式多层次的"修炼",已开始全面适应高校的教学、科研工作。

"新兴的大学,使人才有了更为自由的发展空间。泰州师专尽管不大,但其强劲的发展势头,浓厚的学术氛围,全方位的人才服务体制,增强了我的创业信心与勇气,这是我选择这所学校的首要原因。来到这里,我无怨无悔。"2002年从英国诺丁汉大学做完博士后归国的许继君深有感触地说着。现在,许继君博士已担任学校网管中心主任,他的出色工作得到全校师生的一致好评。

良巢引得彩凤栖。与许继君一样,在学校出色工作,成为名师的老师还有很多。纪松,外语系青年教师,2004年其草书作品在倍受书法界瞩目的第八届全国书法篆刻大赛获得提名奖,为泰州市有史以来在全国书协主办的重大比赛中取得的最好成绩;金燕,艺术系青年教师,先后荣获2001年"全国十佳歌手"称号和2002年全国青年歌手电视大奖赛江苏赛区二等奖;孙佳,艺术系青年教师,2004年3月在华东六省一市歌唱比赛中获一等奖,5月,以一曲《渔歌》代表江苏电视台参加由中央电视台举办的全国青年歌手电视大奖赛决赛,实现了泰州历史上前所未有的突破……

通过外引和内培,学校现有教职工420人,专兼任教师324人。其中,教授8人,副教授68人,中级职称70人,在读博士2人,硕士79人。现任教师中,省、市级专家4人,省级学科带头人4人。学校聘请了复旦大学、南京大学、南京师范大学、华东师范大学、扬州大学等著名高校专职教授8人,兼职教授40多人。先后聘请了美国、加拿大等外籍教师16人讲授英语口语。高素质的教师队伍,为学校培养高质量的"具有竞争力和创业能力的高素质应用型人才"打下了坚实的基础。

发展兴校,描绘未来宏伟蓝图

发展是硬道理,发展是第一要务。建校以来,朝气蓬勃的师专人以不可遏止的激情,以务实进取的精神,与时俱进,艰苦奋斗,抢抓机遇,再铸辉煌,实施"六大工程",进行"二次创业",实现学校跨越式发展,精心描绘学校改革发展的宏伟蓝图……

——广邀名师讲学。6月10日,南京市政协副主席、南京师范大学文学院副院长、文化研究所所长、博士生导师朱晓进教授应邀来学校讲学。他为部分教师作了"科学研究方法"讲座,以自己丰富的教学科研经历为例,解答了部分老师提出的问题。他还为人文科学系、实验教育系的同学作了"现代文学专题"讲座。朱晓进教授的讲座深入浅出,赢得了同学们的阵阵掌声。朱晓进教授是研究中国现当代文学的知名学者,学术成果丰富,出版了多部专著,他还是高教版《中国现代文学史》的主编之一。他主讲的现代文学被评为2003年国家精品课程,他还荣获2003年度全国高等学校教学名师奖。像邀请朱晓进教授这样的名师来校讲学,每年都有很多。例如南京大学博导鲁国尧教授、南京大学博导丁帆教授、复旦大学博导胡奇之教授和吴金华教授、华东师大博导李玲璞教授、华南师大博导戴伟华教授,以及著名教育改革家魏书生等,都曾经来校作过学术报告,受到广大同学的热烈欢迎,使学生亲身感受到高校浓郁的科研学术氛围,扩大了学术视野,真正实现了以科研带动教学,以科研促进学生发展的目的。

——广揽名师加盟。5月21日上午,美国马里兰州蒙哥玛利大学数学系章雪藻教授来到小教本科班教室,现场回答同学们提出的问题。校领导给章教授颁发了聘请章教授为学校兼职教授的聘书,并向章教授赠送了具有地方文化特色的京剧人物脸谱。章雪藻教授是美中国际交流协会学术交流部主任。美中国际交流协会是由著名的杨振宁教授在10多年前倡议成立的民间组织,为中美两国的文化交流作出了很大贡献。2004年6月15日,南京师范大学外国语学院博士生导师张杰教授被聘为我校兼职教授。张杰教授现任南京师范大学外国语学院院长、南京师范大学学术委员会委员、学位委员会委员、学报编委;兼任联合国国际信息学院院士、全国高校外国文学教学研究会理事、中国中外文艺理论学会理事、中国俄罗斯文学研究会理事、江苏省外国文学学会常务副会长、江苏省作家协会外国文学工作委员会副主任、江苏省比较文学学会常务理事、南京翻译家协会常务理事等职。几年来,学校先后聘请国内外著名高校兼职教授40多人,他们成为学校教育教学的中坚力量。例如,在特聘教授、硕士生导师孙振祖教授的带领下,数理科学系基础数学等学科研究成果显著。仅2003年,该系已有1个专业被列为校级重点专业、2门课程列入校重点课程;青年教师中有5人考取硕士研究生,1人获市级专家称号,1人被扬州大学聘为硕士生导师,3人晋升或转评为副教授,9人晋升或转评为讲师,5人被列入省"333"、市"311"人才工程培养对象。

——注重内涵发展。在谈到学校新一轮发展时,徐金城校长说,"我们必须树立和落实科学发展观,抓住机遇,快速发展,内强素质,外塑形象,为社会培养有特色的应用型人才。目前,学校正在合理规划春晖、迎春和泰兴三个校区的办学功能,优化现有硬件资源,新添简易教室1 900平方米,新建数字化语言实验室104座,网络实验室一套。确保今秋面向省内招收的高中起点全日制600名本科新生和面向全省招收的高中起点全日制1 200名大专新生顺利进校"。

——做大远程教育。远程教育部(泰州市广播电视大学)位于人才荟萃、环境优美的泰州市高教新区。学校积极与国内各知名重点高校开展交流与合作,目前已成为清华大学、北京师范大学、浙江大学、东南大学的远程教学站。高速畅通的校园网和专用双向视频会议的ATM网络,让师生能够快速、便捷地共享网络资源。不断探索新的人才培养模式,壮大师资力量,开辟新的学科领域。在计算机、机电、电子商务、法学等领域拥有一批具有现代教学理念和渊博专业知识的资深教师。非常注重毕业生的就业工作,开设的各专业均紧贴市场需求,目前,已与泰州市及省内外有关企事业单位建立了长期的人才供求关系,为毕业生就业提供多种渠道。今年远程教育部将向全省招收高中起点全日制普通专科新生450名。

——做强专科教育。泰州师范高等专科学校是经国家教育部批准的公办高等师范院校。学校教风严谨,学风纯正,历届毕业生就业率均达到99%以上,深受用人单位好评。学校现占地345亩,建筑面积近13万平方米;现有藏书38.6万册,网管中心、各类研究实验室的教学仪器设备总价值2 000多万元。学校师资力量强大,学术氛围浓厚。各类专兼任教师356人,学校与美国、加拿大、澳大利亚等国广泛开展教学、科研合作,先后聘请外籍教师数十人。学校现有全日制在校生近7 000名,设有人文科学系、数理科学系、信息科学系、外语系、艺术系、实验教育系以及预科部、远程教育部共6系2部;学校以较好的教学质量和办学实绩赢得了较高的社会声誉。学校帮助在校学生通过多种方式接受更高层次的学历教育,取得本科文凭;学校实行滚动式奖学金,师范专业获奖面达100%,非师范专业获奖面达50%;学校构建了解困助学保障体系,协助办理国家助学贷款,设立勤工助学基金,广辟勤工助学渠道,确保经济困难学生顺利完成学业。

2004年6月26日夜晚,时间已经接近午夜。在春晖校区行政办公楼的大会议室内,徐金城校长和汪怀宏、沈勇、徐庆国等校领导的心情难以平静。他们正在勾画学校发展的蓝图:层楼拔起,亭阁翼然,园林点缀,湖光山色……一座现代化的、多功能的、多学科的、园林式的大学校园如诗如画地展现在他们眼前,他们的脸上浮现出憧憬的笑容……

(原载2004年7月《新华日报》)

历史性的跨越
——写在泰州师范高等专科学校正式建校之际

2002年3月5日,对于泰州师专全体师生员工来说,是一个令人难忘的、值得载入史册的日子!这一天,国家教育部发文批准在江苏省泰州师范学校和泰兴师范学校合并基础上正式组建泰州师范高等专科学校。

泰州师专正式建校,标志着该校实现了从中等教育向高等教育的跨越。这是一个历史性的跨越!是同泰州市经济、社会发展紧紧相连的历史性跨越,是顺应全国和江苏省师范教育结构与布局调整要求的历史性跨越,是素有"教育之乡"美誉的泰州500万人民期盼已久的历史性跨越!随着今秋泰州师专继续面向全省招生,这又是江苏莘莘学子和家长们热切关注的历史性跨越!

然而,人们在热烈祝贺泰州师范高等专科学校正式建校的同时,更想进一步了解学校的详情:他们具备由中等教育升格为高等教育的基础吗?他们的办学条件达到高等教育标准吗?他们的师资力量符合高等教育要求吗?他们的教学质量够得上高等教育水平吗?

好,那就让我们一起追寻泰州师专历史性跨越的闪光轨迹吧!

机遇垂青:"泰师"并不传奇

泰州师范高等专科学校是2000年1月经江苏省人民政府同意筹建的。筹建两年来,在国家教育部、省政府和省教育厅领导关心和支持下,在泰州市委、市政府正确领导下,全体教职员工艰苦奋斗,团结拼搏,加快了学校发展步伐。2001年9

历史性的跨越
——写在泰州师范高等专科学校正式建校之际

月,学校顺利通过教育部专家组考察评估。可以说,泰州师专之所以能够申报成功,是他们抓住了历史性机遇,是历史性机遇垂青了他们。

地域机遇——1996年7月,地级泰州市组建。作为一个年轻的地级市,辖区内原有高等教育基础薄弱,泰州市委、市政府为实施"科教兴市"、在苏中"快速崛起"战略,经过广泛论证,决定筹建泰州师范高等专科学校,为加速泰州经济建设和社会事业发展提供智力支撑。

时代机遇——1999年6月,第三次全国教育工作会议召开。党中央、国务院明确提出,要逐步提高我国小学教师学历层次和培养规格,三级师范(中师)要逐步向二级师范(大专)最终向一级师范(本科)过渡。根据全国和我省师范教育结构与布局调整要求,泰州的师范教育必须尽快提升办学层次。

民心机遇——泰州人民素有"尊师重教"的优良传统,在培养子女方面,更舍得投入,更渴望大量优质师资,更渴求能使子女接受高等教育。顺应群众强烈愿望,积极筹建泰州师专,加快高等教育大众化进程,让更多学子接受优质基础教育和高等教育,是民心所向。

机遇是客观存在的。机遇又为什么偏偏垂青于泰州师范学校和泰兴师范学校呢?还是让我们看看这两所"泰师"原有的实力吧。

泰兴师范学校创建于1941年,是我党在黄桥革命老区创办的第一所培养抗日干部和教师的学校。泰州师范学校创建于1952年,是建国后我省首批建立的省属中师之一。在六十多年风雨历程中,两所师范逐步形成了"从严治校重实效,服务基础不动摇"的办学传统,先后荣获国家教委表彰、被评为江苏省文明单位、江苏省德育工作先进学校、江苏省教育科研先进集体。学校2万多名毕业生,已成为本地区和周边地区中小学教学骨干,为泰州及苏中地区基础教育和干部队伍建设发挥了重要作用。被誉为"全国素质教育一面旗帜"的洋思中学校长蔡林森就是泰师毕业生,他曾经受到江泽民总书记和李岚清副总理的亲切接见。洋思中学一半以上教师及六个分校校长均为泰师毕业生。中央电视台、《中国教育报》、《光明日报》等中央和省级新闻媒体曾多次报道过泰师的办学业绩。

可见,机遇垂青两个"泰师"是历史的必然选择,十分正常,没有传奇色彩。当年,面对索尼公司巨大业绩,日本人著书说:"索尼不传奇";而今,面对泰师的升格,我们同样要说:"泰师并不传奇。"

软硬齐上：升格水到渠成

数字常常是枯燥的，但下面一组数字却是那么精彩、那么令人振奋。因为它是泰师从三级师范跨越到二级师范最好的见证，因为它展示了师专筹建期间软硬齐上取得的累累硕果，更因为它饱含了泰师人所付出的心血和汗水。

经过两年的筹建，泰州师专已具备高师办学条件。

学校占地345亩，现有建筑面积8万多平方米，到2005年可扩大到18万平方米。新校区一期工程建设已经启动，1.8万平方米教学综合楼业已竣工，即将投入使用，其他各项基本建设项目正在规划建设之中。教室、实验室、图书馆、运动场馆、生活用房配套齐全，藏书36.3万册，教学仪器设备总价值2 000多万元。有附属中、小学、幼儿园5所，教育实践基地71个。

学校师资力量强大，学术氛围浓厚。现有教职员工344人，专兼任教师275人，其中教授4人，副教授、高级讲师64人。先后聘请外籍教师16人，兼职教授33人。现任教师中，有特级教师4人，省、市级专家4人，省级学科带头人4人，国内访问学者10人。有100多人次在国家、省、市上课比赛中获奖。近年来教师公开出版论著160多部，在省级以上刊物公开发表论文、作品1 300多篇。学校成立了泰州地方文化研究所、梅兰芳京剧艺术研究所，办有省级期刊《师范教研》《泰州师专学报》以及国家级期刊《语文之友(小学版)》，受到广大中小学师生欢迎和有关专家好评。

经过认真调研论证，学校明确按"面对现实，注重特色，适度超前，兼顾长远"要求抓好系科设置，近期设置人文科学系、数理科学系、信息科学系、外语系、艺术系、教育系以及预科教育部、继续教育部和远程教育部共6系3部18个专业。系科建设根据国家新专业目录要求，遵循高等教育发展规律，创建特色高师专业，充分体现科学性、前瞻性、地方性、整体性原则，强调综合化、复合型。在课程设置上，努力适应全国新一轮基础教育课程改革要求，突出师范性、强调文理交融、知能综合，使学生既重视理论学习，又增强实践能力。教育系设置是为了在培养本科学历小学师资上形成特色，探索全新的本科层次小学教师培养模式。随着泰州广播电视大学的并入，泰州师专积极拓宽办学领域，成为清华大学、浙江大学、东南大学、北京师范大学等高校远程网络教育的泰州站，进一步增强了学校办学活力。

显然，不论硬件也好，软件也好，泰州师专办学条件已达到大专教学要求，正式升格可谓瓜熟蒂落，水到渠成。

历史性的跨越
——写在泰州师范高等专科学校正式建校之际

外引内培：构筑人才高地

泰州师专在筹建过程中，十分重视优化师资队伍结构，通过外引内培，构筑一流人才高地。

学校除了引进教授、副教授若干名之外，还聘请了南京大学、复旦大学、华东师范大学等著名高校知名专家、学者担任兼职教授，并先后聘请加拿大、澳大利亚等国专家来校讲授英语口语。这些引进的高层次人才担当起学校重点学科教学、科研带头人，在各自学科建设中发挥了传、帮、带作用。从西安音乐学院引进的王誉声副教授，在音乐史研究上有较深造诣，已经在学校愉快地任教两年，并主动为学校的发展进言献策。面对记者采访，王教授深情地说："泰州是我的第二故乡，我将努力为她美好的明天再作贡献！"在英国诺丁汉大学做完博士后的许继君博士，面对泰州师专盛情邀请，毅然放弃了国内外许多单位的优厚报酬，欣然加盟泰州师专。许博士来校工作后，积极投身到教学与科研工作中，讲课生动活泼，深受领导、同事和学生的欢迎，荣获学校首届"优秀教学奖"。

泰州师专还充分利用众多泰州籍人士在著名高校出任教授、硕导、博导的优势，主动出击，求贤引才，盛邀海内外知名专家学者来校任兼职教授。南京大学博导鲁国尧、复旦大学博导胡奇之、吴金华以及华东师大博导李玲璞、华南师大博导戴伟华等国内外较有影响的学者均来校进行过有关学术交流活动。

为了提高教师教学和科研水平，泰州师专每学期均安排教师去南京师范大学等高校对口随班听课和接受有关专家、教授的专门性指导。曾受到江泽民总书记亲切接见的泰州籍著名博导、中国数学奥林匹克队功勋教练单墫博士就对该校数学教师潘小明承担的研究课题给予了面对面指导，使潘老师科研水平大有长进，脱颖而出，很快成为学校数学骨干教师，并荣获学校首届科研成果评比一等奖。

目前，泰州师专师资队伍建设正在实施"一个工程"，完善"两个机制"，探索"三条途径"，以适应"十五"期间教育事业发展的需求。实施"一个工程"，即"158工程"。"十五"期间，学校将遴选10名教授作为学科带头人，建设50名副教授以上职称的骨干教师队伍，培养80名具有硕士以上学历的青年教师队伍，每年拨款100万元专款用于引进和培养高层次人才。

完善"两个机制"，一是完善引进人才机制，用事业留人，待遇留人，感情留人，对高层次人才在科研、津贴、住房、晋职等方面落实优惠政策，真正做到"引得进，留得住,用得好";二是完善以教师基本工作量为基础的一整套激励约束机制,提高教师教学、科研的质量和水平。

探索"三条途径",即按照高校师资标准,学校对现有教师分类引导,指出三条途径:一是为现有的高级讲师转评副教授创造条件;二是部分教师通过读研或到高校做访问学者,尽快适应大专教学;三是其余教师通过三到五年的努力,争取适应大专教学,确实难以胜任的,按人事制度内改要求转岗分流。

泰州师专校长徐金城认为,"新的教育理念和新的教育模式需要通过教师来落实,这就需要切实抓好教师教育的思想转向和教学业务素质的提高"。按照这一要求,该校要求35岁以下的青年教师必须报考硕士研究生,鼓励35岁至45岁的中青年教师报考定向博士研究生。全校所有教师均制定了个人进修计划,出现了"个个自我加压,人人奋发进取"的喜人局面。毕业于福建师范大学的语言学硕士曹翔老师,勤奋工作,讲课认真,荣获学校首届"优秀教学奖"。前不久,曹翔老师又参加了南京师范大学2002年现代汉语博士生入学考试。

走进泰州师专教师办公楼,就会感受到一股浓郁的学习气氛。不少老师台玻下都压着自己考硕、考博复习计划。由于不断充实内涵,泰州师专教师的素质得到了明显提高,学校整体教学科研水平也上了一个新台阶。两年多来,泰州师专教师在各类教学科研比赛、高层次科研活动中屡屡获得大奖。2001年6月,在泰州市首届计算机大奖赛中,泰州师专教师包揽了个人比赛的前三名。艺术系音乐教师金燕,经过不懈努力,先后荣获2001年"全国十佳歌手"称号和2002年全国青年歌手电视大奖赛江苏赛区二等奖。

两年来,泰州师专已有30多名教师参加研究生入学考试,20多人被南京师范大学、南京航空航天大学、苏州大学、扬州大学、鲁迅艺术学院等校录取。目前,泰州师专专任教师中有博士1人,硕士31人,获研究生课程班结业证书者77人,另有8名教师正在北京师范大学、华东师范大学、南京师范大学等高校做国内访问学者。通过外引内培,泰州师专师资素质得到明显提升,有力地促进了教学、科研和各项事业的发展。

由三进二:提升办学水平

过去,泰州师范和泰兴师范的教学质量之高,在全国中师界有目共睹,有口皆碑。如今由三级师范升格到二级师范,教学质量还靠得住吗?实践是检验真理的

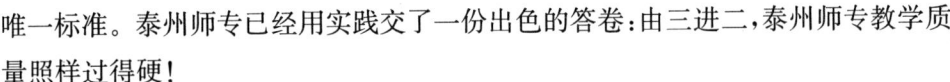
历史性的跨越
——写在泰州师范高等专科学校正式建校之际

唯一标准。泰州师专已经用实践交了一份出色的答卷：由三进二，泰州师专教学质量照样过得硬！

本着"以质量求生存，以特色求发展"的办学理念，泰州师专强化教学中心地位，深化教学改革，采取切实措施，将功夫下在提高教学质量上，力求将学生培养成创新、创业和创造型人才。

泰州师专制定了教学优先原则和教学不可侵犯原则，实施了一系列有关提高教学质量的规章制度，如"推门听课"制度、期中教学检查制度、教学督导一票否决制度、教考分离制度、研究课制度等，使教学工作有章可循，有"法"可依，确保学校教学秩序的稳定。

泰州师专花大力气狠抓课堂教学，向 45 分钟要效益；强调教师备课的规范性，从学期计划、课时计划、教学后记、作业批改到课外辅导，都要一一过关。

为适应基础教育课程和教材改革的需要，作为泰州市基础教育"母机"的泰州师专，努力转变全体教育管理者和执教者的教育观念，更新传统的师专课程设计模式。该校在按规定开好开足基础课和专业课的基础上，加大选修课的比重，让学生结合自己专业特点和兴趣爱好，在主动选择和愉快学习中形成各自不同的知识结构和专业技能。在课程的教学实施过程中，做到理论教学与实践教学相结合，引导学生在自主学习、研究学习和实际锻炼中培养创新精神和实践能力。为了适应人才市场的需要，泰州师专还有针对性地扩大专业设置内涵，培养文史地、数理、生化、音美、外语和计算机兼容的紧缺师资力量。

"功夫下在提高教学质量上，是体现'以生为本'教育思想的关键所在"，泰州师专校长徐金城明确指出，"学校一切工作都要为学生着想，学校一切人员都要为学生服务"。泰州师专根据新世纪基础教育对高师毕业生的角色定位和两个文明建设对新时代大学生的素质要求，明确提出了当代高师学生的外语、计算机、"三字一话"等教师基本功新型考绩要求。在此基础上，学校还根据学生培养方向的不同，提出相关专业思想和技能要求，努力培养"厚基础、广适应、有特长、能创新"的复合型、通用型、高素质的基础教育新型师资和社会急需的专门性人才。

由于功夫下在提高教学质量上，泰州师专学生素质有了明显提高。2001 年，泰州师专学生参加本科对口单招考试，平均分全省第一，高分人数第一，录取人数第一，普师生百分之百进线，受到了省教育厅和泰州市领导的高度赞扬。在综合素质及职业能力方面，泰州师专毕业生为施教区众多用人单位所看好。许多较有影响的初中、小学、幼儿园，都争相招聘泰州师专毕业生。在这一背景下，泰州师专招生形势呈现出喜人景象。前不久,泰州师专举行了五年制音乐、美术、幼师专业加试,吸引了来自泰州四市两区的400多名考生,大大超过了预定的人数。学校现有在校生近4 000人。今秋将按系科面向全省招收大专和本科各类新生1 300多人,在校生总数将超过5 000人。学校设立了100多个勤工助学岗位,力求让贫困学生顺利完成学业;学校在优秀学生中发展党员,让品学兼优的学生脱颖而出。此外,三年级学生还可通过考试赴欧美有关大学学习,取得第二文凭。在泰州师专,每个学生都能健康而愉快地成长,学校为学生成才搭建了大显身手的舞台。

东方风来满眼春,桃李园中歌如潮。如果说过去的两年是充满了泰师人理想、期盼与跨越的两年,那么,在今后学校发展的征程中,年轻的泰州师专必将充满新的希望与新的辉煌。正式建校后的泰州师专将进一步解放思想,艰苦奋斗,抢抓机遇,与时俱进,加快发展,充分利用现有教育资源,合理配置,优势互补,加大投入力度,改善办学条件。加强新校区建设,合理划分各校区功能,降低办学成本,提高办学效益。努力将学校建成一所师范教育与非师范教育并举,职前教育与职后教育衔接,文理兼容、创新开放、富有特色的新型师专。

2002年6月6日,泰州师范高等专科学校成立典礼即将在该校体育馆隆重举行。体育馆门前"腾飞"铜塑在六月的阳光下更显得光彩熠熠,令人激情飞扬。我们有理由相信,经历了历史性跨越的泰州师专,必将在开拓与发展中如鲲鹏展翅,凌空翱翔……

(本文与其他人共同署名发表于2002年6月《新华日报》)

在理想的天空下放声歌唱
——写在泰州师范高等专科学校正式建校之际

今天,泰州市委、市政府将在泰州师专体育馆隆重举行泰州师范高等专科学校成立典礼。

谨以此文,献给所有关心、支持、帮助和参与泰州师专筹建工作的人们。

——题记

春天,是一个充溢着诗和美的季节,大地在萌动,阳气在升腾,春水在残冰下流淌……

春天,给人以新生命的欢快,给人以柔婉的美感,给人以跃跃欲试努力奋进的情感激励……

2002年的春天,对泰州师专4 000多名师生员工来说,是一个不平凡的、令人难忘的春天。3月5日,国家教育部发文批准在江苏省泰州师范学校与泰兴师范学校合并基础上正式组建泰州师范高等专科学校。3月29日,江苏省人民政府发文同意泰州师范学校与泰兴师范学校合并组建泰州师范高等专科学校。

"忽如一夜春风来,千树万树梨花开。"泰州师专正式建校的消息,如同那吹绿长江两岸的春风,将春天的问候、春天的芬芳、春天的希望播洒在500万泰州人民的心中。从此,素有"教育之乡"美誉的泰州有了第一所师范类高等院校,文教传统源远流长的泰州奏响了新的教育乐章。

近两年了!600多个日日夜夜!泰师人以不可遏止的激情,以务实进取的精神,与时俱进,艰苦奋斗,抢抓机遇,加快发展,在理想的天空下放声歌唱……

华西村党委书记吴仁宝在谈到发展时说了三句话,一句是源自小平同志的"发展是硬道理",一句是"没有条件,不发展没道理",还有一句是"没有条件创造条件来发展是真道理"。在泰州师专筹建过程中,泰师人千方百计创造条件,抢抓机遇,加快发展,满怀激情地唱出了一首气势磅礴的拼搏之歌——

泰州师范高等专科学校是2000年1月经江苏省人民政府同意开始筹建的。筹建之初,困难重重。无论是申报师专的大背景,还是硬件、软件条件,都处于相对劣势的地位。

要想申报成功,必须奋力拼搏,爱拼才会赢!

申报泰州师专这首气势磅礴交响乐的总指挥,当推泰州市委、市政府。

1996年7月,地级泰州市组建。作为一个年轻的地级市,辖区内原有高等教育基础薄弱,泰州市委、市政府为适应全国和我省师范教育结构与布局调整的要求,为实施"科教兴市,在苏中快速崛起"的战略,经过广泛论证,决定筹建泰州师范高等专科学校,为加速泰州经济建设和社会事业发展提供智力支撑。

泰州市委、市政府始终把泰州师专建设与发展作为泰州市高等教育重点工程,狠抓在手,从人力、物力、财力以及有关政策、待遇上给予全方位投入与支持。市委书记陈宝田多次主持召开有关师专发展专题会议,多次带领师专的负责人去教育部、省政府向有关领导汇报师专筹建情况,多次深入学校视察筹建与申报工作并作出重要指示……

2001年8月的一天,风雨大作。刚刚到任的泰州市人民政府代市长夏鸣风尘仆仆,来到泰州师专视察学校筹建工作。夏市长在听取了徐校长的汇报后,对前来采访的泰州电视台记者说:"泰州是著名的教育之乡,基础教育优势明显,这与我市严谨、扎实的师范教育是分不开的。实施素质教育的决定性因素是建立一支高素质的师资队伍。我们一定要坚持教育适度超前发展,建设好泰州师范高等专科学校,带动正在实施的新的师资培养培训工作,开创全市基础教育和其他各项教育的新局面。"

在泰州师专筹建两年中,先后分管教育的邵军副书记、朱爱群副书记、张文国副书记、黄龙生副市长、周家新副市长等市领导都对学校申报工作倾注了大量心血,多次来校视察,认真解决学校提出的各项重大问题。市委、市政府各部门从全市一盘棋的战略高度,帮助师专办实事,办好事,凡涉及师专申报工作的,都一路绿灯……

在理想的天空下放声歌唱
——写在泰州师范高等专科学校正式建校之际

所有这些,对泰州师专来说,无疑是莫大的鞭策和鼓舞。

奏响申报泰州师专这首气势磅礴交响乐的乐队成员,主要是泰州师专全体师生员工。

2000年3月8日,一个春寒料峭的下午,在泰州师专(筹)第一次中层干部会议上,新来的"当家人"徐金城对全体干部斩钉截铁地说,"同志们,我们要有'长风破浪会有时,直挂云帆济沧海'的雄心壮志,知难而上,迎难而进!没有条件,创造条件也要上,更何况,我们还是有一定基础的呢!"

一种创业的豪情弥漫在泰师人心头。他们兵分两路,一路分赴省内外有关高校学习"取经",争取用最新的办学理念来指导办学实践;另一路则在校内广泛开展调查研究,力求在最大范围内听取群众意见,明确办学方向。

学校先后召开了10多场有近千人参加的办学理念、办学特色、办学方向、系科设置等专题研讨会。教学骨干们来了,带来了精心绘就的学校发展蓝图;退休在家的老领导、老教师来了,为学校发展献计献策;毕业多年的校友们来了,为的是能在母校升格中出一把力、流几滴汗;学生代表来了,他们带来了自己设计的校徽、飞扬着青春与热情的校歌、折射出理性与思考的校训⋯⋯

学校把申报师专工作作为压倒一切的大事,要求全校上下务必切实抓紧抓好。学校成立了申报工作领导小组,下设申报材料组、规划建设组、设备采购组、协调联络组共四个申报工作小组,明确了各自的职责,全面负责申报工作。各组以"只争朝夕"精神,发扬连续作战作风,战高温,斗酷暑,冒严寒,顶风雪,紧锣密鼓,夜以继日,对照标准,查漏补缺,按申报要求,以争创一流的精神,紧张有序、高质量地开展各项准备工作,加快了筹建泰州师专的步伐。

数字常常是枯燥的,但下面一组数字却是那么精彩、那么令人振奋。因为它是泰师从三级师范跨越到二级师范最好的见证,因为它展示了师专筹建期间软硬齐上取得的累累硕果,因为它凝聚着泰州市领导和各部门热情关怀和大力支持,因为它饱含了全校师生员工在艰苦奋斗中付出的心血和汗水。

经过两年的筹建,泰州师专已基本具备高师办学条件。

学校占地345亩,现有建筑面积8万多平方米,到2005年可扩大到18万平方米。新校区一期工程建设已经启动,1.8万平方米教学综合楼业已竣工。学校教室、实验室、图书馆、运动场馆、生活用房配套齐全,藏书36.3万册,教学仪器设备总价值2 000多万元。有附属中、小学、幼儿园5所,教育实践基地71个。

学校师资力量强大,学术氛围浓厚。现有教职员工379人,专兼任教师275

人,其中教授4人,副教授、高级讲师64人。先后聘请外籍教师16人。现任教师中,有特级教师4人,省、市级专家4人,省级学科带头人4人,国内访问学者10人。学校成立了泰州地方文化研究所、梅兰芳京剧艺术研究所。办有省级期刊《师范教研》《泰州师专学报》以及国家级期刊《语文之友(小学版)》,受到广大中小学师生欢迎和有关专家好评。

显然,泰师的升格,尽得了"天时、地利、人和",不论硬件也好,软件也好,办学条件都已达到大专教学要求,正式建校可谓瓜熟蒂落,水到渠成。

"世上无难事,只要肯登攀"。泰师人满怀理想唱出了气势磅礴的拼搏之歌,终于迎来了姹紫嫣红的春天……

> 记得著名教育家、清华大学老校长梅贻琦说过:"所谓大学者,非谓有大楼之谓也,有大师之谓也。"在泰州师专筹建过程中,泰师人清醒地认识到:在知识经济时代,实力的竞争,说到底就是人才的竞争。他们通过外引内培,信心百倍地唱出了一首群英荟萃的人才之歌——

现代高等教育有这样一个通识:要培养出高素质的学生,首先要建设一支结构合理、素质精良的高校师资队伍。人才,只有人才,才能构造出泰州师专现代化的宏伟大厦;人才,也只有人才,才能放飞泰州人民心中瑰丽的高等师范教育梦想。

泰师人深知,要建设一支适应师专教育的教师队伍,就必须大力引进和培养高水平的专业人才。只有储足了一流的人才,明日的泰州师专才会切实提高办学质量和效益,未来的泰州师专才会将自己的科研水平提升到一个新的档次,才会拥有叫得响、拿得出的学科和专业,才会在激烈的市场竞争中永远立于不败之地。

泰州师专先后出台了《引进高层次人才优惠政策细则》和《关于聘用兼职高层次人才的有关规定》,力求使人才引进与培养工作规范化、制度化。两年中,泰州师专人事处的工作人员几乎跑遍了全国有关高等院校,参加了近200场全国和省级以及高校举办的人才招聘、交流会。

学校确定了"人才引进与培养战略",千方百计抢占人才聚集的制高点,采取"外引内培"方式,广泛引进高层次人才,加强校本培训。到目前为止,学校已聘请南京大学、复旦大学、华东师大、华南师大、上海师大、南京师大等著名高校的专职教授5名、兼职教授40多名。这些高层次人才中有不少人担当起学校重点学科教学、科研带头人,在各自学科建设中发挥了传、帮、带作用。从西安音乐学院引进的王誉声副教授,在音乐史研究上有较深造诣,已经在学校愉快地任教两年,并主动

在理想的天空下放声歌唱

——写在泰州师范高等专科学校正式建校之际

为学校的发展进言献策。面对记者采访,王教授深情地说:"泰州是我的第二故乡,我将努力为她美好的明天再作贡献!"在英国诺丁汉大学做完博士后的许继君博士,面对泰州师专盛情邀请,毅然放弃了国内外许多单位的优厚报酬,欣然加盟泰州师专。许博士来校工作后,积极投身到教学与科研工作中,讲课生动活泼,深受领导、同事和学生的欢迎,荣获学校首届"优秀教学奖"。

在积极"外引"的同时,泰州师专更注重"内培",大力实施"158师资建设工程",以适应"十五"期间教育事业发展的需求。学校将在"十五"期间,遴选10名教授作为学科带头人,建设50名副教授以上职称的骨干教师队伍,培养80名具有硕士以上学历的青年教师队伍,每年拨款100万元专款用于引进和培养高层次人才。

泰州师专校长徐金城认为,"新的教育理念和新的教育模式需要通过教师来落实,这就需要切实抓好教师的教育思想转变和教学业务素质的提高"。按照这一要求,该校要求35岁以下的青年教师必须报考硕士研究生,鼓励35岁至45岁的中青年教师报考定向硕士研究生或博士研究生。全校所有教师均制定了个人进修计划,出现了"个个自我加压,人人奋发进取"的喜人局面。两年多来,已有30多人参加研究生入学考试,20多人被南京师范大学、南京航空航天大学、苏州大学、扬州大学、鲁迅艺术学院等校录取。目前,泰州师专专任教师中有博士1人,硕士31人,获研究生课程班结业证书者77人,另有8名教师正在北京师范大学、华东师范大学、南京师范大学等高校作国内访问学者。

人才的优势,是学校生存的根本保证,也是学校事业保持持续发展的后劲所在。通过外引内培,优化了教师结构,泰州师专师资队伍整体素质得到明显提升,有力地促进了教学、科研和各项事业的发展。广大教师的默默耕耘,无私奉献,推动泰师之船乘风破浪,直挂云帆……

> 江泽民总书记语重心长地说过:"奋斗就会有艰辛,艰辛孕育着新的发展。"在泰州师专筹建过程中,泰师人深知,要办好泰州师专,就要努力提高教学、科研水平,提升办学规模与办学层次。他们斗志昂扬地唱出了一首铿锵有力的奋进之歌——

蔚蓝的天空下点缀着朵朵白云,泰师人在理想的天空下放声歌唱,他们在歌唱中奋然前行,使学校的形象变了,知名度大了,办学成果显著了。

泰州师专从筹建之日起,始终把教学工作放在中心地位。学校明确了教学工作优先原则和教学秩序不可侵犯原则,以学科建设为龙头,以教学、科研为中心,视办学质量为生命。以质量求生存,向管理要效益,实施了一系列有关提高教学质量的规章制度,如"推门听课"制度、期中教学检查制度、教学督导一票否决制度、教考分离制度、研究课制度等,使教学工作有章可循,有"法"可依,确保学校教学秩序的稳定。

通过较长时间的准备,学校成功地召开了全校教学、科研大会,努力充实内涵,以质量为根本,大力加强教学改革和教学管理,提高课堂教学效率。学校注重学生全面发展的素质教育,在教学活动中,强调高师的师范性、示范性,培养学生的创造精神和动手能力。抓紧"主干学科强化活动",保证学生有较强的发展后劲与竞争力。抓紧多学科"课外综合发展活动",努力使学生得到专业自由发展的空间。

现代化的高等院校,教学是立校之本,科研是强校之路。泰州师专坚持走"科研兴校"之路,以科研带动教学,以科研促进发展,不断提高学校的学术水平、学术地位。先后出台了多项科研工作条例,极大地调动了全校教师的科研积极性和主动性,推动了学校办学层次、规模、效益特别是学科建设的快速、全面发展。

学校注重营造浓厚的学术氛围,弘扬地方文化,提高学术品位。作为营造学术氛围、提升文化品位的一项具体措施,泰州师专加强与国内外高校间学术交流合作,定期邀请著名教授、学者来校作学术报告和专题讲座,与美国、加拿大、澳大利亚等国有关高等院校签定了国际学术交流及合作协议,并互派教师进修、讲学,进行教学、科研合作。同时,学校努力追求大学精神,探索面向未来的教学理念与教学方法,为把每一名在校生培养成"精品"提供了坚实基础。学校加强与施教区中小学和教育部门的合作,努力把学校建设成为泰州市义务教育阶段师资培养和培训中心、基础教育研究中心和信息网络教育中心。

"宝剑锋从砥砺出,梅花香自苦寒来"。由于狠抓了教学和科研,泰州师专教师教学科研成果显著。两年多来,教师公开出版论著160多部,在省级以上刊物公开发表论文、作品1 300多篇,在各类教学科研比赛、高层次科研活动中屡屡获得大奖。2001年6月,在泰州市首届计算机大奖赛中,泰州师专教师包揽了个人比赛的前三名。艺术系音乐教师金燕,经过不懈努力,先后荣获2001年"全国十佳歌手"称号和2002年全国青年歌手电视大奖赛江苏赛区二等奖。

今天的泰州师专已成为泰州地区人文社科研究的重要基地,今天的泰州师专已在面向基础教育的新课程研究领域形成自身特色。这一切,为学校培养"厚基础,广适应,有特长,能创新"的新型素质教育师资奠定了坚实基础。

泰州市委书记陈宝田在接到泰州师专学生参加全省本科对口单招名

在理想的天空下放声歌唱
——写在泰州师范高等专科学校正式建校之际

列第一的《喜报》后,非常高兴,欣然批示:"向全体师生员工表示祝贺,希望你们再接再厉。"在泰州师专筹建过程中,泰师人坚持"以生为本",始终把培养合格人才作为学校工作的首要目标,充满深情地唱出了一首春风化雨的育人之歌——

教师,一头挑着民族的希望和未来,一头挑着千百万家庭的幸福和前途。为了培养出基础教育阶段新型师资和社会急需的各类人才,泰师人呕心沥血,满腔热忱,充满深情地唱出了一首春风化雨的育人之歌……

"十年树木,百年树人"。泰州师专以江总书记"三个代表"重要思想为指导,积极探索新形势下高等师范专科学校思想政治工作的新内容、新途径、新方法。一方面,注意继承和发扬中师德育的优良传统,充分利用学校所在地域的人文资源进行政治思想工作。学校通过校园文化建设、公民道德素质培养、青年志愿者服务、"大学生三下乡"、"爱心接力"等活动塑造学生完美的人格、高尚的情操、完善的道德。另一方面,把学生思想品德建设作为校园精神文明建设最重要的内容,力求做到抓细抓实抓全。他们坚持用高尚的道德来影响学生,用文明礼节来规范学生,用"求美"的旗帜来引导学生,让学生以美养德,真正提高学生感受美、鉴赏美、创造美的能力。

为了认真贯彻落实党中央和江总书记关于加强和改进思想政治工作的意见,学校颁布了《泰州师专学校学生日常行为规范》《泰州师专学生安全教育与管理办法》《泰州师专校园秩序管理规定》等规章制度,组织全体学生学习《公民道德建设实施纲要》,开展以学校理论武装工程、师德建设工程、校园文化工程、形象塑造工程为主要内容的专项学习教育活动,大力提升学生的文明素养和道德水准,促进学生德、智、体的全面、自由、和谐发展,孕育校园文化中与时俱进的人文精神。

泰州师专坚持以高校"两课"和各类思想品德专题教育为主渠道,以学校党校、团校、三学小组(学党章、学马列、学邓小平理论)为理论教育的主体,帮助所有学生树立正确的世界观、积极的人生观、健康的道德观,培养出始终站在时代前列、实事求是、兼容并蓄、服务现实、艰苦奋斗、求真务实的新时期大学生。

走进泰州师专校园,三个校区环境优美,书声琅琅,师生员工精神面貌与日俱新。2001年,泰州师专被评为"江苏省文明单位"。

泰州师专采取立体化的校园文化建设体系,力求构建现代高等师范教育全面育人体系。学校先后组织了"海陵风"文学社、"三余"书法社、英语协会、计算机协会、学生京剧协会等学生社团20多个,举办了"科技文化艺术周""青年志愿者服务周""校大学生辩论赛、演讲赛"等活动,力求使学生校园文化生活、精神文明活动有新的举措、新的内容,得到全新的效果,培育出真正符合素质教育要求的"人类灵魂的工程师"。新一代大学生们课余生活红红火火,形成了泰师校园内一道亮丽的风景线。

"桃李不言,下自成蹊"。由于坚持了"以生为本",泰州师专学生素质有了明显提高。该校大学生代表队在泰州市辩论赛中夺冠,在全省比赛中也取得好成绩。2001年,泰州师专学生参加本科对口单招考试,平均分全省第一,高分人数第一,录取人数第一,普师生百分之百进线。受到了省教育厅和泰州市领导的高度赞扬。泰州市委书记陈宝田在接到泰州师专学生参加全省本科对口单招名列第一的《喜报》后,非常高兴,欣然批示:"向全体师生员工表示祝贺,希望你们再接再厉"。陈书记的鼓励,更加坚定了泰师人把培养合格人才作为学校工作首要目标的信心。

在综合素质及职业能力方面,泰州师专毕业生为施教区众多用人单位所看好。许多较有影响的初中、小学、幼儿园,都争相招聘泰州师专毕业生。在这一背景下,泰州师专招生形势呈现出喜人景象。前不久,泰州师专举行了五年制音乐、美术、幼师专业加试,吸引了来自泰州四市两区的400多名考生,大大超过了预定的人数。学校现有在校生近4 000人。今秋将按系科面向全省招收大专和本科各类新生1 300多人,在校生总数将超过5 000人。学校设立了100多个勤工助学岗位,力求让贫困学生顺利完成学业;学校在优秀学生中发展党员,让品学兼优的学生脱颖而出。此外,三年级学生还可通过考试赴欧美有关大学学习,取得第二文凭。在泰州师专,每个学生都能健康而愉快地成长,学校为学生成才搭建了大显身手的舞台。

当我们面对着一桩桩一件件可以量化的物质成果时,我们没有忘记,还有一种收获是更重要、更具有根本意义的,那就是为社会提供一流的产品——更多适应社会需求的高质量人才。在这里,我们要说,当未来的泰州师专送走一批又一批一流产品时,所有曾经付出过的泰师人必将露出欣慰的微笑……

俄国著名作家列夫·托尔斯泰说过:"希望是指路明灯。没有希望,就没有坚定的方向,而没有方向,就没有成功的未来。"泰州师专正式建校后,泰师人对学校的未来充满憧憬,充满理想,充满希望,意气风发地唱出了一首绚丽多姿的希望之歌——

在理想的天空下放声歌唱

——写在泰州师范高等专科学校正式建校之际

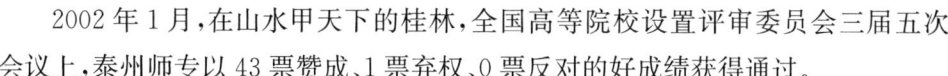

2002年1月,在山水甲天下的桂林,全国高等院校设置评审委员会三届五次会议上,泰州师专以43票赞成、1票弃权、0票反对的好成绩获得通过。

也正是从那一天起,泰师人清醒地认识到,泰州师范高等专科学校的建立,只是学校跨入高等教育门槛的第一步,决不能满足,不能固步自封、驻足不前。泰师人在审视自己,他们在环顾四周,现实使他们明白:发展,只有发展,新兴的泰州师专才能生存,心中绚丽多姿的理想才能在不久的将来成为现实!

每个泰州师专人在为看到的一切而思考,为思考的一切而探索。强烈的责任意识、创新意识和现代意识使他们难以平静,他们正在做前人所梦寐以求的事,并努力把每一件事踏踏实实地做好。

学校将从实际出发,进一步稳定学前教师教育,培养好示范幼儿园骨干教师;优化小学教师教育,确保小学教师培养的主体地位;拓展初中教师教育,培养合格、顶用的初中教师;强化继续教育,承担各类师资和专业人才培训任务;扩大非师范教育,培养社会急需的各类人才。

经过认真调研论证,学校明确按"面对现实,注重特色,适度超前,兼顾长远"要求抓好系科设置,近期设置人文科学系、数理科学系、信息科学系、外语系、艺术系、教育系以及预科教育部、继续教育部和远程教育部共6系3部18个专业。系科建设根据国家新专业目录要求,遵循高等教育发展规律,创建特色高师专业,充分体现科学性、前瞻性、地方性、整体性原则,强调综合化、复合型。随着泰州广播电视大学的并入,泰州师专积极拓宽办学领域,成为清华大学、浙江大学、东南大学、北京师范大学等高校远程网络教育的泰州站,进一步增强了学校办学活力。

为了适应全国基础教育课程改革的需要,泰州师专将主动更新传统的师专课程设计模式,努力形成自身教学特色。学校各系部在按规定开好开足基础课和专业课的基础上,加大专业选修课的比重,让学生结合自己的专业特点和兴趣爱好,在主动选择和愉快学习中形成各自不同的知识结构和专业技能。在课程的教学实施过程中,做到理论教学与实践教学相结合,引导学生在自主性学习、研究性学习和实际锻炼中培养创新精神和实践能力。

在专业建设中,泰州师专将始终以课程建设为中心,推动教学改革,重点课程建设由专业课程向公共课程群建设发展。在课程体系的构建上,注意文理交叉、学科渗透,加大教育技能类、文化艺术类、科学技术类课程的比例,形成"人无我有、人有我优"的课程特色,将全校所有课程分为必修公共课程、专业必修课程、活动课程、师范专业方向课程、任意选修课程、活动课程五大类,探索人才培养的新模式,为学生素质的全面发展与提高提供可能。

在以师范教育为立校之本的同时,泰州师专将不断加大专业结构调整的步伐,根据地方经济和社会发展的需要,发挥传统优势专业,积极寻找新的专业生长点,力求做到全面服务地方、服务社会。在这一方针的指导下,泰州师专从今秋招生开始,将有针对性地扩大专业设计内涵,培养文史地、数理、生化、音美、外语和计算机信息技术兼容的基础教育新型师资和地方经济文化建设的紧缺人才,并争取将学校建成苏中地区英语教学国际交流中心。

泰州师专将着力抓好管理体制创新,强化学校内部体制改革和干部人事制度改革。加大招商引资力度,全面推行后勤服务社会化,在产学研结合上走出新路,多出成果。充分利用现有教育资源,加大投入力度,改善办学条件。加强新校区建设,合理划分各校区功能,降低办学成本,提高办学效益。努力建成一所师范教育与非师范教育并举,职前教育与职后教育衔接,文理兼容、创新开放、富有特色的新型师专。

清晨,天空还是一片浅蓝。

转眼间,天边出现了一道霞光。

一轮火红的太阳带着神圣的使命,肩负着崇高的理想,血气方刚地喷薄而出……体育馆门前"腾飞"的铜塑在朝阳下更显得光彩熠熠,令人激情飞扬。

刚看完学生出操的徐金城校长,目睹着这一奇妙宏伟的日出和"腾飞"雕塑,感到热血在沸腾,新的希望在萌生!他在思考学校的发展,学校的走向……

如果说,过去的两年充满了泰师人的理想、期盼与跨越,那么,展望未来,年轻的泰州师专更是充满希望!更强的师资队伍还需认真造就,更好的办学条件还需努力创造,更高的奋斗目标还需不断实现,更新更美的图画还需精心描绘!

追溯1941年诞生于抗日战争烽火硝烟中的泰兴师范和1952年创建于共和国建国之初的泰州师范的历史,我们自豪地看到,有着六十多年光荣办学传统的泰师人走过了不平凡的道路。六十多年来,泰师人执着追求,为泰州师专的正式建校打下扎实基础;两年来,实现了光荣与梦想的泰师人又在理想的天空下放声歌唱,唱出了拼搏之歌、人才之歌、奋进之歌、育人之歌、希望之歌……这嘹亮的歌声,响遏行云,回荡在朝气蓬勃的泰州大地上;这嘹亮的歌声,必将融入新时代高等教育改革与发展的主旋律,以"大江东去"的豪迈气概,高亢激昂,回响在日新月异的神州大地上……

(本文与其他人共同署名发表于 2002 年 6 月《泰州日报》)

跨越

——泰州师专实现规模、结构、质量、效益协调发展纪实

2002年6月6日,对于泰州师专6 500多名师生员工来说,是一个令人难忘的日子。这一天,泰州师范高等专科学校成立典礼隆重举行。这所高校的前身,是有着60多年中师光荣办学历史的泰州师范学校和泰兴师范学校。

两年过去了。两校合并,从中师升格为师专,那里发生了怎样的变化?

当今中国,高校林立。一个从中专升格起来的师范高等专科学校要想在"金字塔"的顶端赢得一席之地,实非易事。

面对原先青年教师学历层次低、适应高校教学能力差、高等学历教师少的现状,"师专人"明白,一定要在今后相当长的时间里把人才队伍建设作为学校各项工作之首。他们把自己的人才战略工程形象地比喻为"123"战略。

"一个工程":每年拨款100万元用于高层次人才引进。在最近5年里,筛选10名教授作为学科带头人,建设50名副教授以上职称的骨干队伍,培养80名具有硕士以上学历的青年教师后备队伍。

"两个机制":一方面,对高层次人才在科研、津贴、住房等方面落实优惠政策。另一方面,建立以教师基本工作量制度为基础的一整套激励约束机制。

"三条途径":对现有教师实施分类引导,适应大专教学的高级讲师,努力创造条件转评为副教授或晋升为正教授;部分教师通过读研或到高校做访问学者,用两到三年的时间,逐步适应大专教学;其余教师通过三到五年努力,争取适应大专教学,确实难以胜任的,则按人事制度要求转岗分流。

通过外引内培,学校现有专兼任教师324人,其中教授6人,副高以上职称71

人,中级职称70人,在职和在读博士3人,硕士34人。现任教师中,省、市级专家4人,省级学科带头人4人。

2003年5月1日,从英国诺丁汉大学攻读博士后归国的许继君将自己婚礼的第一杯酒敬给学校领导,他说:"师专虽然不大,但是其强劲的发展势头,浓厚的学术氛围,全方位的人才服务体制,是我选择来这里的重要原因。"

两年来,学校还聘请了南京大学博导鲁国尧教授、复旦大学博导胡奇之教授和吴金华教授、华东师大博导李玲璞教授等担任兼职教授,聘请了美国、加拿大等国16名外籍教师讲授英语口语。

十年树木,百年树人。长期以来,有着光荣历史的泰州师专始终把培育一流教育师资作为奋斗目标,坚持"以生为本"。

泰州师专采取立体化的校园文化建设体系,先后组织了"海陵风"文学社、"三余"书法社、英语协会、计算机协会、学生京剧协会、大学生通讯社等20多个学生社团,举办了"校园文化艺术节""青年志愿者服务周""校大学生辩论赛、演讲赛"等活动,力求培育出真正符合素质教育要求的"人类灵魂的工程师"。

该校大学生代表队在泰州市辩论赛中夺魁。泰州师专学生参加本科对口单招考试,平均分全省第一,高分人数第一,录取人数第一,普师生百分之百进线。

全面管理的背后还有浓浓的爱。师专专门开辟了"绿色通道",提出"决不让一名贫困生因家庭经济困难而辍学"。2003年,全校参加勤工俭学的学生有132人,受资助学生达470人,学校全年投入解困资金达100万元。

关心学生就业是师专又一项富有特色的工作。学校确定了各类实习基地100个,设立专门的就业指导中心,建立学生就业安置网。据统计,2000年以来,师专历届毕业生就业率达100%。

闻名全国的洋思中学,从校长蔡林森到六个分校的校长,都是泰州师专的历届毕业生。

对于未来,校长徐金城表示,他们将力争几年内打造一个涵盖多学科、服务地方经济建设、办学规模和办学质量达到一定层次的一流师专。

(原载2004年6月《泰州日报》)

育人为本　质量为先
——泰州师范高等专科学校跨越式发展纪实

师专学生就业底气足

是否留在广东一家大型电子公司工作,蔡苗苗一直没有拿定主意。

蔡苗苗是泰州师专商务英语专业毕业生,6月初刚从广东东莞完成实习回校。和她一起的还有另外20名同学,实习期间,除了免费食宿,每人还获得1 200元的月收入。实习结束后,对方表示,希望21名同学全部留下,待遇从优。

"我不想立即把自己交出去,希望还有机会到苏南等地区试试。"

在就业压力不断加大、高校毕业生期望值不断降低的情况下,泰州师专的多数毕业生却和蔡苗苗一样,表现出难得的自信。

据介绍,自2002年泰州师专正式挂牌以来,该校毕业生就业率连年保持在95%以上,一些新增设的非师范专业毕业生就业率达到100%。

企业老总参与专业设置

对一所师范院校而言,师范专业教育无疑具有较好的专业优势。然而,近年来,泰州师专非师范专业门类和招生数量却不断增加。

据介绍,2002年,该校共有8个系部,设有8个师范专业,2个非师范专业。目前,该校师范专业为10个,非师范专业为13个,师范生在校人数比例只占40%左右。今年秋学期，该校将继续新增6个非师范专业，非师范专业数将达到19个，非师范专业在校生比例也将扩大到70％。

"师范类就业岗位逐步趋向饱和，地方经济发展又迫切需要大量技能型业务人才，市场需求迫使我们不断进行专业调整。"该校教务处处长张曙光说。

新增专业的设置有着严格的程序。系部调研，学校论证，综合考量分析，制订人才培养方案，教育主管部门审核。在这个过程中，学校"专业指导委员会"起着举足轻重的作用。

在一份专业指导委员会成员名单上，印着春兰集团、扬子江药业集团、陵光集团、林海集团等企业有关专家和领导的名字，还有教育局、劳动和社会保障局、司法局等政府部门负责人。

"校内、外人士都有，校外人士的比例占一半以上。"张曙光解释说，他们的意见左右着各个专业人才培养方案、课程教学计划的制定，甚至具体到每周课程时数。

校长徐金城表示，这些努力都是为了避免专业设置的盲目性，"你的专业设置必须超前两三年，学生毕业后正好赶上需求，这样供需就吻合了"。

"工学交替"增强动手能力

美术系副主任杨卫平这几天有些发愁，市开发区一家台资企业希望他能提供几个艺术设计专业的毕业生，负责这家企业人力资源管理的是杨卫平的朋友。"今年的毕业生实习前就全部联系好工作单位了，这真叫我为难。"

"操作性课程占主要地位，培养了我们的动手能力，多数企业看中的就是这一点吧。"来自徐州的女孩程实认为。她到师专学习艺术设计刚满一年，和班里大多数同学一样，她的课余时间都是忙着搞一些制作。最近，她正在向美术教育专业的师兄师姐学习壁画、版画。"不担心就业问题，希望将来自己能开一家公司。"

04级机电一体化专业的37名同学在完成第一阶段的学习后，按照培养方案来到了泰州技师学院，本学期将由技师学院的老师指导他们机电操作。

"两天时间完成了两周的教学计划，学生们还不断对老师提要求，我们的教学计划一改再改。"技师学院副校长沈宏宝几次对师专数理系副主任杨俊林诉苦。不过，让沈宏宝高兴的是，他不用为37名学生的"高级技工"考证担心了。

"工学交替"，不断提高实践性课程的比例成为学校各专业教学调整的一项重要内容。近年来，该校与一些职业学校开展联合办学，并新增100多个实训基地。

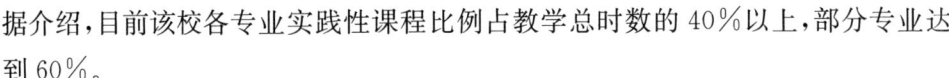

据介绍,目前该校各专业实践性课程比例占教学总时数的40%以上,部分专业达到60%。

与教学要求相适应,该校同时明确,各系部每年必须组织教师到各个实训基地挂职锻炼,参加一些企业的产品开发和科研设计等。

就业指导帮了学生忙

"取得理想的就业率,很重要的一点还得益于近年来我们开展的就业指导。"学工处副处长吕林说。

据介绍,2002年起,泰州师专就开始在毕业生中开展针对性较强的就业指导教育,内容涉及求职技巧、职业道德、就业政策等方面。目前,《大学生职业规划与拓展》被列为各专业必修课程。

英语教育专业毕业生何月霞刚跟镇江市的一所学校签下工作协议。"一进门我就被一群可爱的孩子围住,他们的热情礼貌深深感染了我,我喜欢这里的孩子。"面对学校的招聘负责人,何月霞侃侃而谈,最终打动对方。"就业指导中的一些求职技巧帮了我大忙。"

信息科学系计算机教育专业、人文科学系汉语言文学教育专业的顾燕、李伟等同学分别参加泰兴、连云港等地区中小学教师招聘,均获得第一名的成绩。计算机应用专业的张蕾同学在参加公安系统蓝盾公司组织的计算机应用能力大赛江苏赛区中夺冠,并顺利被该公司录用。他们都表示,竞争的实力来源于学校人才培养模式改革所带来的"厚基础,广适应,有特长,能创新"的职业教育观。

"就业教育最根本的目的,是促进学生综合能力的培养。"吕林说,鼓励学生参加专升本学习、获取各类职业资格证书等,都是就业指导的内容。

据介绍,从事职业指导的专职教师必须取得相应的资格。今年5月,吕林刚参加国家职业指导师资格考试。他同时表示,职业指导教育更多依赖于教师的调研实践活动。目前,学工处的工作重点是跟踪调查毕业生薪酬、职业前景,分析各专业本年度、3年内、5年内人才培养走向。

(原载2006年6月13日《泰州日报》)

泰州师专：撑起"教育之乡"一片蓝天

"作为全国基础教育改革一面旗帜的泰兴洋思中学，其70％以上的教师为我校毕业生，校级领导和中层主要干部几乎全是我校毕业生。"面对前来评估学校人才培养工作水平的教育部专家，泰州师专校长徐金城颇感自豪。

建校以来，泰州师专实施"三步走"发展战略，顺利实现从中师向高校的跨越，精心为基础教育服务，撑起"教育之乡"的一片蓝天。

培养市场欢迎的应用人才

又一届毕业生即将毕业，美术系负责人杨卫平开始犯愁。倒不是担心学生找不到工作，而是愁众多用人单位向他索要毕业生，他无法一一满足。

"操作性课程占主要地位，更好地培养了我们的技能，用人单位也许看中的就是这一点吧。"来自徐州的女孩程实认为。

在泰州师专的课堂上，少了那种教师讲授学生记录的授课场景，更多的是师生之间的对话、沟通和思想碰撞。

"我们着重培养学生收集和处理信息的能力、获得新知识的能力、分析和解决问题的能力、交流与合作的能力。"该校教务处处长张曙光说，目标是让学生一走上工作岗位就能成为适应新课程改革要求的合格教师。

为加强学生职业能力和专业技能培养，学校建立了与理论教学体系相辅相成的实践教育体系，并形成了与之相匹配的职业技能考核鉴定制度。

近年来，该校师范专业毕业生规范汉字书写能力考核通过率、普通话测试通过率和教师资格证书获得率均达98％以上。

打造一流的师资队伍

"打造有灵魂有底蕴有特色的一流师专,教师队伍建设至关重要。"校长徐金城表示。

近年来,该校先后组织实施"高层次人才引进工程""高学历教师队伍建设工程""优秀青年骨干教师培养工程""优秀中青年专家培养工程""优秀学术带头人培养工程""双师素质教师队伍建设工程"6项人才工程,构建起一支年龄、学历、职称和学科专业结构合理的师资队伍。

目前,学校共有专兼职教师448人,专职教师中,教授、副教授86名。青年教师中,博士、硕士研究生140名(含在读),研究生所占比例达到73.3％。现任教师中,还有特级教师5人,省、市级专家6人,省级学科带头人4人。

学校还引进了丁邦开、尤昌德、陈致中等在学术界具有声望的专家、教授来校工作。

几年来,学校承担国家级课题1项,省级科研项目10项,市级科研课题5项,校级科研课题40项,校级教学改革立项课题26项。教师获省级科学技术进步奖1项,省级高等教育优秀教学成果奖1项,校级优秀教学成果奖14项;公开出版论著、教材40多部,在省级以上刊物发表论文或经验文章500多篇。

推进产学研一体化

经过六年的探索与发展,泰州师专走出了一条内涵式发展道路。目前,该校开设了40个专业(含方向),其中,师范专业19个,非师范专业21个。

各系部根据自身专业特点,与相关单位在课程教学、人员互聘、项目推介、科研课题协作等方面开展合作共建。目前,该校在市内外共建立校外实训基地103个,其中师范专业57个,非师范专业46个。

运用灵活的办学机制,该校专门建立了资产属于学校的"泰州师专附属实验中学""泰州师专泰兴附属小学""泰州师专附属幼儿园"。同时,在校外建立了9所附属学校。这些学校既是师范类专业的教育实习基地,又是专业教师的教科研基地,充分发挥了"实验工厂"的作用。

"一切必须以教学为中心,坚持教学投入的优先地位不动摇。"徐金城在多个场合反复强调。

2004年以来,该校每年学费收入用于教学经费的比例均在30%以上,教学经费投入近2 000万元。

(本文经相关记者修改后共同署名发表于2007年4月《泰州日报》)

让阳光洒满学子心间
——走进泰州师专心理咨询中心

在泰州师专办公楼一楼,有一间普通的办公室。这里虽然面积只有十几平方米,但从去年9月份起,陆续有2万人次走进这里进行心理咨询。师生们给这里起了个好听的名字:阳光小屋。

泰州师专心理咨询中心是去年9月成立的。中心副主任刘佳告诉记者,当前大学生中34%的学生存在心理问题,比如焦虑、孤立、抑郁,这些常被误解为思想品德有问题。学生有困惑、遇到挫折自己排解不了,希望得到专业方面的指导,在这种情况下,心理咨询中心应运而生。师专配备了4至6名心理老师,每周一至周四晚上静候学生咨询。

刘佳说,有心理问题的学生就好像受了风雨的花朵,到阳光小屋,心理老师倾听他们宣泄情感,给他们以阳光般的温暖,提出解决的方法,让他们风雨过后阳光灿烂,更好地成长和生活。

据了解,大学生心理问题多集中在人际关系、恋爱、就业等方面。阳光小屋接待的第一位学生就是咨询如何与人交往的问题。这位女生来自农村,平时一开口讲话就脸红,与宿舍同学相处又不融洽,她觉得自己很孤独。心理老师告诉她,首先要克服紧张心理,和同学之间敞开心扉交流,并给她布置了作业,要求她每天必须和同学交谈5分钟以上,还要将当时的感受记录下来。这位女生前后来了小屋三次,第三次来时,她开心地告诉老师,她已能正常与人交往,还找到了一个兴趣爱好都相投的朋友。

贫困生的心理问题比较突出。刘佳说,学校70%的学生来自苏北农村。有一位特困生看到自己的用品比不上别人,产生了自卑心理,觉得处处不如人,连上课老师提问他都担心自己普通话不好被别人笑话。心理老师对他采取了放松疗法、转移法,让他多想自己的长处,选好参照系,全面看待自己。这位贫困生重新获得了自信,把精力集中在发展自己的素质上。目前,他的成绩在班上名列第一,还当上了班干部。

当前,在大学生中最迫切需要解决的心理问题就是网络依赖问题。刘佳介绍说,有一些学生到了双休日 24 小时泡在网吧,考试时几门不及格。这些学生也知道沉溺网吧的害处,但就是控制不了自己。对这个问题,学校准备搞一个团体咨询会,从心理上帮助这些学生摆脱网络的控制。

刚开始,一些学生进阳光小屋时还有些羞羞答答的,现在大学生们对心理疾病已不再遮遮掩掩,主动咨询心理问题的学生多了起来,常常提前预约老师。特别是临近考试和毕业,阳光小屋晚上要很迟才关门。刘佳说,心理咨询帮助学生建立起心理防御机制,他们并不主张学生依赖心理咨询,一有问题就来找老师,而是通过心理咨询让他们了解处理、排解心理问题的办法,最后获得独立、自我发展的能力。

师专的心理咨询在校外引起了普通群众的关注,不少居民打来电话咨询心理问题。今年 5 月,心理老师们还应邀到泰兴两所学校给学生家长们进行了心理辅导。

(本文经相关记者修改后共同署名发表于 2004 年 6 月《泰州日报》)

永远感谢"阳光小屋"

——泰州师专加强大学生心理健康教育侧记

一个温馨的小房间,门牌上标明了"心理咨询中心",满脸愁容走进去的学生,出来时脸上已经挂着自信的微笑。这样的情景在江苏泰州师范高等专科学校(简称泰州师专)已屡见不鲜。近年来,泰州师专以育人为根本,以加强大学生心理健康教育为切入点,走出了一条特色发展之路。

以人为本　润物细无声

泰州师专对大学生心理健康问题从来不避讳。"成绩不合格的大学生最多是次品,心理不合格的大学生则是危险品,只有心理健康的大学生才能谈专业培养。"学校一位校领导这样评价大学生心理健康教育工作的重要性。为此,一直坚持"以生为本"理念的泰州师专创新了心理健康教育工作体系,从外界调控和自我调适两个层面,开展心里健康教育活动,从学校和学生出发,建立了"心理咨询中心"和"大学生心理协会"。

在问题产生之前先"防",问题产生了要"疏",防范和疏导相结合是该校心理健康教育的总指导方针。在泰州师专的校园心理咨询中心里,每周一至周四晚都有约5名心理老师静候学生的咨询。温馨的氛围、亲切的老师让心理咨询中心赢得了"阳光小屋"的称号。人文系一位大三学生说:"'阳光小屋'赶走了高三以来就一直困扰我的心理阴影,现在我就要毕业了,我永远感谢'阳光小屋'。"

创新教育　随风潜入夜

在学校的心理咨询广受学生欢迎的同时,学校的领导看到了专业发展的机遇。于是,一个顺应市场发展需求的新专业——心理咨询专业在教育系诞生了。为了让心理咨询专业迅速提升,学校把"以用促升"作为推动专业建设的风帆。在加强专业建设的同时,学校把打造一支精良的教师队伍作为首要任务,不但连续3年选送优秀青年教师前往名校深造,还聘请了复旦大学、南京大学、南京师范大学等著名高校的专家、学者担任学校的兼职教授。

如今,学校以该专业为依托,将学生心理健康纳入课程教学体系,让学生学会自我心理健康检查和调节。通过选修课和讲座的方式,该校对不同专业、不同学习阶段的学生进行了不同层次的心理健康知识传授。学校还组织心理学老师编写了心理健康学习的讲义,供学生自行参考和学习。

此外,学校对传统高校心理教育专业的课程设置和教学模式加以改革,创新出一套全新的人才培养方式。他们突破了大学校园,把专业推向社会,把心理咨询教学课堂带到农村中小学,在实践中改进专业教学质量与效果,新生的心理咨询专业也由此迅速成长。2004年,他们共为一线教师进行培训、设讲座近百场次。

以点带面　搞活全校大棋盘

由于种种原因,大学里存在心理"贫瘠"状况的学生日渐增长,他们的共同点就是自卑、学习成绩差、经济贫困、人际关系差。为了使得每位大学毕业生都是一位真正的"健康"人才,泰州师专采取了"点对点"式的心理教育,扫除学生的心理障碍。该校实验教育系一名同学,刚入学时思想比较偏激,思考问题也很片面。学校心理咨询专业的老师屡次找他促膝长谈,最终感动了他,使得他重获了信心。之后,他递交了入党申请书,参加了党校的学习。在江苏省大学生学习"三个代表"重要思想论文比赛中,他还获得了优秀论文奖。近年来,在该校"点对点"的心理教育中获得帮助的学生例子已不胜枚举。

泰州师专除了为学生解决心理难题外,还将心理咨询专业的服务推广到社会上。泰州日报于今年的10月21日报道了当地一位农村青年因为仇恨社会,产生了报复他人的心理。看到这一消息后,该校心理咨询老师刘佳亲自登门,两个多小时的谈话后,这位青年露出了笑容。最终,该青年重新融入社会,找到了一份称心的工作。

江苏省教育厅的一位领导这样评价:"泰州师专的发展就像一盘棋,走活了'心理健康咨询'这一步,全盘尽得。"目前,泰州师专以"心理健康教育"为契机,以"育人为本"作为落脚点,极大地提高了学生的政治思想素质和专业文化素质。同时,该校在坚持师范特色的同时,大力进行非师范教育及成人开放教育。目前,全校共有全日制在校生6 000多人,成人学历教育在籍生3 000多人,设有人文科学系、数理科学系、远程教育部等6系2部,共有43个专业,形成了理、工、教、文、经、管、法、艺等学科门类的综合发展。

(原载2005年11月《光明日报》)

擎起教育的一片蓝天

——泰州师专引领地方基础教育侧记

前不久,高等教育专家叶春生回到了阔别60年的母校——泰州师范高等专科学校(以下简称泰州师专)讲学,回忆过去,感慨万千:"在这儿读书,虽然条件艰苦,但让我树立了正确的人生观、世界观和价值观,使我一生享用不尽。"诞生于抗日战争年代的泰州师专,办学65年来,在地方基础教育中发挥着人才培养、智力支持的龙头作用。泰州师专校长徐金城说:"'紧跟时代步伐,服务并引领地方基础教育'已经成为我们泰州师专人自觉的信念和追求。"

培养学生"一专多能"

"我们今天上了一堂语文示范课,真的很有趣。"该校实验教育系心理咨询专业的学生王寒茹告诉记者。小王说,她虽然学的是心理咨询专业,但所有有关语文教育的知识也是她这个专业的学生必须掌握的,而学校会针对他们的需求,定期聘请名师到校讲学。"学校培养的是一专多能的人才,我们要求每个学生都能胜任班主任,并能主教一门课程。"督导室主任周中华说。

从课程设计到学生综合素质的培养,泰州师专努力为地方基础教育输送"厚基础、广适应、有特长、能创新"的新型师资人才。该校对于学生的基本功训练,从传统的钢笔字、毛笔字、粉笔字及普通话这"三字一话"的老项目到现在的计算机、外语等都紧抓不放。正在实习的小学教育专业的学生小李深感基本功训练的重要性:"我第一次上课时很紧张,下课后觉得自己的表现很糟糕。可是后来有个学生

擎起教育的一片蓝天
——泰州师专引领地方基础教育侧记

告诉我,她觉得我的字很漂亮,很喜欢上我的课,给了我很大的鼓舞。"2005年,该校先后被评为"全国师范院校书法教育教学先进集体""全国师范院校规范汉字教学示范校"。

为了加强学生岗位技术应用能力的培养,该校推行了"双证书"制度,学生除完成教学计划规定的所有课程外,还必须参加江苏省教育厅统一组织的教师资格考试,只有获取教师资格,才能按期毕业,非师范专业的学生也同样要拿到相关的资格证书才能毕业。

"榜样的力量是无穷的"

多年来,泰州师专投入大量人员研究、指导、服务基础教育,培植了一批基础教育典型,树立了地方教育的榜样。据徐金城校长介绍,以转化差生在教育界闻名的洋思中学为例,早在上世纪80年代,泰州师专就安排了老师参与了该校教改经验的探索与总结,之后李如齐、范荫荣等老师长期坚持深入洋思中学听课,学习、研究、指导和总结推广洋思的教改经验,先后出版了《洋思教学模式》《洋思经验与新课程改革》等编著,如今,该校一大批教师受聘洋思中学成为教学改革与发展指导老师。

与此同时,泰州师专还将洋思中学"先学后教"的模式融入到自己的教学中,让学生先自学,再由老师点拨,充分发挥学生的主动性和能动性。实验教育系学前专业的学生朱春燕对手工课情有独钟,她说:"手工老师总是先让我们做自己想做的东西,然后再替我们改进,每次看到自己的作品都很有成就感。"合理的教学方法使得该校成为江苏省手工制作优秀单位,荣获全国手工制作一等奖。

具备了较强的动手能力和学习能力,泰州师专的毕业生受到了众多用人单位的好评。江苏一所名校的校长说:"我大量聘用泰州师专的毕业生,是因为我相信他们思想素质好,综合能力强,脚踏实地。"

"下水摸到了大鱼"

在泰州师专,记者听到了一个很有意思的词——"下水课"。面对记者的疑惑,该校督导室周主任解惑道,学校定期组织老师去中学、小学上课,既把教学改革的经验和理念带过去,又总结了实际教学中的经验。回来后,老师们积累了鲜活的教学案例,教研成果丰富,被戏称为"下水摸到了大鱼的人"。

目前,该校在泰州的四市两区建立了5所各具特色的附属中小学校和54所教育实习基地。为了推进教学科研一体化,该校还建立了"泰州师范高等专科学校附属实验中学""泰州师专附属幼儿园"。学校自己的幼儿园为学前教育的学生提供了良好的条件。大二学生张晓莉告诉记者,当她第一次走进学校的幼儿园时,听到小孩的哭闹声,她恨不得马上离开,不过在幼儿园老师们多次悉心指导下,她逐渐学会怎样使小孩子们安静下来,怎样和他们沟通,如今她觉得自己俨然成为一名小老师了。

(原载2006年12月《光明日报》)

架起心灵的彩虹桥
——泰州师专心理健康教育服务地方纪实

"我是一名初中毕业生,找不到理想的工作,找不到能谈心的人。我很痛苦,想发泄,有时甚至想放火烧了与我们有仇的邻居家……我不知该怎么办,不知谁能帮助我?"这是一封来自泰州市俞垛镇的求援信。接到这封信后,泰州师范高等专科学校老师们的心揪住了,该校专门派出专业老师先后两次来到俞垛镇找到求助人,对他进行心理测试和疏导。经过努力,求助青年摆脱了心理困扰,还光荣地参军入伍。近年来,泰州师专的心理健康服务不仅立足于校园,而且逐步走进社区,辐射农村,成了该校叫得响的品牌。

心灵加油站——激励学生发现"大写的我"

随着社会的发展,大学生面临的社会环境、家庭环境和校园环境日益纷繁复杂,大学生心理健康问题也开始凸显。针对这一现状,泰州师专开设了心理健康教育课程,定期开展思想教育和情感教育活动。

该校每天都有心理指导教师专门"坐诊"学校的心理健康咨询中心,与那些具有内心孤僻、厌学、烦躁等心理问题的学生,进行个别谈心、交流,给予他们更多生活上和心理上的关注。据统计,近两年来,咨询中心共接待来访学生近千人次。有同学告诉记者,心理咨询中心就像他们心灵成长的"阳光小屋",让他们话有地方说,烦恼有人听,意见有地方提。

与此同时,每年5月25日,泰州师专都会组织举行"5·25"(我爱我)大学生心理健康节大型宣传活动。该校通过发放倡议书和宣传材料、开设专题心理讲座、编发《心理健康小报》、进行团体测量与心理辅导、开展心理咨询、播放心理教育影片等多种活动形式,宣传并引导学生重视自身心理健康,培养他们自尊、自爱、自强的人格。

心为心导航——营造健康和谐的社区生活

不久前,泰州市某社区一居民由于沉迷于网络爱情而和妻子离婚了。他有一个湖北武汉的女网友,认识已经有三年了。离婚以后,他很想去看她,但又害怕见面后女孩对他的态度会发生变化,他为此烦恼万分。了解到这个情况后,泰州师专心理专业的教师多次与他聊天,让他逐步认识到自己情绪困扰和行为不适应的根本原因在于自己的认识和信念与现实不协调。泰州师专的老师在网上专门对他进行指导,最后这位居民终于敞开心扉,开始审视自己的缺点,又重新找到了生活的方向。

这只是泰州师专的心理健康教育服务社区的一个缩影。近年来,泰州师专把心理健康服务开进社区,对居民们的心理疾病进行治疗,对他们的心理问题进行指导。一位专家指出,泰州师专通过开展心理咨询和健康心理教育,提高了社会平均道德水准,调整了人们的价值取向,增强了人们的社会责任感和公德意识。

值得一提的是,前不久,泰州师专20余名心理咨询专业大学生,在专业教师的带领下,把心理咨询服务主动送进泰州市看守所,和在押人员面对面地交流,并通过测试在押人员的抑郁、焦虑程度以及情绪稳定性,制订团体心理辅导方案,调节在押人员的情绪,从而提高他们的改造效果。

心灵快车——心理健康教育驶入农村

目前,相对于城市心理健康教育的初步展开,农村学校的心理健康教育基本处于空白状态。俞垛镇的援助事件以后,泰州师专确定了心理健康教育辐射农村的工作思路,制订了心理健康教育服务农村的"彩虹行动计划",把农村心理健康教育作为该校心理健康教育社区化的重点。该校组织心理健康教育专家到农村学校、课堂培训,现场指导当地教师对学生进行心理健康教育。一位参加学习的老师深

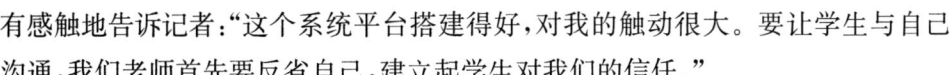

有感触地告诉记者:"这个系统平台搭建得好,对我的触动很大。要让学生与自己沟通,我们老师首先要反省自己,建立起学生对我们的信任。"

三年来,泰州师专对泰州市城乡42 000名中小学和幼儿园教师进行了心理健康教育培训,对农村中小学校的班主任、少先队辅导员、学生心理问题较多学校的教师进行训练。对此,泰州师专徐金城校长这样告诉记者:"我们将心理健康快车驶入农村中小学校和社区,不仅为当地的社会稳定、百姓的家庭幸福作出了积极贡献,也促进了心理学专业教师的实际应用能力与服务社会水平的提高。"

(本文与相关记者共同署名发表于2006年12月《光明日报》)

洒满阳光的小屋

"许多人把患上心理疾病看作是一件不光彩的事。其实这是一种错误的想法。"一项调查表明,近30%的中青年人患有不同程度的心理疾病。生活节奏加快、工作压力增大,易让人产生各种心理障碍。通过心理咨询的方式,多数人完全可以缓解或消除心理障碍。

2月7日下午,天气有些阴沉。冷风吹过,行人裹紧了厚厚的衣服。

泰州师范专科学校科技楼前,一位中年男子敞开皮夹克,轻微地喘息着。旁边站着一个身着红色羽绒服的女孩,低着头,长发遮住了脸庞。

女孩几乎被父亲推着走进科技楼拐角处的一间小屋。小屋门前挂着一块铜牌,上面写着:泰州市"阳光小屋"心理健康咨询中心。

半个多小时后,门开了。女孩昂着头走出小屋,脸上有了一点笑意。她用手捋了捋额头的长发,牵起父亲的手。

"孩子患有轻度强迫症,过一段时间再来瞧瞧。"江苏省心理教育研究会理事、泰州师专实验教育系主任李如齐走过来对孩子的父亲说。

这是李如齐当天接待的第三位来访者。自2003年9月至今,李如齐接待的来访者已有200多人次。

一份求助信

"我是一名初中毕业生,找不到理想的工作,找不到能够谈心的人。我很痛苦,想发泄,有时甚至想放火烧了与我们有仇的邻居家……我不知道该怎么办,不知谁能帮助我?"

2003年的一个周末,李如齐收到《泰州日报》社会新闻部转来的一份求助信。

几天后,在姜堰市某镇政府一间办公室里,李如齐见到了这位名叫李进的青年。李进不相信眼前这位瘦瘦的中年人能给自己多大的帮助,他坐在椅子上一言不发。

"能够主动写求助信,证明你对未来还有憧憬。"李如齐握着李进的手说,"你放心,我们会帮助你的"。

不久,在李如齐安排下,泰州师专心理咨询室的刘佳来到李进家里。

父亲是一个外乡人,村里有事都跟他家搭不上边,这让李进觉得有一种被排挤的感觉。"我周围充满了欺骗,染了一场小病,竟被庸医骗了几千元钱。"李进低着头,语气急促。

"其实,你是一个善良的人,你也希望周围所有人都像你一样善良。"刘佳拉着李进的手,让他坐下。"但是,有一个人欺骗了你,你就认为所有人都欺骗了你。今天,我们特地赶到这里来帮助你,你为什么不觉得所有的人都在帮助你呢?"

"每个人都会遇到不开心的事,心里郁闷时找个人诉说,总会有办法解决问题的。"

"过去很少跟别人说心里话,今天这一说,感觉舒坦多了。"李进抬起头,呵呵地笑着。他还主动向刘佳索要联系方法。

几个月以后,刘佳得到了李进的新消息,他光荣地参军入伍了。

"李进的事让我们很受启发,农村地区特别需要心理健康咨询服务。"李如齐说。

心理健康快车驶进农村

"努力把心理健康快车驶进农村,驶进社区特别是基层农村中小学"被师专党委书记、校长徐金城写进学校工作报告。原来只是为本校学生提供心理咨询服务的"阳光小屋"开始提供社会服务。

2004年起,李如齐带领近10名心理学教师频频到各地开展心理咨询活动。当年6月,李如齐一人就开设了20场讲座,对象主要是农村中小学教师和学生家长,"希望老师们首先承担起为中小学生提供心理健康教育的责任"。

李如齐无法忘记在兴化市一所乡镇中学举行的一次心理健康知识讲座。

"孩子心灵上有了创伤,他们所承受的苦痛,是我们难以想象的。"面对数百名中小学教师和学生家长,李如齐侃侃而谈。

(本文与相关记者共同署名发表于2007年2月《泰州日报》)

行走在教育的"田间地头"
——泰州师范高等专科学校推动基础教育发展

"下水""阳光集场"……这些听起来与教育毫无相关的词语,却频频出现在泰州师范高等专科学校师生的言谈中。"下水",是把各科优秀教师派到附属学校一线,进行教学研究;"阳光集场",是为全省的中小学教师开设的心理辅导课。这些词语所包涵的内容,不仅体现了教师们脚踏实地的实践精神,更反映了该校66年来积淀而成的办学特色:深入到基础教育的第一线。

理论:从校园研究中来

"高师院校的专家、学者只有深入中小学教育教学第一线,采取听课、与中小学教师一起研究和探讨等形式,结合实际问题搞研究,才能真正参与基础教育课程改革实践。"校长徐金城这样认为。

附属学校既是师范类专业的教育实习基地,又是专业教师的教科研基地。该校在泰州地区合作建立了12所附属中小学校、幼儿园,为教师进行教学研究提供了坚实的平台,每年将各学科优秀教师派往附属中小学教学一线,即"下水"。

几年来,该校共派出教师100多人次到附属学校上课,在"下水课"中积累了鲜活的教学案例,与基地单位教师合作开展教育教学研究,结合相关研究成果,充实和改革专业教学,有效发挥了"实验田"的作用。

行走在教育的"田间地头"
——泰州师范高等专科学校推动基础教育发展

理念：送到基础教育的第一线

该校还有两个响亮的"头衔"：江苏省基础教育课程改革培训基地和中小学校长与骨干教师培训基地。充分利用这两个平台，该校对包括本地区在内的全省农村中小学校长和骨干教师进行基础教育课程改革理念解读：先后承担了省级骨干教师培养、中小学各学校骨干教师学科新课程培训，开设泰州市中小学校长任职资格班、提高班、研修班等，组织农村小学校长培训，受培养的教师达 4 200 多人次。

徐金城说，基础教育教师的"大部队"在下面，传统的教育观念、教育手段和方法始终制约着教师教育观念的更新，制约着基础教育课程改革目标和任务的落实。本着把基础教育课程改革理念送到"田间地头"的思想，该校组织专家、教授下到中小学，进行基础教育课程改革理念的解读。还利用师资优势开展送教下乡活动，主动帮助解决中小学课堂教学中存在的问题。

心理教育专家、实验教育系李如齐老师带着最新的教育学、心理学和基础教育课程改革的理念，受邀到全国各地开设讲座 100 多场，受到广泛好评；语文教育专家常康老师还把教学经验和先进的研究成果带到了西藏。

理想：推动基础教育发展

江苏省教科院副院长、江苏省教研室主任杨九俊表示，泰州师专不断向周边农村小学输送大量的师资人才，使得泰州地区农村小学教育成绩连续四年在苏北、苏中地区名列前茅。

近 5 年来，该校有 5 000 多名专科生毕业后投身基础教育事业，其中有不少人已成长为教育岗位上的管理型优秀领导和专家型优秀教师。对泰州四市两区内 34 所小学师资队伍情况进行抽样调查发现，该校毕业生占教师总数的 37.6%，中高级职称人数占该职称总数的 50.0%，校级领导占该职级总数的 60.0%，中层干部则占该职级总数的 62.8%。

泰州师范高等专科学校多年来投入大量人员，组成专业理论研究队伍，精心指导和带领基础教育一线由专家、骨干教师组成的教学队伍，研究、服务基础教育，精心扶持、培植出了一大批优秀基础教育的典型学校和典型团队，将当地基础教育推向了一个新的高度。

（本文经相关记者修改后共同署名发表于 2007 年 4 月《光明日报》）

"阳光小屋"进京传经

为期4天的第五届中国国际网络博览会10月28日在北京落幕,泰州师专"阳光小屋"因在指导未成年人健康、绿色上网、戒除网络成瘾等方面的成功经验,受组委会邀请赴京参展并交流经验。

第五届中国国际网络文化博览会由文化部等中央八部委联合主办,是目前我国最高规格、最大规模、最具影响力的国际网络文化产业盛会。

博览会召开期间举办了"中国青少年网络发展论坛"。泰州师专"阳光小屋"负责人李如齐教授,作为论坛仅有的两名受邀地方代表之一与会并发言。"阳光小屋"在指导青少年健康、绿色上网及戒除网瘾过程中,建立的集教育转化、心理疏导、预防主导于一体的立体模式,受到大会关注;"阳光小屋"提出的结伴上网、指导上网、网友互动等青少年网瘾预防措施,得到与会者认同。

"阳光小屋"建立4年来,多次走进校园、农村、监狱,为我市广大青少年学生和学生家长开展服务。以心理学专业教师为主体的社会自愿者队伍不断扩大,挽救了无数成瘾"网虫"。

(原载2007年11月2日《泰州日报》)

感受"阳光家教"

春节长假刚过，家住泰州迎春小区的陈井山老人家中就来了两位"老师"。原来，这是泰州师专"阳光家教"的志愿者来做义务家教的，老人的两个孙女马上就要开学了，为了让她们对新学期做好准备，两位"老师"就利用假期提前上门服务了。

陈井山老人告诉记者，他们老两口没什么收入，孙女成绩不好，也没钱请家教，师专的两位同学闻讯后，于去年10月份开始上门给她们做义务家教。现在，孙女们的成绩有了明显提高，上学期期末考试也考得很好，一家人都很高兴。老人现在愁的是不知该怎么感谢这些学生，"这些学生不要钱，想送他们点东西吧，怎么都不肯要，连水果、瓜子都不吃"。

据泰州师范高等专科学校团委副书记魏小星介绍，由该校学生自愿参与的"阳光家教"，已与周边百余户贫困家庭子女结成帮学对子。杨庆龙同学是"阳光家教"的发起人之一，他告诉记者，当他听到很多家庭省吃俭用请家教的事以后，就萌发了为贫困家庭提供免费家教的想法，同学们对此反响强烈，一下子就有500多人报名参加。今年还准备通过政府部门，把师专、职大、牧校等当地高校联合起来，更好地发挥高校服务区功能，造福社会。

"阳光家教"参与者马赞同学说："我现在辅导的学生家里生活就很艰苦，父母都下岗了，但他家里人对我非常真诚和热情。以前我也做过家教，但做'阳光家教'感觉就是不一样。看到这些家长和孩子真心对我们好，我们也很感动，这是一种心与心的交流。"马赞说，"参与'阳光家教'中有很多贫困大学生，他们本来可以通过做家教挣钱交学费和贴补生活的，但现在只有挤出课余时间来勤工俭学了，虽然人很辛苦，但想到为那些家庭送去的温暖，大家就感到很充实。"

（本文经相关记者修改后共同署名发表于2004年2月《新华日报》）

江苏泰州师专为中小学骨干教师"充电助力"

——师范院校成为中小学教改"服务站"

泰州师范高等专科学校作为江苏省基础教育课程改革培训基地和中小学校长培训基地，先后组织培训了全省初中骨干教师400多人次、泰州市中小学骨干教师新课程培训3 000多人次。泰州师专还通过结对指导、联合开展科研攻关等措施，为中小学骨干教师"充电助力"，把学校办成中小学教学改革的"服务站"和骨干教师的"加油站"。

泰州师专把培养课程改革领军人物并引领地方基础教育作为办学的重要目标。学校组织专家、教授和中小学骨干教师结对，指导中小学骨干教师开展教学和科研活动，培养了一批中小学课程改革领军人物。1981届校友、泰兴市襟江小学校长、特级教师杨金林，多年来在泰州师专副教授范荫荣的指导下，主持的7项课题获得省部级科研成果一、二等奖；创建了"科研成效评估制""开放式随堂课互听制""师资队伍建设梯度培养制"，适用于超大规模学校（88个班级以上）运行；自筹资金5 000多万元，创办了泰兴市第一所公办民助性质寄宿制小学。

泰州师专还积极开展课程内容与课程体系改革的科学研究与实践，先后获省部级教改立项课题8项，校级教改立项课题26项。学校采取"校校牵手、联合攻关"的方法，组织中小学一线教师进行课题合作研究。其中，学校与泰兴市实验小学等学校合作，进行了江苏省重点立项课题"小学作文立体化教学"实验研究；参与了姜堰市桥头中心小学国家级课题"农村小学作文教学改革"实验研究。此外，泰州师专的教师还主持、参与了省级课题"小学生自主式阅读"等实验研究十多项，均已结题并获得好评。

泰州师专还联合基础教育专家和名师,组建了一批基础教育教学改革典型团队,有效地推进了地方基础教育水平的提高。如语文教改典型团队由泰州师专校长徐金城等十多位专家、教授组成以及洪宗礼等十多名特级教师加盟。在这支团队的带领下,十多项科研课题成果丰硕,数百场专题讲座精彩纷呈,数十所语文课程教改特色学校崭露头角。

(本文与其他人共同署名发表于2007年4月《中国教育报》)

泰州学院四学子称暑期国外游学收获自信

记者昨天从泰州学院获悉,该校外国语学院4名学生利用暑假期间,分别赴英国和澳大利亚开展了5周的游学活动,在体验了纯正的英语教学的基础上,还通过体验家庭式学习生活,了解英语国家的文化和生活。

据介绍,今年暑期,泰州学院外国语学院4名学生,被选派参加省教育厅主办的江苏高校学生境外学习政府奖学金项目,分赴英国华威大学和澳大利亚昆士兰科技大学等著名高校,进行了为期5周时间的英语语言学习和文化体验。

该校2013英语(本)1班丁叙文告诉记者,共有来自江苏38所高校的70名同学参加此次短期学习交流,学习主要侧重于强化英语听说读写能力以及深度体验英国文化等方面。

丁叙文说,她和一名同学被安排到了英国华威大学学习,其间分别体验了西方大学寄宿制及接待家庭式学习生活。

周一至周五,按照课表上课,课程主要是关于接受一些英国文化,包括体育、食物、音乐等,了解西餐文化和礼仪文化、课题的研究、论文的撰写、项目的报告等。每天上午9点到下午4点为上课时间。

周末组织出游,白金汉宫、大本钟、大英博物馆、唐人街、剑桥等英国的著名旅游景点都有涉及。一边学习,一边参观英国古老建筑,感受英国深厚的文化底蕴。

外国人更注重享受生活

"在英国生活了一个多月,我发现他们更注重享受生活。"丁叙文说,自己在英国时体验了家庭式生活,跟一对六十几岁的老夫妻住在一起,平时生活很开心,就像在自己的爷爷奶奶身边。

丁叙文说,英国家庭经常会组织家庭成员出去活动,如野餐、游玩等,充分享受家庭生活的乐趣。而自己和同学除了在校学习和游玩,一般都是待在住家的房间里。住家的老夫妻经常邀请我们一起参加他们的活动,多到外面走走。

为了迎接来自中国的小朋友,英国老夫妻经常给他们做纯正的英式饭菜,品种多样的BBQ,美味的千层面,土豆配三文鱼等,让我们深入了解了英式生活。

丁叙文说,为了感谢他们,自己和同住的女孩一起做了一顿中国餐给主人吃,给他们介绍中国饮食文化,教他们用筷子。他们的子女都不在身边,我们做了一大桌美味的中国菜,他们很感动,一直夸奖我们,大家一起边吃边交流,感觉很有滋味。

游学让自己更自信

对于这次游学,丁叙文认为自己最大的收获就是获得了自信。

丁叙文说,在住宿家庭和主人一起吃饭时,大家会谈论一天的学习生活,还会听他们讲述在中国的经历,饭后,自己和主人一起遛狗,谈生活、谈未来。"由于自己只是大一的学生,英语基础不好,没有自信,起初不敢表达,只能用单词简单地交流,英国住家发现自己不爱讲话后,便鼓励我,经常夸奖我的口语不错,鼓励我要开朗一些。感觉自己的进步挺大的,从一开始的胆小怯懦,到最后的自信激昂。通过学习和生活,收获了自信。"

"我感觉国外合作学习的模式很好,对学习很有帮助。"丁叙文说,合作交流的过程是一个集思广益的过程,取长补短,相互之间可以提出疑问,能依靠团队解决就不用依靠老师,同时大胆指出成员的不足,然后改正。这样,每个成员都提升得很快,效率也高。

通过和英国大学生的对比,丁叙文认为,中国大学生的理论知识丰富一些,但缺乏创新意识和实践表达能力。中国的大学生要不断提高自主学习能力、增强创新和团队协作意识,懂得分享,学会分享,敢于表达自己的见解。

近年来,外国语学院高度重视人才培养工作,始终把培养全面发展、具有国际思维的人才作为党团工作的主要抓手,努力创造条件让更多的师生赴境外学习、交流与合作研究,取得了初步成果。同时,学院积极发挥外语专业优势,加强外语专业与其他专业之间的交叉融合,以学风建设为龙头,注重专业知识学习与专业技能、社会实践、文体活动、志愿服务相结合,认真探索、实践、总结和提炼了一批文化品牌活动,营造了良好的育人环境和文化氛围,同时提高了学院专业的建设水平及影响力。

(本文经相关记者修改后共同署名发表于2014年8月《泰州晚报》)

后 记

岁月如梭,转瞬间已经工作二十年了。二十年来,尽管先后辗转于多个工作岗位,但除了做好高校教师的本职工作——上好课、搞好科研外,持续最久的工作大概就是负责所在单位的宣传了。

2000年8月,大学毕业后,我根据分配来到当时的泰州师专(筹)党政办工作,同时在语文组任课。其时,我主要负责党政办的部分文字材料、档案管理、对外联络等工作,其中一项主要内容就是对外宣传,负责所有学校对外宣传稿件撰写、电视和广播宣传的联络。

2004年,我服从党委安排,到新成立的党委宣传部任新闻宣传科科长,具体负责全校所有的新闻宣传,还独立办起了泰州师专校报——《泰州师专报》,担任副主编。记得第一份校报,整个四版的文章全是我一个人执笔撰写,为避免读者产生疑问,还采用了多个笔名署名。那时工作中的艰辛,现在回想起来简直令人难以置信。有段时间,我曾经同时在泰州市政府办、市教育局和泰州师专上班,白天完成行政工作晚上给学生补课;曾经全年无休,大年三十下午还在加班,以致时任市政府副秘书长过意不去,破例让政府办驾驶员用副市长的公车送我回老家;曾经在春晖校区的办公室度过了无数的不眠之夜,半夜黄鼠狼钻进办公室引起一片狼藉;曾经一个晚上写过两万字的"大材料",早晨交稿后颈椎疼得头都抬不起来;曾经因加班至半夜,回家时犯瞌睡把睡在电瓶车后座上的儿子急刹车甩出数米远,曾经……

从2004年到2013年泰州学院成立后调至人事处、离退休办和离退休党总支工作,在此期间,我先后在《人民日报》《光明日报》《中国教育报》《中国青年报》《新华日报》以及《泰州日报》《泰州晚报》等媒体发表了新闻作品一千余篇,主编了近百期校报,执笔完成了五个电视专题片脚本,参与撰写了四个泰州市对外宣传的专题片脚本,创作的三十多篇新闻作品先后获得了国家、省、市各级各类新闻奖。与各级各类新闻媒体也建立了良好的工作关系,还被多家省市媒体聘为特约记者、特约编辑。在我的影响下,我所负责的校大学生通讯社骨干成员近十人先后走上了专职"媒体人"的道路,其中多人已成为《新民晚报》《徐州日报》《泰州日报》和泰州电视台的业务骨干。

岁月轮回,2017年6月,刚刚完成博士求学阶段脱产学习的我,又奉命回到宣传部工作。就这样,从2017年到2019年底,尽管又历经了不同岗位、不同内容工作的"折磨",但还是积累了三百多篇新闻作品,先后在国家、省市级媒体发表。特别是从2016年开始,我受泰州市委宣传部、市文广新局(现文旅局)聘请,担任"泰州市新闻视听评议员",每月针对当月泰州广播电视台播出的新闻节目写一篇新闻评论。日积月累,如今也有了四十多篇新闻评论,成为本书的第一部分。

"事非经过不知难。"对于并非新闻专业出身,也从未想过在该领域有所"建树"的吾辈而言,新闻作品的写作更多的是教学与科研工作之外的管理岗职务行为,真实记录了我在原泰州师专春晖校区和济川校区行政楼所度过的二十个岁月。看着这些不经意间保留下来的部分作品,心底还是暗暗后悔,如果把写这些新闻稿以及诸多各类文字材料的精力用来写论文和专著,如今在学术的道路上大概会走得更远了。但转念一想,世间本无绝对圆满之事,这些新闻作品,尽管是一个"外行人"所写,但也曾凝聚了我无数的汗水,承载了我对新闻学科、对所在单位的"一片深情",而这大概就是我在十多年前整理编印《泰苑神韵》新闻作品集后,重新整理相关新闻作品汇集成册的原因所在。

需作说明的是,本书中所选取部分通讯和消息,为本人完成初稿后,经相关媒体记者、编辑修改后发表,为修改人与本人共同署名。为遵从学术规范,本书中所选作品均为本人所创作原稿。在此,对相关媒体记者、编辑对拙文的审阅、修改表示衷心的感谢!

岁月匆匆,履痕几处?愿以这本小书纪念逝去的二十载"青葱岁月"……